克蘇魯神話事典

邪神世界的因數質數分解

暗黑神話大系、邪崇諸神、異形生物、
舊神眾神、禁忌之物、恐怖所在
之110項必備知識

森瀬繚 著
王書銘 譯

SoftBank Creative
NEXT CREATOR

前言

20世紀前半，以霍華・菲力普・洛夫克萊夫特為首的一班美國恐怖小說作家有個共享共用各自作品所創太古諸神、魔法書等名字的遊戲，從而無意間創造出了一個虛構的神話體系 —— 克蘇魯神話。自從這個分類底下洛夫克萊夫特的第一部小說《大袞》執筆（1917年7月）以來，已經超過一世紀了。就算是這班作家仍在世當時，大家互不拘泥於彼此作品有何記述或設定，可以說是毫無規則、恣意的去構築各自的作品世界，也使人很難掌握克蘇魯神話的全貌。這群所謂的第一世代作家並不共享整個世界觀，純粹只是名稱和設定的部分共享，而彼等的這種態度也為其後繼者所繼承。即便A・W・德勒斯構思要建立共通世界觀「克蘇魯神話大系」而開始從阿克罕之家刊行出版相關書籍以後，克蘇魯神話作品仍然維持著近乎「一個作家一個世界觀」的獨立性，這點只要一讀布萊恩・魯姆利、蓋瑞・麥爾茲等人作品便知。

更何況，100年！克蘇魯神話相關作品不僅僅是小說，還超越電影、電視、漫畫、動畫、遊戲、輕小說等媒體不斷擴散，就邪神、異種生物等相關設定有過無數次改編，愈發深化、愈發豐富。

就筆者所知，哪怕跟克蘇魯神話只有一丁點關聯，若將整個系列視為單一作品，則日本國內共有多達600個以上的克蘇魯神話商業作品，更遑論英語文化圈，到2018年目前為止究竟有多少部相關作品，根本無從想像。

克蘇魯神話作品的創作活動，跟借用過往他人所創名稱、設定密不可分。像從前洛夫克萊夫特那樣恣意借用，固然也是處埋克蘇魯神話的其中一個方法，然則深究某個名稱某個設定是何時何人何作品提及，卻絕非毫無意義。

為何？看似擁有確實形體卻又具備多變的冗長性、柔軟性，才是神話和傳說受眾人喜愛的真正原因；再說從過去學習，就能發現未來如何創新的指針方向。

話雖如此，筆者亦無意勸所有人讀遍全部作品。

本書將會就邪神和各種生物等神話設定進行解析，進而特別針對第一世代、第二世代作家的作品設定及其變遷作逆向分析研究，希望能以克蘇魯神話資料庫的「更新記錄」角度，提供相關創作者參考。

克蘇魯神話研究家 **森瀨繚**

本書概要

本書是針對克蘇魯神話自成立到發展至今的來龍去脈、作品內容的諸多要素一一進行分解，並依領域分類寫成六個章節，彙整成方便創作者參照、創作克蘇魯神話新作品之形式。各章各個條目將會分別就克蘇魯神話此文類相關歷史、知識，以及構成克蘇魯神話的各種關鍵字進行解說。當然筆者會在可能的範圍內盡量避免，但本書旨在解析克蘇魯神話的諸多設定，解說內容難免會牽涉到既有作品的故事情節而有劇透的狀況，因此這點還要請各位包涵見諒。另外各章末尾記載有諸神系譜和專欄等資料，本書卷末則收錄有其出處作品之參考文獻一覽。以下是各章內容之解說。

暗黑神話大系（第1章）

從前愛爾蘭的幻想作家唐珊尼爵士曾經透過他一連串的作品，創造了一個名為佩加納神話的虛構神話。美國恐怖小說作家霍華・菲力普・洛夫克萊夫特受其影響，也在自身作品中添加了神話的要素。雖說是神話，這神話卻並無確切完整之體系而僅有片段概念而已；他把好幾個奇怪的固有名詞寫進數個作品裡，讓作品看起來好像有個非常宏大的世界觀。他的這個「遊戲」後來成為作家交流使用的溝通工具，緩緩累積構築成後來統稱為「克蘇魯神話」的一個朦朧曖昧的神話。

洛夫克萊夫特死後，其作家友人對神話的熱情一度隨之變冷，一時之間除追悼故人以外，再無人創作克蘇魯神話作品。

拜奧古斯特・W・德勒斯義無反顧的貢獻和後繼作家的熱情所賜，克蘇魯神話終於得到復甦。20世紀前半，原本僅有一小部分狂熱的恐怖小說愛好家才知道克蘇魯神話，進入1970年代以後，克蘇魯神話卻已經成為大型出版社為其刊行作品集的主流文學子類型，甚至成為形成美國流行文化相當重要的一員，對美國各界造成大大小小各種影響。日本亦然，首先第二次世界大戰以後不久就有人知道恐怖小說作家洛夫克萊夫特之名，隨後1970年代初期克蘇魯神話傳入，繼而孕生出不少熱心的克蘇魯愛好者和神話作家。

本章將就克蘇魯神話自誕生以來發展的歷史，以及故事群的世界觀、特徵及傾向進行解說。

邪崇諸神（第2章）、異形生物（第3章）

神話往往是漫畫、遊戲等次文化的靈感來源。例如《週刊少年Jump》連載的車田正美人氣漫畫《聖鬥士☆星矢》，許多都是以希臘神話或北歐神話等神話為作品題材。

1980年代以後，以《龍與地下城》為首的桌上型角色扮演遊戲TRPG傳入日本，後來才有以《勇者鬥惡龍》為代表的RPG遊戲帶頭掀起一陣奇幻風潮、席捲市場，這些遊戲當中同樣也有許多來自神話的諸神與怪物大為活躍。就在這個時候，自從TRPG《克蘇魯的呼喚》（現稱《克蘇魯的呼喚TRPG》）日語版發售以來，跟其他神話頗異其趣、堪稱異形怪物寶庫的克蘇魯神話也開始逐漸受到矚目。起初以恐怖小說、SF科幻小說形式介紹到日本的神話作品，至1980年代中期再度以次文化《怪物圖鑑》形式傳入，知名度瞬間大大提升。提到克蘇魯神話，一般人想像的恐怕就像是「超人力霸王」或「哥吉拉」系列的外星人或怪獸，披上奇幻神話的外衣。

本書的第2章、第3章介紹的是克蘇魯神話的最大特徵，也就是這些怪物——體現宇宙未知恐怖的邪神，以及部分崇拜這些邪神、部分與之對立的異形生物。

其次，第2章第一個項目將會就本書如何定位自法蘭西斯·T·雷尼《克蘇魯神話小辭典》以後便成為統稱邪神慣用語的「Great Old Ones（舊日支配者）」進行解說，還請各位可以先看過該篇再繼續閱讀。

再者，關於本書解說文使用的固有名詞中文表記，盡可能確認各名詞在英語圈實際是如何發音、經過仔細思考，然後選擇採用較為適當的表記方式（如札特瓜、拜亞基），或許會跟相關書籍一般使用的表記稍有出入，尚請諒解。

舊神眾神（第4章）

常說克蘇魯神話的諸神是超絕人類理解的巨大存在，即便對人類有危害，也不能以單純的善惡概念理解之。因為這個緣故，德勒斯在《潛伏者的巢穴》創造出封印諸邪神的善神「舊神（Elder God）」，才會受到批判說這是他欲使克蘇魯神話普及所犯下的最大「罪」。

然則洛夫克萊夫特也容許舊神此設定，更曾將此設定採納進入自身作品中，而且在《潛伏者的巢穴》之前的幾個克蘇魯神話作品便已經可以發現有善惡對立的概念，基於以上事實，近年研究多傾向認為將舊神貶為德勒斯個人設定是個已經落伍的想法。

再說，將滿1世紀的克蘇魯神話漫長歷史當中，蓋瑞·麥爾茲、弗雷德·L·培爾頓、布萊恩·魯姆利等後續作家已經就舊神相關設定做更深的探究、改編，早已經不是從前「諾登斯是唯一我們知道名字的舊神」的時代了。

在這個第4章裡面，筆者將針對創作克蘇魯神話時往往令人相當困擾的舊神相關設定進行解說。同時，第3章的「憂戈-索陀斯」亦有相關記述，還請一併參照閱讀。

禁忌之物（第5章）

克蘇魯神話的諸多構成要素當中，禁書等物的重要性有時候甚至高過於異形邪神和怪物，其中又以傳為阿巴度·亞爾哈茲瑞德所著《死靈之書》尤為重要。

根據《敦威治村怪譚》、《在瘋狂的山上》其中的引用文，《死靈之書》記載了人類誕生以前地球的狀況，包括南極大陸的「遠古種族」，隨後來到地球的克蘇魯及其眷族，以及憂戈-索陀斯、舒伯-尼古拉斯等諸神相關資訊，甚至還寫到如何將他們召喚到人世間的方法。

描述憂戈-索陀斯子嗣華特立兄弟生死的故事《敦威治村怪譚》，洛夫克萊夫特研究者認為是基督教該隱與亞伯故事的仿作，而《死靈之書》記載了天地創世的故事和召喚異次元諸神的方法，可謂相當於克蘇魯神話的「舊約聖經」。

當然了，記載地球黑暗歷史的禁書絕非《死靈之書》而已。洛夫克萊夫特及隨後參與神話創造活動的作家，還要繼續創造新的書籍，使克蘇魯神話的設定更趨完整。

第5章除這些禁書以外，還會一併介紹克蘇魯神話作品提及的幾個魔法道具。關於本章介紹的書籍、魔法道具，考慮到原文表記中蘊含的語義，再選擇較為適當的中文譯名（如《拉葉書》），有時候可能會跟相關書籍一般使用的表記有所出入。

恐怖所在（第6章）

洛夫克萊夫特直到20世紀後半期才開始被介紹到日本，起初固然亦有提升相關書籍銷量之行銷目的，使得他的形象長期以來受到相當程度的誇張和曲解，其中便有個說法指其「終其一生繭居於故鄉普洛維頓斯，一步都不曾離開」，此說法今已遭到徹底否定。其實洛夫克萊夫特頗好旅行，每年春秋兩季都要出外展開1週以上的旅行，去拜訪遠方友人借住在友人家中。

不光如此，在洛夫克萊夫特以他曾稱「阿克罕圈」的美國新英格蘭區地方城鎮為故事舞台的作品群當中，有許多都是他在前往該地旅行以後才創作的。洛夫克萊夫特有時候會在寄給朋友的書信中詳細報告他在這些地方旅行的所見所聞，有時候則是執筆記錄旅行遊記。洛夫克萊夫特在小說中描寫土地情景的時候，還不時會原原本本地引用這些自己在旅途中寫下的文字。

如上所述，克蘇魯神話作品確實具備「地域性文學」之屬性。跟洛夫克萊夫特同樣的，奧古斯特・W・德勒斯也在《黑暗住民》當中將奈亞魯法特在人間的棲身處「恩狄樹林」設定在自己定居的威斯康辛州。其他像英國作家倫希・坎貝爾和布萊恩・魯姆利亦曾在作品中提及英國國內的克蘇魯神話地點，現代恐怖小說界的旗手史蒂芬・金同樣受洛夫克萊夫特影響頗深，他也在自己出生長大的緬因州創作了好幾個恐怖駭人的城鎮。

當然，克蘇魯神話的故事舞台並不限於創作者實際走過、詳知其情景的土地。陌生的外國自然不在話下，故事舞台更可及於遙遠太古時期沉入海底的大陸、遙遠的繁星之間、甚至人類沉眠意識深處的異鄉。

這些洛夫克萊夫特作品提及的土地又稱作「洛夫克萊夫特之地」，狹義來說指新英格蘭地區、澳洲和南極等地，廣義則涵蓋格洛斯特郡、阿維洛瓦和埃及等地。

第6章比其他章多了點摘要的味道，介紹的是克蘇魯神話經常引為共通舞台的「故事舞台」。

目次

第3章 異形生物 …… 127

第4章　舊神眾神 ······ 161

第5章　禁忌之物 ······ 177

專欄　凡例

- 由於克蘇魯神話的性質使然，本書解說文當中會同時記載到真實與虛構的文獻以及作品名。若是真實存在的作品，本書會將題名文字以**標楷粗體字**標記。若有按照時間順序進行解說之需要，則會羅列洛夫克萊夫特作品的執筆時期，以及其他作家作品的發表時期。
- 倘若出典文獻、製品、作品的題名並無日本語譯，將同時記載英語等原題名以便調查和確認（也有部分例外）。
- 解說文當中記載之刊物等不同媒體，分別以下列符號表示之。
  - 《》……單行本、小說作品、電影、雜誌、詩歌、評論之名稱。
  - 〈〉……報紙、文章、論文之名稱。
- 國名、地名表記，以大使館或旅行社使用之普遍表記方式為準。
- 天體星系等名稱表記，以2000年以後發售之天文學書籍、天文相關電腦軟體為準。
- 文中頻繁提及的下列克蘇魯神話作家，將省略不以全名記載。
  - 洛夫克萊夫特：霍華・菲力普・洛夫克萊夫特
  - 史密斯：克拉克・艾希頓・史密斯
  - 霍華：羅伯・E・霍華
  - 德勒斯：奧古斯特・德勒斯
  - 布洛奇：羅伯・布洛奇
  - 雷尼：法蘭西斯・T・雷尼
  - 卡特：林・卡特（林伍・弗魯曼・卡特）
  - 魯姆利：布萊恩・魯姆利
  - 坎貝爾：倫希・坎貝爾
- 文中頻繁提及的法蘭西斯・T・雷尼《**克蘇魯神話小辭典**》又略稱為《**小辭典**》，林・卡特的《**克蘇魯神話的諸神**》則略稱為《**諸神**》。

- **譯者補充注釋集中於P.267～277。**

第1章

暗黑神話大系

共同關鍵字

Shared Word

- 《奇詭故事》
- 《死靈之書》
- 《黃衣之王》

一切始於分享

20世紀前半的美國發生了一個相當有趣的文化現象。

霍華．菲力普．洛夫克萊夫特是位活躍於《奇詭故事》等大眾讀物雜誌的作家，一群以他為首的怪奇小說家創造出許多虛構的太古邪神、土地、書籍等固有名詞，然後透過各自的作品共享這些名字，展開了一場頗具童心的遊戲。各個故事就這樣藉著各個關鍵字巧妙地連結起來，形成一個逐漸成長的作品群，彷彿大家共同分享、存在於同一個神話世界之中。

洛夫克萊夫特自己在**《烏薩爾的貓》、《白船》**等以幻夢境為舞台的奇幻作品裡面，就已經開始了這種共享名字的遊戲，只不過這些故事最終僅能見載於業餘性質的雜誌，因此實質上仍然要以《奇詭故事》1924年2月號刊載的**《汀達羅斯的魔犬》**為嚆矢。《汀達羅斯的魔犬》是第一部提及禁書《死靈之書》及其作者阿巴度．亞爾哈茲瑞德名字的商業作品，儘管少數讀者可能知道業餘雜誌《Wolverine》1921年11月號刊載的**《無名都市》**同樣也有提到亞爾哈茲瑞德的名字。

直至《奇詭故事》1924年3月號刊登**《牆中鼠》**，1928年2月號則刊載了**《克蘇魯的呼喚》**，暗黑神話系列鉅作的輪廓方才開始浮現。

終於，恐怖小說雜誌《奇怪故事》（Strange Tales）1931年9月號刊出內含《死靈之書》引用文的**克拉克．艾希頓．史密斯**作品**《巫師的歸來》**，讓原本就已經相當關注洛夫克萊夫特世界觀的讀者好奇心逐漸提升至狂熱的程度。

這便是後來世稱克蘇魯神話的虛構神話體系誕生之始末。

不斷擴散的創作遊戲

洛夫克萊夫特一方面鼓勵作家友人引用自己作品登場的諸神和書名，另一方面也毫不客氣地引用朋友的作品。有時候他會事先取得作者的許可，有時候不會。還不只是如此，當時洛夫克萊夫特還會幫同業做些草稿文稿的增減潤飾、以此營生，然則雖然名曰增減修飾，實則洛夫克萊夫特大多都是直接全部重寫，然後擅自把自創關鍵字安插進別人的作品，藉此和自己的作品產生連結。

當讀者發現了這麼件有趣的事情，自然紛紛把雜誌翻了個遍、要找出這些關鍵字。當初作家羅伯．E．霍華收到讀者投書，詢問他連載於《奇詭故事》1920年10月號的故事《疤面》當中名叫**卡斯洛**的反派角色跟克蘇魯有什麼關係的時候，他根本還不知道克蘇魯是什麼東西呢。也正因為這個機緣讓他跟洛夫克萊夫特結成朋友，進而促使霍華積極地展開克蘇魯神話作品的創作。

向神話資料庫「接續」

多位作家共享同一個世界觀、藉此舞台進行創作的手法，以及該世界觀本身，稱作共同世界（Shared World）。只不過克蘇魯神話作品群的世界觀其實並不盡然同一，許多作品會另外為這些共同的名字做些改編，無法維持完全的同一性。筆者將克蘇魯神話的這種手法稱作**共同關鍵字**，而克蘇魯神話的固有名詞便是在眾多作家的相互引用之下成為構成神話體系的基本單位，其中亦不乏如R．W．錢伯斯作品首次提及的《黃衣之王》之類原本跟克蘇魯神話毫無關係的名字。

以下僅止於筆者個人的見解：當作者將作品接續至克蘇魯神話這個神話資料庫，也就等於是將自身作品所獨有的名字提供出來，成為新的神話關鍵字；當我們在創作克蘇魯神話故事的時候，最好要考慮到將來可能會有第三者把原先屬於自己獨有的名字移至其他作品中使用。

當然除此以外，也有其他做法例如不去使用這些共有共享的名字，而是透過故事情節或氛圍的營造去貼近既有作品，這也是另一種克蘇魯神話故事的創作手法。甚至有些時候可能作者根本無此意圖，卻仍然受到讀者認定為克蘇魯神話作品。

克蘇魯神話

Cthulhu Mythology

- 洛夫克萊夫特
- 《死靈之書》
- 赫斯特神話

「克蘇魯等神話」

如果要用一個最大公約數的說法來描述克蘇魯神話，那應該就是「講述人類尚未誕生的遙遠太古時代便從宇宙或異次元來到地球並施行統治的怪物之作品群」。其實這些世稱**克蘇魯**、**憂戈-索陀斯**和**奈亞魯法特**的個體，從前曾經受到太古人類與異形種族奉為神明崇拜。神話創造運動的核心角色洛夫克萊夫特，將這些神話故事稱為**「克蘇魯等神話」**。

克蘇魯神話之「原典」

正如同希臘神話是以戲劇、敘事詩等作品當中描述的無數故事為原典，克蘇魯神話同樣也是由眾多故事所建構形成。作品世界裡的**《死靈之書》**、**《哀邦書》**等禁書便是，而現實世界中眾多作家創作的無數故事同樣也是克蘇魯神話的原典。

克蘇魯神話作家大致可以分類成三個世代：

- **第一世代**：神話的形成期。一群實際與洛夫克萊夫特進行交流，互相交換關鍵字並參與神話創造的作家。亦稱**「洛夫克萊夫特幫」**。
- **第二世代**：神話的整理．增補期。受第一世代作家影響，於阿克罕之家等出版社發表作品的作家。以德勒斯、卡特為核心人物。
- **第三世代**：跟第一世代第二世代的作家作品無關，克蘇魯神話此創作類別已然確立存在以後的作家，時期大約相當於1970年代至今。

克蘇魯神話最受重視的「原典」，當屬以洛夫克萊夫特為中心的第一世代作家的文章。此處所謂「文章」並不僅限於小說、詩歌等作品，還包括創作筆記、斷章（未完成的小說）和書信。克蘇魯神話這個共享名字的遊戲，其實也可以說是作家們的一種溝通手段，故而他們的信件當中勢必帶有大量作品中未曾提及的資訊情報。那些請洛夫克萊夫特修飾小說文章，結果全文被洛夫克萊夫特重寫替換掉的作家作品，也算是洛夫克萊夫特作品的範疇；而那些作品影響到洛夫克萊夫特、受其引用的先行作家們，也都是跟第一世代作家文章同樣重要的原典。

- **與洛夫克萊夫特交流的作家**：法蘭克・貝克納普・朗恩、克拉克・艾希頓・史密斯、多納德・旺得萊、奧古斯特・W・德勒斯、羅伯・E・霍華、羅伯・布洛奇、亨利・古特涅等人。
- **洛夫克萊夫特引用的作家**：安布魯斯・畢爾斯、羅伯特・W・錢伯斯、亞瑟・馬欽（注1）、阿爾傑農・布萊克伍德（注2）等人。

還有些作家固然不曾和洛夫克萊夫特有過交流，卻是受洛夫克萊夫特等人作品啟發而將神話關鍵字寫入自家作品，如亨利・哈塞、布魯斯・布萊恩等人，將其中跟洛夫克萊夫特同時代的作家歸入第一世代作家，其實也未嘗不可。

世界觀的共有

其實當初洛夫克萊夫特對自己在作品中所暗示的神話，並沒有一個有體系的構想，不僅僅用語區別曖昧，當中甚至還有諸多矛盾。他應該是從1930年左右開始梳理神話的設定，此時期的作品如《**在瘋狂的山上**》、《**印斯茅斯疑雲**》便開始有了連貫性。

洛夫克萊夫特雖然引用作家友人作品中的名字和設定，但他似乎始終認為此舉是「編入自己的作品世界」，並未對作品世界的接續連結有比較深入的想法。直到洛夫克萊夫特死後，第一世代作家們的作品才終於擁有一個較為明顯的共通世界觀，而促成此舉的正是曾經向洛夫克萊夫特提議將共同世界構想取名為**赫斯特神話**的德勒斯；後來德勒斯在自己和史密斯的來往書信當中，選定了他們日常使用的**「克蘇魯神話」**一詞作為神話的名字。

H.P.洛夫克萊夫特

Haward Philips Lovecraft

- 普洛維頓斯
- 業餘文筆家
- 紐約

浸淫於閱讀與科學的少年時代

1890年8月20日，**霍華·菲力普·洛夫克萊夫特**誕生於羅德島州的州城**普洛維頓斯**。母親莎拉·蘇珊·洛夫克萊夫特（Sarah Susan Lovecraft）出身於新英格蘭地區屬於上流階級的菲力普家，父親溫菲爾德·斯科特·洛夫克萊夫特則是出身中下階層，是位四處巡迴兜售的訪問銷售員。

溫菲爾德在洛夫克萊夫特3歲的時候被送進了普洛維頓斯的巴特勒醫院，判定為精神異常者並於5年後死亡，死因為不全麻痺（注3）。

其後洛夫克萊夫特與母親得到外祖父惠普爾（Whipple Van Buren Phillips）收留，母親遭逢巨變後精神狀態並不穩定，一方面對他灌注甚至於過剩的愛，另一方面卻又對他說「你長得這麼醜，將來沒人會愛你」，總是把自己關在屋裡足不出戶。儘管如此，洛夫克萊夫特的少年時代生活還算是比較陽光的，他每天跑到閣樓去翻外祖父的藏書來讀，偶爾似乎也會跟附近的朋友一起玩。洛夫克萊夫特2歲就懂英文字母，4歲就看得懂大人讀的困難書籍，漸漸地也發展出書寫創作的興趣。洛夫克萊夫特現存最早的小說作品著於1905年，但當時他以「小說遠不及於詩歌與隨筆」為由一度放棄了。喜歡科學的洛夫克萊夫特接著開始閱讀天文學、地質學書籍，還為文投稿到當地的科學雜誌與報社。愛倫坡（注4）、儒勒·凡爾納（注5）幻想科學小說的影響，想必是驅使洛夫克萊夫特的重要動力。此外，洛夫克萊夫特從小就很討厭吃海鮮，經常有人說洛夫克萊夫特作品中的怪物是受到對海鮮的厭惡感影響，但其實在他所創造的邪神或生物當中，海洋生物占的比例其實並沒有想像來得那麼高。

成為作家

體弱多病的洛夫克萊夫特從霍普高中輟學後，放棄了升學**布朗大學**。相反地，他參加了業餘文學愛好家的團體聯合業餘報業協會（United Amateur Press Association），初次結識到「同好之士」。

除了參加集會以外，洛夫克萊夫特還經常寫信跟同好相互連絡。他的博學多識、思考敏捷、文筆頗受眾人賞識，終於漸漸成為協會中的核心人物。

儘管久不曾寫作小說，洛夫克萊夫特在同伴的勸進之下執筆**《靈廟》**、**《大袞》**當時，恰恰就是美國宣布參加第一次世界大戰的1917年。其中「大袞」是堪稱克蘇魯神話前身的重要作品，刊登於《奇詭故事》1923年10月號，是他首次進軍商業小說領域的處女作。此後他開始向《奇詭故事》等雜誌社投遞小說稿件，但他身為職業作家產量其實很少，就算加上替同業加筆修飾原稿（其實幾乎等於是代筆），收入仍然是少得可憐。

結婚與破局

1921年母親去世，是洛夫克萊夫特人生的另一個轉捩點。掌控自己私生活的母親過逝固然令他悲嘆，卻也使他從此獲得解放。1924年洛夫克萊夫特先是搬家遷徙至紐約，又跟他在母親過逝當年舉行的國家業餘報業協會波士頓大會上結識的女性——比他大七歲的寡婦桑雅．H．葛蕊妮（Sonia H. Greene）結婚。

當時洛夫克萊夫特透過一個名叫**卡萊姆俱樂部**的聚會，跟朋友熱心地交往，當中包括後來也開始創作克蘇魯神話作品的作家法蘭克．貝克納普．朗恩。可是後來妻子生意遇到瓶頸、必須前往俄亥俄州工作，兩人因而分居。為節省房租開銷，洛夫克萊夫特搬到治安不佳的布魯克林區，卻又受不了布魯克林的嘈雜喧囂、地下鐵、貧民窟等紐約的大都會生活，再加上妻子勸說，1926年他又搬回了普洛維頓斯，跟過度保護自己的兩位姨母同住。其後，他跟妻子實質上的分居狀態仍然沒有改變，最終1929年離婚成立。

從此以後他雖然頻繁地出外旅行，但總算是在普洛維頓斯定居了下來，他一方面寄出大量信件與同業友人溝通來往，一方面就在這裡陸續發表了許多作品。

洛夫克萊夫特之前

Before Lovecraft

- 佩加納神話
- 「文學中的超自然恐怖」
- 宇宙的恐怖

初識創作神話

儘管認為散文不及詩歌與隨筆而許久沒有創作小說，不過洛夫克萊夫特從1919年至1920年便執筆寫下了多達16部的短篇小說。

之所以重拾小說寫作，要歸因於他讀了愛爾蘭幻想作家**唐珊尼爵士**的作品。唐珊尼愛讀17世紀英國國王詹姆斯一世下令翻譯成英語的**《欽定版聖經》**（注6），自身文體深受其影響，而正是他那格調高尚的文氣筆風，讓洛夫克萊夫特洗去了原先對小說的偏見。甚至洛夫克萊夫特還曾經寫了篇叫作「**文章構成***Literary Composition*」的論文，規勸讀者不要染上大眾雜誌的輕率文體，而要去研究形塑唐珊尼文體的《欽定版聖經》。

洛夫克萊夫特1918年執筆小說**《北極星》**時雖然還不曾接觸過唐珊尼作品，作品字句卻頗有其風，因此可謂是相當符合洛夫克萊夫特的胃口與作風。據說唐珊尼1919年在波士頓演講的時候，洛夫克萊夫特雖然坐在第一排座位聽講，卻是害羞內向到沒能敢去跟唐珊尼要求握手。

唐珊尼為他帶來的影響，並不僅僅是流麗的文體而已。透過**《佩加納眾神》**、**《時間與眾神及其他故事集》**等作品，唐珊尼大量使用自創的眾神和地名建構虛構神話，描繪形成了所謂的佩加納神話。

唐珊尼創作神話此舉引起了洛夫克萊夫特的興趣，於是他也透過**《烏薩爾的貓》**、**《白船》**、**《西里非斯》**、**《蕃神》**等以人類的夢中世界——**幻夢境**為舞台、帶有唐珊尼風格的作品，開始編織創造描述〈蕃神Other Gods〉等異形神祇的暗黑神話巨作。

溫故

在洛夫克萊夫特建構克蘇魯神話這個虛構神話世界的過程中，啟發他的可不是只有唐珊尼爵士而已。

許多恐怖、奇幻作家也都對他造成了很大影響，包括愛倫坡（注4）、儒勒・凡爾納（注5）、阿爾傑農・布萊克伍德（注2）、亞瑟・馬欽（注1）、安布魯斯・畢爾斯、R・W・錢伯斯、W・H・霍吉森、亞伯拉罕・馬里特等人。其中又以畢爾斯和錢伯斯影響尤深，洛夫克萊夫特甚至在作品中引用兩人所創**赫斯特**、**卡柯沙**、**哈利湖**等固有名詞，讓這些用語最終都被納入了克蘇魯神話。從此便不難發現，即便是當初由洛夫克萊夫特自己進行創作的時期，克蘇魯神話故事的劇情走向便早已經不是他一人能夠完全控制的。

除恐怖小說以外，納撒尼爾・霍桑、華盛頓・歐文等人帶有新英格蘭地區歷史和風土色彩的美國古典文學，也培養出洛夫克萊夫特作品中的鄉土文學性格。

知新

洛夫克萊夫特受到哪些作家影響，可以從他自1925年底開始寫到1927年方才完成的的評論《文學中的超自然恐怖》得窺一二。

這篇評論是洛夫克萊夫特接受愛好者雜誌（注7）《奇幻愛好者》（Fantasy Fan）主辦人查爾斯・D・霍尼格委託所執筆，並於同誌連載到第8回。

為了要寫這篇評論，洛夫克萊夫特開始泡在紐約的圖書館，大量閱讀唐珊尼爵士、愛倫坡一直到亞瑟・馬欽的恐怖・幻想小說，連同他原本就已經讀過的作品做了個分析。

洛夫克萊夫特便是因為這次的作業，始得摸索找尋出自己的作品風格。

他再次確認曾使自己一度醉心的唐珊尼豐饒神話世界，著眼於霍吉森的奇想，發現馬欽的異形視點，學習奧拉夫・斯塔普雷頓（注8）作品中亙古宇宙規模的時間感覺，然後盛讚同時代詩人拉克拉・艾希頓・史密斯豐富鮮明的想像力。

如此這般，洛夫克萊夫特終於自覺到唯有陳腐老朽的怪物，以及跳脫窠臼束縛的宇宙恐怖，才是他該走的道路和風格。

洛夫克萊夫特之後

After Lovecraft

- 阿克罕之家
- 柯林．威爾森
- 林．卡特

阿克罕之家的設立

1937年3月15日早晨，洛夫克萊夫特逝世於**普洛維頓斯**的珍布朗紀念醫院，死因為營養失調引起的腎臟炎、腸癌複合症狀。他的訃聞傳開來後，德勒斯首先發難。

奉洛夫克萊夫特為師的德勒斯，先是跟洛夫克萊夫特的作家友人多納德．旺得萊共同計畫要替老師刊行作品集，又在史密斯等一班與故人素有親交的作家支持之下，開始遊說各家出版社。

儘管最終沒有出版社贊成這個構想，德勒斯絲毫沒有氣餒，與旺得萊創立了出版社**阿克罕之家**。

1939年他們出版第一部作品集《**化外之民** *Outsider and others*》時，德勒斯和旺得萊將銷售得來的1000美金（換算成現在的幣值相當於數萬美金），分文未取全數交給了洛夫克萊夫特的姨母安妮．伽姆維爾。

在洛夫克萊夫特的親戚兼遺言指定遺稿管理者羅伯特．H．巴洛協助之下，德勒斯的事業得以開展，除洛夫克萊夫特作品外，還陸續出版了史密斯等一班克蘇魯神話作家的作品集。

儘管受到興趣與熱情驅動，德勒斯的出版事業卻是虧損連連，必須身兼作家、編輯、大學講師等多職來籌措資金。

即便羅伯．E．霍華與洛夫克萊夫特去世、史密斯折筆，甚至羅伯．布洛奇一度捨棄克蘇魯神話，德勒斯即便獨自一人仍然不斷在創作克蘇魯神話作品。德勒斯這個時期的作品有許多是在補寫洛夫克萊夫特留下來的創作筆記和遺稿斷章。不光是如此，德勒斯還致力於培育新世代神話作家，透過阿克罕之家將他們的作品傳諸於世。

克蘇魯神話的殉道者德勒斯

德勒斯透過阿克罕之家的出版物激勵了英國的倫希・坎貝爾、布萊恩・魯姆利等為克蘇魯神話世界著迷的年輕人，然後又讓阿克罕之家出版他們寫的克蘇魯神話作品。

以評論《異鄉人》出道文壇的柯林・威爾森，也是被德勒斯給拉來的。威爾森雖然在文學論集《做夢的力量》（1961年）開頭批判攻擊洛夫克萊夫特，卻也感受到洛夫克萊夫特難以抗拒的魅力。其後威爾森開始和德勒斯交往，並且在德勒斯的勸進之下陸續發表了《思想寄生蟲》、《羅伊戈的復活》、《賢者之石》等作品，甚至1978年更有將克蘇魯神話傳說中的禁書《死靈之書》整本出版的大膽惡作劇。

阿克罕之家1969年出版的《克蘇魯神話集》當中，第一世代眾作家自然不在話下，同樣也收錄有坎貝爾、魯姆利和威爾森等多位第二世代作家的作品，是德勒斯出版活動的集大成作品。雖有出版續集的計畫，德勒斯卻因為罹患多年的心臟病惡化以及日復一日的繁重工作弄壞了身體，終於在1971年7月4日早晨心臟病發作，與世長辭。英國幻想文學協會為紀念他的功績，特別設立了一個名為奧古斯特・德勒斯獎的獎項。

克蘇魯神話將成主流

後來接下德勒斯志業、使克蘇魯神話愈發普及的人物，便是兼有科幻・奇幻作品研究家與編輯身分，身為作家則承繼了霍華作風，著有英雄奇幻《黎姆利亞薩迦》（注9）等作品的林伍・弗魯曼・卡特 —— 也就是林・卡特。卡特是克蘇魯神話熱情的忠實讀者，他分別於1956年和隔年1957年向愛好者雜誌投稿的文章《克蘇魯神話的魔法書》、《克蘇魯神話的眾神》，後來都被收錄進入了阿克罕之家出版的書籍裡。

1970年代，林・卡特成為大出版社巴倫泰書籍的簽約編輯，負責平裝叢書《巴倫泰寫給成年人看的奇幻》的編輯工作。這個時期他有兩部重要的作品：克蘇魯神話選集《克蘇魯的眷族 *The Spawn of Cthulhu*》（1971年），以及記錄洛夫克萊夫特創造神話過程的評傳《克蘇魯神話大全》（1972年），也就是這兩本書，將克蘇魯神話的知名度從原本唯有極度狂熱恐怖小說愛好者才知道，推升到世界聞名的程度。

「神話」的體系化

Organizing Mythology

- F・T・雷尼
- 林・卡特
- 《克蘇魯的呼喚TRPG》

事典編纂者

早在克蘇魯神話的形成時期1920～1930年代，以洛夫克萊夫特為首的第一世代作家，其實還不曾設想一個有體系的神話。

他們引用別人作品關鍵字時往往並不事先取得對方同意，直接更改作品設定甚至追加新的設定，這種傾向在洛夫克萊夫特和史密斯的作品當中尤其明顯。各種設定的共享、邏輯連貫性全憑作者個人感性，除各人作品和來往書信內容以外，再無其他規範存在。

洛夫克萊夫特有洛夫克萊夫特的世界觀，史密斯有史密斯的世界觀，霍華有霍華的世界觀，其間只不過是偶爾會有關鍵字或作品設定的交流而已。

年輕時候的德勒斯和布洛奇似乎確曾某種程度地意識到「共通的世界觀」的概念，但他們仍不改任意修改更動神話的做法。

從雷尼到卡特

洛夫克萊夫特死後，德勒斯才將這些作品均視為屬於同一世界觀的作品，然則實際將其體系化的並非德勒斯，而是當時負責刊行愛好者雜誌（注7）《侍祭Acolyte》的**法蘭西斯・T・雷尼**，他後來在同誌1942年冬季刊發表了**《克蘇魯神話小辭典》**。這篇記事引起德勒斯注意，他與雷尼經過一番意見交換以後，遂將增補版的**《克蘇魯神話小辭典》**收錄於1943年刊行的洛夫克萊夫特作品集**《穿越睡夢之牆***Beyond the Wall of Sleep*》，並從此按照該設定進行創作。以下介紹幾項雷尼編纂**《克蘇魯神話小辭典》**時另行添補的獨創設定。

- ✢ 針對德勒斯作品僅止隱約提及的「看似對應於四大精靈」，明確設立了四大分類並補上了原先沒有的火之精靈。
- ✢ 同樣採用了**舊神**的設定，並設定曰舊神曾經二度驅逐邪神。又將洛夫克萊夫特作品中提及的**諾登斯**歸為舊神一類。
- ✢ 將**烏伯・沙絲拉**等史密斯作品所述諸神，寫進洛夫克萊夫特年代記之中。
- ✢ 明確指出**奈亞魯法特**的化身數量為「千個不同姿態」。

從此以後，編纂事典遂成克蘇魯神話體系化之慣用固定方法。

後來又有林・卡特為《克蘇魯神話小辭典》增添新頁。卡特20多歲時在愛好者雜誌《Inside and Science Fiction Advertiser》1956年3月號發表**《克蘇魯神話的魔法書》**，於「Inside SF」1957年10月號發表**《克蘇魯神話的諸神》**，都是評價頗高的古典克蘇魯神學著作，後來被德勒斯收錄於1959年出版的神話作品集**《關閉的房間和其他小品》**。

成為職業作家和編輯以後，林・卡特又再度著手從事克蘇魯神話的體系化工作。他很貪心地把倫希・坎貝爾、布萊恩・魯姆利、理查・L・提艾尼等一班第二世代作家的設定也給納入克蘇魯神話體系，自己也創作許多作品來填補設定的空白處。不過，卡特最終彙整形成的克蘇魯神話世界觀卻是跟《克蘇魯神話的魔法書》、《克蘇魯神話的諸神》的記載頗有出入。

《克蘇魯的呼喚TRPG》以降

還有一個人也注意到卡特的努力，並進一步嚐試就克蘇魯神話做獨特的體系化詮釋，此人便是**《克蘇魯的呼喚**TRPG》的遊戲設計者桑迪・彼得森，該遊戲的規則手冊不只是規則手冊，同時也是最新的克蘇魯神話事典。除「外來神明」此概念以外，其他像是邪神的侍從種族、其他獨立種族的分類等也都是彼得森所發明，此遊戲連同其周邊產品對1980年代以後的克蘇魯神話作品造成了極大影響。

至於透過編纂事典將神話體系化的工作，則另有丹尼爾・哈姆斯承繼前人志業。其作品**《克蘇魯百科全書》**既是事典，同時也是哈姆斯詮釋下的世界觀解說書，刊行出到了第三版（日語版則出到了第二版），可惜介紹的仍然是以英語圈作品為中心。事典類另有**《怪物之鍾》**、**《圖解克蘇魯神話》**等書，若創作之時引作參考，須得注意其中含有許多屬於創作者獨有的特殊設定。

宇宙年代記

Cosmic Chronicle

→地質學
→天文學
→地球年代記

宏大的時間跨度

相較於影響洛夫克萊夫特頗巨的唐珊尼爵士**佩加納神話**，克蘇魯神話有個相當重要的特點，那就是它擁有「年代記」之屬性。

克蘇魯神話作品經常可以看到類似「地球甫形成時」、「人類誕生以前」的描述，作品擁有以數億年為單位的時間跨度。

儘管受限於1920～1930年代當時的地質學知識，克蘇魯神話作品仍然在當時旬信誕生於數十億年前的太陽系第三行星 —— 地球的正史背後，譜寫了另一部以異形生物為主角的年代記。

不僅僅如此，克蘇魯神話的時間軸更跨及地球誕生以前、及於其他星球的歷史，甚至可以追溯到宇宙形成以前。

作品中提到的具體時間點，當以**庫多古**來到地球的40數億年前（理查・L・提艾尼的《**梅爾卡斯之柱** *Pillars of Melkarth*》為最早，然則**汀達羅斯的魔犬**等生物卻說是早在時間誕生以前便已經出現（法蘭克・貝克納普・朗恩《**汀達羅斯的魔犬**》）。

此世界觀應是來自洛夫克萊夫特對天文學、地質學的強烈興趣。洛夫克萊夫特自少年時代便曾投稿地區的科學雜誌，亦曾刊行私家雜誌《羅德島天文學報》，讓學校朋友給他起了個叫作「教授」的綽號。不僅僅如此，他16歲時不但在當地報社〈羅德島論壇報〉（Rhode Island Tribune）有個天文學的連載專欄，他寫尚未被發現的第九行星（冥王星）的投書也受到了《科學人》（Scientific American）雜誌的刊載。

地球作為行星的價值

洛夫克萊夫特曾經強調「宇宙中的孤立」，但實際如何呢？地球前前後後陸陸續續受到各種異形諸神和種族造訪到來，其實很是熱鬧。針對此事，以下作家各有理由說法。

- **洛夫克萊夫特《暗夜呢喃》**：〈**憂果思的菌類生物**〉為採集稀有礦類而來到地球，而他們初次造訪至今已經過了1億年以上。
- **亨利．古特涅《入侵者》**：太古諸神以地球作為旅途中繼點。
- **卡特《黑暗智慧之書》**：地球原本座落於舊神統治的異界，後來才被烏伯．沙絲拉利用從舊神手中盜來的知識「遠古之鑰」移動到了現在的宇宙。

地質學知識的差距

且讓我們就洛夫克萊夫特於《**在瘋狂的山上**》、《**超越時間之影**》當中揭示的真實地球史，跟最新地質學知識所謂地球史做個簡單的對照。

地質年代			年代（年前）	洛夫克萊夫特史觀	地質學事件
原生代			10數億年	〈遠古種族〉抵達南極大陸	羅迪尼亞大陸（注10）分裂時期
顯生宙	古生代	寒武紀	6億年	飛水螅到來	海洋覆蓋地球
		石炭紀	3億5千萬年	克蘇魯及其眷屬到來	爬蟲類出現
		二疊紀	3億年	克蘇魯進入沉眠	紀末物種大量滅絕
	中生代	侏羅紀	2億5千萬年～1億5千萬年	〈憂果思的菌類生物〉到來，舒哥叛亂等	恐龍的時代

洛夫克萊夫特執筆當時，是參考當時的地質學文獻做出最貼近當時地質學知識的年代設定，可隨著後來地質學的發展，地球的歷史開始跟他的認知產生了極大差異，而克蘇魯神話又記錄到〈**遠古種族**〉、〈**偉大種族**〉等先住種族留下來的史書，使得事態變得更加麻煩難以收拾。究竟是他們記錄錯誤呢，還是在翻譯階段出了錯呢，抑或者是最新的地質學知識有誤呢——如何處理此間矛盾，將是後續作家必須處理的課題。

未知的威脅

Cosmic Horror

- 《奇詭故事》
- 鬼故事
- 外來者

宇宙孤獨物語

「人類最古老最強烈的情感便是恐怖，各種恐怖之中最強烈者當屬對於未知的恐怖。」

——這是洛夫克萊夫特在他題為**《文學中的超自然恐怖》**的評論開頭的一段文字。

剛開始執筆創作恐怖小說的1920年代當初，洛夫克萊夫特寄稿的《奇詭故事》等恐怖小說雜誌仍然充斥著以吸血鬼、幽靈等為題材，內容描述跟人類社會有深刻因緣、怨恨的故事或者地方傳說，跟英國維多利亞時代流行的鬼故事其實並無甚差別。

洛夫克萊夫特以批判的態度看待這些故事，主張應當重視「打破自然法則的現象、宇宙規模的孤立，以及『外來者Outsider』的視角感覺」（摘自**《恐怖小說備忘錄》**），提倡所謂的**未知的威脅Cosmic Horror**，亦即描述人類無法理解的未知存在，以及該存在相對呈現生成的恐怖。

那麼，所謂Cosmic究竟所指為何？「cosmic」在英文字典裡有「宇宙的」、「廣大無垠的」、「包羅涵蓋的」等語意。

通曉天文知識的洛夫克萊夫特往往會將筆下的恐怖存在與宇宙進行連結。

其作品提及的諸神和生物，經常是來自於**憂果思（冥王星）**或**亞狄斯星**之類距離地球極為遙遠的星球，他又經常使用「宇宙的外側」此說。換句話說，所謂Cosmic Horror莫非是描述源自宇宙之恐怖物種的故事？

其實答案並非如此。洛夫克萊夫特所謂「cosmic」指的其實是地球人孤立於其中的大宇宙以及大宇宙的法則。

克蘇魯神話≠Cosmic Horror

故事的登場人物，跟透過這些人物的五體感官體驗故事的受信者（讀者或玩家），遭遇到無法理解甚至無從溝通的未知存在、未知狀況，自己彷彿是個無機質、是無垠宇宙中一個孤立無援的外來者，遺留在強烈的不安當中 —— 這便是H・P・洛夫克萊夫特所提倡之名為Cosmic Horror的全新理念。

只不過，洛夫克萊夫特所著小說作品自是不在話下，就連其筆下的克蘇魯神話故事作品，也並不全然是在寫他講的那個Cosmic Horror。舉例來說，**《屍體復生者赫伯特・韋斯特》**是初次提到米斯卡塔尼克大學的克蘇魯神話重要作品，不過此作品是洛夫克萊夫特為詼諧系小說雜誌《自釀》（Home Brew）創作的連載小說，其內容自然也是單純而傳統的恐怖故事，並不具備Cosmic Horror特徵。

除此以外，克蘇魯神話成立時期的作品 —— 史密斯的**《七詛咒》**雖曾提及克蘇魯神話相關神祇與非人生物，然彼等心性與人類差距不遠，並非完全無法溝通意志的對象。

直到後來阿克罕之家時代的德勒斯，才將洛夫克萊夫特的創作理念Cosmic Horror，跟洛夫克萊夫特所創造的虛構神話克蘇魯神話劃上了等號。德勒斯的作品經常會出現一段意為「面對來自宇宙超絕想像的恐怖存在，無力的人類只有受到玩弄擺佈而已」的文字，這便是他對「洛夫克萊夫特的Cosmic Horror」的標準說明。

我們可以推想，德勒斯如此寫法想必是他在推擴洛夫克萊夫特作品暨其世界觀時，需要用一段象徵性的文字來強調其特異性。

其實具備Cosmic Horror的特徵，也並非一部作品成為克蘇魯神話故事的必要條件。

只不過從模仿創始者洛夫克萊夫特理念這點來說，意識到Cosmic Horror確實是足使作品成為「克蘇魯神話風格故事」的充分條件。

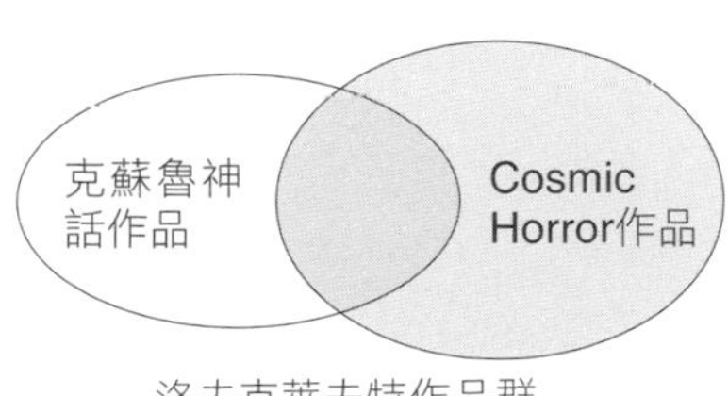

太古的恐怖

Ancient Evils

- 神智學
- 先住種族
- 遺跡

地球的真正統治者

克蘇魯神話有個共通的大前提「早在人類誕生遙遠的從前，地球是受到宇宙飛來的強大異質存在〈神〉所統治，時則受心性與人類相去不遠的異種族統治」，而這也是克蘇魯神話的最大公約數世界觀。人類（智人）在長達數十億年的地球歷史洪流中只不過是個短暫的過客，甚至有幾部作品還把人類指為諸神和先住異種族創造出來的物種。

- **洛夫克萊夫特《在瘋狂的山上》**：據《死靈之書》記載，地球上所有生物全都是〈遠古種族〉在遊戲或錯誤之下創造出來的造物。
- **史密斯《七詛咒》**：**極北大陸**的**沃米達雷斯山**地底深處，有支名為**原型人**的人類始祖種族棲息。
- **史密斯《烏伯・沙絲拉》**：根據《哀邦書》記載，地球上所有生物的原型均是孕生自**烏伯・沙絲拉**，最終也將回歸於烏伯・沙絲拉。

在將人類視為地球所有生物萬靈之長，並且主張人類乃模仿造物主形象而造的基督教社會，尤其是以重視聖經所載教義的新教為主流的美國，這些想法本身就是種褻瀆，甚至可以說是恐怖的泉源。

不過，這種認為地球人進化過程受到非神外星人介入的創意，其實亦可見於與克蘇魯神話相同時期的科幻類創作，較著名的作品如艾德華・E・史密斯的**《透鏡人》系列作**。

神智學的影響

19世紀經過接受啟蒙主義和工業革命的洗禮、從近代邁向現代，以**神智學**為首的諸多神祕學運動亦隨之興起。彼等主張**黎姆利亞**和**亞特蘭提斯**等地的超古代文明是進步程度遠勝現代、擁有高度文明的烏托邦，一時間頗受歡迎。其中神智學更有地球的先住民族等概念，對克蘇魯神話有很大影響。根據神智學創始者海倫娜・P・布拉瓦茨基的《**祕密教義**》，人類是依循七個階段的階梯式進化而來（第6、第7是未來的種族）。

1 **第1根源人種（波拉琳人）**：棲息於北極圈，僅具備以太體而無肉體。
2 **第2根源人種（極北人）**：極北大陸的居民。
3 **第3根源人種（黎姆利亞人）**：黎姆利亞大陸的居民。原是兼具兩性性徵的類人猿，後來才有性別分化。
4 **第4根源人種（亞特蘭提斯人）**：黎姆利亞大陸的部分陸塊後來形成亞特蘭提斯島。開始懂得使用語言。
5 **第5根源人種（現生人類）**：古印度的雅利安人（注11）為其祖先。

禁忌的「遺跡」

克蘇魯神話故事中，分布於世界各地的「遺跡」往往是舉足輕重的關鍵。此間遺跡大致可以分成以下兩種：

- **已知世界的遺跡**：埃及金字塔、復活島摩艾像以及分布於世界各地的城堡、墳墓等，就算知名度僅限於當地一隅仍然算是為人所知的遺跡。經常被設定為異種族的棲息地或者神殿。
- **未知世界的遺跡**：位於南極大陸、澳洲或阿拉伯沙漠等故事中人跡未踏的祕境，由人類出現以前的異種族建立的都市遺跡或神殿遺跡。有時甚至可能座落在其他行星或異次元空間。

關於這些遺跡，部分民間傳說和禁書僅有相當模糊的記載，又周遭偶有離奇現象發生，是故往往受附近居民視為禁忌。

與異種族混交

Spawns

✦〈深海巨人〉
✦憂戈-索陀斯
✦超能力者

現代的「異種相婚譚」

克蘇魯神話故事往往將人類跟異形種族甚至跟「諸神」混交而生下、抑或受其影響而生下的人類，描述塑造成對人類社會的威脅。洛夫克萊夫特自身就曾經透過以下作品呈現這個主題（以下將摘錄部分故事內容）。

- 《敦威治村怪譚》
- 《依格的詛咒》（替齊利亞．畢夏普代筆）
- 《印斯茅斯疑雲》

異種相婚譚在神話、傳說裡可謂是個傳統的故事典型，洛夫克萊夫特孩童時期愛讀的希臘神話便充斥著許多這種故事。

將這個主題寫成恐怖小說的應用實例並不罕見，而洛夫克萊夫特也確曾受到這些先行作品的直接影響。此題材並不僅限於克蘇魯神話，只是這個主題極難處理、稍微走錯一步便恐有種族歧視之虞，須得特別小心注意。從前洛夫克萊夫特引為參考的作品包括：

- **亞瑟．馬欽《偉大的潘神》**：述及一名異界神明與人類所生的女孩。
- **哈波．威廉斯《森林裡的東西》**：雙胞胎的其中一人被囚禁於林間小屋中的故事。
- **歐文．S．科布《魚頭》**：描述人類和魚類的雜交。

深沉靜謐的侵略者

為什麼，克蘇魯神話當中描述的諸多異形種族會想要跟人類雜交生子呢？且容筆者借用前面提到的《印斯茅斯疑雲》、《敦威治村怪譚》兩部作品，解說此事背景以供讀者諸君參考。

- **《印斯茅斯疑雲》**：描述來自地球以外的半魚人種族〈**深海巨人**〉在麻薩諸塞州東北的荒廢沒落港口城鎮**印斯茅斯**，持續跟人類交媾進行繁殖的侵略故事。起初〈深海巨人〉曾經一度跟人類建立起以活祭品換取黃金和漁產的對價關係，可是後來他們終於佔領了這個城市，甚至故事中還指出他們欲以印斯茅斯為灘頭堡、企圖展開更大規模的侵略行動。其次，根據作品中的描述和創作筆記顯示，洛夫克萊夫特似乎將〈深海巨人〉設定為人類的祖先，故《印斯茅斯疑雲》可以說是則透過混交回歸先祖的故事。
- **《敦威治村怪譚》**：此故事發生於與《印斯茅斯疑雲》同州的麻薩諸塞州西部一個叫作敦威治村的聚落。潛伏於異次元的**憂戈-索陀斯**是從前統治地球的諸神之一，而故事就要從一名膜拜信仰憂戈-索陀斯的魔法師華特立開始說起。華特立於哨兵山頂的環石陣召喚出憂戈-索陀斯，使其跟自己的女兒交合，生下名叫威爾伯的非人嬰兒。受命於憂戈-索陀斯，威爾伯為了取得將父親及其親族召喚至地球的魔法儀式，來到米斯卡塔尼克大學尋找禁書《死靈之書》……

這些作品並不把跟人類製造後代視為單純的繁殖行為，而是視為侵略手段。後續作家也有許多作品是在描述諸神抑或其侍從種族的子孫為使祖先復甦而展開各種活動。

由於這些身體流淌著非人血脈的異形後代將繼承其血親的能力，因此往往會被設定為戰鬥傳奇形式作品的主角。具體來說，魯姆利**《風的私生子*Spawn of the Winds*》**、**《風之衍生*Born of the Winds*》**故事就是在講述伊達卡之子運用風神的超能力對抗父親。除此之外，矢野健太郎的漫畫**《邪神傳說》系列作品**則也有憂戈-索陀斯的私生子凱因．姆拉沙梅（注12），是邪神反抗組織「凱奧斯西卡」（注13）的一名超能力探員。

不祥的遺產

Ominous Heritage

- 宅邸
- 研究資料
- 工藝品

天外飛來的遺產

某一日，忽然間憑空得知平時沒什麼來往交情的祖輩或親戚有遺產遺物指名讓自己繼承……此場景可謂是屢見於恐怖小說開場的常用設定。

克蘇魯神話故事亦然，如洛夫克萊夫特所著《牆中鼠》、《克蘇魯的呼喚》等作品，許多克蘇魯神話故事均是以此作為故事展開的典型手法。

這些因為遠親過世等事由忽然間變成自身財產的遺產遺物，便是將原本過著極普通生活的人們導向非日常事件之關鍵。那些祖輩親戚大多數都跟克蘇魯神話相關事物關係匪淺，然則主角卻無從得知詳細情形，頂多只能從親戚間的耳語大概知道對方是個「風評不佳的人物」。故事主角多是唯物論的現實主義者，經常以懷疑的態度看待接觸克蘇魯神話甚至其他超自然事件和知識；相反地，他們又擁有強烈的好奇心與行動力，常常不顧旁人警告，兀自深入調查這些遺產遺物，等到回過神來卻已是深陷其中無法自拔。

除此之外，基本上故事往往還會有負責提出警告的角色。

- **附近的住戶**：知悉死者風評，一方面閃躲主角，另一方面卻以電話或書信要脅主角離開。
- **學者、研究者**：把遺產遺物交給主角繼承的人物。對克蘇魯神話有相當程度的認識。
- **酒醉的老人**：過去事件的當事者，為擺脱恐懼而沉溺飲酒。為主角提供重要情報，卻往往因而遭到殺害。

遺產遺物的種類

克蘇魯神話故事中提到的遺產遺物大致可以分成三個種類，以下將搭配具體作品實例就這三個種類進行介紹。

1 **宅邸／土地**：祖輩親戚從前居住的土地，經常有「鄰居鄉里間有流言指其為巫師之類，頗有惡評」的描述。這些地方經常是通往異形怪物棲息處的門戶，又或者是怪物自身便藏在此處，主角的到來將會引發一連串的離奇事件、終致悲劇發生。

- 洛夫克萊夫特《牆中鼠》
- 德勒斯《**山牆窗**》、《**山上的夜鷹**》、《**皮巴迪家的遺產**》
- 洛夫克萊夫特＆德勒斯《**恐怖盤踞的橋礅**》、《**門檻處的潛伏者**》
- 卡特《**佛蒙特森林發現的奇怪手稿**》

2 **研究資料／工藝品**：此類型是主角的親戚是埋首熱中於研究克蘇魯神話相關奇怪學問的研究者，然後在親戚死後繼承其遺產，包括生前整理的研究資料，又或者是自世界各地蒐得的奇怪工藝品（包括禁書）。主角通常是被死者的日記或書信等勾起了好奇心，動念試圖去驗證這些遺物，從而引發超常奇異的事件。

- 洛夫克萊夫特《**克蘇魯的呼喚**》、《**銀鑰匙**》
- 德勒斯《**赫斯特的歸來**》、《**亞爾哈茲瑞德的油燈**》
- 卡特《**溫菲爾的遺產**》
- 魯姆利《**挖地者**》

3 **血脈**：承繼先祖得來之物並非土地物品而已。過去和邪神締結的契約、異形種族的血脈等，同樣亦是不祥的遺產。

- 洛夫克萊夫特《**魔宴**》、《**關於已故亞瑟·杰爾敏及其家系的事實**》、《**印斯茅斯疑雲**》
- 德勒斯《**拉葉之印**》、《**克蘇魯迷踪**》、《**越過門檻**》
- 亨利·古特涅《**克拉利茲的祕密**》
- 亨利·古特涅＆羅伯·布洛奇《**黑暗之吻**》

現實與虛構

Convincing fiction

→當地文學
→記錄文學
→偽史

逼真的現代故事

克蘇魯神話草創時期的作品，許多都是以洛夫克萊夫特及其友人生活存在的1920~1930年代的美國、歐洲為故事舞台。

是故，儘管克蘇魯神話在現代人眼中往往裹著「禁酒法時代美國」的褪色懷舊氛圍，這些作品在執筆當初卻屬「現代小說」分類。

洛夫克萊夫特是出名的喜歡旅行，每年春秋會有1週以上的長期旅行，去借住在遠方的朋友家中。他曾經稱新英格蘭地區都市為「**阿克罕圈**」，而洛夫克萊夫特以這些地方作為舞台的作品群大多是他在前往該地旅行以後所著，不少甚至直接轉用自旅途中寫下的紀行文或者書信中的文字。除此以外，他也把自己對結婚當時居住的紐約的治安不良、故鄉普洛維頓斯所見頹廢居民的厭惡，都寫進了**《雷德胡克的恐怖》**、**《獵黑行者》**。對洛夫克萊夫特來說，克蘇魯神話故事就是擷取採錄「現在眼前的光景」的作品。

德勒斯創立阿克罕之家以後，根據洛夫克萊夫特所遺殘稿、創作筆記，執筆創作了許多以**阿克罕**和**艾爾斯伯里**、**印斯茅斯**等新英格蘭地區城鎮為舞台的小說，但他同時也有創作以自身定居的威斯康辛州為舞台的小說如**《黑暗住民》**。

從前英國作家倫希．坎貝爾以阿克罕為舞台進行創作、投稿至阿克罕之家時，德勒斯曾經勸他捨棄阿克罕而另行創造一個地方。

也許是因為德勒斯理解克蘇魯神話固有的「當地文學」性格，方有此薦。

記錄文學的手法

洛夫克萊夫特寫給德勒斯的書信中，曾經針對自己記錄語調的寫實筆風寫到：「除卻決定要寫出來的驚異事件外，故事的所有細節都必須逼真，應以科學形式解說文為基調 —— 因為這才是提出超越既存知識之『事實』的普通方法」。這種作風並非洛夫克萊夫特首創，而屢見於18 ～ 19世紀歐美流行的手記形式文學類型，甚至愛倫坡（注4）、儒勒．凡爾納（注5）等人的初期科幻小說。即便是恐怖文學，伯蘭．史托克的《**吸血鬼德古拉**》同樣也是以書記、手札構成的記錄文學形式作品（儘管洛夫克萊夫特對此作品評價並不高）。

現實的插入

為使故事更加逼真，除阿克罕和**敦威治**等虛構城鎮以外，洛夫克萊夫特也會在作品中寫進**波士頓**、**沙倫**（麻薩諸塞州），甚至自己居住的**普洛維頓斯**（羅德島州）等地實際存在的地址或建築物。

作品與史實人物或事件交織，同樣可以提高逼真效果。

具體來說，克蘇魯神話作品中指出1228年丹麥醫學家歐勞司．渥米爾斯將虛構書籍《死靈之書》譯作拉丁語（渥米爾斯其實是16 ～ 17世紀的人物），另外又將1692年發生的**沙倫女巫審判事件**設定為故事背景，還在作品提及《死靈之書》的場面中插入現實存在的書籍，都是很有效果的手法。

以洛夫克萊夫特為首的一干克蘇魯神話故事作家，便是如此去尋找現實世界地理、歷史的空白縫隙，巧妙地將虛構的人事物地安插於其中。

如此一來，讀者明知道這些故事是虛構，卻因為作者巧妙安插的諸多現實因素而模糊了虛構與現實的界線，從而一頭栽進了作品世界之中。

虛實不分固然有風險，但通常虛構比現實更加刺激、更加令人感到興奮。虛實並用不但是增加故事深度的有效手段，也是克蘇魯神話的魅力之所在。

世界崩壞的危機

Apocalypse

- 核子武器
- 侵略地球
- 世界末日

對災難禍事的恐懼

來自宇宙深處或異次元的強大諸神、駭人怪物等存在對人類社會帶來諸多的威脅，甚至世界崩壞滅亡的危機。

此處所指的「世界毀滅」，其實並不一定是地震洪水等天災地變、抑或是邪神復活侵略攻擊地球之類的物理層面崩壞，同樣也可以意味從來以智人（Homo Sapiens）文明為中心的世界觀、價值觀的崩壞。

第二次世界大戰過後的1950～1960年代，電影界以**《當世界開始毀滅》**（*When World Collide*）（1951年）為嚆矢，開始流行戰爭或天災地變引發世界崩壞危機的災難片。儘管大戰前的科幻小說早已經處理過這種題材，不過這種風潮流行或許是因為現實世界中東西冷戰偶發的核子戰爭危機，隨之而來的心理壓力須要透過大眾娛樂形式尋找發洩。

克蘇魯神話類別的初期作品固然描述在鄉下村莊、海岸漁村等生活周遭場所暗潮洶湧祕密展開的地球侵略活動，卻還沒有作品將其直接連結至世界的終末，可是第二次世界大戰過後1940年代以後作品，例如德勒斯的**《克蘇魯迷踪》**和布洛克的**《尖塔的陰影》、《詭異萬古》**，便有核武威脅的暗影幢幢。

其次，1970年代自**阿克罕之家**出道文壇的英國作家布萊恩．魯姆利，也曾經在自身作品中將堪稱為克蘇魯神話主神的**阿瑟特斯**解釋為核融合武器的隱喻角色；其實魯姆利在成為專職作家以前是在英國陸軍服役長達22年的職業軍人，直到1960年代他以北大西洋公約組織部隊一員的身分駐紮西柏林期間，才首次將勤務之餘執筆創作的小說原稿投遞至阿克罕之家。

避免世界崩壞情節的洛夫克萊夫特

本書的讀者當中，肯定有一部分人將克蘇魯神話認知為「描述渺小無力的人類無力抵抗邪神與異形生物，只能任其玩弄擺佈的故事」，可是這種印象並不全然正確。

許多讀者也許會感到意外，其實洛夫克萊夫特《**潛伏的恐懼**》、《**印斯茅斯疑雲**》、《**敦威治村怪譚**》等克蘇魯神話故事所描述邪神怪物帶來的危機，大部分後來都被人類打倒或者閃躲迴避掉了。譬如《**女巫之家之夢**》作品中侍奉阿瑟特斯、**奈亞魯法特**的女巫**齊薩亞．梅森**等角色，最終就是被主角的十字架給打敗的。即便下場如何地悲慘，至少作品主角都還能夠打倒引發怪異事件的起因。

洛夫克萊夫特雖然曾經在《**超越時間之影**》講述到遙遠的未來人類滅亡、強韌的甲蟲類將取而代之成為統治地球的種族，不過《詭異萬古》結局描述的那種直接毀滅性的巨大災難卻不是他的作風。

他曾經在1930年11月7日寫給友人史密斯的書信中，描述他對故事尾聲怪物橫行跋扈的故事情節之看法。

洛夫克萊夫特認為，如果作品要採用吸血鬼那種不予理會終將蔓延至全世界、禍及人類社會的恐怖毀滅力量，那就必須先準備好不做如此發展的理由（=打敗怪物的情節）。他認為故事畢竟是以「現代」為舞台，跟現實世界有某種程度的相關性，既然現在世界沒有毀滅，危機勢必是可以克服迴避的。

洛夫克萊夫特還提到作品中處理怪物的兩種方法：

- 作品設定狡猾的怪物，長時間活動蠶食為害人間。
- 怪物因為某些事件遭到封印，力量遠不及原來。

這是為解釋現實世界為何並未遭到毀滅，而特意為原先擁有強大力量的怪物加上某種束縛限制的手法；《敦威治村怪譚》當中無法獨力脫離異次元的**憂戈-索陀斯**，《**克蘇魯的呼喚**》中沉眠海底的**克蘇魯**等，正屬此類。

不過若將作品設定在時間軸上的遙遠「未來」，洛夫克萊夫特還是肯定世界崩壞此類故事的。

邪神崇拜者

Cultist

- 現世利益
- 邪神教團
- 協助者

崇拜的「動機」

沉眠於地球或宇宙各地、靜靜等待星辰運行到特定位置的諸邪神，還有因為敗給舊神而遭禁錮的克蘇魯神話諸邪神，此二者即所謂的舊日支配者。對部分曾經參與創造地球生物工作的舊日支配者來說，稱其為造物主或許並不為過，但是其他舊日支配者亦以「神」稱呼，卻要歸因於世上有奉其為「神」的崇拜者存在之故。

邪神崇拜者遍見於整個宇宙。這些跟慈悲、大愛毫無關聯的舊日支配者因何受到崇拜呢？也許有人會說，就好像古人面對雷電、火炎、濤濤怒海和氾濫河川等自然現象那般，人們總會對強大的力量抱持著敬畏之心，然則此等說法確有未盡之處。以下筆者在可確知的範圍內，試著列舉崇拜者的動機：

- **現世利益**：貢獻活祭品，便可換得漁產農作豐收或是黃金等高價之物（如**克蘇魯**、**依格**、**舒伯-尼古拉斯**）。
- **魔法之神**：透過更加積極的締結契約等交涉，獲取魔法、長生不老等超自然力量或祕密知識（如**札特瓜**、**奈亞魯法特**）。
- **血的命令**：因為身負邪神血脈而必須侍奉邪神，為邪神張羅活祭品、幫助邪神脫離禁錮（如**憂戈-索陀斯**、**大袞**、**賽伊格亞**）。
- **瘋狂信仰**：或因遭遇邪神、或因閱讀禁書受到打擊而發瘋，從而認定自己是神選者（如**蘭特格斯**、**阿瑟特斯**）。
- **未來的榮達**：將來邪神復活毀滅地球時將以神力施予崇拜者，使獲得永生（如**賈格納馮**、**伊格隆納克**）。

邪神崇拜者時或會聚集起來組織教團。例如根據地位於中國內陸深處的**克蘇魯教團**（洛夫克萊夫特《**克蘇魯的呼喚**》）、以克蘇魯與大袞崇拜者〈**深海巨人**〉為核心成員的大袞祕密教團（洛夫克萊夫特《**印斯茅斯疑雲**》、布洛克《**詭異萬古**》）、復興古埃及奈亞魯法特信仰的「星際智慧教派」（洛夫克萊夫特《**獵黑行者**》）、於英國格洛斯特郡塞馮河谷活動的葛拉奇崇拜教團（倫希．坎貝爾《**湖底的住民**》），都是神話作品多次提及著名的重要教團。

崇拜的「報酬」

除少數例外，許多擁有非人類所能理解之特異心智的諸邪神，有時會對人類的崇拜給予相對的報酬，這也就代表他們會因為人類的崇拜而得到某種形式的好處。

我們雖然無法揣測諸神的想法，卻能列舉出以下可能性：

- 食糧的穩定供給——活祭品不僅僅限於肉體，對邪神而言，怯怯然不知所措的人類靈魂有時才是更勝任何美味的食物（如**伊歐德**）。
- 娛樂、殺時間——對邪神來說，孱弱無力的崇拜者將自己奉為神明、爭相付出不惜心力，是無上的快樂（如奈亞魯法特）。
- 部分邪神能夠透過睡夢介入人心進而操縱其人——通常他們會讓這些人採取某些行動，使諸神得到復甦甚至解放（如克蘇魯、葛拉奇、賽伊格亞）。

人類當中的協助者

盤據地球的並非邪神而已。早在太古便來到地球的異形種族同樣也曾獲得人類協助。例如在北美佛蒙特州深山等世界各地採掘稀有金屬的〈**憂果思的菌類生物**〉大概就是以提供科學技術作為交換，跟地球某團體保有合作關係（洛夫克萊夫特《**暗夜呢喃**》）。除此以外，似乎有個團體在各個時代幫助〈**至尊者**〉進行情蒐（洛夫克萊夫特《**超越時間之影**》），該集團以「那卡提克兄弟會」之名為世所知（卡特《**炎之侍祭**》）。

邪神追逐者

Investigator

- ✦探索者
- ✦《克蘇魯的呼喚TRPG》
- ✦理智值判定

你知道得太多了

克蘇魯神話既然是以「**故事**」形式為其構成單位，當然就會有登場人物，至於這些登場人物如何牽扯到克蘇魯神話世界，自是形形色色不一而足。

偶然路過的封閉城鎮、街角傳來斷斷續續的弦樂、避免跟人打照面互動的奇怪鄰居、每晚一到固定時間便雜訊作響的收音機等，有時候雖然生活如常，卻因為發現跟日常稍有不同處而起了興趣，從而不自覺地踏錯了腳步。

又比如說，某個研究者意外得到某個指向未知文明的遺物或者講述未知歷史的書籍後，在調查某個事件的過程當中，就像是位得知驚人真相的警察或偵探似的，愈發積極地縱身謎團之中。這些人的共通之處，便是「**好奇心**」與「**冒險心**」。因此我們可以說，以下會是在克蘇魯神話故事當中比較容易受到驅動的職業：

- **研究者**：學者、學生、探險家等。他們透過在遺跡發現的遺物、透過研究禁書，發現未知的知識或者場所。
- **神祕家**：魔法師、巫師等。為獲得知識或長生不老等目的而追求並且使用魔法道具或禁書。
- **作家**：包括畫家等職業。為尋求創作靈感或題材而探索可疑之地，染指禁忌的祕密儀式。
- **搜查官**：包括警察和偵探等。他們在調查血腥殺人事件、神奇失蹤事件的過程當中，追查到邪神崇拜者隱藏在事件背後暗地裡活動。

還有些神話作品是描述對抗邪神及其威脅力量的組織：

- **納撒尼爾．德比．皮克曼基金會**：見於洛夫克萊夫特《**在瘋狂的山上**》、《**超越時間之影**》。
- **米斯卡塔尼克計畫**：佛瑞茲．雷伯《**來自深淵的恐怖東西** *The Terror from the Depths*》中的組織。此團體隱藏於米斯卡塔尼克大學組織內，由洛夫克萊夫特《**暗夜呢喃**》作中的A．N．威爾瑪斯教授等人組成，而洛夫克萊夫特也是其中一員。
- **威爾瑪斯基金會**：見於魯姆利《**泰忒斯．克婁薩迦**》**系列**。由威爾瑪斯起草成立於米斯卡塔尼克大學。
- **凱奧斯西卡（混沌索求者）**：矢野健太郎《**邪神傳說**》**系列**中，由拉班．舒茲伯利博士等人組成對抗邪神及邪神崇拜者的組織。
- **綠色三角洲**：《**克蘇魯的呼喚**TRPG》追加資料《**綠色三角洲** *Delta Green*》中的組織。1942年創立於美軍戰略事務局（OSS, Office of Strategic Service）內部的反邪神特殊部隊。納粹親衛隊（SS）的祕密組織**索引會**為其敵對組織。

探索者與理智值（SAN值）

《**克蘇魯的呼喚**TRPG》這個遊戲，是由玩家操縱的角色（Player's Character，以下簡稱PC）扮演經歷體驗由邪神、異形種族甚至其信徒誘發引起之不祥事件的當事者，並以排除其威脅為目的之對話型遊戲。「案件解決」即為遊戲的勝利條件，是以PC並非偶爾間被捲入波瀾中的普通人，而是以自由意志決定置身於案件其中的「當事者」。

《克蘇魯的呼喚TRPG》使用一個相當於奇幻RPG所謂「冒險者」的用語——「**探索者** *Investigator*」來稱呼PC。探索者和常人相較對下更加積極點，但基本上仍舊是個等身大的普通人類，既非超人亦非特異功能人士。無論是遭遇駭人的邪神或生物，抑或是目擊他人慘死屍體，難免都會影響到精神穩定性、有礙角色行動。於是這個遊戲便推出了一項叫作「**理智值** *Sanity*」的數值，藉此詮釋克蘇魯神話的恐怖氛圍。取其英語字頭，理智值亦稱「**SAN值**」。

每一次多瞭解些禁忌知識的片段，每一次遭遇到可怕的怪物，探索者的理智值都會隨之減少。遊戲中PC遭遇到恐怖事件的時候，必須擲骰子進行一種叫作「**理智值判定**」「**SAN值檢查**」的判定。骰出低於目前理智值的數字便是成功，失敗就要扣理智值點數，等到最終理智值歸零則PC就會發瘋。此外，一個回合喪失5點以上的理智值，同時「**靈感Idea**」判定也成立的話，探索者就會發現恐怖的真相，陷入暫時性的瘋狂。

魔法與禁書

Sorcery, Forbidden Books

➔禁忌的書物
➔女巫
➔邪神崇拜

有別於神祕學的魔法

克蘇魯神話故事中有各種形形色色的魔法。

然則，克蘇魯神話故事卻鮮少使用用來召喚惡魔的**《所羅門的小鑰匙》**、**《紅龍》**之類實際存在的魔法書。法蘭克．貝克納普．朗恩作品**《吞噬空間的怪物》**指伊莉沙白女王時代的學者約翰．迪為《死靈之書》的英譯者，他在史實中也是位著名的魔法師，可是克蘇魯作品卻從來不曾使用過他得授於天使的天使魔法（Enochian Magic）。

洛夫克萊夫特的**《雷德胡克的恐怖》**卻是迥異於他尋常作風、帶有濃濃的神祕學色彩，除生命之樹（Sefiroth）等喀巴拉（注14）用語以外，甚至還記載了一段咒文「噢，午夜之友，午夜之伴，為狗群咆哮而喜樂，為濺落鮮血而歡欣，於墳塚陰影間流浪，渴求鮮血，賜凡人以恐懼，戈貢，魔摩，千面之月，欣然凝視吾等之獻祭！」（注15）。然則洛夫克萊夫特本身對神祕學所知甚少，連這段咒文也是照抄**《大英百科全書》**第9版的「魔法」條目。其他他偶爾會寫進作品的神智學等神祕學知識，也是從艾德加．霍夫曼．普萊斯等熟悉這些知識的友人得知、現學現賣的。

洛夫克萊夫特並不學威廉．巴特勒．葉慈或丹尼斯．惠特利等先行作家，先加強自身神祕學知識再應用於創作，而偏好編造自己獨特的魔法咒文和書籍。

因為這個緣故，洛夫克萊夫特作品等克蘇魯神話故事中描繪的魔法都是使用者不須具備特別專門知識，而是「貢獻活祭品等代價、詠唱咒文即可得到某種效果」，比較接近劍與魔法奇幻類型的較為簡單的魔法。

魔法師的能力

神話作品當中的女巫和魔法師擁有以下能力：

- 使死者復活（洛夫克萊夫特《**查理士·德克斯特·華德事件**》）。
- 使用奇怪的圖形移動至其他場所（洛夫克萊夫特《**女巫之家之夢**》）。
- 死後得到活祭品而復活（洛夫克萊夫特＆德勒斯《**恐怖盤踞的橋礅**》）。
- 透過和他人交換肉體等方法而長生不老（洛大克萊夫特《查理士·德克斯特·華德事件》、《**門口之物**》、洛夫克萊夫特＆德勒斯《**存活者**》、魯姆利《**妖蟲之王**》）。
- 派遣邪神肉體或魔寵（注16）殺害他人（亨利·古特涅《**沙城惡夢**》、布萊恩·魯姆利《**黑的呼喚者**》）

此外似乎還可以向**奈亞魯法特**獻活祭品換得魔法師的力量（羅伯·布洛奇《**黑色法老王的神殿**》）或是崇拜札特瓜換得祕密知識（史密斯《**魔法師哀邦**》）等，透過邪神守護強大自身力量。

禁書

《死靈之書》等禁書非但是真實的史書，卻也是解說向眾神祈禱所用咒文、儀式程序的魔法書。由於其內容實在太過恐怖駭人，只是閱讀就很可能引人發狂。洛夫克萊夫特的《**敦威治村怪譚**》是我們在說明克蘇魯神話中的「魔法」是為何物的最佳例子。

- 老華特立於環石陣執行儀式，讓女兒與**憂戈-索陀斯**交合。
- 華特立家所藏英語版《死靈之書》因有誤譯和缺漏，想要得到召喚憂戈-索陀斯的正確咒文和儀式程序，必須取得米斯卡塔尼克大學附屬圖書館藏之拉丁語版《**死靈之書**》。
- 同圖書館的亨利·阿米塔吉博士徹夜調查《死靈之書》和尼可拉·雷米的《**惡魔崇拜**》（真實存在）等書，終於找到驅退憂戈-索陀斯之子的咒文，博士卻也在過程中落入了衰弱和發狂的夾縫之間。

奇怪的語言

Strange Language

- 克蘇魯
- 拉葉語
- 憂戈-索陀斯

克蘇魯使用的語言

洛夫克萊夫特在《克蘇魯的呼喚》當中記載到居住在**普洛維頓斯**的雕刻家亨利・安東尼・威爾卡斯在夢中只聽到片段，而世界各地的**克蘇魯**信徒均是以此祈禱唱頌的一段奇怪語句：

「Ph'nglui mglw'nafh Cthulhu R'lyeh wgah'nagl fhtagn.」
（在拉葉的宅邸裡，死亡的克蘇魯在夢中等待著）

《克蘇魯的呼喚》作品中只有簡單說到這是段似聲非聲、無法發音的語句，不過洛夫克萊夫特在寫給朋友的書信中卻有更加詳細的說明。根據他1934年7月23日寄給杜安・萊梅爾的信件，這似乎是種發聲構造與人類完全不同的生物使用的語言，人類的喉嚨根本不可能做出正確發音，唯有實際聽過的人類才能巧妙地利用喉嚨、試圖模仿而已。

根據洛夫克萊夫特《穿越銀匙之門》記載，這是從前克蘇魯及其眷族帶來地球的一種叫作**拉葉語**的語言。洛夫克萊夫特《銀鑰匙》提到卡特家有張羊皮紙是跟家族代代相傳的**銀鑰匙**一起收在木箱中，紙上文字既不像從前姆大陸使用的**奈柯語**文字，也不像復活島發現的**朗格朗格**（注17），作品中說是用來記載拉葉語的象形文字。

後來許多作家也紛紛在自身作品中寫到刻意模擬、看似屬於相同語言的咒文和語句，而拉葉語也就漸漸被看作是眾邪神的共通語言了。

拉葉語的語彙

洛夫克萊夫特《克蘇魯的呼喚》中固然指明其祈禱意涵，而並未就個別單字有過說明，不過威爾卡斯卻以重複聽到「Cthulhu fhtagn」組合為由而想像此語應是某種尊稱，另外德勒斯也在《赫斯特的歸來》中指出其否定形「nafl fhtagn」，因此我們可以將「fhtagn」作拉葉語的「沉睡」或「等待」解釋。

海外有不少熱心的愛好者和研究家長年以來一直試圖分析拉葉語的文法和語彙，愛好者網站「**Yog-Sothoth.com**」便刊有非官方的拉葉語字典，有興趣的朋友可以去這個網站看看：

Yog-Sothoth.com: http://www.yog-sothoth.com/wiki/index.php/R’lyehian

其次，洛夫克萊夫特自身在作品中明確指為人類無法發音固有名詞者，唯「克蘇魯」和「拉葉」而已。只不過他1936年9月1日寄給威利斯・康諾弗的信中寫到，將憂戈-索陀斯的名字以正確發音唸出來將會有生命危險，所以說不定這原本也是個無法發音的名字。

其他語言

除拉葉語以外，克蘇魯神話故事還有提到其他幾種奇怪的語言：

- **森薩爾語**：**神智學**創始者海倫娜・P・布拉瓦茨基夫人後來翻成《**祕密教義**》的原文書《**茨揚書**》使用的文字語言。
- **奈柯語**：詹姆斯・卻屈伍德1868年在印度寺廟發現的黏土版所刻，從前**姆大陸**使用的圖形文字。
- **阿克羅語**：亞瑟・馬欽《**白魔**》中提及的神祕語言。洛夫克萊夫特《**敦威治村怪譚**》曾提到一段「**呼喚萬軍的阿克羅**」的類似咒語的文字，同作者《**獵黑行者**》則是使用「**星際智慧教派**」的暗號文字。
- **札思猶語**：洛夫克萊夫特《穿越銀匙之門》所指數百萬年前**極北大陸**使用的語言。

克蘇魯在日本

Cthulhu Japanesque

- 荒俣宏
- 朝松健
- 《克蘇魯的呼喚TRPG》

從江戶川亂步到栗本薰

克蘇魯首度為日本所知，當以1949年江戶川亂步在岩谷書店偵探小說雜誌《寶石》的連載單元〈幻影城通信〉的介紹為嚆矢。後來日本遂以江戶川亂步介紹的作品為中心，陸續譯成日語並且刊載於各大雜誌與選集作品中。

水木茂（注18）也是當時受到影響的其中一人。包括**《敦威治村怪譚》**的翻案作品**《地底的腳步聲》**等，水木創作了好幾部洛夫克萊夫特風格的漫畫作品。

1960年代以後，法國文學研究者澁澤龍彥等人推動「異端復權」運動，復興從前大戰時期受到壓抑的恐怖文學．幻想文學，洛夫克萊夫特熱潮也隨著這項運動而愈發加速，**紀田順一郎**和**荒俁宏**正是此時在同人誌上面介紹到了克蘇魯神話；而荒俁主持的《Little Weird》雜誌陣容，除翻譯家**大瀧啟裕**以外，還有將克蘇魯神話轉介至遊戲領域的Group SNE的**安田均**。

後來克蘇魯神話風潮在美國抬頭的1970年代初，日本也有三家雜誌曾經做過重要的報導，使得其知名度得到進一步的提升：

- **早川書房《懸疑雜誌》**：自1971年12月號，分3回連載矢野浩三郎所譯**《克蘇魯的呼喚》**。1972年2月號刊載《死靈之書》的解說。
- **早川書房《*S-F*雜誌》**：1972年9月臨時增刊號中，由荒俁宏推出克蘇魯神話特集，首開商業刊物就克蘇魯神話進行系統性解說之先河。
- **歲月社《幻想與怪奇》**：由荒俁宏、紀田順一郎擔任編輯的怪奇幻想文學專門雜誌。1973年1月發行的第4號為「克蘇魯=CTHULHU神話」特集。

1980年代以後，則也有單行本陸續出版：

- 1972年 日本首部洛夫克萊夫特作品集**《暗黑之祕儀》**（創土社）。
- 1974年 將原先以選集形式刊載的洛夫克萊夫特作品彙整成文庫作品集**《洛夫克萊夫特傑作集》**1、2卷（東京創元社）。亦即後來的**《洛夫克萊夫特全集》**。
- 1976年 首部克蘇魯神話作品集**《克蘇魯神話集》**（國書刊行會）。
- 1980年 精裝本作品集**《克蘇魯》**（青心社）開始刊行。後另有文庫本出版。
- 1982年**《真克蘇魯神話大系》**（國書刊行會）開始刊行。
- 1984年 收錄書信、評論的**《定本洛夫克萊夫特全集》**（國書刊行會）開始刊行。

至於日本作家創作的克蘇魯神話小說，雖說首見於高木彬光的**《邪教之神》**（1956年），實質上卻是始於1980年代。當時有不少作家陸續發表克蘇魯神話作品，除翻譯家風見潤、文筆家出身的洛夫克萊夫特愛好者**菊地秀行**以外，還有主持怪奇幻想小說同人誌《黑魔團》、曾以國書刊行會編輯身分參與《真克蘇魯神話大系》、《定本洛夫克萊夫特全集》等作品的**朝松健**。其中最關鍵的，當屬1981年開始刊行出版的**栗本薰《魔界水滸傳》**（角川書店），這部作品是當初策畫欲開拓恐怖小說文學類型的角川春樹嘔心瀝血之作，描述地球的先住種族也就是傳說中的妖怪，對抗來宇宙侵略者克蘇魯神話眾邪神的鬥爭，很受讀者喜愛。

角色文化的時代

所謂御宅文化興起的1980年代後期，各種作品紛紛開始透過漫畫和遊戲等媒體大舉進攻，以共享關鍵字起家的克蘇魯神話，跟角色文化的親和性也很高。其中最重要的作品，便是1986年開始發售日語版的TRPG**《克蘇魯的呼喚》**（現稱**《克蘇魯的呼喚TRPG》**）。當時恰恰是**《龍與地下城》**等劍與魔法類型奇幻風潮的全盛時期，這個將作品舞台設在禁酒時期美國各地、玩家必須對抗從前統治太古地球的諸邪神及其陰謀的遊戲，立意主題可謂非常嶄新，惹得對新鮮事物特別敏感的年輕世代不少關注。除此以外，1987年還有安田均製作的PC恐怖類型RPG**《拉普拉斯之魔》**，是為克蘇魯神話數位遊戲之先驅。21世紀的現在，克蘇魯神話之主流業已經轉移重心至御宅相關媒體作品，一方面試圖加入「萌」等新要素，另一方面則有2009年4月開始刊行的輕小說**《襲來！美少女邪神》**等眾多作品誕生。這些作品使得克蘇魯神話獲得了新的愛好者、使得市場獲得維持，才會有第一世代、第二世代眾作家的未譯作品、重要研究書籍繼續刊行出版。

專欄　「克蘇魯神話」的由來

過去的整個舊世紀，一般以為「克蘇魯神話」此名是奧古斯特・W・德勒斯在H・P・洛夫克萊夫特死後想出來的。

但其實1930年代初期（1931年2月以前），洛夫克萊夫特執筆創作《**在瘋狂的山上**》的手札筆記當中，赫然有段「Cthulhu & other myth – myth of Cosmic Thing in Nec. Which created earth life as joke（克蘇魯與其他神話——《死靈之書》所載，戲謔之下創造出地球生物的宇宙生物相關神話）」的文字，因此從時間序列來說，「克蘇魯神話」此語實乃洛夫克萊夫特所創。

此語首見於商業刊物，則當屬德勒斯投稿至文藝雜誌《River》1937年6月號的洛夫克萊夫特評傳《**局外人H・P・洛夫克萊夫特**》。只不過，當時克拉克・艾希頓・史密斯在1937年4月13日寄給德勒斯的信件中，曾經使用「the Cthulhu mythology」此語作為洛夫克萊夫特作品群之統稱，可以猜想洛夫克萊夫特周遭人士很可能已經將「克蘇魯神話」此語作日常使用了。

作品世界中的「克蘇魯神話」

那麼，克蘇魯神話故事當中又是個什麼樣的世界觀呢？

《**克蘇魯的呼喚**》（1925年）發表以來，一般都認為約翰・雷蒙・勒格拉斯警官將警察從紐奧良某邪神教團沒收得來的克蘇魯神像，帶到1908年美國考古學會會場當時，是首次有人公然在學術場合提及「克蘇魯」此神名。

後來林・卡特卻在作品《**墳墓之主**》（1971年）當中追加設定，指太平洋海域考古學會的創始者之一哈羅德・哈德里・庫普蘭德教授，在勒格拉斯警官提出報告之前的1906年發表了一篇名為〈玻利尼西亞神話 —— 克蘇魯神話大系之相關考察〉的論文，在環太平洋地區考古學界掀起了一陣熱議。作中設定庫普蘭德教授已經從《拉葉書》、《無名邪教》、《波納佩經典》等書籍獲得了暗黑神話大系的相關知識。因此就現在而言，我們可以說庫普蘭德教授是克蘇魯神話故事世界中第一個使用（經確認）「克蘇魯神話」此語的人物。

第2章

邪祟諸神

舊日支配者

Great Old One

- 舊日支配者
- 次級支配者（注19）
- 外來神明

克蘇魯神話諸邪神

克蘇魯神話當中眾多異形諸神，往往可以統稱為「Great Old One」。此語可作**「舊日支配者」**、**「古邈者」**等譯，然其用法語義不得統一，即便同一作品內，亦偶見以「**邪神** Evil God, Evil One」、「**遠古種族** Ancient One, Elder One」等複數名稱呼之。本書則盡量簡單將克蘇魯神話的惡神統稱為「邪神」，至於「Great Old One」則以「舊日支配者」譯。

舊日支配者首見於**《克蘇魯的呼喚》**（1926年），稱**偉大的克蘇魯**為舊日支配者的大祭司。僅憑這些線索，實難辨別究竟舊日支配者是受克蘇魯崇拜的神，抑或大祭司克蘇魯是代表舊日支配者該種族的其中一員。

其後的**《敦威治村怪譚》**（1928年）則引用**《死靈之書》**寫到「偉大的克蘇魯亦是舊日支配者親族，然其亦只可模糊感知彼等（舊日支配者）存在」「**舒伯-尼古拉斯**亦只可憑惡臭感知舊日支配者存在，**憂戈-索陀斯**卻知悉舊日支配者之所有」。很顯然地，這部作品是將克蘇魯、舒伯-尼古拉斯看作是有別於舊日支配者的個體。

《在瘋狂的山上》（1931年）裡的舊日支配者既非克蘇魯的眷族亦非諸神，而是十幾億年前從宇宙飛抵地球定居的**〈遠古種族〉**的名字。

關於所謂〈遠古種族〉，其英文表記一般是以**《克蘇魯的呼喚TRPG》**當中的「Elder Thing」為準，然其出典作品卻作「Great Old One」、「Elder One」。

此外，在最早提及**舊神**的作品德勒斯**《潛伏者的巢穴》**當中，舊神亦稱「Great Old One」；後來洛夫克萊夫特**《印斯茅斯疑雲》**（1931年）之所以將「Old One」設定為〈深海巨人〉敵對者，或許便是受其影響所使然，因為洛夫克萊夫特在執筆該作品的數個月前讀的恰恰就是《潛伏者的巢穴》。

舊日支配者此語固定下來成為稱呼眾神的統稱，該要等到洛夫克萊夫特死後，試圖將克蘇魯神話體系化的**《克蘇魯神話小辭典》**（初版1942年）以此名稱呼來自外宇宙的阿瑟特斯等諸神以後。然則說到該如何處理比阿瑟特斯更早來到地球的**烏伯·沙絲拉**和**雅柏哈斯**，卻是曖昧不明。後來的《克蘇魯神話的諸神》（1957年）則說舊日支配者是烏伯·沙絲拉和雅柏哈斯在地球上孕生出來的諸神，有別於另外來自宇宙的**札特瓜**、克蘇魯、憂戈-索陀斯，至於**阿瑟特斯**則是定位不明。

其他分類

克蘇魯神話諸神另有以下分類：

- **四大元素**：德勒斯所創。《赫斯特的歸來》等初期作品已有「超越四大元素卻又與四大元素相關」的模糊分類，至《克蘇魯神話小辭典》漸趨明確，《克蘇魯神話的諸神》更整理出下圖概念，水元素與風元素對立、地元素則與火元素敵對。

地	舒伯-尼古拉斯、札特瓜、奈亞魯法特、納格、紐格薩、韓、憂戈-索陀斯	敵對	火	庫多古
水	克蘇魯	敵對	風	赫斯特、伊達卡、羅伊戈、查爾

- **次級支配者**（注19）：初出於卡特《陳列室的恐怖》。包括〈深海巨人〉的首領**大袞**和**海德拉**、**夏塔克鳥**的頭目**庫烏姆亞嘎**、**蛇人**首領**嘶嘶哈**、**「冷冽者」**之領導者**魯利姆·夏科洛斯**等神，是次要等級神明之分類。
- **克蘇魯眷族邪神群（CCD）**：布萊恩·魯姆利作品中的邪神統稱。
- **〈外來神明*Outer God*〉**：首見於《克蘇魯的呼喚TRPG》（1981年），舊日支配者當中較高階的一個分類。〈外來神明〉多是盲目痴愚的宇宙支配者，他們受**奈亞魯法特**統率，奉魔王阿瑟特斯及其副座憂戈-索陀斯為盟主。咸信〈外來神明〉是卡特《克蘇魯神話的諸神》所指從宇宙來到地球的諸神之原型，但〈外來神明〉並不包括克蘇魯和札特瓜。
- **七帝**：唐諾·泰森《死靈之書》所述舊日支配者的七位帝王，即阿瑟特斯、大袞、奈亞魯法特、依格、舒伯-尼古拉斯、憂戈-索陀斯等六兄妹，第七位克蘇魯則是六兄妹的叔伯之子。
- **克蘇魯十二神**：栗本薰《魔界水滸傳》所指克蘇魯麾下異次元諸神，即阿瑟特斯、依格、伊倫、舒伯-尼古拉斯、大袞、札特瓜、奈亞魯法特、赫斯特、希普納斯、憂戈-索陀斯、蘭特格斯、羅伊戈。

克蘇魯

Cthulhu

舊日支配者的大祭司

克蘇魯可謂是克蘇魯神話的招牌角色，首見於洛夫克萊夫特《**克蘇魯的呼喚**》（1925年）。該作品描述弗朗西斯·偉蘭德·瑟斯頓在整理叔公——**普洛維頓斯布朗大學**名譽教授喬治·甘莫·安吉爾遺物時，無意間發現叔公從前調查的太古神祇克蘇魯，從而展開探索、重蹈安吉爾從前恐怖體驗的故事。作品描述當地藝術家亨利·安東尼·威爾卡斯曾經依夢境所見用黏土捏了個克蘇魯的雕像，其外觀特徵如下：

- 整體看起來就像是以戲謔手法將章魚和龍揉合為一的模樣。
- 烏賊般的頭，口部生有無數觸手彷彿鬍鬚一般。
- 綠色胴體渾身鱗片，背部有對退化的翼肢。
- 四肢生有巨大鉤爪。

此作品說克蘇魯「像烏賊」，《**在瘋狂的山上**》、《**丘**》等後來作品卻將其擬作章魚。據說1934年洛夫克萊夫特自己畫了個克蘇魯的素描，畫的是個有球形頭顱、左右兩邊各3隻呈三角形排列總共6隻眼睛的模樣。德勒斯《**神祕的雕像**》則說克蘇魯顏面下方覆蓋下巴的觸手當中有兩隻是附有吸盤的觸腕，而且身體側面和中心亦生有觸手。

但其實克蘇魯的肉體是以果凍狀物質構成，就本質來說並無固定形體。

「CTHULHU」此拼字是將人類無法發音的字硬是拼湊而來，一般來說發音介於「克蘇魯」和「克魯」之間。在日本，則視各家譯者而有「クトゥルー」、「クルウルウ」、「クトゥルフ」、「ク・リトル・リトル」等表記方式。

夢中等待復活的克蘇魯

根據《克蘇魯的呼喚》記載，1908年某個**克蘇魯教團**在紐奧良南部沼澤地召開邪惡儀式遭到檢舉，當時警方扣押沒收的神像輾轉被帶到了在聖路易召開的美國考古學會會場。這些人祭祀崇拜的原來是早在人類誕生許久以前便從宇宙**黑暗星球索斯**來到地球的**舊日支配者**，而克蘇魯則是舊日支配者的**大祭司**。現今分布於太平洋島嶼各地的巨石遺跡，便是古代舊日支配者的都市遺跡。舊日支配者諸神透過夢境向人發信，從黑暗星球索斯帶來的神像賜予信徒、令信徒祭祀崇拜，他們自己則是在海底地底進入假死狀態，而克蘇魯也在石造都市**拉葉城**沉沒以後被海水遮斷而無法與信徒溝通。只要等到星辰運行回到正確位置，克蘇魯就可以復活，而地球就會獲得既無善惡亦無秩序的自由，同時掉入混亂瘋狂的漩渦。

據說克蘇魯教團總部設於《**死靈之書**》曾有記載的阿拉伯**無名都市**，另有長生不老的教團首領躲在中國山地（創作原型為西藏的**神智學**導師）。該教團儀式酷似格陵蘭西部愛斯基摩人祭祀太古惡魔**托納薩克**的儀式，連祈禱語也相同。

「Ph'nglui mglw'nafh Cthulhu R'lyeh wgah'nagl fhtagn.」
（在拉葉的宅邸裡，死亡的克蘇魯在夢中等待著）

1925年3月23日至4月2日這段期間，拉葉城曾一度浮出洋面**南緯47度9分、西經126度43分**處，包括威爾卡斯在內許多纖細敏感、感知力較強的人紛紛受到影響，世界各地陸續有慘案發生。當時有名叫做葛斯塔夫·約漢森的水手登陸拉葉城並遭遇到血肉模糊疑似克蘇魯的果凍狀怪物，他開船衝撞怪物、趁其肉塊四碎之際逃跑，方才逃出生天撿回了性命。

後來洛夫克萊夫特在受齊利亞·畢夏普委託代筆創作的《丘》（1929年）當中，一反《克蘇魯的呼喚》敘事視角，揭開了克蘇魯信徒崇拜者的歷史。

北美大陸地底有個名為**金-陽**的地底世界，那裡有個沐浴在青色光芒之下的大都市**札思**，其居民是古代**亞特蘭提斯大陸**、**黎姆利亞大陸**（應等同於**姆**大陸）等地將章魚頭克蘇魯喚作**蘇魯**祭祀，並且信奉**依格**、**舒伯-尼古拉斯**崇拜者的子孫。蘇魯受彼等奉為調和宇宙之神靈，供奉在金-陽最豪華的神殿之中。

傳說金-陽的居民是在遙遠太古時代在蘇魯率領之下來到地球的，可後來將人類及人類所奉神明視為仇敵的宇宙魔物以洪水浸淹大半個地球，迫使蘇魯幽閉於海底都市**雷雷克斯**（即拉葉城）一室，進入睡夢假死狀態。

以下洛夫克萊夫特作品均曾提及克蘇魯，譜成克蘇魯之暗黑年代記：

- **《敦威治村怪譚》（1928年）**：載有《死靈之書》引用文曰「偉大的克蘇魯亦是舊日支配者親族，然彼亦只可模糊感知舊日支配者存在」。
- **寄史密斯書信（1930年2月27日）**：克蘇魯騎乘恐龍出拉葉城。
- **《在瘋狂的山上》（1931年）**：3億5千萬年前南太平洋大陸隆起浮出海面，章魚模樣的宇宙生物克蘇魯及其眷族飛抵地球，與**〈遠古種族〉**發生戰鬥。克蘇魯雖則佔領了新大陸，其後亦隨大陸海沒而進入沉眠。
- **《印斯茅斯疑雲》（1931年）**：克蘇魯與**天父大袞**、**聖母海德拉**同受〈深海巨人〉崇拜信仰。根據洛夫克萊夫特創作手札記載，〈深海巨人〉也是來自宇宙的種族。
- **《穿越銀匙之門》（1932年）**：克蘇魯將**拉葉語**帶到地球。
- **《超越萬古》（1933年）**：舒伯-尼古拉斯在《丘》中跟克蘇魯同受太古大陸居民祭祀，而他也在姆大陸被奉為對人類相當友善的神明崇拜信仰。他們跟憂果思星人崇拜的**賈德諾索阿**乃敵對關係。
- **寄詹姆斯·F·毛頓書信（1933年4月27日）**：諸神系譜（P.126）中，克蘇魯是**阿瑟特斯**的曾曾孫，是**憂戈-索陀斯**和舒伯-尼古拉斯之孫，是**納格**之子。洛夫克萊夫特則是血緣關係遙遠的子孫。

洛夫克萊夫特之所以拿南太平洋牽扯克蘇魯，是受亞伯拉罕·馬里特的**《月池》**，以及神智學者威廉·史考特·艾略特的**《亞特蘭提斯和失落的黎姆利亞** *The Story of Atlantis and the Los Lemuria*》影響。

夏威夷的創世神明暨毀滅神卡那羅亞（相當於大溪地的坦加洛亞）外形就是烏賊模樣，至於洛夫克萊夫特是否知道此事，那就不得而知了。

來自索斯的諸神

德勒斯在自己跟馬克·史戈勒共同創作的**《湖底的恐怖》**等作品中，把**舊神**封印於各地的怪物稱作**克蘇魯**的落胤。德勒斯**《赫斯特的歸來》**又說水之精靈克蘇魯跟風之精靈**赫斯特**乃敵對關係，描述附身於人類的赫斯特跟克蘇魯落胤的激烈戰鬥。

德勒斯的**《克蘇魯迷踪》**是共分五部的連續系列作品，描述**拉班·舒茲伯利博士**及同志挺身對抗克蘇魯威脅，該作品主張克蘇魯是眾多邪神當中，唯一至今在世界各地仍有崇拜者仍在活動中，是最恐怖的邪神。除此以外，此作品還說帕查卡馬克（注20）、維拉科嘉（注21）等南美神明以及南太平洋島嶼發現的神像等，都是克蘇魯信仰的遺風。

故事講述幾位主角借用克蘇魯半兄弟暨敵對者赫斯特的力量，憑著《死靈之書》、《**拉葉書**》記載以及從**喜拉諾圖書館**得來的知識，成功破壞曾經在《印斯茅斯疑雲》一度被敉平、〈深海巨人〉故態復萌的麻薩諸塞州印斯茅斯，破壞其肉體跟克蘇魯同樣呈無定形果凍狀的**克蘇魯僕從**盤踞的秘魯地底湖泊等各地據點，還在1947年9月拉葉城浮出波納佩海域時，成功執行美國海軍對拉葉城施以核子攻擊的**「波納佩作戰」**。德勒斯的友人布洛奇後來也在描述克蘇魯復活陰謀的長篇作品《**詭異萬古**》故事最高潮使用到核子武器，可惜同樣沒能徹底打倒克蘇魯一黨。

至於《克蘇魯的呼喚》指為克蘇魯信仰據點的中東無名都市，在《克蘇魯迷踪》作品中業已敗落，整個都市除深處以外均已成為赫斯特勢力範圍。

霍華《**疤面**》作中有個自稱亞特蘭提斯後裔的人物**卡斯洛**（Kathulos）。卡斯洛此名跟克蘇魯雷同實為偶然，但洛夫克萊夫特又在《**暗夜呢喃**》推出一名叫作魯姆・卡斯洛的角色，後來卡特和羅伯・M・普萊斯合著《**以諾・哈克的詭譎命運** *The Strange Doom of Enos Harker*》再承其後，將亞特蘭提斯的神話王卡斯洛設定為克蘇魯的化身。亨利・古特涅《**入侵者**》說克蘇魯在姆大陸跟依格、**伊歐德**、**沃爾瓦多斯**一同受到信仰崇拜；約莫從這個時候開始，原先洛夫克萊夫特作品中有關黎姆利亞大陸的諸多設定，漸漸置換成《超越萬古》所述信奉依格、舒伯-尼古拉斯、賈德諾索阿諸神的姆大陸。另外前輩作家亞伯拉罕・馬里特在洛夫克萊夫特死後創作《**幻境住民**》，作中描述的邪神喀庫魯可能就是向克蘇魯致敬的角色。

卡特就克蘇魯神話展開整理・補完作業時，是以賈德諾索阿為核心再次建構克蘇魯及其眷族的神話。關於克蘇魯出身的黑暗星球名稱，卡特是參照史密斯寄給羅伯特・H・巴洛書信中所載諸神系譜，最後選定採用了**伊格納艮尼斯斯斯茲**的出身地**黑暗星球索斯**。

卡特《**陳列室的恐怖**》（舊題《**佐斯-奧莫格**》）說克蘇魯在來到地球以前，曾經跟棲身於散發混沌綠光的雙恆星索斯或鄰近星球的雌性舊日支配者**伊德・雅**交配，生下了賈德諾索阿、**伊索格達**和**佐斯-奧莫格**，然後才在地球的太平洋上建立帝國；同作品還寫到，憂戈-索陀斯在第23星雲的一個叫作**沃爾**的世界跟一雌性體交合、生下了克蘇魯。另外布萊恩・魯姆利則是在《**泰忒斯・克婁的歸來**》裡面替索斯三兄弟添了個妹妹**克西拉**。卡特的作品世界中，克蘇魯是眾邪神之首，跟克蘇魯長得一模一樣的兄弟**克塔尼德**則是舊神之王。約瑟・S・帕爾佛《**惡夢的門徒** *Nightmare's Disciple*》則說克蘇魯娶姐妹**卡索格薩**為第三名妻子，有對雙胞胎女兒**恩克托薩**和**恩克托魯**。

克蘇魯之子

Spawns of Cthulhu

- ✈姆大陸
- ✈羅伊戈族
- ✈威爾瑪斯基金會

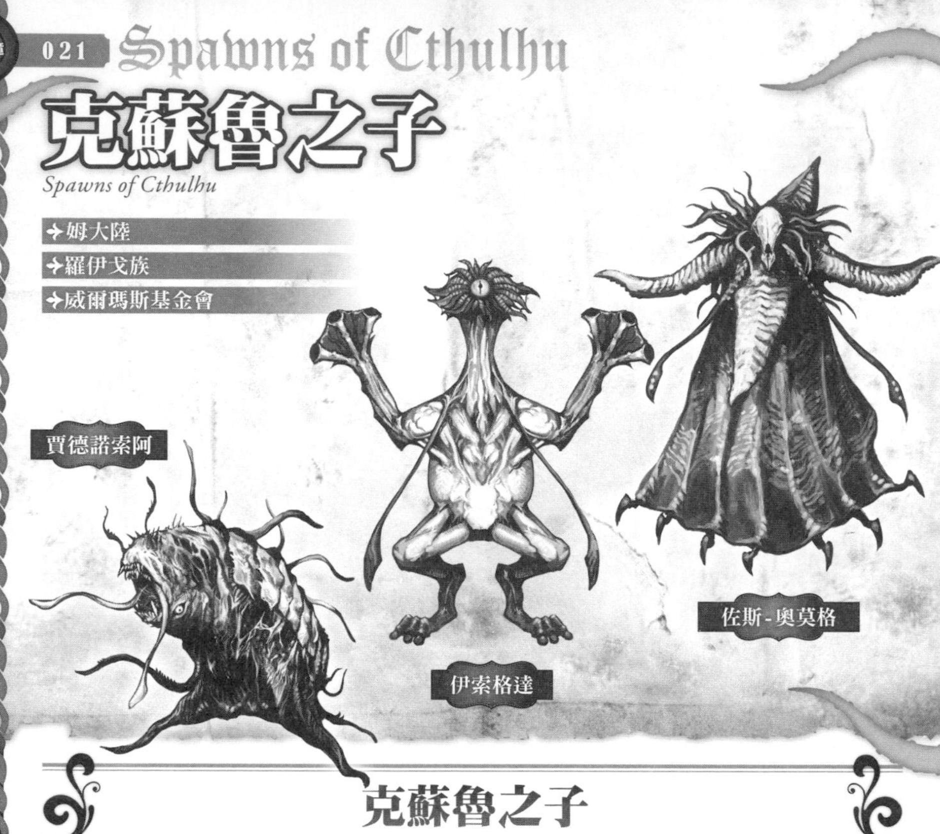

克蘇魯之子

從《**克蘇魯的呼喚**》等洛夫克萊夫特作品我們可以得知克蘇魯帶著**眷族**Spawns來到了地球，而德勒斯《**克蘇魯迷踪**》則寫到彷彿將克蘇魯小型化的個體，有些作家則是將〈**深海巨人**〉之類侍奉種族也定位為克蘇魯眷族。與此同時，卡特卻是著眼於其他作家幾乎未曾提及的部分，亦即洛夫克萊夫特為海瑟·希爾德代筆的《**超越萬古**》作中提及的賈德諾索亞以及其信仰地**姆大陸**。

在洛夫克萊夫特的設定當中，姆大陸似乎等同於黎姆利亞大陸，而亨利·古特涅《**入侵者**》等作品雖將姆大陸指為**依格**、**舒伯-尼古拉斯**和克蘇魯的信仰地區，然《超越萬古》卻只有提到克蘇魯的名字而已。也不知是否從此啟發了後來「隨克蘇魯受崇拜祭祀之神」的想法，後來卡特遂創造出克蘇魯從**索斯星系**帶來地球、以賈德諾索阿為首的**索斯三神**：

- **賈德諾索阿**：初出作品為《超越萬古》。賈德諾索阿是三兄弟中的長兄，他那滿覆觸手、無固定形態的巨體恐怖非常，人類只消看見他的模樣就會發狂、全身化成石頭。幽禁於姆大陸的**亞狄斯戈山**。

- **伊索格達**：初出於《**深淵之物**》，三兄弟當中的次男。身體有如直立的兩棲類，是個頭顱長滿觸手的獨眼怪物。封印於姆大陸的**伊葉深淵**。
- **佐斯-奧莫格**：初出於卡特《**陳列室的恐怖**》的么弟。體如圓錐，鬚似蛇蟲，四隻手臂有如海星。蟄伏於海底都市**拉葉城**的某個角落。

伊索格達和佐斯-奧莫格擁有跟父親克蘇魯類似的力量，能夠透過翡翠神像發信、透過夢境操縱神像持有者，而在地底挖掘坑穴的**次級支配者**和**白蛆憂格**便是他們倆的侍從種族。柯林．威爾森《**羅伊戈的復活**》說賈德諾索阿是從其他銀河來到地球統治姆大陸的**羅伊戈族**首領，而《**克蘇魯的呼喚**TRPG》亦繼承此設定，將羅伊戈族設定為賈德諾索阿的侍從種族。除此以外，日本特攝影集《**超人力霸王迪卡**》也推出了頗具《羅伊戈的復活》基調風格的怪獸**卡達諾佐亞**和**佐加**。

克蘇魯之女

「克蘇魯的祕密嗣女」**克西拉**是布萊恩．魯姆利《**泰忒斯．克婁的歸來**》所述索斯三神的胞妹，生於索斯星系。該作品也是最早提及索斯三神的商業刊物。關於克西拉的長相，蒂娜．L．琴思《**彼女冥胎***In His Daughter's Darkling Womb*》說她有三組伸縮自如的眼睛，觸手末端的利爪可以伸縮，還可將翅膀和鰭收入體內，看起來活像隻黑色的巨大章魚。克西拉對克蘇魯而言不只是女兒如此簡單，她也是克蘇魯為將來肉體毀滅時所準備、精神可寄宿胎中的重生用母體，故而克西拉一直躲藏在出口位於麻薩諸塞州漁村**印斯茅斯**外海的海底都市**伊哈斯里**，由**大袞**和**海德拉**嚴密看守。從前**米斯卡塔尼克大學**的反邪神組織**威爾瑪斯基金會**試圖以核子攻擊消滅克西拉，觸怒克蘇魯引起大地震、龍捲風和連續三天三夜的暴風雨襲擊**阿克罕**，使得米斯卡塔尼克大學遭受到毀滅性的傷害。

因為擁有邪神之女的罕見屬性，對戰格鬥遊戲《**渾沌代碼***Chaos Code*》（注22）遂將克西拉化作美少女角色，在遊戲中召喚驅使各種神話生物甚至父神克蘇魯進行戰鬥。

約瑟．S．帕爾佛《**惡夢的門徒***Nightmare's Disciple*》則說克蘇魯跟胞妹**卡索格薩**生下一對雙胞胎女兒**恩克托薩**和**恩克托魯**，據說現在這對雙胞胎被封印在木星的大紅斑（注23）之中。

大袞
Dagon
海德拉
Hydra

✈《舊約聖經》
✈克蘇魯
✈〈深海巨人〉

大袞

「窗外，在窗外！」

大袞和海德拉既是**克蘇魯**侍從種族**〈深海巨人〉**的長老，同時也是位列克蘇魯神話仙班末座的小神。大袞此角初出自洛夫克萊夫特的首部商業作品**《大袞》**。

這部作品的敘事者在第一次世界大戰期間漂流到浮現太平洋海面的某塊陸地，他在那裡先是發現一塊刻著未知象形文字和水棲生物符號的巨岩，然後又實際目睹了巨岩雕刻所記載的巨大怪物。

那怪物是個體型略遜於鯨魚的人型巨大生物，作中描述的特徵如下：

「有蹼的手足/鱗片佈滿巨腕/令觀者悚然的鬆弛厚唇/（像魚一樣）突出混濁無生氣的眼睛」

從上述外觀描寫不難發現，此形象等於是將洛夫克萊夫特後來**《印斯茅斯疑雲》**所述半人半魚的**〈深海巨人〉**原原本本巨大化而成。

大袞此名稱來自**《舊約聖經》**所述非利士人（注24）的神大袞。大袞是個人頭魚身的魚神；從語源論究分析，大袞可能是希伯來語的「魚」(dag) 和「偶像」(aon) 的組合，但亦有一說指其名在烏加里特語（注25）裡是「穀物」(dgn) 的意思，是穀物之神。然則這只不過是故事中敘事者的擅自稱呼，至於《大袞》所述半人半魚生物究竟叫作什麼名字，當時其實尚無定論。

洛夫克萊夫特後來才在《印斯茅斯疑雲》講到人類祖先的時候，提到天父大袞、聖母海德拉的名字。根據以上文脈，**〈深海巨人〉**亦涵蓋在「人類」此分類底下，因此大袞和海德拉才會被視為〈深海巨人〉的神明或者長老。作中將〈深海巨人〉的宗教團體稱作**大袞祕密教團**也是另外一個重點。由於作品還說到他們信奉祭祀克蘇魯，因此固然有少數作品如《印斯茅斯疑雲》改編的電影**《大袞》**是作「大袞=克蘇魯」解釋，不過大多數後世作家仍然認為「大袞=克蘇魯屬下」。

舉例來說，德勒斯作品中的大袞跟克蘇魯同是〈深海巨人〉信仰崇拜的海神（**《門檻處的潛伏者》**），而〈深海巨人〉會在**印斯茅斯**的惡魔暗礁高唱讚頌大袞的讚歌（**《獵鷹岬的漁夫》**）。另外**《克蘇魯迷踪》**系列作品裡面有首詩歌叫作「獻給大袞的祈禱」，也同樣證明了德勒斯確實將大袞視為神明。

大袞初期定位模糊曖昧，後來卡特終於透過**《克蘇魯神話的諸神》**將其定位為克蘇魯麾下小神、〈深海巨人〉首領，並指海德拉為其妻神。卡特後來又進一步以**《陳列室的恐怖》**將大袞和海德拉分類為次級支配者，盤踞於拉葉城或伊斯哈里。布萊恩·魯姆利**《泰忒斯·克婁的歸來》**亦承襲此設定，說大袞和海德拉在伊斯哈里負責守護克蘇魯之女**克西拉**；將來克蘇魯捨棄衰老肉體、進入克西拉子宮胎內重生的時候，大袞和海德拉便是新生克蘇魯的養父養母。

徒具聖母之名的海德拉

亨利·古特涅作品**《海德拉》**發表於洛夫克萊夫特死後，作品中海德拉誕生於與阿瑟特斯所處混沌毗鄰的外世界深淵，她是個獵殺各世界諸多生物、噬其腦髓的怪物。該作品還說希臘神話的多頭蛇海德拉便是源自這個怪物。

《海德拉》說各個世界均有海德拉信徒存在，譬如1783年沙倫出版刊行題名為**《靈魂之投射》**的8頁小冊子，表面上是講述如何以星光體投射達致靈魂出竅的魔法指南書，實則是為海德拉張羅犧牲者的陷阱。

古特涅執筆創作時是否有意識到《印斯茅斯疑雲》的海德拉雖已不得而知，不過考慮到他曾經在洛夫克萊夫特死後（發表《海德拉》的前一年）發表大海邪神的故事**《大袞的後裔》**，《海德拉》很有可能真的是他向洛夫克萊夫特看齊致敬的作品。

阿瑟特斯

Azathoth

- 魔王
- 窮極混沌的中心
- 撒達·赫格拉

星間宇宙的帝王

阿瑟特斯是眾邪神的**魔王**Daemon-Sultan。根據洛夫克萊夫特《**夢尋祕境卡達思**》（1926年）記載，漆黑包圍的魔王寶座就在「無形的深奧虛空中」、「超越時空無從想像的無明房室」。「不敢妄稱名諱」、「飢腸轆轆不住噬咬」的魔王周圍，盲聾喑啞的**眾蕃神**隨著鼓動笛聲不停舞蹈，眾神的魂魄暨使者**「匍伏而來的混沌」奈亞魯法特**亦在旁側。洛夫克萊夫特作品對阿瑟特斯描寫如下：

- **《憂果思的菌類生物》（1929～1930年）**：阿瑟特斯是將奈亞魯法特戲謔之下創造出來的造物破壞殆盡的痴愚混沌，是睡夢中酣然囈語的萬物之主。
- **《暗夜呢喃》（1930年）**：〈憂果思的菌類生物〉向「深淵之主」阿瑟特斯獻祭。《死靈之書》則說阿瑟特斯之名當中暗藏「存在於某角度空間彼方的沸騰混沌」一語。
- **《蠟像館驚魂》（1932年）**：洛夫克萊夫特為海瑟·希爾德代筆之作。記載到「阿瑟特斯巨大混沌漩渦中吠叫不停的狗子（=**汀達羅斯的魔犬**）」的罵聲。
- **《女巫之家之夢》（1932年）**：主角在女巫齊薩亞·梅森和「黑色男子」奈亞魯法特陪同下前赴阿瑟特斯王座，被迫用自己的鮮血署名。阿瑟特斯此名代表著恐怖到無從分說的**原初邪惡**。
- **《獵黑行者》（1935年）**：眾多僕從安撫之下，萬物之王暨盲目痴呆之神阿瑟特斯身體呈大字躺臥在**窮極混沌的中心**。

此外，洛夫克萊夫特是在讀過W·T·貝克福特所著講述主角卡利夫邪惡和享樂故事的《瓦泰克》隔年，受其影響而寫下了《阿瑟特斯》（1922年）的冒頭。

研究家威爾·莫瑞曾指《夢尋祕境卡達思》中「來自艾弗特的珍格想要爬上位於冰冷荒野裡的卡達思，可現在他的頭骨正安置在一枚戒指上，而這枚戒指則套在某位人物的小姆指上」的文字便是「阿瑟特斯」之梗概，並推測所謂某位人物指的就是阿瑟特斯。

舊日支配者之最高位階

洛夫克萊夫特和史密斯雖然都說**克蘇魯**和**札特瓜**是阿瑟特斯子孫，兩者所繪諸神族譜卻是截然不同（刊載於P.126與P.160）。

阿瑟特斯直到《克蘇魯神話小辭典》（1943年）以後方始獲得邪神首領的明確定位，該辭典並指阿瑟特斯是因為邪惡而遭**舊神**放逐的時間空間支配者。後來卡特又為阿瑟特斯追加了許多設定包括理智與意志遭舊神剝奪（《克蘇魯神話的諸神》（1957年）），以及阿瑟特斯是跟雙胞胎兄弟**烏伯·沙絲拉**同時受舊神創造（《陳列室的恐怖》（1975年））等。除此以外，**「宇宙不過是阿瑟特斯的一個夢，只待夢醒便要消滅」**也是相當著名的設定。此設定應是澀澤工房漫畫《吸血天使》（注26）、佩加納神話的神明**馬納·尤德·蘇樹**等概念混同之產物，其原型可能是來自於亨利·古特涅《海德拉》（1939年）當中的敘述「一切存在均是萬物之王阿瑟特斯的思考所創」。

倫希·坎貝爾的作品則說阿瑟特斯是**煞該星**昆蟲族崇拜的神明偶像，作巨大的兩片對開貝殼模樣，貝殼深處顏面上沒有嘴巴，深深凹陷的眼窩窟窿中則生有許多黑毛。阿瑟特斯有幾對柔韌修長的腳足，還有幾隻末梢附有水蛭狀附屬構造的圓筒形手臂（《煞該星的妖蟲》）。據說《死靈之書》也有記載到他兩片對開貝殼的模樣，以及曾經擊退憂果思生物的「N」開頭別名（《暗黑星球的陷阱》）。《克蘇魯的呼喚TRPG》的插畫倒是把他畫成無限膨脹增生累積的觸手與肉塊，前述兩片對開貝殼則是**撒達·赫格拉**（阿瑟特斯在《暗黑星球的陷阱》中的化身）的形象。布萊恩·魯姆利「泰忒斯·克婁薩迦」將阿瑟特斯比擬為破壞地球的核子反應，有個叫作**阿撒提**的私生子。阿瑟特斯在《魔法書死靈之書》當中是創造的相對力量，在四元當中屬火、象徵極端的否定局面，在占星術當中屬獅子宮，在地上則歸屬於隱蔽的南方。唐諾·泰森《死靈之書》則指其為舊日支配者七帝之一，是創造之核心，所有存在都要聽其笛音支配。桑迪·皮特遜《克蘇魯神話怪物圖鑑》記載，英國的**詹姆斯·莫里亞蒂**曾經著有一篇名為**「小行星力學」**的論文，指出小行星帶（注27）是行星遭魔王破壞以後所形成（原構想來自以撒·艾西莫夫《終極的犯罪》、魯姆利《瘋狂的地底迴廊》）。

憂戈-索陀斯
Yog-Sothoth

→《死靈之書》
→尤瑪特-塔威爾
→亞德-薩達吉

鑰匙暨守護者

憂戈-索陀斯初出於洛夫克萊夫特的半自傳作品**《查理士·德克斯特·華德事件》**（1927年）。約瑟夫·古溫是**沙倫**的魔法師團體其中一員，他在女巫審判的前夕逃離沙倫來到普洛維頓斯，據說他在這裡發現了召喚憂戈-索陀斯的咒語，看見了憂戈-索陀斯的長相。當時古溫所用可以令致亡者復活或崩壞的咒語「OGTHROD AI'F GEB'L—EE'H YOG-SOTHOTH 'NGAH'NG AI'Y ZHRO」，其中便有憂戈-索陀斯的名字。儘管故事並未明示，但最後古溫的毀滅未嘗不可視為是憂戈-索陀斯的意志所致。無論是當作魔法實驗場所使用的農場地下室遭到抹滅、彷彿從來不曾存在過似的、抑或是數名同志的毀滅，或許都是古溫濫用憂戈-索陀斯的力量所得到的報應。洛夫克萊夫特在替阿道夫·德·卡斯特羅代筆的**《最終測試》**（1927年）也曾經在醫師的台詞「我聽說有個老人在中國召喚憂戈-索陀斯」當中提到憂戈-索陀斯。

發表上述作品隔年，洛夫克萊夫特執筆創作講述憂戈-索陀斯的重要作品**《敦威治村怪譚》**（1928）。憂戈-索陀斯受**敦威治**的魔法師召喚前來，與魔法師的女兒生下了一對雙胞胎，並且命令他按照《死靈之書》記載的方法，把門打開好讓包括自己在內的異世界生物來到人世間。另外我們可以透過作品中的《死靈之書》引用文——「**偉大的克蘇魯**亦是**舊日支配者**親族，然其亦只可模糊感知彼等（舊日支配者）存在」、「**舒伯-尼古拉斯**亦只可憑惡臭感知舊日支配者存在，憂戈-索陀斯卻知悉舊日支配者之所有」，得知憂戈-索陀斯的地位高過於克蘇魯和舒伯-尼古拉斯。

此作品還另外記載到《死靈之書》的引用文曰「憂戈-索陀斯即是門，憂戈-索陀斯即是門之匙，即是看門者。過去在他，現在在他，未來皆在他」。後來洛夫克萊夫特又對這個設定做更進一步的詮釋，在《穿越銀匙之門》（1932年）寫到「這是個由無限存在與自我組成的事物，所有一切皆在它之中，而它也存在於所有一切之中」「那並非僅僅只是存在於一個時空連續體裡一個東西，它聯合著為無窮無盡的存在賦予了生機的終極本源 —— 最終，這是一個沒有限制，既超越了奇想也超越了數學邏輯的絕對浩瀚」，指出憂戈-索陀斯是不具固定形體的神聖存在，而〈**憂果思的菌類生物**〉則是將憂戈-索陀斯奉為**「超越者」**信仰崇拜。根據1933年4月27日寄給詹姆斯·F·毛頓的書信等文件，憂戈-索陀斯是**阿瑟特斯**生下的**「無名之霧」**於**尼斯螺旋風時代**所生，他又跟同是阿瑟特斯所生的**「黑暗」**的女兒舒伯-尼古拉斯交合，生下**納格**和**耶布**。他是**奈亞魯法特**的姪子，也是克蘇魯和**札特瓜**的祖父。再者，「敦威治村怪譚」指出民間旬信夜鷹牽引人類亡魂的傳說和憂戈-索陀斯有某種關聯性，後來德勒斯亦據此創作了小說《**山上的夜鷹**》。

憂戈-索陀斯的外表

「敦威治村怪譚」當時我們還無從得知憂戈-索陀斯長相，不過作品倒是對華特立家雙胞胎繼承自父親的身體特徵有以下描寫：

- **威爾伯·華特立**：長耳朵、沒有下巴的山羊臉。長滿類似蛇類鱗片和黑毛的腳活像恐龍後足，足肢末梢既無蹄足亦無利爪而只是肉塊而已。腹部生有20隻附吸盤的綠色觸手。屁股則是兩個粉紅色肉球，懸著一條又像象鼻子、又像觸手的尾巴。
- **威爾伯的孿生兄弟**：由非屬這個世界的物質所構成，平常非肉眼可見。身軀龐大，有許多令人不禁聯想到章魚、蜈蚣和蜘蛛的足肢，最高處則是個好幾碼（1碼約為0.9公尺）大、跟威爾伯長得很像的臉。

憂戈-索陀斯現在這個彩虹色球體積集物的外表，首見於洛夫克萊夫特為海瑟·希爾德代筆創作的《**蠟像館驚魂**》（1932年），後來的《**克蘇魯神話小辭典**》、《**克蘇魯神話的諸神**》解說也是以此設定為準，唯獨德勒斯蹈循《敦威治村怪譚》、《穿越銀匙之門》脈絡，在《**門檻處的潛伏者**》（1945年）當中指出憂戈-索陀斯的本體潛伏於綻放太陽般強烈光芒的彩虹色球體背後，是個永遠在時空深處混沌之中不住冒泡的多觸角黏液狀怪物。另外柯林·威爾森製作的《**死靈之書斷章**》則提到憂戈-索陀斯麾下13個球體：**格莫瑞**、**撒共**、**西迪**、**埃力格**、**杜**

生、化勒、史戈、大陵五、賽馮、帕塔斯、戈摩爾、恩布拉、阿納波斯，並記載其召喚方法。菊地秀行**《邪神迷宮》**說這些球體是神的「打嗝」。另外《敦威治村怪譚》、《門檻處的潛伏者》、《死靈之書斷章》還說憂戈-索陀斯的召喚場所是在環石陣（《門檻處的潛伏者》裡則作岩石圍繞的石塔）。

大地之神憂戈-索陀斯

雷尼《克蘇魯神話小辭典》（1943年）說憂戈-索陀斯與阿瑟特斯共有領土，而《穿越銀匙之門》所述**尤瑪特-塔威爾**以及**〈遠古種族〉**則是憂戈-索陀斯在人間的代理人。所謂憂戈-索陀斯既是人格神同時也是自然力量之象徵的說法，同樣也是因《克蘇魯神話小辭典》始得確立。雷尼將憂戈-索陀斯分類為**大地精靈**，其實並不像尋常以為那般毫無任何根據。《敦威治村怪譚》雖說憂戈-索陀斯是屬於異次元的存在，作品中卻也有「從地底召喚出來called out of the earth」的記載。儘管這句話未嚐不可譯作「從地球外～」，然若參照前後文和洛夫克萊夫特書信，「地底」應該才是比較適當的譯法。據此，亨利．古特涅**《克拉利茲的祕密》**（1936年）方有「地底鱗片覆身的憂戈-索陀斯」，而德勒斯**《越過門檻》**（1941年）也才會有「住在大地底下的憂戈-索陀斯」的描寫。想必這些就是雷尼前述設定之根據。又或者說，德勒斯所謂四大精靈的設定或許便是以《敦威治村怪譚》有關大地之神的描述為根據。

此間推論究竟如何暫且不論，我們可以發現德勒斯1943年以後的作品有刻意配合《克蘇魯神話小辭典》的設定，例如**《黑暗住民》**（1944年）就說憂戈-索陀斯「雖說穿梭於時間與空間之中，它卻是大地精靈無誤」。不過除此以外，憂戈-索陀斯也有新的設定出現。**《克蘇魯迷蹤》**第四部（1952年）說憂戈-索陀斯是舊日支配者當中最強大的一個，**《拉葉之印》**（1957年）則指其為時空的連續體。《山上的夜鷹》（1948年）說憂戈-索陀斯的召喚程序「當太陽進入第五宮，土星在三分之一對座時，畫下火的五芒星，說出第九個咒語三次。這個咒語在十字架節與萬聖節之夜各重複一次」乃引用自《查理士．華德．華德事件》，而在這部作品裡面，這段話還是憂戈-索陀斯自己對召喚者說的。

憂戈-索陀斯相關設定

史密斯《**聖阿茲達萊克**》說《哀邦書》有段關於憂戈-索陀斯的記述，卡特《**陳列室的恐怖**》則說憂戈-索陀斯在第23星雲的一個叫作**沃爾**的世界跟一雌性體交合生下克蘇魯，再跟別的神生下**赫斯特**，然後又生了**烏素姆**（史密斯《**烏素姆**》）。

布萊恩・魯姆利《**泰忒斯・克婁薩迦**》說憂戈-索陀斯跟所有空間相毗鄰，可同時存在於所有時間（然則數目有限），這是因為他遭舊神囚禁於次元宇宙的交接處所使然，而並非他固有的能力。其神力雖然遜於克蘇魯，卻也是統領**葉比・簇泰爾**和**巴格・沙斯**的強大神明。系列作品最終作《**艾里西婭***Elysia*》則是提到跟憂戈-索陀斯成對的神明，即外觀作**黃金球體積集物**模樣的**舊神亞德-薩達吉**。

第二世代作家理查・L・堤艾尼以諾斯替教（注28）創始者——羅馬時代的魔法師**術士西門**（注29）為主角創作了許多作品，作品將基督教的唯一神耶和華塑造成對抗宇宙統治者邪惡舊神和舊日支配者、反抗其暴政的反叛者，可謂顛覆了尋常的價值觀。長篇作品《**混沌之鼓** *The Drums of Chaos*》則說憂戈-索陀斯生下了耶穌基督跟另一名肉眼看不見的兄弟，人類無止境的痛苦讓他們心痛，兄弟倆遂召喚憂戈-索陀斯要將人類從宇宙的歷史中抹去。

《敦威治村怪譚》有模仿《**新約聖經**》耶穌基督故事戲仿（注30）作品的一面，詢信威爾伯的弟弟「父親！父親！」呼喊憂戈-索陀斯的故事高潮，乃是由耶穌受十字架刑「以利！以利！拉馬撒巴各大尼？（我的神！我的神！為什麼離棄我？）」呼喊上帝的場景脫胎換骨而來。這也就是說，堤艾尼的創作便是所謂的雙重戲仿。

羅伯・M・普萊斯《**牽結惡魔的靈魂**》當中說到聖地耶路撒冷從前曾是憂戈-索陀斯邪教的信仰中心，指的應該就是堤艾尼的作品。

唐諾・泰森《**死靈之書**》說憂戈-索陀斯是舊日支配者的七帝之一。《**魔法書死靈之書**》則說他是阿瑟特斯的副手攝政王，是混沌的媒介，也是原初語言的外在面向。占星術當中，憂戈-索陀斯是獅子座當中最亮、位於獅子胸口處的恆星之化身，古阿拉伯人稱其為「Al Kalb Al Asad」，羅馬人則稱「Cor Leonis」（注31），在地上的方位接近正南。

後藤壽庵漫畫《**Alicia Y**》則說連接所有時空的憂戈-索陀斯，其實也就是宇宙的記錄。艾莉西亞・Y・阿米塔吉是憂戈-索陀斯跟人類生下的女兒，而奈亞魯法特則是艾莉西亞的守護者兼戀人。

舒伯-尼古拉斯

Shub-Niggurath

- 克蘇魯
- 姆大陸
- 「黑色羊羔」

淫蕩溫柔的大地母神

舒伯-尼古拉斯是克蘇魯神話的代表性神祇之一。舒伯-尼古拉斯初出於洛夫克萊夫特替阿道夫·德·卡斯特羅代筆的《**最終測試**》(1927年),當時只有提到她的名字而已。另一個代筆之作齊利亞·畢夏普《**丘**》(1929年)則說舒伯-尼古拉斯在北美的地底世界**金-陽**,連同克蘇魯、依格等諸神受到現已沉入海底的**黎姆利亞**大陸後裔信仰崇拜。作品中不但有「萬物之母,無以名狀者之妻」的記載,還將舒伯-尼古拉斯比喻成古代閃語族的豐饒女神阿斯塔特(注32),從此決定了舒伯-尼古拉斯的母神性格。其後由洛夫克萊夫特作品《**暗夜呢喃**》(1930年),以及其代筆的海瑟·希爾德作品《**蠟像館驚魂**》(1932年)提及「孕育千頭羊羔的山羊」稱號,另一個替希爾德代筆的作品《**超越萬古**》(1933年)則說舒伯-尼古拉斯曾經傳授神官一個可保護自身免遭敵對者**賈德諾索阿**石化的咒語。

1933年4月27日寄給詹姆斯·F·毛頓的信件當中,洛夫克萊夫特寫到舒伯-尼古拉斯是**阿瑟特斯**之子**「黑暗」**之女,而憂戈-索陀斯則是阿瑟特斯之子**「無名之霧」**之子,兩者生下了納格、耶布。

另外根據卡特版《**死靈之書**》的〈**第九則故事**〉記載,「黑暗」是在暗黑星雲中一個叫作**舒馬斯昆**的地方(此地名出自1932年7月26日洛夫克萊夫特寄史密斯的書信)生下了舒伯-尼古拉斯。

德勒斯的長篇作品**《門檻處的潛伏者》**（1945年）引用《死靈之書》，指出森林妖精、森林之神撒泰爾（注33）、愛爾蘭矮精靈拉布列康（注34）、小精靈等都是舒伯-尼古拉斯的部屬。**《克蘇魯的呼喚TRPG》**當中舒伯-尼古拉斯的眷族**「黑色羊羔」**，是由蹄足和粗實觸手集合組成。布洛奇**《廢棄小屋所發現的筆記本》**當中的怪物即為舒伯-尼古拉斯原型，該作品稱作**舒哥**，不過作品裡面同樣也有提到舒伯-尼古拉斯這個名字。

卡特**《克蘇魯神話的諸神》**說舒伯-尼古拉斯是**赫斯特**的妻神。德勒斯**《赫斯特的歸來》**（1939年）指赫斯特亦稱「無以名狀者」，這想必是在刻意配合**《丘》**的記述。卡特**《陳列室的恐怖》**說她被逐出**亞狄斯星**以後，跟赫斯特生下了**伊達卡**、**羅伊戈**和**查爾**。約瑟．S．帕爾佛**《防衛司令部*The Guard Command*》**說，性魔法結社**「孤立之女」**崇拜的女神**烏特烏爾斯-赫爾埃爾**Ut'ulls-Hr'ehr是她跟**依格**的女兒，唐諾．泰森**《死靈之書》**則說她跟克蘇魯交合產下反抗**〈遠古種族〉**的軍隊等，諸多作品紛紛將其形塑成不挑對象的淫蕩女神。

《魔法書死靈之書》說舒伯-尼古拉斯是眾邪神力量在人間的顯現化身，在占星術裡面她象徵的是四大元素當中的土元素、黃道的金牛宮和北風之門。

舒伯-尼古拉斯的外表

1936年9月1日洛夫克萊夫特寫給威利斯．康諾弗信中寫到她「有如恐怖的雲霧般」，而史密斯還捏造了一個彷彿揉合人類與山羊模樣的胸像，除此以外就沒有其他關於舒伯-尼古拉斯外觀的描述了。第一部描述舒伯-尼古拉斯長相的作品，是倫希．坎貝爾的**《月亮透鏡》**。該作品對這位即便受到**舊神**封印卻仍然在英國格洛斯特郡**羊木鎮**受人祭拜的女神，是這樣描述的：

- 體似白柱，還有個水母形狀的偌大圓形頭顱。
- 有無數多關節足肢，末梢帶有大大的圓形突起物。
- 用帶有三根利爪的器官和腳來站立。
- 除許多灰色眼球以外，頭部中心則是個尖齒成列的鳥喙狀大嘴。

風見潤**《克蘇魯太空歌劇》**（注35）是另一部描寫到舒伯-尼古拉斯長相的作品。作品中舒伯-尼古拉斯是隻足肢退化、腹部脹大、頭頂長著觸手而非羊角的巨大黑山羊，封印在喜瑪拉雅山地底深處，而矢野健太郎漫畫**《邪神傳說》**的舒伯-尼古拉斯也是以《克蘇魯太空歌劇》為依據。

奈亞魯法特

Nyarlathotep

- 拜亞古納
- 奈夫倫-卡
- 伊荷黛

變幻自在的眾神使者

「匍伏而來的混沌」奈亞魯法特，初出於洛夫克萊夫特根據夢境創作的**《奈亞魯法特》**（1920年），至於「匍伏而來的混沌」則是採用自洛夫克萊夫特同年著作的短篇小說題名。埃及法老阿蒙霍特普（Amenhotep）的名字是「阿蒙神滿足」的意思，而「奈亞魯法特（Nyarlathotep）」由來卻是諸說紛紜並無定說，也有人說是受唐珊尼爵士作品中**預言者阿爾希雷-荷特普、米納希多特普**影響所致。奈亞魯法特是來自埃及的神祕人物，操縱著奇妙的機械，向群眾講述宇宙的終末。故事結尾昭示，超越時間、超越想像的黑暗房間中響著鼓聲笛音，房中盲目、喑啞、痴愚的怪物隨著這可憎樂音緩慢、笨拙、荒謬地跳著舞蹈，而奈亞魯法特便是其魂魄。**《夢尋祕境卡達思》**（1926年）則記載，前述所謂黑暗的房間便是**魔王阿瑟特斯**寶座的所在之處，而奈亞魯法特正是魔王以及周圍那些盲目喑啞**蕃神**的魂魄兼使者。奈亞魯法特在這部作品裡面身披彩色長袍、頭戴閃爍著光芒的黃金雙重冠，是個頎長削瘦有如古法老的人物，年輕的臉龐帶有唯獨暗黑神或墮落天使才有的魅力。他是幻夢境北方卡達思城堡中「大地諸神」的監護人，自己也受到**古革巨人、月獸**和**冷原居民**崇拜。

根據十四行詩連作**《憂果思的菌類生物》**，奈亞魯法特曾經率領野獸以人類姿態出現在太古時代的**Khem**（埃及）（注36）。身為阿瑟特斯忠臣，奈亞魯法特雖然放任魔王破壞自己戲謔之下創造出來的造物，有時卻也會敲著自己的腦袋、彷彿在嘲笑主人似的。以下作品也有記載奈亞魯法特的相關描述：

- 《牆中鼠》（1923年）：在從前曾有邪神崇拜活動的威爾斯伊克姆修道院遺跡地下洞窟中，瘋狂的無貌之神奈亞魯法特隨著兩個無確定形狀的愚笨笛手吹奏的笛音漫無目的地咆哮。
- 《暗夜呢喃》（1930年）：〈憂果思的菌類生物〉在跟人類同伙的對話中提到「戴著蠟質面具和掩藏身形的長袍，偽裝成人類的**「偉大的信使」**奈亞魯法特從**七個太陽之地**降臨」「穿越虛空為**憂果思**帶來奇妙愉悅之人，百萬蒙寵者之父」。
- 《女巫之家之夢》（1932年）：以**「黑色男子」**形象出現在阿卡罕的女巫教派集會，陪同主角前赴阿瑟特斯寶座，並強迫主角用鮮血簽下自己的名字。
- 寄J·F·毛頓書信（1933年4月27日）：奈亞魯法特是阿瑟特斯之子。以貴族身分出現在古羅馬，洛夫克萊夫特為其後裔。
- 《獵黑行者》（1935年）：19世紀普洛維頓斯的**「星際智慧教派」**曾經使用從**奈夫倫-卡**墓中發現的閃亮斜六面體召喚此神，奉獻活祭品換得了知識。奈亞魯法特畏光，最後便是被強烈的光芒給打倒。《克蘇魯神話的諸神》根據這部作品，指出黎姆利亞大陸居民是最早知道奈亞魯法特存在的人類。

奈亞魯法特的寓言

對埃及情有獨鍾的布洛奇則說奈亞魯法特是相關記錄遭人從《**亡者之書**》抹滅的埃及最古老冥界之神，並將其連結《**妖蟲的祕密**》創作了許多作品。

妖術與黑魔法之神奈亞魯法特是全世界最古老的神明，受世界各地以不同名字信奉祭祀。《妖蟲的祕密》對奈亞魯法特的神話有模糊曖昧的記載，阿巴度·阿爾哈茲瑞德也是在**石柱之城伊倫**認識得知這個神的。他在埃及是以擁有禿鷹雙翼、鬣狗身體和銳利長爪、頭戴三重王冠而無面貌、與人類等身大的斯芬克斯（注37）模樣為人所知。**「偉大的使者」**、**「星界闊步者」**、**「砂漠之王」**奈亞魯法特是復活之神，是**卡奈特**（古埃及神話的冥府）的黑色使者，傳說未來某日他將會復活並將死亡帶給生者（《無貌之神》、《咧笑的食屍鬼》（1936年））。相關記錄全數遭人從埃及歷史抹煞的聖經時代埃及法老王奈夫倫-卡，當初除信奉**布巴斯提斯**、**蘇貝克**和**亞奴比斯**以外，也是「強壯的使者」奈亞魯法特的信徒。奈夫倫-卡因為遭到叛變失去王位以後便逃到開羅附近一個祕密墓地，至今仍在大理石棺當中等待七千年後的復活，而這裡想必就是前述《獵黑行者》作品中發現挖掘出來的墓（《蘇貝

克的祕密》、《黑色法老王的神殿》（1937年））。另外布洛奇**《黑暗魔神**》（1936年）雖然並非以埃及為舞台，作品中提到的**「暗黑男」**也因為別名**「惡魔的使者」**而被視為奈亞魯法特的化身。

布洛奇又在洛夫克萊夫特死後發表了《獵黑行者》的後話續作**《尖塔的陰影**》（1950年），故事講述奈亞魯法特轉移至人類體內，參與開發將人類導向毀滅的核子武器。長篇作品**《詭異萬古**》（1979年）當中，奈亞魯法特則是化身為陰謀使邪神復活的「星際智慧教派」**奈神父**。這位神父一身漆黑打扮，口音腔調聽起來像是牙買加附近出身，他白色手套底下的掌心是一片全黑，就連嘴唇和舌頭也是相同顏色。後世許多克蘇魯作品之所以將奈亞魯法特塑造成黑幕般的形象，布洛奇的影響不可謂不大。除此之外，《克蘇魯神話的諸神》還說「咧笑的食屍鬼」、「無貌之神」作品中的**「無貌者」拜亞古納**是奈亞魯法特的化身。詹姆斯．安布爾**《拜亞古納的毀滅** *The Bane of Byagoona*》當中，北美原住民相信拜亞古納是克蘇魯諸魔神的其中之一。

德勒斯同樣對奈亞魯法特的角色設定有很大貢獻。他在**《黑暗住民**》（1944年）將威斯康辛州的**恩欸樹林**設定為奈亞魯法特在人間的所在地，這個樹林的**雷克湖**附近有塊石碑，上面刻的奈亞魯法特有頭無臉，臂部帶有觸腕狀附屬器官，是個全身不停流動的圓錐形怪物，身邊還有兩個吹笛的僕從跟隨。作品中稱為**「夜吼者」**、**「黑暗住民」**的這個形象是從《牆中鼠》描寫的改編衍生，也是現在奈亞魯法特最為人所知的化身；至於**「活火」庫多古**是奈亞魯法特唯一懼怕的剋星，這應該是來自於《獵黑行者》的弱點設定。

奈亞魯法特的千個面貌

克蘇魯神話的邪神大部分都擁有無固定形態的原形質肉體、變幻自在，但實際上除奈亞魯法特以外鮮少有邪神會以各種不同模樣出現，雷尼**《克蘇魯神話小辭典**》也說他「以上千種不同姿態現身」，強調其變幻自在之特性。逢空万太以克蘇魯神話為題材的輕小說**《襲來！美少女邪神》**亦將女主角**奈亞子**，設定為變身成地球人模樣的**奈亞魯法特星人**。

以下條列式舉出奈亞魯法特的主要化身：

- 「獵黑行者」：有三隻燃燒的眼睛和一對翅膀。（《獵黑行者》）
- 「黑色法老王」：削瘦頎長的黑人男性。前述。（《夢尋祕境卡達思》）

✢「無貌之神」：沒有臉的斯芬克斯。詳細請參照前述。《無貌之神》
✢「夜吼者」：前述。（《黑暗住民》）
✢「暗黑男」：被比喻成惡魔阿斯摩丟斯（注38）。漆黑的身軀長滿軟毛，豬鼻綠眼尖牙利爪。（《黑暗魔神》）
✢ 阿荼：19世紀中葉，中非剛果自由邦（注39）剛果族叛軍信仰的巨樹之神。（大衛．德雷克**《與其咒罵黑暗》**）
✢「腫脹之女」：有五張嘴和無數觸手，巨體肥胖而龐大的女性模樣。於中國受人信仰。（**《奈亞魯法特的假面》**）

奈亞魯法特有時也會化作奈神父或蘭道爾．佛萊格（史蒂芬金**《末日逼近》**）等人類模樣。「**以諾．哈克的詭譎命運***The Strange Doom of Enos Harker*」則說奈夫倫-卡是他的化身。

根據洛夫克萊夫特＆德勒斯的**《門檻的潛伏者》**（1945年）記載，**阿巴度．亞爾哈茲瑞德**說奈亞魯法特是「無貌」（Faceless），**路維克．普林**說他是「全視之眼」（All-seeing eye），**馮容茲**說他「飾以許多觸手」（Adorned with Tentacles），**《死靈之書》**也記載說奈亞魯法特會把語言能力帶給復活以後的邪神及其部下。魯姆利**《泰忒斯．克婁薩迦》**更是進一步指出諸邪神間互相溝通使用的心電感應，便是來自於奈亞魯法特。該系列的**《幻夢時鐘》**雖然也有提及「黑色法老王」，卻將其描繪成隱藏在「**千個面貌**」背後、蘊有克蘇魯等諸神神力的邪神集合體。**《魔法書死靈之書》**也說奈亞魯法特是調停諸邪神歧異的第五元素，屬於銀河。

《克蘇魯神話小辭典》、《克蘇魯神話的諸神》說奈亞魯法特躲過了舊神的封印，但M．S．瓦奈斯**《阿索弗卡斯的暗黑大卷》**卻說**夏爾諾斯**行星的黑檀宮殿是奈亞魯法特的幽禁之地暨故鄉。而卡特則認為《無名邪教》和《那卡提克手札》當中所暗示的黑暗世界**阿比斯**（即《暗夜呢喃》所指七個太陽之地）是奈亞魯法特的囚地（**《陳列室的恐怖》**），並將奈亞魯法特及其子**葉比．簇泰爾**設定為**夜鬼**（**《向深淵降下》**）。另外史密斯也曾經在寄給R．H．巴洛的信件中說明，史密斯**《魔法師哀邦》**所述**極北大陸**的麋鹿女神伊荷黛是奈亞魯法特的配偶。

《克蘇魯的呼喚TRPG》的劇本**《奈亞魯法特的假面》**，是部堪稱為奈亞魯法特版**《克蘇魯迷踪》**的大作。奈亞魯法特化作「腫脹之女」等化身出現於世界各地宗教團體，以及屢見於後世作品的祈禱辭「Nyar shthan, Nyar gashanna!」（肯亞**「血舌」教團**的禱辭），便也是出自此作品。

納格、耶布

Nug, Yeb

✢克蘇魯
✢克薩庫斯庫魯斯
✢姆大陸

謎樣的兄弟神

兄弟神納格和耶布跟**克蘇魯**、**憂戈-索陀斯**同樣是洛夫克萊夫特創造的神，可是作品中幾乎不曾對他們的外形樣貌或是性別有過什麼描寫。

納格和耶布主要是出現在洛夫克萊夫特幫其他作家代筆的作品：

✢ **阿道夫·德·卡斯特羅《最終測試》（1927年）**：初出作品。作品只提到納格和耶布在阿拉伯半島石柱之城伊倫的地下聖殿受人祭祀。

✢ **齊利亞·畢夏普《丘》（1929年）**：在入口位於奧克拉荷馬州的地底世界**金-陽**，除**依格**、克蘇魯和「**無以名狀者**Not-to-Be-Named One」等神以外，納格與耶布亦受人崇拜。16世紀造訪過金-陽的西班牙人龐費洛·薩瑪科納，就曾經在筆記中寫到所有他在這裡看到的各種儀式當中，就屬納格和耶布的儀式特別「引人作嘔sickened」。

✢ **海瑟·希爾德《超越萬古》（1933年）**：作品說明納格和耶布連同依格、舒伯-尼古拉斯，在姆大陸一個叫作庫納亞的地方受人祭祀，而金-陽的居民則是姆大陸（在洛夫克萊夫特的設定中，姆大陸就是黎姆利亞大陸）的倖存者。

克蘇魯、札特瓜之父

有關納格和耶布的進一步具體資訊，卻不是在洛夫克萊夫特的小說作品，而要從他寄給友人的信件去找尋。

1933年4月27日寄給詹姆斯·F·毛頓的信件中，有個以**阿瑟特斯**為頂點的諸神系譜（P.126）。根據該系譜記載，納格和耶布是憂戈-索陀斯與**舒伯-尼古拉斯**夫妻之子，也是阿瑟特斯的曾孫，而納格是克蘇魯之父，耶布則是**札特瓜**的父親；系譜並未記載他們的配偶，克蘇魯和札特瓜不無可能是他們單體繁殖所生。1936年9月1日寄給威利斯．康諾弗的信中也寫到憂戈-索陀斯跟舒伯-尼古拉斯生下了邪惡的雙胞胎納格與耶布，可以推測這個血緣關係在洛夫克萊夫特心中已經是個確定的事實了。

史密斯對諸神系譜的想法跟洛夫克萊夫特不同，他在1934年9月10日寄給羅伯特．H．巴洛的信中，寫到跟納格交合生下克蘇魯的配偶名字叫作**普特姆克**Ptmak，可惜史密斯對這部分設定的敘述多有矛盾，或許應該將它忽視才好。

克薩庫斯庫魯斯的分裂體

後來林．卡特參考洛夫克萊夫特和史密斯雙方的設定，重新將納格和耶布的設定做了個整理。《深淵之物》講到姆大陸居民信仰納格和耶布的時候，還分別提到了他們的別名「朦朧的」納格、「細語迷霧」耶布。除此以外，以極北大陸為主題的作品集《哀邦書》當中收錄的《向深淵降下》等作品說地球所有食屍鬼的祖先名字也叫納格，也不知是否為了避免混淆，後來名字變成了納古布Naggoob。

羅伯．M．普萊斯根據卡特未完成遺稿寫成《以諾．哈克的詭譎命運*The Strange Doom of Enos Harker*》，作中寫到納格和耶布分別是**羅伊戈**和**查爾**的祕密名字，待星辰運行到正確位置，他們就會變成克蘇魯和**佘亞魯法特**。他的《哀邦致弟子的第二封信，或稱哀邦啟示錄》又說克薩庫斯庫魯斯是阿瑟特斯所生的雌雄同體私生子，後來他分裂形成雄體與雌體，雄體便是納格，而雌體就是耶布。納格和耶布又結成夫妻，生下克蘇魯和後來成為札特瓜父親的神聖的吉斯古斯。當時作品寫到納格和耶布「按照自己的模樣生下克蘇魯」，這段記載是少數描述到納格和耶布長相的資訊之一。

全蛇類的守護神

依格初出於洛夫克萊夫特為齊利亞・畢夏普代筆的《**依格的詛咒**》(1928年),受奧克拉荷馬州原住民族敬畏,作品中曾指墨西哥阿茲特克帝國的文化之神**奎札柯特**便是從依格演變而成。根據1925年為研究依格造訪當地的民族學家證實,只要別人並不危害他的蛇子蛇孫,依格其實是位相當溫和的神,反之若是蛇類受到侮辱甚至殺害那麼依格必定會復仇,會變成身上帶著斑紋的蛇。因為這個緣故,奧克拉荷馬州中部的原住民無論如何都不會殺害有毒的響尾蛇。每到蛇類飢餓的秋季,依格也會因為飢餓變得危險,部落的巫醫就必須舉行驅除儀式。

至於依格長得什麼模樣,作品中只說他是「半人半蛇」,洛夫克萊夫特為畢夏普代筆的《**丘**》(1929年)倒說威奇托族有個圓盤狀護身符上面刻著一條像人的蛇,那便是依格的長相。同作品還說「偉大的眾蛇之父」依格在北美大陸地底的**金-陽**,跟**蘇魯(克蘇魯)**同受當地居民崇拜。依格是生命原理之象徵,他如何搖響蛇尾骨節,將決定他覺醒多久沉睡多久。根據洛夫克萊夫特為海瑟・希爾德代筆的《**超越萬古**》(1933年)記載,古代姆大陸的居民將依格和**舒伯-尼古拉斯**奉為人類友善的神明崇拜,而金-陽的居民便是姆大陸居民的後裔。

唐諾・泰森《**死靈之書**》說依格是舊日支配者的七帝之一,地球的蛇就是他從宇宙帶過來的。另外約瑟・S・帕爾佛《**防衛司令部** *The Guard Command*》則說依格跟舒伯-尼古拉斯生下了一名女兒叫作**烏特烏爾斯-赫爾埃爾** Ut'ulls-Hr'ehr。

羽蛇

大概是受到《奇詭故事》雜誌1929年11月號刊載的〈依格的詛咒〉啟發，布魯斯·布萊恩在《霍霍肯的恐怖》(1937年)也提到了一位名叫**依格-薩茲提**的蛇神，他是相傳兩千年前在吉拉河谷建立城寨的「蛇之民族」霍霍肯族的神。據說依格-薩茲提比大地更加古老，是世間所有智慧的來源，霍霍肯族相信他君臨於原住民族的所有神明之上，就連提及其名諱也是禁忌。

依格-薩茲提是頭巨蛇，胴體呈斑紋花樣，並且有對翼龍般的雙翼從頭部下方的鱗片中伸出，模樣就跟古代納瓦特爾語當中意為「有羽毛的蛇」的阿茲特克帝國之神奎札柯特頗為類似。

儘管霍霍肯族早在16世紀西班牙探險家來到此地以前便已經消失，但據說直到今日為止，響尾蛇的聖地迷信山(Superstition Mountain)仍然相信除祖尼族和霍皮族(注40)的求雨聖人以外，任何人擅闖此地將會遭到神罰。

不傳之祕黑韓

根據羅伯·布洛奇《來自星際的怪物》(1935年)，路維克·普林所著《妖蟲的祕密》曾經提到到眾蛇之父依格、黑韓和面生蛇鬚**拜提斯**三神是「預言之神」。所謂妖蟲worm指的並不僅僅是蛆蟲，而是包括龍蛇等各種爬蟲類的用語，因此可以推想黑韓應該也是個蛇神。

拜提斯後來獲得倫希·坎貝爾賦予較為具體之形象，此處且容筆者僅針對黑韓做解說介紹。林·卡特《陳列室的恐怖》說這三個蛇神跟**紐格薩**、**雅柏哈斯**同樣都是**烏伯-沙絲拉**之子，不過成書較晚的**卡特版《死靈之書》**卻又說拜提斯是依格之子，關於韓的出身或許亦有變更也未可知。同作品還說到韓被囚禁於**冰凍的冷原**。根據卡特改編史密斯散文寫成的《最令人憎惡之物》，依格、韓、拜提斯是蛇人始祖，受蛇人祭祀崇拜。

可惜的是，至今尚無以黑韓為主題的神話作品發表問世。如果從這個角度來看，這對創作者來說或許恰恰是個絕佳的題材也未可知。

蘭特格斯

Rhan-Tegoth

✢《那卡提克手札》
✢洛馬
✢札特瓜

極北之神

蘭特格斯是洛夫克萊夫特替海瑟．希爾德代筆之作**《蠟像館驚魂》**中的邪神。根據**《那卡提克手札》**的第八斷章記載，蘭特格斯是早在史前時代傳說中的**洛馬大陸**隆起露出海面以前君臨地球北方的其中一個怪物。蘭特格斯從300萬年前起便沉睡在阿拉斯加某個巨大的石造都市廢墟之中，直到20世紀前半期才被英國人喬治．羅傑斯給搬到了倫敦。這名蠟像師羅傑斯專門把歷史上殘酷血腥的人物、神話中傳說中的怪物和眾邪神做成蠟像、放到自己的蠟像館展示，是個行事乖詭的可疑份子。他精通禁書知識，憑著《那卡提克手札》裡的線索找到廢墟來，終於發現睡在象牙寶座上的蘭特格斯。關於蘭特格斯的長相，作品中描述如下：

- 體長約莫10英呎（3公尺）。
- 身體接近圓球狀，共有六隻附有類似蟹鉗構造的手足。
- 滿是皺紋的球形頭顱有三隻眼睛呈三角形排列，有個柔軟靈動的長鼻和像鰓的器官。
- 全身上下覆蓋著末梢狀似蛇口的長纖毛形狀黑色吸管。

蘭特格斯便是用這吸管來吸取其他生物充滿營養的血液，遭其毒手的生物皮膚彷彿受強酸侵蝕般燒焦變黑，還會遭無數吸管穿刺、留下千百個圓孔。

蘭特格斯的設定

羅傑斯自稱是蘭特格斯的大祭司，主張這尊「無窮而無敵」之神倘若死亡則**舊日支配者**將無法復活。只不過不光是洛夫克萊夫特，其他神話作品也沒什麼機會可以針對蘭特格斯重要性多所著墨，是以上述主張也往往被解釋為羅傑斯瘋狂的胡言亂語。

雷尼《克蘇魯神話小辭典》說蘭特格斯來自**憂果思（冥王星）**，《蠟像館驚魂》和洛夫克萊夫特《夢尋祕境卡達思》等作品所述曾使太古時代格陵蘭飽受蹂躪的多毛半獸人**諾普-凱族**，便是蘭特格斯的其中一個化身。德勒斯的《門檻處的潛伏者》也蹈襲這個蘭特格斯和諾普-凱族的相關設定，從此蘭特格斯是諾普-凱族之神的說法漸成定論。

林·卡特作品集《哀邦書》收錄的《摩洛克卷軸》一方面承襲上述設定，指蘭特格斯是「不具實體的大氣精靈」，又說他跟**札特瓜**是勢不兩立的敵對關係。因此，札特瓜麾下的**沃米族**跟蘭特格斯底下的諾普-凱族自然也是對立關係。

蛤蟆之神蘭迪哥斯

雖是出場作品較少的次要神祇，栗本薰《豹頭王傳說》系列作品的外傳第1卷《七人之魔道師》（注41）也有蘭特格斯的戲份，若光就日本而論也算是出場機會相對較多的一個。同作品還有個令人印象深刻的人物，那就是來自某個名叫蘭達幾亞的國家的黑人魔道師「黑色魔女」達美雅，她就是「克蘇魯古神」**蘭迪哥斯**（作品中的表記）的信徒。

有趣的是，《七人之魔道師》裡的蘭迪哥斯被稱作是蛤蟆之神。或許作者是把蘭迪哥斯跟《蠟像館驚魂》當中一團漆黑、令人聯想到蛤蟆的札特瓜給混淆了。

《豹頭王傳說》系列跟栗本薰另一部根據克蘇魯神話創作的《魔界水滸傳》系列之間似乎有某種關聯性，而且不光是蘭迪哥斯此角，其他許多地方同樣也發現不少克蘇魯神話的影子，例如外傳第14卷《夢魔的四張門》就有個一派和藹老爺爺風貌、名叫**克蘇夫**的怪物出現來跟故事主角古因對話。

Tsathoggua

札特瓜

Tsathoggua

✢極北大陸
✢恩欸
✢塞克拉諾修星

貪婪暴食之神

札特瓜在克蘇魯神話眾邪神當中可謂相當罕見，是個外形帶著幾分滑稽的笨重野獸形象。札特瓜是史密斯所創，初出於史密斯1929年的作品**《撒坦普拉．賽羅斯的故事》**，不過這部小說卻是時隔兩年才發表在《奇詭故事》1931年11月號，札特瓜的初問世反而是同雜誌1931年8月號刊載的洛夫克萊夫特作品**《暗夜呢喃》**，情況可以說是有點複雜。原來史密斯把《撒坦普拉．賽羅斯的故事》寫好以後寄給洛夫克萊夫特，洛夫克萊夫特讀過以後很是喜歡，回覆史密斯說「我現在手邊有些增減添削的潤稿工作，我想在這部作品問世以前先提一提這個信仰」。洛夫克萊夫特所謂手邊的「作品」，其實就是接受齊利亞．畢夏普委託代筆的**《丘》**，此作品是直到洛夫克萊夫特死後的1940年方得以發表問世。洛夫克萊夫特不僅僅毫不在意原本史密斯對札特瓜的設定，擅自在與自己有關的作品和書信中變更設定，甚至還在寄給其他作家的信中鼓勵大家使用札特瓜此角色。

史密斯的札特瓜，洛夫克萊夫特的札特瓜

《撒坦普拉．賽羅斯的故事》說札特瓜是從前遠古時代**極北大陸**崇拜祭祀的古老神祇之一，故事對古老神殿中供奉的札特瓜神像如是描述：

✢ 全身覆以柔軟短毛，看起來總覺得跟蝙蝠、樹獺有點像。
✢ 五短身材，腹部突出。

✢ 頭部像隻可怕的蛤蟆，眼皮好像很睏似地垂下、把偌大眼珠遮住了一半。從嘴巴伸出的舌尖形狀相當奇特。

札特瓜神殿有個青銅壺，裡面躲著一個全身黝黑的原形質怪物，隨時準備跳出來攻擊入侵者。**《魔法師哀邦》**（1932年）故事發生在札特瓜信仰尚未盛行以前的極北大陸**穆蘇蘭半島**，札特瓜在那裡稱作**佐特瓜**。史密斯的作品經常會視不同時代和場所以不同名字稱呼這些神。**《聖阿茲達萊克》**等作品則說札特瓜在中世紀法國的阿維洛瓦是以**索達瓜伊**之名受人崇拜。

佐特瓜是在遙遠的太古時期，經由當時穆蘇蘭半島稱作**塞克拉諾修星**的土星從外宇宙來到地球的。當時極北大陸原本以麋鹿女神**伊荷黛**信仰最盛，豈料女神的祭司追捕崇拜佐特瓜的魔法師哀邦（傳說中**《哀邦書》**的作者）失敗，從而使得佐特瓜信仰在極北大陸傳播開來。信奉邪神佐特瓜者雖將喪失人性，卻能得到天地創造以前諸星辰的禁忌知識。札特瓜實際出現在作品中，當以**《亞弗爾・烏索庫安的厄運》**（1932年）為最初。此作品雖然並未指出把財寶藏在洞窟的怪物叫什麼名字，不過從外觀描寫可以推測應該就是札特瓜。當遭竊的綠柱石彷彿擁有意志般自行回到洞窟的時候，怪物一邊嘲笑追著寶石來到這裡的人類，並以極驚人的流暢動作和速度欺近身來，用無數烏賊、章魚般的觸手捉住被害者，大口大口嚼將起來。

《七詛咒》（1934年）則說沃米族盤踞於埃格洛夫山脈，而札特瓜就躲在山脈最高峰沃米達雷斯山的地底洞窟中。當時札特瓜剛好肚子很飽，所以他就把遭妖術師伊茲達格詛咒、當作供品送來的人類，原原本本轉送給地底更深處的**阿特拉克・納克亞**。

洛夫克萊夫特筆下的札特瓜雖然外觀跟史密斯所述類似，性質和出身卻是大不相同，以下是洛夫克萊夫特筆下札特瓜的登場作品及相關描述：

✢ **《丘》（1929年）**：北美地底世界**金-陽**的居民在更深的紅色世界**囿思星**發現札特瓜神像。眾人本欲以黝黑的蛤蟆神札特瓜取代**蘇魯（克蘇魯）**等諸神信仰，後來卻發現在囿思星更深處的神殿裡，有頭黏糊糊無定形的黑色黏液狀怪物在膜拜札特瓜神像，覺得太過恐怖而放棄了札特瓜信仰。

✢ **《暗夜呢喃》（1930年）**：這位貌似蛤蟆、無固定形體的神是來自金-陽地底**無明的恩欵**。**《那卡提克手札》**、**《死靈之書》**和亞特蘭提斯大神官**克拉喀希頓**所述**科莫里翁**（極北之地的首都）神話，都曾提及此神。

✢ **《有翼死神》（1932年）**：為海瑟・希爾德代筆之作。描述克蘇魯、札特瓜和「來自外世界的獵人」如何運用烏干達的巨石遺跡。

✢ **《穿越銀匙之門》（1932年）**：從環繞大角星（注42）運行的雙星**基薩米爾**降臨

地球、全身黝黑而又柔軟可塑的基薩米爾生物，是崇拜札特瓜的信徒。基薩米爾星人是超銀河星球「斯狀提」（Stronti，然S.T.喬西則指此語應唸作「凶希」）當地生物的子孫。

根據洛夫克萊夫特寄給史密斯的書信記載，札特瓜的誕生比克蘇魯更早。

據說札特瓜是在克蘇魯建造**拉葉城**以後才來到地球，出現在一個只有石頭的荒野克里馮奈亞。史密斯曾經贈送洛夫克萊夫特一尊札特瓜的雕像；洛夫克萊夫特表示唐珊尼爵士的佩加納神話裡有個因為得知**瑪納優都斯塞**（注43）的祕密而選擇保持沉默的叡智之神胡德拉宰（注44），後來依照胡德拉宰的長相在山丘刻了個**拉諾拉達**神像，亦稱「曠野之眼」，而史密斯的雕像堪稱是這拉諾拉達的兄弟之作（1930年10月7日）。史密斯也是位雕刻家，曾經自行製作札特瓜、克蘇魯、阿瑟特斯和舒伯-尼古拉斯等神像。

他還在其他信件中提到，有張關於科莫里翁的羊皮紙曾經記載到札特瓜和**薩特歐古娃**的名字，而阿巴度·亞爾哈茲瑞德也曾經在《死靈之書》裡面提到**薩特**這個名字。洛夫克萊夫特推測說這個名字跟**憂古索多歐斯**當中的索多有語源上的關聯性（1930年12月25日）。

洛夫克萊夫特在寄給布洛奇的信中寫說《妖蟲的祕密》裡面有段關於「蛤蟆模樣札特瓜」的記述（1935年1月25日）。

就連札特瓜的血緣，史密斯跟洛夫克萊夫特也有不同的設定，不過雙方倒一致認為札特瓜是**阿瑟特斯**的子孫（請參照P.126與P.160系譜）。

再者，史密斯曾經在寄給羅伯特·H·巴洛的信件中說明，札特瓜通過異次元來到地球以後，首先出現在恩欬的黑暗之中，然後在接近地表的洞窟暫時棲身，待冰河期到來以後又再度回到恩欬去了。他在《阿沙茅斯的遺言》等作品中提及的**沃米族**是札特瓜的信徒，該種族當中有個庫尼加欽·佐姆，有人說札特瓜是他母系的祖先，也有傳聞說他是札特瓜從宇宙帶來的不定形黑色怪物，但關於他幾度遭處刑仍然得以復活的恐怖能力，史密斯卻在信件中說明是繼承自阿瑟特斯而來。

卡特和其他作者的設定

曾經就史密斯的許多作品，尤其是極北大陸和《哀邦書》相關主題作品做延伸編輯創作的卡特，當初執筆《**克蘇魯神話的諸神**》時曾一度將沃米達雷斯山的地底洞窟設定為札特瓜的囚禁地，後來卻將設定做了全面性的變更。

- 《**陳列室的恐怖**》：札特瓜穿越異次元，第一個來到地球。**烏素姆**是札特瓜的兄弟。**庫多古**則是**札特瓜**的天敵。
- 《**斯利昔克亥的毀滅**》：極北之地**斯利昔克亥**的蛇人都市遭札特瓜毀滅。
- 《**摩洛克卷軸**》：札特瓜信仰的推廣者沃米族始祖**沃姆**乃夏塔克神與札特瓜所生。札特瓜與不具實體的大氣精靈**蘭特格斯**為敵對關係。
- 《**外星宴客**》：札特瓜於第七世界**雅克斯**與雌性體**夏塔克**交合，生下的第一子叫作**茲維波瓜**。
- **卡特版《死靈之書》**：阿巴度．亞爾哈茲瑞德從隱藏在孟斐斯斯芬克斯像（注37）底下的地底墓室中召喚恩欸的札特瓜。

前述史密斯在寄給巴洛書信中繪製的系譜，亦曾記載到茲維波瓜是札特瓜之子。另外卡特《**佛蒙特森林發現的奇怪手稿**》也說，南塞特族、禺帕諾亞格族和納拉干瑟族有個名字意為「**薩多格瓦（札特瓜）之子**」的神**歐薩多格瓦**。

歐薩多格瓦此神初出於德勒斯根據洛夫克萊夫特遺稿完成的《**門檻處的潛伏者**》，為洛夫克萊夫特所創。據說他是個活像蛤蟆的無定形怪物，臉上可以長出蛇來，還可以自由變化身體大小。《外星宴客》則說茲維波瓜現在棲身於某個環抱著英仙座大陵五（注45）的世界**阿比斯**，唯有該星座出現在天空的季節方能召喚茲維波瓜。

《撒坦普拉．塞羅斯的故事》所述黑色黏液狀怪物，洛夫克萊夫特雖然指為基薩米爾星人，《**克蘇魯的呼喚TRPG**》卻稱為**札特瓜的落胤**。又根據羅伯．M．普萊斯《**亞特蘭提斯的夜魔**》記載，札特瓜曾經幫助忠心的魔法師哀邦轉世，亞特蘭提斯沉沒前的大神官**克拉喀希頓**便是哀邦的第七次轉世，而這個克拉喀希頓在洛夫克萊夫特「暗夜呢喃」等作品亦有出現，是按照史密斯名字創造出來的角色。

烏伯・沙絲拉
Ubbo-Sathla

- 舊日支配者
- 「灰色光輝的伊卡」
- 舒哥

烏伯・沙絲拉

最初暨最終的生命

烏伯・沙絲拉初出自史密斯的《烏伯・絲沙拉》。根據作品冒頭所載《**哀邦書**》引用文，烏伯・沙絲拉是「初始亦是終末」的生命體，早在**佐特瓜（札特瓜）**、**憂戈-索陀斯**、**克蘇魯**等神來到地球以前，地球甫誕生時便已經存在。作品還寫到地球生物的始祖便是由烏伯・沙絲拉孕育，幾經輪迴最終也將回歸烏伯・沙絲拉，只不過克蘇魯神話作品卻還曾提到其他「創造出地球生物」的存在。兩者之間該如何統合，固然是後續作家們必須面對的煩惱，同時卻也是各人可以大展拳腳、好好發揮的地方。

烏伯・沙絲拉棲身於太古地球蒸氣氤氳靉靆的原始沼澤地。烏伯・沙絲拉是由無定形肉塊組成，當他身體波動的同時，其中的單細胞生物也在不斷增生。烏伯・沙絲拉身旁泥沼中埋藏著好幾張石版，這是記錄已滅絕諸神所有智慧的超星石銘版；為尋求諸神的智慧，已經有好幾個魔法師和神祕學家試圖要找到烏伯・沙絲拉，可惜至今仍然沒有人成功。

設定的變遷

雷尼《克蘇魯神話小辭典》說烏伯・沙絲拉跟另一個同樣由史密斯創造的神**雅柏哈斯**是最早定居在地球的神。雷尼表示此二神跟遭**舊神**驅逐到地球的**舊日支配者**乃屬不同群體。

後來德勒斯在《**門檻處的潛伏者**》當中追加「烏伯・沙絲拉是舊日支配者（反抗舊神的叛亂者）的父祖」的設定，所以卡特才在《**克蘇魯神話的諸神**》裡面寫說除了來自其他行星的札特瓜、克蘇魯和憂戈-索陀斯以外，其他舊日支配者都是烏伯・沙絲拉和阿瑟特斯的子孫。只不過這段記述有點模糊曖昧，例如阿瑟特斯究竟是何定位就並沒有說清楚。

其後卡特仍然不斷在整理、拓展烏伯・沙絲拉的相關設定。《**陳列室的恐怖**》（1975年）當中，卡特採取節錄《**無名邪教**》內文記述的形式，提到烏伯・沙絲拉相關設定如下：

- 雙胞胎怪物阿瑟特斯和烏伯・沙絲拉是以舊神僕人的身分誕生。
- 烏伯・沙絲拉乃雌雄同體，生下了雅柏哈斯、阿特拉克・納克亞、祖謝坤翁、紐格薩、依格、拜提斯、黑韓諸子。
- 烏伯・沙絲拉從舊神書庫（**卡特版《死靈之書》**說此書庫就在喜拉諾附近的某個無明世界）盜取「遠古記錄」（Elder Records），藏在「閃耀著灰色光輝的」地底世界**伊卡**。
- 烏伯・沙絲拉運用從「遠古記錄」得來的力量，把地球連同居民從原來的次元移動到宇宙之中。
- 烏伯・沙絲拉的智慧遭舊神剝奪，囚禁在伊卡。

其他作品中的烏伯・沙絲拉

卡特《**向深淵降下**》當中寫到有隻衰老的舒哥在烏伯・沙絲拉的巢穴中奉其為師、服事侍奉此神。這部作品裡面的烏伯・沙絲拉並非舒哥的祖先，可是在卡特另一部作品《**黑暗智慧之書**》卻說從宇宙來到地球的〈**遠古種族**〉利用烏伯・沙絲拉生出的原始細胞，經過加工創造了**舒哥**。

柯林・威爾森在《**宇宙吸血鬼**》裡面，將吸取他人生命力作為自身能源的精神寄生型外星人命名為**烏伯・沙絲拉人**。這烏伯・沙絲拉人是個長得像烏賊的**紐斯柯蓋族**科學家，他們原本住在圍繞獵戶座參宿七（注46）運行的其中一個行星卡耳提斯，後來是受到黑洞意外事故影響，這才突變成有如吸血鬼般的生命體。另外，日本遊戲公司遊演体的PBM（Play by Mail，利用郵政媒體進行的多人TRPG）《**網路遊戲**88》，也有個叫作產佐須良比賣（注47）的神。

阿特拉克·納克亞

Atlach-Nacha

雅柏哈斯

Abhoth

→烏伯·沙絲拉
→札特瓜
→極北之地

極北之地的神

阿特拉克·納克亞與雅柏哈斯初出自C·A·史密斯的《**七詛咒**》，是住在**極北大陸沃米達雷斯山**地底的神。

阿特拉克·納克亞是個蜘蛛模樣的神，他吐著跟繩索同粗的絲，永遠在高山地底的無底深淵不停編織渡橋般的網巢。

他有著黑毛鑲邊的渾圓眼睛，黑色身體跟一個蹲姿的人類差不多大小，胴體連接著帶有好幾個關節的長腳。其精神跟人類算是比較接近，會用尖銳的聲音與人對話。起初這位神明並無性別設定，可是他長得就像隻黑寡婦蜘蛛，再加上也不知道是否受到以奧維德《**變形記**》阿刺克涅為代表的諸多蜘蛛女怪物形象影響，後來的作品紛紛都將阿特拉克·納克亞指為女神。日本遊戲公司Alice Soft的AVG動作遊戲《**阿特拉克·納克亞**》等作品將其作為形容「巢穴深處靜靜等待獵物上門的女怪物」的名稱使用，想必也是來自於女郎蜘蛛的形象。

除此以外，雷尼《**克蘇魯神話小辭典**》則說他跟「所有蛛形綱生物都有關係」。洛夫克萊夫特《**夢尋祕境卡達思**》所述**幻夢境**的紫色大蜘蛛**「冷原的蜘蛛」**也信奉阿特拉克·納克亞，便應是從此而來。

至於其他作家的設定，柯林·威爾斯《**賢者之石**》說阿特拉克·納克亞跟**札特瓜**同樣來自土星，他從前曾經在地中海東岸的古腓尼基受人信仰，現在則是幽禁於西伯利亞北部某座山地底。安·K·施瓦德《**灰色編織者的故事（未完成）**》則說，札特瓜是循著她（？）張設的巢網始得以來到地球的。再者，新庄節美《**地下道的惡魔**》則說每年6月6日上午6點6分6秒，阿特拉克·納克亞將會同時掠過全世界所有隧道，在隧道裡呼吸。

不淨而無固定形態的神

雅柏哈斯在《**七詛咒**》中稱為「宇宙所有不淨物之母、之父」，是個無固定形態的灰色塊狀物，其黏液之中持續不停地膨脹分裂、不斷產生新的分身體，絕大多數的分身體甫一誕生，立刻就會被雅柏哈斯觸手捉住、遭到吞噬。除分裂和吸收以外，雅柏哈斯再不知有其他事情。一旦入侵者誤闖其棲地，雅柏哈斯就會伸出感覺器官把對方摸個遍，若判斷對方非自己可以吸收，就會用心電感應通告對方立刻離開。

《克蘇魯神話小辭典》說烏伯·沙絲拉和雅柏哈斯是地球最早的居民，地球上的生命均是此二神所生，然則此設定卻又跟其他作品矛盾，所以後續作家又做了相當大程度的改編。其中致力於克蘇魯神話體系化的林·卡特也在《**克蘇魯神話的諸神**》和許多小說裡面提出了許多設定。

他針對雅柏哈斯和阿特拉克·納克亞追加設定如下：

- 此二神是**烏伯·沙絲拉**之子，幽禁於北美地底的黑暗世界恩欬（亦說為地底深處的原始大洞窟）。
- 除札特瓜、**克蘇魯**、**憂戈-索陀斯**等來自異星球的神以外，其他出生在地球的神明都是烏伯·沙絲拉和雅柏哈斯的子孫。
- 阿特拉克·納克亞有個叫作「灰色編織者」的眷族，該族長老叫作**奇多卡**。

至於其他作品，則先有柯林·威爾森的《**思想寄生蟲**》描述1987年從土耳其卡特佩遺跡挖掘到的小雕像刻有「圖達里亞斯（西臺人的王）對黑暗之王雅柏哈斯行臣禮」字樣。《**克蘇魯的呼喚TRPG**》追加資料《**敦威治村怪譚**》則說雅柏哈斯住在北美的**敦威治**，他會利用夢境操縱召喚人們來到此地。此外追加資料《**洛夫克萊夫特的幻夢境**》則說雅柏哈斯潛伏於幻夢境中分隔**冷原**和**印加諾克**兩地的屏障山脈地底。

夸切・烏陶斯

Quachil Utaus

- 「踏塵步行者」
- 《卡納瑪戈遺囑》
- 阿克罕

夸切・烏陶斯

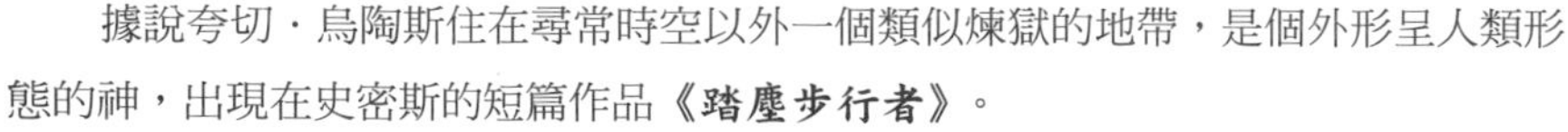

超越時間的存在

據說夸切・烏陶斯住在尋常時空以外一個類似煉獄的地帶，是個外形呈人類形態的神，出現在史密斯的短篇作品**《踏塵步行者》**。

儘管目前尚未發現信奉此神的教團，但考慮到夸切・烏陶斯能夠賜人長生不老，想必頗受追求永恆真理的魔法師重視、屢屢舉行祈願和召喚的儀式。

夸切・烏陶斯受到召喚以後，將會有道青白色的光柱有如橋樑般從天空遠方向召喚者伸過來，然後夸切・烏陶斯就從這道光柱當中緩緩下降。

他的模樣就像是歷經漫長歲月已經腐朽萎縮的孩童大小木乃伊，頭部既無毛髮亦無眼鼻，全身佈滿彷彿裂痕般的網狀皺紋。他現身時姿勢就像是個縮著腳的胎兒，來到召喚者眼前以後就會在灰色光芒中伸直腳、飄浮在半空中。

任何物事只消夸切・烏陶斯伸出手指一碰，轉眼間就會老朽崩壞。至於他的外號「踏塵步行者」，則是指他離開三次元空間時，將會踏著受害者老朽化成的塵埃離開，留下小小窟窿般的腳印。

另外約瑟・佩恩・布倫南的小說**《塵埃守護者** *The Keeper of the Dust*》則提到一位跟夸切・烏陶斯頗為類似的古埃及神祇**卡拉斯**。布倫南是1952年於《奇詭故事》出道的恐怖小說作家。他的**《沼澤怪》**便是第一部將不定形怪物稱為**史萊姆**的作品。

《卡納瑪戈遺囑》

即便《死靈之書》和**《那卡提克手札》**等禁書亦不曾對奈切・烏陶斯有過記載，唯一的例外便是傳為邪惡賢者卡納瑪戈所著之《卡納瑪戈遺囑》一書。

此書是以希臘文寫成，是「踏塵步行者」小說問世千年以前從某個巴克特里亞（注48）墓中發現的。除記載古代大妖術、地球與宇宙魔物相關歷史以外，還記載有如何召喚、支配、驅退夸切・烏陶斯等魔物的咒文。某位叛教的修道士拿夢魔所生怪物的鮮血作墨水蘸筆，抄寫製作成兩部抄本；一部在13世紀於西班牙被宗教審判所處分掉了，現在僅剩以鯊魚皮為面、以人骨裝訂的另外一部而已。曾經提到《卡納瑪戈遺囑》的作品並不只是「踏塵步行者」而已，其他像講述地球人類生存的最後一塊土地 —— **未來大陸佐西克**故事的**《西斯拉》**和**《地獄之星*Infernal Star*》**等作品，也曾提到《卡納瑪戈遺囑》此書。

導入克蘇魯神話

有別於史密斯的極北之地系列和阿維洛瓦系列作品，「踏塵步行者」本來是個跟克蘇魯神話或洛夫克萊夫特作品幾乎毫無任何關係的獨立作品。作品中提及《卡納瑪戈遺囑》的「西斯拉」亦然，而《地獄之星》也只不過是稍稍提及《死靈之書》而已。

不過卡特後來在**《《哀邦書》之歷史與年表》**當中將《卡納瑪戈遺囑》設定為起源自**極北大陸**的作品，是西元935年從某個巴克特里亞墓發現的**《哀邦書》**的手抄本，儘管只是間接而已，卻也使得夸切・烏陶斯終於跟克蘇魯神話世界產生了關聯性。

雖然晚了點，後來夸切・烏陶斯終於透過**《克蘇魯的呼喚TRPG》**的追加資料**《阿克罕的一切》**加入了克蘇魯神話的世界。

《阿克罕的一切》是以克蘇魯神話作品為人所熟知的虛構城鎮阿克罕為舞台遊玩的TRPG之設定冊，其中收錄的劇本**《殺人清單》**就有提到夸切・烏陶斯和《卡納瑪戈遺囑》。

烏素姆
Vulthoom
莫爾迪基安
Mordiggian

→雷沃莫斯
→佐西克
→《綠色三角洲》

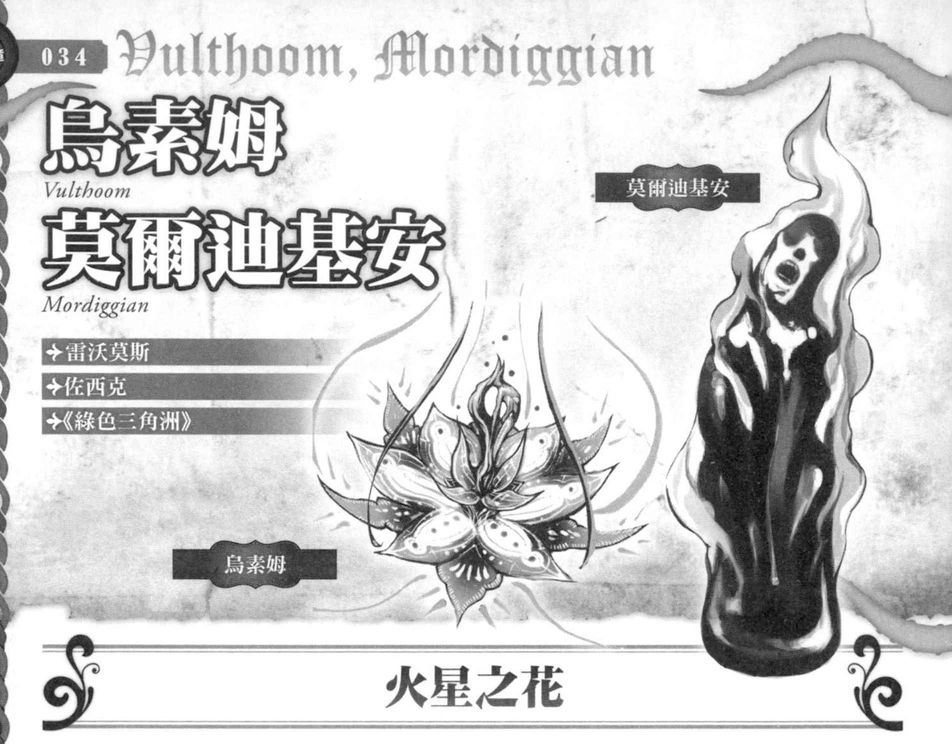

火星之花

此節介紹的是原先僅見於史密斯作品，直到後來才被認知為克蘇魯神話相關神祇的兩個神。

烏素姆首見於史密斯的SF科幻小說《**烏素姆**》，是個棲身於火星地底深處大洞窟雷沃莫斯的邪神。關於「烏素姆」此名，一說有可能是來自艾德加．萊斯．柏洛茲《**火星**》**系列作品**當中對火星的稱呼**巴森**（Barsoom）。

烏素姆乍看之下像個青白色的巨大球根植物，粗厚植幹末梢綴有朱紅色花萼，那花萼長得就像個珍珠色的妖精模樣。烏素姆會散發致幻的甘甜香味，不堪香味誘惑者就要淪為其奴隸。

烏素姆會不斷重複一千年休眠期、一千年活動期的生命週期，而獲烏素姆賜予長生不老的眾信徒也必須蹈循這個奇特的生命週期。

根據烏素姆自身所述，他是乘著太空船來到火星的，而與地球人和平共存的火星原住民族**愛伊海伊人**將烏素姆視為惡魔；遙遠的從前，烏素姆剛來到火星時曾經以先進的科技和長壽為條件吸收部分愛伊海伊人為信徒，可最終卻仍然沒能統治整個火星，以致引起了愛伊海伊人的警戒心。

厭倦衰老的火星以後，烏素姆又企圖要拓展至年輕有活力的地球，卻在地球人出乎意料的抵抗下被迫進入一千年的休眠期。當然了，千年對烏素姆來說只不過是短短一會兒而已。

嗜食屍體的神

莫爾迪基安是史密斯《骸所之神》所述接受信徒以死者獻祭的一位奇特神明。遙遠的未來世界裡，地球僅剩**佐西克**大陸可供人類居住，而莫爾迪基安便是在佐西克大陸的都市**祖爾-巴-薩伊爾**受人祭祀崇拜，其寺院勢力甚至更勝於俗世王權。

莫爾迪基安有頭無眼、有體無肢，是呈蛆蟲般圓柱形狀的不透明黑色物體。周身裹著赤紅色火炎，有時則是被擬作不住竄升的燃燒，能遮蔽觀者眼目、令其眼花目眩。與其說他是位人格神，或許莫爾迪基安純粹只是象徵如火炎般消滅、淨化的力量而已。

莫爾迪基安的祭司身穿紫色長袍、頭戴骷髏面具，好遮掩那人不像人、狗不像狗的恐怖面貌。據說祭司們會把街上的死者運到神殿舉行葬禮，然後跟神一起處理屍體。

莫爾迪基安並不存有惡意，他要的只是死者而已、對活人是秋毫不犯，只不過要是有人奪取神殿的死者，莫爾迪基安卻也會毫不容情給予制裁。

導入克蘇魯神話

這些講述烏素姆與莫爾迪基安故事的小說，原是跟克蘇魯神話並無關聯的獨立作品，直到後來才被後續作家編入了克蘇魯神話世界。

烏素姆乃由倫希・坎貝爾引進克蘇魯神話，其作品《**湖底的住民**》當中《**葛拉奇啟示錄**》記述文裡提到了烏素姆之名。卡特《**陳列室的恐怖**》等作品則說烏素姆既是**憂戈-索陀斯**之子，同時也是札特瓜的兄弟（P.176諸神系譜）。

想必是素來喜愛史密斯作品的卡特玩興所致，方有如此安排。

另一方面，莫爾迪基安則是在Pagan Publishing公司製作的《**克蘇魯的呼喚TRPG**》追加資料《**綠色三角洲*Delta Green***》當中，設定為**食屍鬼**之神。這也許是因為其祭司在出典作品《骸所之神》當中打扮模樣活像食屍鬼，方有如此設定。

另外《綠色三角洲》還說到食屍鬼分成以下兩派，互有爭鬥：

- 信奉莫爾迪基安，挖掘墳墓以死屍為食的傳統派。
- 事奉**奈亞魯法特**，為確保糧食不虞匱乏而主動殺害活人的異端派。

賈格納馮

Chaugnar Faugn

→米里·尼格利人
→縉之高原
→庇里牛斯山脈

賈格納馮

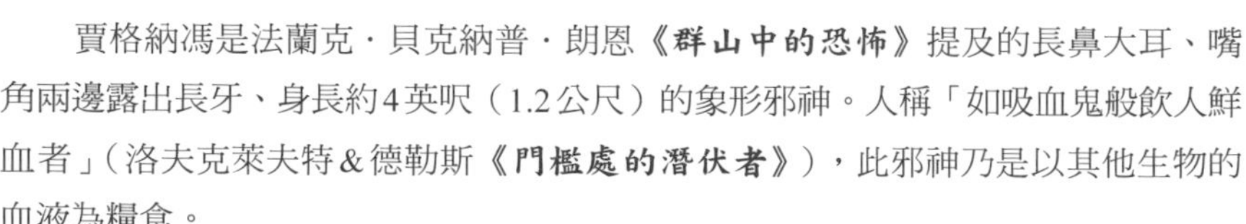

縉之高原的象神

賈格納馮是法蘭克·貝克納普·朗恩《**群山中的恐怖**》提及的長鼻大耳、嘴角兩邊露出長牙、身長約4英呎（1.2公尺）的象形邪神。人稱「如吸血鬼般飲人鮮血者」（洛夫克萊夫特＆德勒斯《**門檻處的潛伏者**》），此邪神乃是以其他生物的血液為糧食。

肚子餓的時候，賈格納馮就會以他那末端呈喇叭狀的鼻子抵住活祭品或信眾的身體，透過長鼻啜飲鮮血。遭吸血部位將會腐爛變黑，受害者身體將會經過四個階段的萎縮，最終變得就像一具漆黑的木乃伊。

他不捕食的時候基本上都是盤腿坐著不動，乍看就像個綠色的石像；他那腹肚突出圓滾滾的模樣，不禁讓人覺得跟印度的性愛之神**歡喜天**頗為相似。不少克蘇魯神話的邪神後來都演變成為人類神話或傳說中的神明或惡魔，因此說不定歡喜天跟賈格納馮還真有什麼關係也說不定。

信徒說賈格納馮是全能的宇宙之神，是包羅過去·現在·未來的萬物母體，傳說若將他送往太陽昇起的地方，全世界所有事物都要被這位神明吞噬殆盡。儘管傳說擁有神力的賈格納馮是早在有機生命體出現以前便從宇宙來到了地球，但其實也有人認為他只不過是個來自宇宙的吸血生物而已。賈格納馮抵達地球時仍然只是團黑色的黏液，他是擷取地球的礦物「受肉」以後才變成了現在的模樣。原來不是大象模樣的怪物變成了石像，而是這個怪物的本體是個大象形狀的岩石。

從前賈格納馮跟幾個跟自己長得很像的兄弟一起住在庇里牛斯山脈的深山，由他們利用兩棲類創造出來的**米里·尼格利人**服事侍奉。

距今兩千年前，米里．尼格利人開始跟羅馬共和國的士兵發生小型的衝突，當時賈格納馮提議遷居東方好保存實力，豈料遭兄弟反對，他遂令米里．尼格利人把自己運往中亞，最後落腳在**緡之高原**的某個洞窟。這個緡之高原正是卡特《**墳墓之主**》所述發現《**贊蘇石版**》的地方。

20世紀初，賈格納馮利用虜獲紐約大都會美術館策展人的機會，令其把自己運到紐約市去。被當成石像展出的邪神首先襲擊美術館的職員，待攢集足夠力量後終於現身在美術館外，並且大肆殺戮從紐約市的中城區一路殺到紐澤西海岸一帶。與此同時，留在庇里牛斯山脈的賈格納馮兄弟們也在當地犯下了殘酷血腥的案件。

誰想賈格納馮卻因為靈能者羅傑．利托開發的**熵逆轉裝置**被迫進入時光回溯，終於被放逐到另一個遙遠的時空，而他在庇里牛斯山脈的兄弟也同時消失不見，原來他們從本質來說其實都是同一個生命體。

「不可提及其名的偉大存在」

洛夫克萊夫特死後，1940年SF科幻雜誌《科學快照Science Snap》第3號刊載了洛夫克萊夫特的未發表小說，題名《**遠古的民族**》。當時隸屬羅馬領地的西班牙地區，某個叫作**龐貝羅**的小鄉鎮北側庇里牛斯群山中，有支叫作米里．尼格利的遠古民族，他們為召喚拉丁語稱作「**Magnum Innominandum（不可提及其名的偉大存在）**」的異形諸神而執行褻瀆的儀式，內容跟《**群山中的恐怖**》中羅傑．利托的夢境幾乎一模一樣。

其實這個「作品」是洛夫克萊夫特寄給多納德．旺得萊（阿克罕之家的共同經營者）書信中所記載的，洛夫克萊夫特1927年10月31日深夜至隔日清晨的夢境內容。洛夫克萊夫特原本想拿這個夢做題材寫部發生在現代西班牙的小說，不知為何最後放棄了這個想法，才把這個劇情讓給了朗恩。

於是朗恩便把「不可提及其名的偉大存在」置換成賈格納馮，並擷取洛夫克萊夫特的構想、執筆寫成了《群山中的恐怖》。但後來卡特又在《**來自星際的陰影** *The Shadow from Stars*》說「不可提及其名的偉大存在」是**阿瑟特斯**之子、**憂戈-索陀斯**之父**「無名之霧」**的別名，再度把這個名號加入了構成克蘇魯神話的共享關鍵字當中。

伊歐德、沃爾瓦多斯

Iod, Vorvadoss

- 《妖蟲的祕密》
- 貝亞納克
- 母諾夸

不具固定形態的兄弟神

伊歐德、沃爾瓦多斯是亨利・古特涅創造的神。由於這兩個神明經常被相提並論，故於此節一併介紹。

伊歐德首見於卡特筆下講述因燒殺修道院而遭詛咒的克拉利茲男爵家祕密的作品**《克拉利茲的祕密》**（1936年），可是作品也僅僅是提到說「原始的伊歐德在銀河遠方以難以置信的方法祭祀崇拜」而已，並無更多說明。

伊歐德的實際登場，當屬**《追獵》**（1939年）。

據說伊歐德是在人類誕生以前，當時太古諸神紛紛把地球當作長途旅程中繼點的時候來到了地球。關於多名邪神同時聚集在地球的理由，古特涅在作品裡是這麼說的：

伊歐德在地球以不同名字受到祭祀崇拜，希臘人稱他作**托爾佛尼俄斯**，而伊特拉斯坎人（注49）說他是住在火炎之河普勒格頓（注50）對岸的**維迪奧維斯**。根據**《妖蟲的祕密》**記載，伊歐德亦有「靈魂追獵者」、「光輝的追蹤者」等異名，棲息於異次元而非地球。

正如其「靈魂追獵者」別名所示，伊歐德把奪取人類的靈魂＝生命力當作是最好的娛樂，任何人遭其觸手擒住、靈魂被奪則身體雖然死亡卻仍然具有意識。受害者甚至無法選擇自行結束生命，就這麼被遺棄在永恆的恐怖之中。

不過古代魔法師懂得如何採取預防措施，然後再召喚伊歐德前來為己所用。召喚方法並非記載於《妖蟲的祕密》，而是記載在**《伊薩薩耳》**、**《遠古之鑰》**等其他書籍當中。

伊歐德受到召喚時將會伴隨著眩目強光和沁骨寒氣現身，關於其身體特徵，目擊者僅僅留下相當曖昧模糊的描述如下：

- 身體像是結合礦物結晶或水晶的綜合體，表面覆有鱗片。

- 膜狀的肉帶有黏液。
- 有一股看起來讓人覺得黏糊糊的脈動光芒籠罩全身。
- 有一個偌大的複眼。
- 身體下半部有個看似凹陷窟窿般的嘴巴。
- 長有彷彿植物藤蔓的繩索狀觸手，藉此奪取他人生命力。

「燃耀之火」

沃爾瓦多斯初出於古特涅的《*噬魂者 The Eater of Soul*》，作品提到他是一個叫作**貝亞納克**的地方的某個灰土灣的神，正式登場則當屬卡特涅（以基斯·哈蒙名義發表）的《*入侵者*》。根據該作品記載，沃爾瓦多斯在太古時代的**姆**大陸和**克蘇魯**、**依格**、伊歐德等諸神同受崇拜，以隱身於銀色瑞靄之中的異界樣貌現身。

從前有群異次元生物捨棄原本居住的已經衰老瀕臨滅亡的世界，為移居年輕富饒的地球而大舉入侵、欲掃清地球其他族群，當時率先諸神迎擊的便是這沃爾瓦多斯。沃爾瓦多斯神殿位於山頂，祭壇設有偌大的篝火，殿內的白衣祭司喚作「監視者」，負責監視來自異次元的入侵者。

「與人類友好的神」

沃爾瓦多斯是與人類友好的神，因此《*克蘇魯的呼喚* TRPG》現在亦將其歸為**舊神**一類。卡特《*向深淵降下*》也說，沃爾瓦多斯曾經擊敗參宿四（注51）彼方的世界**亞納克**的「噬魂者」**母諾夸**，將其放逐。不過這邊要請各位回想一下，在希爾德《*超越萬古*》和畢夏普《*丘*》（兩個都是洛夫克萊夫特的代筆之作）等作品當中，克蘇魯和依格在古代姆大陸（黎姆利亞大陸）也都被奉為與人類友好的神明崇拜祭祀，所以搞不好所謂沃爾瓦多斯對抗的異次元入侵者，就是跟克蘇魯、依格戰鬥落敗遭到封印的舊神。

赫斯特

Hastur

- 畢宿五
- 舒伯-尼古拉斯
- 《黃衣之王》

黃衣之王

星間宇宙之帝王

「無以名狀者」赫斯特編入克蘇魯神話的過程，是我們觀察神話設定如何形成的一個很好例子。赫斯特原是安布魯斯．畢爾斯《**牧羊人海他**》當中守護牧羊人的溫和神明；後來畢爾斯又在另一個作品《**卡柯沙的居民**》提到跟金牛座**畢宿五**（注52）、**畢宿星團**（注53）有關的人名**哈利**和地名**卡柯沙**。後來羅伯特．W．錢伯斯拿畢爾斯作品提到的這些名字牽扯虛構的戲劇《**黃衣之王**》，在《**修復名譽的人**》、《**面具**》、《**黃印**》等作品裡面故意講得煞有介事的耐人尋味。

身為畢爾斯和錢伯斯的讀者，當時洛夫克萊夫特對此想必是頗感興趣。當他仿效唐珊尼爵士創造自己的神話時，就決定要採用錢伯斯等前輩作家的用語加入作品當中，於是洛夫克萊夫特就在《**暗夜呢喃**》（1931年）羅列阿瑟特斯和克蘇魯等自創名字的段落中，插入了赫斯特、哈利湖和「**黃色印記**」等語。

赫斯特歸類為邪神，肇因於德勒斯《**赫斯特的歸來**》（1939年）。他重新編排這些源自錢伯斯作品的用語，將「無以名狀者」赫斯特設定為遭禁錮於畢宿星團恆星畢宿五哈利湖的風之精靈。同作品講到人類遭赫斯特附身以後頭手長出鱗片變形，手臂還變成好像沒有骨頭的觸手。《**門檻處的潛伏者**》等後續作品則說哈利湖位於畢宿五附近的某個黑暗星球，附近有個叫作卡柯沙的都市。德勒斯《**異次元的陰影**》說這顆黑暗星球已經瀕臨衰竭死亡，因此赫斯特的復活或許已經不遠。至於赫斯特的其他名字，則有德勒斯《**山牆窗**》所述之「星間宇宙的帝王」以及休．B．凱夫《**臨終的看護**》所述「邪惡皇太子」。

赫斯特的血緣關係

德勒斯在《赫斯特的歸來》當中將赫斯特設定為水之精靈**克蘇魯**的敵對者，從此這個敵對關係遂成為眾多克蘇魯神話作品之主題，包括講述主角在赫斯特守護之下對抗克蘇魯的德勒斯《**克蘇魯迷踪**》系列作品。

《克蘇魯迷踪》等作品說赫斯特是克蘇魯的從兄弟或異母弟，德勒斯只有說到兩者血緣頗近而已，真正把這中間的關係整理出來的卻是卡特。《**陳列室的恐怖**》說赫斯特的父親是**憂戈-索陀斯**，是克蘇魯的異母弟。赫斯特又跟**舒伯-尼古拉斯**生下了**伊達卡**、**羅伊戈**、**查爾**三子，此設定應該是來自於洛夫克萊夫特代筆作《**丘**》當中指舒伯-尼古拉斯為「難以名狀者之妻」的記述。卡特並在《**克蘇魯神話的諸神**》當中指赫斯特是卡柯沙牧羊人之神，呼應畢爾斯的作品。

《克蘇魯迷踪》說赫斯特可以使喚貌似蜂類的宇宙生物**拜亞基**；他會派遣拜亞基去尋求幫助的人類身邊，將其肉體搬到位於阿拉伯半島的根據地**無名都市**，將其精神移動到舊神圖書館所在的星球**喜拉諾**。除無名都市以外，赫斯特在卡達思、冷原等地似乎也另有根據地。除此以外，卡特則在**卡特版《死靈之書》**和《陳列室的恐怖》指出**恩嘎克吞**所率**〈憂果思的菌類生物〉**是赫斯特的侍從生物。

《黃衣之王》

第一世代與第二世代作家幾乎不曾對赫斯特此神外貌進行描述，頂多只有德勒斯《**黑暗住民**》說他貌似蝙蝠，《山牆窗》說是個頭顱約80碼（73公尺）大的章魚（如果哈利湖中的水棲生物確實是赫斯特的話）而已。

插畫等作品描繪的赫斯特，多作身披黃色破布、頭戴蒼白面具的**《黃衣之王》**化身。這如今已頗為人知的《黃衣之王》形象，初出於《**克蘇魯的呼喚**TRPG》劇本集《**舊日支配者** *The Great Old Ones*》（1989年），算是一個來自較近期TRPG的設定。

關於赫斯特的外貌，另有Hummingbird Soft公司開發的RPG遊戲《**拉普拉斯之魔**》（1987年）當中，赫斯特活像大腦的圓球形胴體中央長著紅色眼睛和尖齒獠牙，同時還生有許多觸手。

伊達卡

Ithaqa

- 溫敵哥
- 波列亞
- 「風之女」

恐怖的風之神

伊達卡是德勒斯《**乘風而行者**》所述加拿大曼尼托巴省原住民族喚作「乘風而行者」「行走的死亡」敬畏的風神（當時並未提及「伊達卡」此名）。此地有許多以活祭品供奉祭祀伊達卡的信徒團體，其中包括1931年全體村民忽然消失的**止水村**。人類若不幸遭遇伊達卡將遭其利爪長臂所擄，輾轉於地球以外的各地之間，最終變成彷彿從高處墜落的凍死屍體。以曼尼托巴省為故事舞台的德勒斯作品《**伊達卡**》（根據「乘風而行者」初稿添加「行走的死亡」寫成的作品）指出，**冷港村**森林裡的環石陣是用來向「偉大的白色沉默之神」「不得見於圖騰之神」伊達卡獻活祭品使用的祭壇。《乘風而行者》只不過是意味深長地安插了幾個神話用語而已，》的描寫中，伊達卡有著巨獸般的黑色輪廓，是將人類形象極盡能事地戲劇化、誇張化而來，那看起來好像是頭顱的東西上面，有兩個好像眼睛一般綻放深紫紅色光芒的星星。從伊達卡的足跡我們可以得知，他的腳上有類似蹼的構造，在雪地上能夠利用彈跳進行高速移動。同作品還說到《**那卡提克手札**》、《**拉葉書**》、《**死靈之書**》也有伊達卡相關記載。

德勒斯《**黑暗住民**》稱其為星間宇宙的步行者，可見他能夠在宇宙空間中移動。卡特《**陳列室的恐怖**》則說伊達卡、羅伊戈和查爾是赫斯特與舒伯-尼古拉斯之子。

原住民族的惡靈傳說

阿爾岡昆語族**奧吉布瓦族**等原住民族居住於從美國北部到加拿大東部此一廣大範圍，而溫敵哥是彼等傳說中森林深處的吃人怪物，亦稱溫迪哥、威奇哥。溫敵哥既是附身於人體、使其吞噬他人的惡靈，同時也是犯下吃人罪行的人類變異形成的魔物。

溫敵哥骨瘦如柴，灰色的乾枯皮肉漂著腐臭、眼窩深陷，看起來活像是剛從墳裡挖出來的屍體。有些時候他們的頸脖下方會長鬃毛，有時候則是頭頂會長鹿角。

創造伊達卡當初，德勒斯曾經拿恐怖小說作家阿爾傑農．布萊克伍德的作品《**溫敵哥**》作參考。該作品描述一名男子在加拿大的森林裡遭溫敵哥迷惑纏身，當時他雙腳傳來彷彿要燒焦般的烈火紋身劇痛，男子雖然不住喊叫卻仍然逐步變異，終於變成了溫敵哥的模樣，後來《**克蘇魯的呼喚TRPG**》亦將其採用作為伊達卡的設定。伊達卡之所以被設定為風神，也是因為該作品曾經說到溫敵哥是由風擬人化形成的惡靈。

德勒斯還在《**越過門檻**》等作品中，將溫敵哥指為伊達卡的別名。

伊達卡之子

根據布萊恩．魯姆利的設定，伊達卡囿於**舊神**所設結界，只能在北極圈附近和異世界**玻雷亞**之間移動。玻雷亞是《**風的私生子***Spawn of the Wind*》、《**玻雷亞之月***In the Moon of Borea*》等作品的故事舞台。在冰雪和永久凍土冰封的玻雷亞，住著遭伊達卡綁架至此的受害者和他們的子孫。魯姆利筆下的伊達卡為繁衍擴大族群，便要跟人類女性交合產子，而《風的私生子》的女主角「風之女」亞爾曼德拉雖是伊達卡之女，甫誕生便受到伊達卡反抗者收養保護，最後成為伊達卡反抗勢力的盟主。亞爾曼德拉是名紅髮美女，當她使用繼承自父神的風之神力時，雙眸便會發光彷彿赤紅色的星星一般。

此外，魯姆利以止水村一帶為故事舞台創作的作品《**風之衍生***Born of the Winds*》當中，還描述到伊達卡之子變成跟父親相同的模樣展開激烈戰鬥，而《風的私生子》便是這部作品的續集。

遭舊神消滅（？）的雙胞胎神

羅伊戈和查爾初出自德勒斯的《**潛伏者的巢穴**》，是以**赫斯特**為首的風之精靈當中的一對雙胞胎神。羅伊戈和查爾曾經在遙遠的從前跟隨赫斯特起兵反叛舊神，後遭囚禁在位於緬甸撣邦深處的**森恩高原**地底。他們雖然在此地阿佬札兒的塔哥-塔哥族的照看之下，一步一步做著復活的準備，後來卻遭再次現身的舊神和星之戰士給消滅了 —— 至少當時看起來是這樣子的。

作品裡面說羅伊戈看起來就是個長著長長觸手的暗綠色肉塊，而這個描述也跟事後發現的無骨生物遺體相吻合。

後來德勒斯在《**山德溫事件**》當中讓羅伊戈再次現身。根據作品中的描述，《山德溫事件》是發生在1938年的冬天，距離《潛伏者的巢穴》執筆時期已經有段時間，我們大可以認為羅伊戈在遭到舊神攻擊以後其實仍然活著。《潛伏者的巢穴》作品中實際現身，後來跟塔哥-塔哥族對話的其實都是羅伊戈，查爾幾乎沒有存在感。森恩高原發現的那個跟羅伊戈一模一模的遺體，或許可能是他的雙胞胎兄弟查爾，而羅伊戈可能是成功脫逃保住了性命。

當然，遺留在現場的屍體自然也有可能是羅伊戈或者查爾的分身。根據《山德溫事件》記載，羅伊戈唯有在牧夫座的恆星**大角星**（注42）爬上地平線的時候，方能乘著宇宙風前來。

由於德勒斯《**黑暗住民**》曾經說到，庫多古的召喚條件就是必須等到**北落師門**（注54）升上地平線，因此可以推測羅伊戈囚於森恩高原以前可能就是棲身於大角星，他是在後來阿佬札兒遭破壞時逃離，這才回到了原先的住處。

同作說羅伊戈能「身體四分五裂，從大地抽離」。

從這個故事的結尾來推測，這段話並不是指羅伊戈能夠分裂身體，而是指他擁有能使他人四分五裂的能力，應該是比較妥當的解釋。

卡特《**陳列室的恐怖**》說羅伊戈、查爾和**伊達卡**是赫斯特與**舒伯-尼古拉斯**之子。另外羅伯·M·普萊斯根據卡特未完成作品寫成的《**以諾·哈克的詭譎命運** *The Strange Doom of Enos Harker*》則說羅伊戈和查爾是**克蘇魯**和**奈亞魯法特**的別名。

羅伊戈的衍生神明

以下介紹衍生自羅伊戈但其實是不同個體的幾個神明：

- **羅伊戈族（柯林·威爾森）**：柯林·威爾森《**羅伊戈的復活**》內有跟德勒斯作品大異其趣的羅伊戈族。**羅伊戈族**從**仙女座星雲**乘著宇宙風飛來地球，他們創造人類作為奴隸，同時還要奪取人類的生命力。根據詹姆斯·卻屈伍德發現的奈柯碑文記載，羅伊戈族在他們統治的姆大陸亦稱**賈德諾索阿**。羅伊戈雖則有時採類似爬蟲類的形態，但他們其實是透明的非物體，其真正模樣其實比較像是個能量的漩渦。另外威爾森《**思想寄生蟲**》所述**札特關斯**應該也是相同的物種。順帶一提，《**超人力霸王迪卡**》當中的邪神**卡達諾佐亞**及麾下的超古代尖兵怪獸**佐加**、超古代怨念翼獸**死亡佐加**這些名字，應該就是來自於《羅伊戈的復活》這部作品。
- **羅伊戈羅斯（美漫）**：漫威漫畫公司發行的《**復仇者聯盟** *Avengers*》第352集至第354集有個邪神**羅伊戈羅斯**Lloigoroth的角色，是應反派怪人「死神Grim Reaper」於冥界以**憂戈-索科特**Yog-Sokot與**舒瑪-古拉斯**之名召喚而現身的。這羅伊戈羅斯是個每個指尖都長著眼睛、掌心有張嘴巴的巨大右掌模樣，每個指頭都有各自獨立的人格，彼此會互相對話如「讓我助你吧」、「讓你去當深淵的養子」、「我黑暗的左手啊」、「那就照你想的那樣辦」。另外例如死神唱誦的咒語「以黑色**阿瑟特羅斯**azotharoth、**尼古拉阿布**niggurab之名」等處也可以發現到以克蘇魯神話諸神之名稍作變更的名字。

庫多古
Cthugha
弗塔瓜
Fthaggua

- 奈亞魯法特
- 「火焰吸血鬼」
- 亞弗姆-札

庫多古

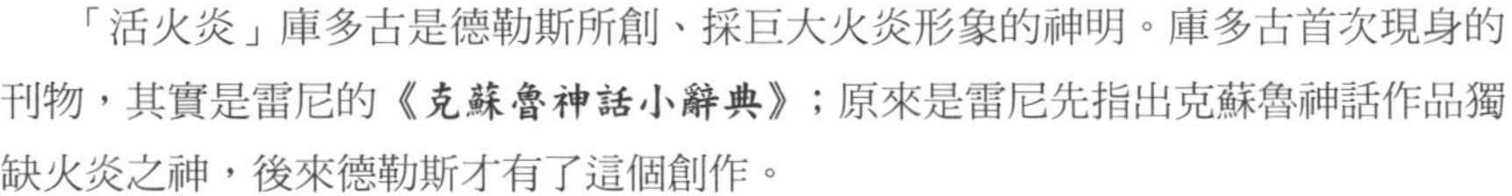

奈亞魯法特的宿敵

「活火炎」庫多古是德勒斯所創、採巨大火炎形象的神明。庫多古首次現身的刊物，其實是雷尼的《**克蘇魯神話小辭典**》；原來是雷尼先指出克蘇魯神話作品獨缺火炎之神，後來德勒斯才有了這個創作。

儘管按照後來作品的發表順序，德勒斯的連續系列作品《**克蘇魯迷踪**》亦曾提及其名，然則庫多古的真正登場還要算是德勒斯的《**黑暗住民**》。

庫多古棲身在南魚座的一等星**北落師門**（注54）當中。此神屬於火之精靈，與土之精靈**奈亞魯法特**乃呈敵對關係。當北落師門升上樹梢之時，以「Ph'nglui mglw'nafh Cthugha Fomalhaut n'ghaghaa naf'l thagn. Ia! Cthugha!」呼喚，巨大的活火炎庫多古就會帶領著無數小光球出現，以烈火燒盡一切、為召喚者驅走奈亞魯法特。德勒斯或許是在意識到洛夫克萊夫特《**獵黑行者**》當中所謂奈亞魯法特遭強光消滅的情況之下，方才有此設定。《克蘇魯迷踪》還說到奈亞魯法特在地球上的據點 —— 威斯康辛州的**恩欵樹林**也被燒掉了。

卡特的《**克蘇魯神話的諸神**》並不將庫多古視為從宇宙來到地球的眾神之一。不過理查·L·提艾尼《**梅爾卡斯之柱** *Pillars of Melkarth*》卻指其為中東泰爾地方（注55）的主神梅爾卡斯，顯示庫多古從前在地球亦曾受人崇拜。從他屬於火炎形成之個體此一性質推想，庫多古來到地球很可能已經是40億年以上以前地球仍是熔漿漫漫、熔融一片的時候；如此一來，庫多古就會超越一直以來克蘇魯神話設定所謂最早來到地球的**烏伯·沙絲拉**和**雅柏哈斯**，成為更早來到地球的神明。

北落師門問題

旬信北落師門（Fomalhaut）此名，是來自阿拉伯語意為「魚嘴」的「Fum al Haut」，可是德勒斯在《黑暗住民》使用的庫多古召喚咒文中亦可見「Fomalhaut」一語。正如同洛夫克萊夫特將冥王星稱作**憂果思**，將參宿四（注51）稱作**古琉渥**那般，北落師門不是也該另外有個古老語言的名字才是嗎？又或者是說，莫非指其源自阿拉伯語實屬謬誤，此語其實是早在更古老時代便已經存在，如此解釋或許比較妥當。

從此可見克蘇魯神話作品即便草創時期作品也偶爾會有這種不知所由的設定，是後續作家可能要面對的一個煩惱。

統率〈炎之精〉之神

儘管並未經過德勒斯自身證實，不過庫多古很可能是他參考多納德・旺得萊《火焰吸血鬼 *The Fire-vampires*》作中的宇宙怪物**弗塔瓜**所創。

《火焰吸血鬼》是以24世紀的地球為舞台的侵略故事。2321年7月7日天文學家古斯塔夫・諾比在距離地球大約5光年的位置發現了一個諾比慧星，但這慧星其實是由吸收宇宙各種生物的生命力、貌似紅色閃電的「火焰吸血鬼」所控制的移動天體**克提恩加**。

「火焰吸血鬼」的首領弗塔瓜是個外型作巨大藍色閃電模樣的怪物，而「火焰吸血鬼」其實只不過是弗塔瓜的無數個器官而已。

卡特在《**陳列室的恐怖**》裡面引用《**無名邪教**》對弗塔瓜與克提恩加的記述，將弗塔瓜定位為庫多古的爪牙**〈炎之精〉**——即《黑暗住民》所述與庫多古一同出現的無數小光球——之首。弗塔瓜、**亞弗姆-札**（請參照 041 條項，P.104）等神是庫多古的屬下，為解放其統治者庫多古而在宇宙各地活動。克蘇魯神話當中，恐怕再無其他存在比弗塔瓜更適合邪神這個稱呼。不過丹尼爾・哈姆斯也在《**克蘇魯百科全書**》提到弗塔瓜其實是庫多古化身之一的可能性。

魯利姆·夏科洛斯、亞弗姆-札、尤瑪恩托

Rlim Shaikorth, Aphoom-Zhah, Yomagn'tho

→雅拉克
→雅克斯
→北極一

魯利姆·夏科洛斯

庫多古的侍臣

本項目將針對**庫多古**相關之個體與邪神進行解說。

從前林·卡特在進行將克蘇魯神話體系化工作時，曾經多次將過去作品中本無關聯的諸神給緊密地連結在一起。

魯利姆·夏科洛斯是史密斯**《白蛆來襲》**所述不知是神還是怪物的個體。從前極北大陸繁榮時代，浮游的冰山要塞伊基爾斯從北極往南方漂流。

巨大的白色蠕蟲魯利姆·夏科洛斯就住在這冰山山頂的塔裡。其臉部位置有張大嘴和空空的眼窩，從中不斷有紅色珠玉般的淚水滾落。無論**伊基爾斯**漂流到哪裡，該地就會遭到寒氣襲擊而造成物種滅亡。好在囚禁於冰山的許多魔法師當中有一人挺身反抗、犧牲自己性命殺死魯利姆·夏科洛斯，這才拯救地球度過了危機。

《白蛆來襲》是採取**魔法師哀邦**記事文的記錄體裁，因此被視為是《**哀邦書**》的其中一個部分。

冰冷之焰

卡特根據《白蛆來襲》初稿，又執筆創作出續集作品**《極地之光》**。他在這部作品中追加了位階比魯利姆·夏科洛斯更高的新神祇亞弗姆-札，藉此連結至**庫多古**。

《**那卡提克手札**》當中若有似無暗示提及的亞弗姆-札，他從**北落師門**飛到地球以後住在聳立於北極極點的冰山**雅拉克**的地底洞窟，後來卻遭**舊神**直接封印於此地。亞弗姆-札底下有支名叫**「冷冽者（伊利德希姆）」**的僕從種族，其族長魯利姆·夏科洛斯在卡特的《**陳列室的恐怖**》當中被分類為次級支配者。即便遭到封印以後，亞弗姆-札的寒氣仍舊不斷湧出雅拉克，使得整個**極北大陸**從北極附近開始結凍、漸入冰封。

卡特《**炎之侍祭**》說亞弗姆-札是庫多古遭舊神封印之後所生。《那卡提克手札》則記載曰亞弗姆-札是經由憂果思附近的冰凍行星**雅克斯（海王星）**來到了地球。其樣貌跟父親庫多古頗為類似，不同的是周身燃燒的火炎卻是冰一般的冷冽。亞弗姆-札肩負解放眾邪神的使命，可是如前所述，如今就連他自己也遭到舊神禁錮。

外星宴客

除此以外還有個雖非其手下卻跟庫多古有關的神祇，那便是初出自E·P·伯格倫《**外星宴客** *The Feaster from the Stars*》的尤瑪恩托。尤瑪恩托是個巨大的火球，火團中央有三片燃燒的花瓣。正如其別名「鍥而不捨在外等待者」（That Which Restlessly waits Outside），他住在這個世界外側一個叫作北極　（注56）的地方，靜靜等待著召喚。

關於尤瑪恩托有個令人覺得不可思議的特性，那就是如果召喚庫多古失敗，召喚者就有機會可以跟尤瑪恩托的精神進行接觸；庫多古和尤瑪恩托的召喚咒文似乎非常類似。如此這般與他連絡上以後，尤瑪恩托會要求對方解放自己、把自己帶到這個世界來。不知出於何種理由，尤瑪恩托總是虎視眈眈地想要消滅人類。

想要擊退尤瑪恩托則勢必要有《**死靈之書**》記載的咒文，不過只有極少數人能夠逃過尤瑪恩托事後的復仇；受害者除烈火焚身以外還會被奪取生命力而老化，最後只剩乾癟的屍骸。

尤瑪恩托雖屬火系統，他跟奈亞魯法特卻似乎並非明確的敵對關係。伯格倫《**七日之劍** *Sword of the Seven Suns*》就曾經描述到一名受**奈亞魯法特**守護的魔法師為對抗行使庫多古神力的魔法師而召喚尤瑪恩托的場面。

波克魯格
Bokrug
母諾夸
Mnomquah

→薩拿斯
→幻夢境
→沙爾科曼

蜥蜴與月亮之神

本項目將針對跟**幻夢境**與月亮相關、貌似蜥蜴的諸神進行解說。

首先波克魯格是首見於洛夫克萊夫特《**降臨在薩拿斯的災殃**》之神，據說他長得就像是隻巨大的水巨蜥（注57）。

一萬年前，波克魯格有神像在**母那**的石造都市**依布**受當地的綠色兩棲類生物祭祀崇拜，可是住在依布附近都市**薩拿斯**的人類卻覺得這些生物很是嚇人，於是便把整個都市給滅了。薩拿斯人對消滅依布此事很是自誇，甚至還嘲笑波克魯格，豈料就在依布滅亡千年的慶祝宴會上，薩拿斯竟也在一夜之間滅亡了；薩拿斯原址成了一整片的濕原，後來有人在這個地方發現了波克魯格的神像，認為這場災難乃是波克魯格的怒火所致，從此母那全境無不信奉波克魯格。

母那和薩拿斯究竟位於何處，我們可以說是一無所知。《**夢尋祕境卡達思**》說薩拿斯附近的城鎮圖拉、依拉尼克和卡達德隆位於幻夢境，因此固然可將此視為發生在幻夢境的事件，另一方面魯姆利《**姐妹市**》和**卡特版**《**死靈之書**》等作品卻說此都市位於現在的中東、阿拉伯附近。另外，根據《姐妹市》創作的長篇小說《**荒野之下** *Beneath the Moors*》則將依布的居民稱作**圖姆哈** Thuun'ha。

卡特版《死靈之書》還記載說波克魯格此名只不過是個晃子，背後隱藏著「上古恐怖」的祕密。

日本特攝電視劇《**超人力霸王蓋亞**》登場的大海魔波克拉格雖然大部分時間是作雙足步行的蜥蜴模樣，卻也特別強調頸部魚鰭、甲殼類的螯等海洋生物的特徵。

月光中的大怪獸

體型大得不像話的巨大蜥蜴怪獸邪神母諾夸，初出於卡特的《**月光裡的東西** *Something in the Moonlight*》，住在月球地底深處一個叫作**烏柏斯**的黑色湖泊。

幾則作品對母諾夸有以下描述：

- **卡特《月光裡的東西》**：出現在滿月月光中的神。母諾夸是波克魯格及波克魯格在依布的信徒圖姆哈的主人。卡特版《死靈之書》所謂「上古的恐怖」指的就是母諾夸。
- **卡特《向深淵降下》**：**沃爾瓦多斯**擊退了參宿四（注51）彼方世界**亞納克**的「噬魂者」母諾夸。母諾夸的這個別名，乃採自沃爾瓦多斯的初出作品——亨利．古特涅的《**噬魂者** *The Eater of Soul*》。
- **卡特《來自外世界的漁夫** *The Fisher From Outside*》：同作指母諾夸為夏塔克鳥之神**戈爾-格羅斯**或**格羅斯-勾卡**的兄弟。
- **卡特版《死靈之書》**：亞爾哈茲瑞德曾經在**無名都市**見過母諾夸的肖像。他推測該地曾是母諾夸的前哨地，而建立無名都市的爬蟲類種族也可能是母諾夸的手下。同書還說到波克魯格是母諾夸的侍從種族圖姆哈之首，而母諾夸乃遭舊神封印於月球某個洞窟深處。
- **布萊恩．魯姆利《幻夢狂月** *Mad Moon of Dreams*》：光是頭顱就有半英哩（約800公尺）大的神。母諾夸以夢世界月球的邪惡生物**月獸**為爪牙，企圖讓夢世界的月球緩緩降下墜落至幻夢境地表，不過最後仍以失敗告終。

《幻夢狂月》還曾提及母諾夸之妻邪神**歐恩**；她那軟體動物般的巨體周身長滿了無數眨也不眨的眼睛，還有10隻半透明的巨大觸手。歐恩被封印在幻夢境**沙爾科曼**廢墟的一個大窟窿，受邪惡月獸組成的宗教團體祭拜侍奉，等待著將來某日能夠跟配偶母諾夸重逢。

紐格薩
Nyogtha
賽伊格亞
Cyaegha

- 「伏克-維拉吉咒文」
- 「黑暗住民」
- 烏伯·沙絲拉

無固定形態的黑色之神

「黑暗住民」紐格薩是亨利·古特涅《沙城惡夢》所述，綻放七彩光芒的無定形黑色塊狀之神。世人對他所知甚少，卻也受到遭**沙倫**女巫審判定罪處死的愛比嘉·普林等人類女巫和魔法師膜拜。《死靈之書》說他躲在韃靼地區的**唐恩洞窟**，可以透過地球上的洞窟或裂縫召喚之；《死靈之書》則記載到使用**環頭十字架**、**「伏克-維拉吉咒文」**、**提庫翁靈藥**擊退紐格薩的方法。後來英國作家布萊恩·魯姆利還在《挖地者》當中另外追加設定指「伏克-維拉吉咒文」對別的神也有某種程度的效果。

林·卡特《克蘇魯神話的諸神》說紐格薩是分類為土之精靈的小神祇，又因為擁有「黑暗住民」這個共同的別名，推測不無可能是奈亞魯法特的化身。卡特《陳列室的恐怖》又指紐格薩是**烏伯·沙絲拉**的落胤之一，遭人放逐至**大角星**（注42）鄰近的無明世界。作品還說到以「食屍鬼之父」**納古布**為首的**食屍鬼**是紐格薩的眷從，關於這個設定，卡特《向深淵降下》有更詳細的說明。

紐格薩相關咒文

紐格薩被指為跟幾個魔法咒語有密切的關係。《克蘇魯的呼喚TRPG》追加資料《奈亞魯法特的假面》所述「紐格薩之緊握」尤為著名，甚至有些玩家一聽到紐格薩的名字就會立刻想到這個咒文。

出典	名稱	概要
《奈亞魯法特的假面》	「紐格薩之緊握」	壓迫心臟使致麻痺。信奉奈亞魯法特的非洲系宗教團體「血舌」咒術師之術。
《第七咒文》	「第七咒文」	召喚惡靈獲取魔力、財富和權力的咒文。魔法師提奧菲魯斯．維恩所著《魔法真理》的第七則咒文。
《我家的女僕不定形》	「韃靼黑拳」	以受召喚現身的紐格薩直接衝撞敵人的粗暴咒文。

封印儀式

賽伊格亞登場自艾迪．C．巴廷《暗黑，我的名*Darkness, My Name Is*》，據說是紐格薩的兄弟神。該作品指賽伊格亞除了巨大的綠色眼球，周身長滿無數黑色觸手，然其真實長相應該和紐格薩同樣都是無固定形態的黑色塊生物，還會不斷變化模樣。有些資料說賽伊格亞的眼球顏色並非綠色而是紅色，這其實是丹尼爾．哈姆斯編纂的事典《克蘇魯神話百科全書》第一版、第二版（新紀元社日語版之底本）造成的誤解，至第三版已經修正。

既是紐格薩的兄弟，賽伊格亞也跟紐格薩同樣畏懼「伏克-維拉吉咒文」，只是倘若把咒文倒著唱誦將會造成反效果，如此就會解開賽伊格亞的封印，務必小心。

賽伊格亞的藏身處，就在德國西部村莊**弗萊豪斯加騰**外圍一處叫作「黑暗之丘」的地方地底。山丘上有五尊叫作瓦埃因的石像按照五芒星形狀設置排列，運用「遠古印記」的力量將賽伊格亞封印在地底。當地村民會選擇少女作為「活人祭壇」獻活祭，執行讚頌賽伊格亞的儀式。此儀式其實並非賽伊格亞的復活儀式，而是個封印的儀式。賽伊格亞會把散布於世界各地的分身（作人類模樣）召喚到村子來、試圖阻撓儀式進行，不過賽伊格亞到目前為止似乎還不曾完全復活。

葛拉奇
Glaaki
伊荷特
Eihort

- 塞馮河谷
- 喪屍
- 《葛拉奇啟示錄》

倫希・坎貝爾所創諸神（其一）

接下來將分三個項目來介紹英國作家倫希・坎貝爾作品中登場的克蘇魯神話諸神。坎貝爾是由德勒斯發掘以後，從阿克罕之家出道的第二世代克蘇魯神話作家。他把英國格洛斯特郡塞馮河流域的諸多城鎮村落，都描繪塑造成為恐怖諸神潛伏的黑暗地帶。

《湖底的住民》描述當地居民之間傳言葛拉奇是隨著隕石墜落至此，住在湖底。18世紀末有群人從附近的**羊木鎮**遷徙過來、在湖畔興建住家，設立了信奉葛拉奇的宗教團體。

根據該教團的聖經**《葛拉奇啟示錄》**記載，葛拉奇是經由**托德星**、**煞該星**、**憂果思（冥王星）**等行星輾轉來到地球的。

那顆墜落**塞馮河谷**的隕石原來是某種生命體於其上建立都市生活的小行星，該生命體在漂流途中滅亡以後只剩葛拉奇存活下來，從此隕石似乎就成了葛拉奇在宇宙空間中的移動手段。

葛拉奇的胴體直徑約3公尺，是帶有金龜蟲般金屬光澤的橢圓形，末端有三隻帶有黃色眼睛的莖狀突起物，厚嘴唇橢圓形嘴巴，整體看起來就像是個怪誕的巨型蛞蝓。矮胖身體下方有無數類似三角錐狀足肢的突起物，葛拉奇便是靠著這個器官移動。除此以外，全身上下還佈滿了無數細長的金屬尖刺。

喪屍傳說的起源

葛拉奇擁有將夢境送進湖畔周邊居民心中、如催眠術般操縱他人的能力。如此受召喚前來的人一旦被葛拉奇的背棘刺到，就會變成徹底受其支配的活屍。不過變成葛拉奇傀儡的活屍有個弱點，只要陽光照射就會變成綠色然後崩壞解體。

《葛拉奇啟示錄》的作者根據從埃及金字塔發現的葛拉奇棘刺，運用一種叫作**「塔克拉達的逆角度」**的特殊手段，提出葛拉奇並不是第一次來地球的異說。他還推測說海地的喪屍也跟葛拉奇有關。

相當於《湖底的住民》後話的唐諾・R・伯萊森《**幽靈湖***Ghost Lake*》說葛拉奇所在湖泊風評極差，所以當地人把湖水全部抽乾了，奇怪的是即便如此失蹤者仍然層出不窮。

或許葛拉奇連同整個湖的湖水一起躲到了另一個時空去了。

迷宮的蒼白神明

伊荷特乃見於坎貝爾《**暴風雨前夕***Before the Storm*》之登場角色。

塞馮河谷某個名叫**布瑞契司特**的城鎮郊外，有個據說從前曾經有女巫居住過的廢棄房屋。這廢墟地底有個入口可以通往巨大地底迷宮，迷宮裡有個名叫伊荷特的神明，連同眾多分身雛獸盤踞於其中。

伊荷特是個體色蒼白、肥油晃悠悠的巨大橢圓型肉塊，巨體由下方無數蹄足支撐，還有許多橢圓形的果凍狀眼睛。

伊荷特的信徒在布瑞契司特和附近的**坎姆希德**等城鎮組織了宗教團體，有時新入會信徒會被送到「女巫住家」的地底，跟伊荷特締結契約。締結契約者將會成為神的僕人，必須將雛獸埋入體內作為見證。伊荷特的雛獸是圓滾滾形似蜘蛛的小型生物，最終他們將會成群湧出締結契約者如同氣球般脹破爆炸的身體。

另外《**冷印**》還講到《葛拉奇啟示錄》第12卷當中，有段如同預言般的文字記載說當地球遭到橫掃一清、克蘇魯將要復甦之時，「葛拉奇會打開水晶掀門衝出，伊荷特的雛獸將在陽光之下誕生」。

伊格隆納克

Y'golonac

多洛斯

Daoloth

倫希·坎貝爾所創諸神（其二）

伊格隆納克是倫希·坎貝爾《冷印》作品所述跟《葛拉奇啟示錄》第12卷有很深關聯的存在體。**葛拉奇**信徒所著《葛拉奇啟示錄》全11冊，這第12卷是某個男子受夢境引導在名叫**慈愛之丘**的山丘上執筆創作，相當於正典以外的外典。至於那個夢境有可能是葛拉奇所致，也有可能是伊格隆納克自身所為。

《冷印》打一開頭便引用了《葛拉奇啟示錄》第12卷的文字：「便是克蘇魯的爪牙，也不敢談論伊格隆納克」，對伊格隆納克很是吹捧，因此前述夢境來自伊格隆納克的可能性頗高。

根據《葛拉奇啟示錄》第12卷記載，伊格隆納克躲在地底通道盡頭一個紅磚牆裡面。當他名字被誰提起或者被誰看見的時候 —— 例如閱讀《葛拉奇啟示錄》第12卷的時候，伊格隆納克就會出來找尋信徒和食物。邪惡的伊格隆納克會特別尋找偏好怪誕情色小說或神祕學書籍等晦暗知識的人，吸收作為自己的爪牙，因此喜愛珍本奇書的藏書家、舊書店店員比較容易成為他的獵物。

發現獵物以後，伊格隆納克會讓那人一窺將來邪神復活、地球一清的光榮景象，然後要求對方成為自己的祭司。

拒絕要求者就會如同《葛拉奇啟示錄》第12卷的預言所寫「於是伊格隆納克回來藏身於人群中一邊走著，等待時機」遭伊格隆納克殺害並且直接取代。

伊格隆納克雖然可以任意變身成人類，原形卻是作肥滋滋全身脂肪的無頭裸男模樣，利用雙手掌心的血口尖牙撕裂嚼食被害者。

不光是《葛拉奇啟示錄》第12卷，坎貝爾《**暗黑星球的陷阱**》還說《**死靈之書**》也有記載伊格隆納克的名字。

雖說伊格隆納克比較小眾而非主流，除了坎貝爾的作品以外鮮少被提到，不過他倒是在BlackCyc發售的PC電腦遊戲《**克蘇魯**》當中扮演相當重要的角色。

超次元的存在

多洛斯是坎貝爾《**面紗粉碎者**》所述神明。跟其他諸神同樣，《葛拉奇啟示錄》也有記載其來歷與召喚方法。《葛拉奇啟示錄》說多洛斯能傳授召喚者如何前往過去、未來或更高階次元以及各種知識，**憂果思**和**托德星**等行星居民奉其為「面紗粉碎者」崇拜。據說地球同樣也有亞特蘭提斯的預言者和占星術師曾經向多洛斯獻禱。

多洛斯周身受到從天傾瀉降下的耀眼光輝以及許多棒狀物體包圍，其本體卻是形狀和顏色在轉眼間不住變化的無定形物。人類感官難以辨識捕捉多洛斯，即便勉強用視線去追逐其身影，也要落得精神陷入異常的下場。其信徒以幾何學方式連結半球體和灰色金屬棒，總算將多洛斯的模樣三次元視覺化做成了神像，作膜拜使用。

召喚多洛斯除了要準備兩根蠟燭供其吸取光源以外，還要準備開兩個孔拿來插蠟燭的非人生物——例如夜鬼的頭蓋骨。

最重要的是準備可以組成五芒星形狀的立體構造物，此物是用來關住多洛斯、使其遂行召喚者的意志。準備好以上物事，待次元裂縫張開之際唱誦「Uthgos plam’f Daoloth asgu’i ！——出來吧，快快越過面紗，將真實呈現於我等面前」，多洛斯就會隨著沙沙沙的聲音出現在三次元空間。

相反地，若是召喚儀式失敗，召喚者會產生錯覺（？）以為遭多洛斯無限膨脹的身體吞噬，從而發狂。

Byatis, Ghroth

拜提斯
Byatis
格赫羅斯
Ghroth

→《妖蟲的祕密》
→「伯克利的蛤蟆」
→《葛拉奇啟示錄》

倫希·坎貝爾所創諸神（其三）

拜提斯跟蛇神**依格**、**韓**同樣，是跟蛇有關的神。

此神初出自布洛奇的**《來自星際的怪物》**，該作品說拜提斯的名字曾經出現在對蛇神及其眷族多有記載的**《妖蟲的祕密》**的咒文和祈禱文之中。

長久以來拜提斯一直只是個名字，直到倫希·坎貝爾以拜提斯為題材創作**《城堡裡的房間》**，才終於給了此神實體。根據此作品引用的《妖蟲的祕密》記載，遺忘之神拜提斯跟其他邪神同樣是來自其他星球，只要向〈深海巨人〉帶來地球的拜提斯神像祈禱或是觸摸這尊神像，就可以把他召喚出來。拜提斯有隻可以變換各種顏色的獨眼，長滿無數如蛇般蠢蠢蠕動觸手的頭顱，底下接著一個蛤蟆般的身體。一旦跟他對上眼，精神就會遭其控制、只能任其吞噬，而拜提斯得到食物以後將會無限地變大。

拜提斯此名還曾經出現在某個名叫桑格斯特的人物所著《蒙茅斯郡、格洛斯特郡和伯克利地區的妖術筆記》之中。根據此書記載，從前羅馬軍隊進入不列顛島曾經解開了一個疑似「遠古印記」的封印、釋放了拜提斯，此後拜提斯住在英國格洛斯特郡**伯克利**村郊外的森林中，受當地居民稱作**「伯克利的蛤蟆」**畏懼之。後來他受到當地人斥為巫師的吉伯特·墨利爵士召喚，潛伏在諾曼人（注58）古城堡遺跡地底的祕密房間裡。爵士把旅行者誘入城中獻予拜提斯，換得力量從而成功接收到來自**克蘇魯**、**葛拉奇**、**多洛斯**和**舒伯-尼古拉斯**的意念。

拜提斯在多番餵食之下身軀愈見肥大，終於再也出不了地下室，即便墨利爵士如今已經離城堡而去，拜提斯仍然潛伏在那裡。

儘管稍有矛盾，後來卡特又追加了以下關於拜提斯的設定：

作品名	內容
《陳列室的恐怖》	拜提斯、依格、韓是烏伯・沙絲拉之子。
	受瓦路西亞人（蛇人？）和姆大陸的居民崇拜。
《最令人憎惡之物》	與依格、韓一同受到極北之地的蛇人崇拜。
《死靈之書》	拜提斯是依格之子。

卡特版《死靈之書》成書晚於《陳列室的恐怖》，或許親子關係應該以前者記述為優先才是。

妖星格赫羅斯

擁有行星等級巨大身軀的格赫羅斯，是除**阿瑟特斯**等特例以外身材最龐大的邪神。格赫羅斯初出於坎貝爾的《**引誘** *The Tugging*》。根據該作品記載，《葛拉奇啟示錄》除了一幅描述格赫羅斯「看似由許多膨脹迸裂暴露出來的內臟和眼球形成、長著觸手的肉塊」的彩色圖畫以外，還有以下文字記述——格赫羅斯會在宇宙造物主將要覺醒之前先行出現；他會把在宇宙中流浪的星辰和世界驅趕回到正確的狀態，喚醒墓中沉睡的造物主，把造物主連同整座墳墓拉到地面上來。

曾經有人用望遠鏡觀察到格赫羅斯，說看起來就是個表面滿是隆起和鐵銹的球體。

其他提到格赫羅斯的作品還有凱文・羅斯的《**天體之音** *The Music of the Spheres*》。這部作品說格赫羅斯其實就是大約以2600萬年為一個週期接近地球、造成恐龍滅絕等現象的神祕伴星**涅墨西斯星**（注59）。格赫羅斯在距離地球14兆英哩遠的牧夫座諸恆星之間移動，同時也在向地球發射電波，而這電波卻是朝向沉睡於地球地底或海底某個生物發出的音樂。

這部作品其實是從《**克蘇魯的呼喚**TRPG》追加資料《**繁星正點** *The Stars Are Right!*》收錄的同名劇本改編寫成的小說。

順帶一提，《克蘇魯的呼喚TRPG》描述說格赫羅斯是個表面有幾道裂痕的銹紅色天體，而裂痕底下的大海看起來就像個巨大的眼睛。

休迪梅爾

Shudde-M'ell

- 嘉尼
- 「挖地者」
- 庫多尼安

嘉尼的囚人

休迪梅爾是布萊恩・魯姆利所創地底種族的統率者。就如同〈深海巨人〉的長老大袞，經過漫長悠久歲月存活至今的休迪梅爾，現如今同樣也已經受人奉為神明崇拜。此角初出自魯姆利的《**混凝土的圍繞** *Cement Surroundings*》，作品說艾默瑞・溫蒂史密斯爵士的探險隊根據1934年發現的《**嘉尼遺稿**》記載前往北非尋找地底都市**嘉尼**，結果遭遇到休迪梅爾一族，就連唯一倖存的爵士亦遭休迪梅爾綁架、發了瘋回來。後來這個《混凝土的圍繞》的故事就直接被收編進入《**泰忒斯・克婁薩迦**》第1卷《**挖地者**》的第3章，而整個《挖地者》就是在講述**米斯卡塔尼克大學**的反邪神組織**威爾瑪斯基金會**對抗休迪梅爾等**克蘇魯眷族邪神群**（**CCD**）的故事。

嘉尼是入口隱藏在衣索比亞砂漠某處的地底都市。

此都市的居民是支生有無數短觸手、貌似無眼巨烏賊的卵生地底種族，而身長超過1英哩（1.6公里）的休迪梅爾既是其長老，自然就是該種族當中最長壽最老的一個。

該種族又喚作「挖地者」，能吐出高溫溶解液融解堅固的岩盤，一邊吃著沙土一邊挖成隧道前進。幾隻挖地者聚集在一起，就能造成地面的大地震。其實嘉尼本是他們敗給**舊神**以後的囚禁地，後來他們挖穿地殼以後才獲得了自由。

「挖地者」擁有高度智慧，各個體間是以心電感應能力彼此溝通，可說是他們相當強大的武器。其群體不但能長時間處在精神感應狀態之下，還能入侵未經專門訓練者的心靈、任意操縱人類，而休迪梅爾該族便是憑著這些能力將企圖探知邪神祕密的人類悉數葬送抹殺。到20世紀以後，這支地底種族不僅僅是非洲，甚至很可能已經利用這些受操縱的傀儡搬運他們的蛋、出沒擴張來到歐洲和美洲等地。

他們雖然不怕高溫卻不耐輻射，甚至還有碰水就會溶化的弱點。其蛋殼厚達4英吋（10公分），藉以隔絕有害的輻射能。每次生蛋的數量少、孵化費時則是庫多尼安的另一個弱點。也是因此，庫多尼安對後代有強烈的保護本能，一旦蛋或者雛獸遭遇危險，庫多尼安就會進入亢奮狀態並且聚集過來。

可以驅退紐格薩的《死靈之書》**「伏克-維吉拉咒文」**雖然無法驅退庫多尼安，不過似乎至少還能使其不敢靠近。

此外，TRPG《**龍與地下城**》官方新聞《戰略評論》創刊號（1975年春）曾經提到有種用四隻觸手攻擊被害者、挖腦髓來吃的章魚頭邪惡太古生物**奪心魔**（Mind Flayer）。這個擁有強大心靈感應能力的怪物亦稱靈吸怪，便是以休迪梅爾為原型衍生而成，後來又再衍生出《**太空戰士**》系列的**Mindflayer**和**Soulflayer**等怪物。

「庫多尼安」的由來

《**克蘇魯的呼喚TRPG**》等作品將休迪梅爾的種族喚作**庫多尼安**。儘管《挖地者》亦曾使用此語，但當初魯姆利似乎只是想藉此表達「克蘇魯的屬下」之意而已，另一回他硬是用**「Cgfthgm'o'th」**這個英語來稱呼**烏伯．沙絲拉**之子的時候，作品中也是稱作「庫多尼安」。無論如何，現在「庫多尼安」此語已經固定下來成為了休迪梅爾的種族名。

除此以外，古典希臘語的**庫多尼俄斯**Chthonios是黑帝茲和泊瑟芬等地底（冥界）諸神之統稱，而《**大英百科全書**》又說庫多尼俄斯諸神跟蛇類似乎亦有關聯。思及此處，庫多尼安此語或許同時擁有「克蘇魯眷族」和「庫多尼俄斯」兩層意涵也未可知。

M．W．威爾曼《**恐怖的羊皮紙**》也有描述作中人物討論「庫多尼安」與「克蘇魯」兩者類似性的場景。

葉比・簇泰爾
Yibb-Tstll
巴格・沙斯
Bugg-Shash

- 「黑色物事」
- 克雷德叢林
- 夜鬼

葉比・簇泰爾

謎樣的兄弟神

葉比・簇泰爾是布萊恩・魯姆利創造的神。初出於〈**混凝土的圍繞** *Cement Surroundings*〉（《**挖地者**》第3章），當初只有提到名字而已。再次登場則是《**黑的呼喚者**》。邪神教團的教主詹姆斯・D・蓋德尼從不是宇宙的宇宙召喚來，如降雪般覆蓋敵人身體使其窒息死亡的「黑色物事」，《**死靈之書**》便記載說是葉比・簇泰爾的血液。至於葉比・簇泰爾本身，則是登場自魯姆利的《**奧克汀恐怖事件** *Horror at Oakdeene*》；他是個身高約人類三倍的人形邪神，全身裹以綠色衣袍。他腐敗潰爛的臉上眼珠骨碌碌地不住轉動，綠袍底下還有好幾隻**夜鬼**啣著他的乳房。卡特《**向深淵降下**》說葉比・簇泰爾是**奈亞魯法特**之子，兩者都是夜鬼的統治者。將夜鬼視為奈亞魯法特侍從種族的說法可見於《**溫菲爾的遺產**》等作品，乃卡特作品特有之設定，至於魯姆利和卡特是否曾經就此設定有過討論，那就不得而知了。

根據《**克蘇魯的呼喚**TRPG》追加資料《**阿瑟特斯之子** *Spawn of Azathoth*》，**幻夢境**的**克雷德叢林**中有座聖泉宮殿（象牙宮殿），宮殿後方有個石拱門可以通往葉比・簇泰爾棲息的混沌領域。

葉比・簇泰爾的相關魔法

《奧克汀恐怖事件》說《**水中生物**》當中有記載到三種跟葉比・簇泰爾有關的魔法：

✢「**黑血召喚**」：召喚葉比・簇泰爾的黑色血液使敵人窒息，並將受害者靈魂送到神的面前。「黑的呼喚者」說流水可以克制此魔法，將魔法反彈給施術者。此魔法是由史前時代的亞人類**普提特萊德族**發明，《死靈之書》亦有記載。

✢「**葉比・簇泰爾的幻視**」：只要唱誦**第六沙斯拉達**，就能在夢中見到神。

✢「**葉比・簇泰爾的召喚**」：1月1日深夜，13個人一齊詠唱第六沙斯拉達。必須以「**納克・提特之障壁**」守住靈魂，否則將會有恐怖的術式反彈和神罰降臨。

魯姆利以恐龍尚未出現在地球以前的提姆德拉大陸為舞台創作《**夏德的妖術** *Sorcery in Shad*》，指葉比・簇泰爾的本體雖然封印在外宇宙的混沌空間中，卻能透過神像現身、指揮操縱魔法師尤帕洛斯進行活動。據說靈魂遭「噬魂者」葉比・簇泰爾吞噬，將體會到無窮無盡的痛苦。

葉比・簇泰爾的同胞

巴格・沙斯真正的登場之作，該算是大衛・薩頓的小說《**魔鬼** *Demoniacal*》。作品描述神祕學家湯瑪斯・米爾萊特發出警告，指搖滾樂團「油炸蜘蛛Fried Spiders」有首叫作「Demoniacal」的歌，其中引用了一段《狂人伯克萊之書》記載之魔神召喚咒文，許多年輕人聽到這個消息很感興趣，於是就拿那張唱片播放、同時還詠唱咒文補上歌詞欠缺的部分，結果真把魔神給召喚出來了。其實這部作品本身跟克蘇魯神話並無關係，是後來布萊恩・魯姆利取得作者許可以後執筆創作續集《**巴格・沙斯之吻**》，才把它收進了克蘇魯神話。

原來魯姆利是把自己以前創作的作品《**瑟西島的誕生**》當中登場人物囈語提到的名字巴格・沙斯，給了《魔鬼》裡的那個魔物。

巴格・沙斯是葉比・簇泰爾的同胞，外表是做大量黏液從無數的嘴巴和眼睛中流淌而出的無定形模樣。他極度厭光，總是在變暗以後才開始活動。

通常召喚者必須把巴格・沙斯召喚到事先準備的力量五芒星當中，如此才能封鎖其力量，否則巴格・沙斯就會一直糾纏施術者直到獲得活祭品為止。

將活祭品殺死以後，巴格・沙斯會操縱該死者為己所用。

《死靈之書》、《水中生物》雖有記載驅退巴格・沙斯的咒文，但這咒文倒過來唸就成了召喚咒文，須得小心。

又根據魯姆利的《**艾里西婭** *Elysia*》記載，葉比・簇泰爾和巴格・沙斯奉憂戈-索陀斯為主，直到憂戈-索陀斯跟舊神決戰之際也不曾離棄。

戈爾-格羅斯、格羅斯-勾卡

Gol-Goroth, Groth-Golka

→巴魯薩句斯
→《無名邪教》
→夏塔克鳥

巴魯薩句斯諸神

戈爾-格羅斯雖是羅伯·E·霍華所創，卻是從來不曾明確出現在作品當中的一位神祕神祇。他初出自《*夜晚的孩子*》（1931年），約翰·奇洛萬教授在提到**克蘇魯**、**憂戈-索陀斯**、**札特瓜**的時候連帶提到戈爾-格羅斯的名字，說自己並不認為這些信仰有流傳存續到20世紀。只不過，以**克蘇魯**為首的邪神教團確實存在於20世紀對各位讀者來說已經是不爭的事實，而戈爾-格羅斯信仰當然也很有可能仍然存在。

同年發表的《*巴魯薩句斯諸神 The Gods of Bal-Sagoth*》是描述凱爾特戰士特婁達布·歐布萊恩冒險的系列作品之一。人稱**亞特蘭提斯**殘渣的大西洋海島巴魯薩句斯，有黑暗之神戈爾-格羅斯、鳥神格羅斯-勾卡等諸神受當地居民崇拜。格羅斯-勾卡是隻翅膀呈半透明、佈滿濕漉漉鱗片的怪鳥，其力量遜於戈爾-格羅斯，作品中腦袋被特婁給砍了下來。故事也提到了戈爾-格羅斯的巨大神像，但是並未對其外表有任何描述。

卡特死後才發表的《*來自外世界的漁夫 The Fisher from Outside*》曾經提到戈爾-格羅斯這位神明的外型就是隻有齒鳥類的模樣。

同作品還說戈爾-格羅斯是**母諾夸**的兄弟，是**庫烏姆亞嘎**所率領**夏塔克鳥**的主人。卡特描述魔法師哈昂·多爾地底冒險的作品《*向深淵降下*》也透過《**哀邦書**》的文字記載提到相同的設定。

不過卡特的盟友兼遺作管理者羅伯·M·普萊斯卻說，卡特的這個作品其實是把戈爾-格羅斯跟格羅斯-勾卡給搞錯了。普萊斯收錄卡特作品製作卡特作品選集《*索斯神話大系 The Xothic Legend Cycle*》的時候，普萊斯就把《來自外世界的漁夫》中的戈爾-格羅斯全部改成了格羅斯-勾卡；若是按照這個邏輯，那麼「巴魯薩句斯諸神」裡特婁殺死的就不是格羅斯-勾卡，應該是其眷族或其他個體。

遭人遺忘的神戈爾-格羅斯

卡特作品中的戈爾-格羅斯，經過普萊斯之手被改成了格羅斯-勾卡。不過後來普萊斯又在自己負責編輯發行的同人誌《克蘇魯的地窖Crypt of Cthulhu》第3號投稿一則題為《**遭人遺忘的古老神祇戈爾-格羅斯***Gol-Goroth, A Forgotten Old One*》的文章，解釋說下述霍華作品中的無名諸神甚至怪物便與戈爾-格羅斯有關，重新把戈爾-格羅斯收入了克蘇魯神話體系。

- 《**黑石之祕**》：從前在匈牙利的**史崔戈伊卡伐**附近受人崇拜的巨蛙怪物，後遭16世紀來到此地的西利姆．巴哈杜所率土耳其軍隊擊敗。
- 《**屋頂上的怪物**》：宏都拉斯叢林裡的**蛤蟆神殿**中，早在印地安人尚未出現以前便定居於此地的民族所信仰的神明，是個具備觸覺與蹄足而不住訕笑的怪物。《**無名邪教**》亦有記載。
- 《**巴魯薩句斯諸神**》：前述。大祭司哥譚遭屬下魔物殺害後，戈爾-格羅斯神像倒下壓死了哥譚的敵人——巴魯薩句斯前女王布倫希爾德，暗示有戈爾-格羅斯的意志抑或詛咒之存在。

除上述以外，普萊斯還指出霍華的《夜晚的孩子》、《**黑暗種族**》等也是牽涉戈爾-格羅斯的相關作品，只不過這些作品中出現的卻是有如**蛇人**退化以後的爬蟲人類，已經找不到類似前述戈爾-格羅斯的怪物模樣。普萊斯似乎認為戈爾-格羅斯跟奈亞魯法特同樣，是擁有各種不同化身的邪神。由於部分作品說他長得像蛤蟆，是以《黑石之祕》中的怪物固然可以作札特瓜的化身解釋，普萊斯卻著眼於《夜晚的孩子》中曾經並列記載到札特瓜和戈爾-格羅斯的名字、彷彿兩者是不同的個體，於是以此為根據否定了前述說法。

《**克蘇魯的呼喚**TRPG》不知道是否以普萊斯說法為準，其戈爾-格羅斯採用的是《黑石之祕》的怪物形象，只不過該遊戲的怪物手冊《**怪物之錘**》的解說卻指格羅斯-勾卡這位邪神跟夏塔克鳥並無關係。

姆納格拉、蘇瑪格拉斯

M'Nagalah, Shuma-Gorath

- 《葛拉奇啟示錄》
- 《蘇瑪格拉斯之書》
- 《無名邪教》

美國漫畫的諸神

克蘇魯神話漸成主流的1970年代初，美漫領域同樣也有許多其特有的邪神問世。姆納格拉登場於DC漫畫公司的《沼澤異形》#8（1974年）。新英格蘭地區某個叫作毀滅鎮的城鎮郊外有個13號坑道，受某人召喚前來的邪神姆納格拉就盤踞在這坑道深處。

姆納格拉看起來就像把人類的眼球、肌肉組織和內臟打翻以後溶成一團的模樣。他會變成腫瘤出現在召喚者的手腕，逐漸佔據身體產生變異，然後利用心電感應引誘鎮民前來、伸出觸手捕捉受害者，如此不斷膨脹繁衍增加。

姆納格拉也曾經出現在《未知挑戰者》#83（1977年），被喚作「永遠者」。後來倫希·坎貝爾在《**引誘** *The Tugging*》提到《葛拉奇啟示錄》書中有幅描繪姆納格拉長相的素描或彩色圖畫，將其追加認定為克蘇魯神話之邪神。約瑟·S·帕爾佛《**惡夢的門徒**》則說從前地球大陸和海洋尚未分開時，姆納格拉便是**克蘇魯**的左右手、掌管特提斯洋（注60）。

「沉睡而終將甦醒者」

Marvel漫威公司也有曾經參戰CAPCOM「**MARVEL V.S. CAPCOM**」系列遊戲的蘇瑪格拉斯，以及前面**羅伊戈**項目介紹的**羅伊戈羅斯**。

蘇瑪格拉斯能夠變成人類畏懼的各種模樣，然其真面目其實是個有隻巨大眼睛和無數觸手的球形怪物，至於膚色則視作品而異，有綠色有淡紫色等不同顏色。其創造者腳本作家羅伊·湯瑪斯曾說自己是以舒伯-尼古拉斯為藍本創作，至於其名則是來自霍華《**黃金骸骨的詛咒** *The Curse of the Golden Skull*》當中提到的一本用鐵裝訂、鐵鎖封印的《蘇瑪格拉斯之書》。

《金鋼狼：第一戰》第12話也有個蘇瑪格拉斯的複眼分身**庫哥**登場。以下按照發表順序介紹有蘇瑪格拉斯登場的主要作品：

- 《*Marvel Premier*》**#3（初出，1972年）～#14（1974年）**：以魔法師英雄**奇異博士**的宿敵身分登場。根據《塔納多斯大典Thanatosian Tomes》、《死海古卷》、《無名邪教》等書預言，蘇瑪格拉斯的復活就在不遠。遭來自31世紀的魔法師塞斯涅古於從前恐龍時代封印的蘇瑪格拉斯，企圖吸收奇異博士的導師**古一**的力量復活，遂派遣瓦路西亞的蛇神**斯利古斯**、「來自大海的魔鬼」**恩加布索斯**、邪神**達格斯**、「活行星」**卡圖洛斯**前去攻擊多番阻撓的奇異博士。待到蘇瑪格拉斯終於露出真面目，奇異博士殺死了古一才阻止了蘇瑪格拉斯的復活。奇異博士為此懊悔不已，直到他得知導師已經與世界同化，才稍感寬慰。
- 《*Strange Tales*》**vol.2 #1~#14（1987年）**：前面故事講到因為奇異博士喪失了一部分的魔裝，使得「混沌之主」蘇瑪格拉斯等原本被封印的魔物得以甦生。蘇瑪格拉斯逼著奇異博士陷入不得不殺人的境地，欲藉此使其墮入黑暗面。儘管奇異博士擊退了惡魔**艾立克·克罕**（名字出自霍華作品）等敵人，蘇瑪格拉斯卻現身提出不祥的預言，指反抗自己的有能之士終將變成蘇瑪格拉斯。
- 《*Conan the Barbarian*》**#258~#260（1992年）**：R·E·霍華**《野蠻人柯南》系列作品**的漫畫化作品。**亞特蘭提斯**沉海以前，蘇瑪格拉斯遭克羅姆神所授三本書（以鐵鎖封印）和鑰匙封印在他藏身的山中。後來那座山也被人稱作**克羅姆山**，山頂常年雷雲不散。時光流轉來到柯南的時代，一群取得封印書與鑰匙的魔法師企圖要讓邪神復活、欲操縱蘇瑪格拉斯作惡，想當然彼等自不足以控制蘇瑪格拉斯、反遭其噬。好在有柯南將封印書獻予克羅姆神，讓邪神再度受到封印。
- 《*Invaders now!*》**#1~#5（2010年）**：第2次世紀大戰期間，英雄團隊**侵略者**（成員包括美國隊長、海王納摩等）為阻止納粹散播使感染者成為變種人的病毒，曾經消滅了一整個村子。當時村中倖存的魔法師是蘇瑪格拉斯的信徒，企圖用**命運之槍**（即隆基努斯之槍）使邪神復活，藉此報仇。作品中處處都跟過去的作品有所連結，例如提到《Conan the Barbarian》所述封印書的其中一本，就收藏在海王納摩的故鄉亞特蘭提斯。

憂思-特拉貢
Yoth-Tlaggon

- 朝松健
- 譽主都羅權明王
- 千葉縣夜刀浦市

源自日本的克蘇魯邪神

「九大地獄的王子」憂思-特拉貢乃日本作家朝松健創造的神明。

憂思-特拉貢此名乃洛夫克萊夫特所創，來自他1932年4月4月寫給史密斯的書信開頭一段神祕的文字——「Yoth-Tlaggon—— at the Crimson Spring/Hour of the Amorphous Reflections（無定形的反射時刻，猩紅之春/泉之憂思-特拉貢）」。

若論商業作品領域，則**《逆宇宙獵人》**系列作第2卷**《魔靈之劍》**當中**星智教（OSW）**魔法師巨勢玄應提及「九大地獄魔王憂思-特拉貢」的名字，為其初出。再者，朝松氏將「憂思-特拉貢」作特有神名使用之構想可以追溯至其業餘時代，早在負責主持同好社團「黑魔團」關西分局雜誌的時候，他便曾投稿**《阿馭斯的虛言》**提及此構想。

《邪神帝國》是朝松氏試圖揉合德意志第三帝國與克蘇魯神話的作品集，其中作品《魔法注釋》講述1960年盧西奧．達米亞尼師父發表**《枯夏的幻影》**，其中有段引用文曰「從前亞特蘭提斯仍稱枯夏，而黎姆利亞仍稱夏雷拉里的太古時代，憂思-特拉貢便已經定義為九大地獄的王子」，同時又提出「憂思-特拉貢」的其他典籍根據，把這個設定寫得活靈活現的。盧西奧．達米亞尼是虛構人物，是揉合義大利恐怖電影著名導演盧西奧．弗爾茲和達米亞諾．達米亞尼兩人的名字而來。至於，關於亞特蘭提斯和黎姆利亞別名的描述，應該也是來自洛夫克萊夫特的書信。

根據**《邪神帝國》**收錄作品**《憂思-特拉貢的假面》**，納粹黨的副元首魯道夫．赫斯（注61）曾經戴上德國魔法師**克林根．梅爾格茲海姆**所藏**「憂思-特拉貢的假面」**，目擊了憂思-特拉貢的真面目；當時他脫口而出的特徵「巨大/有觸手/不計其數眨動的眼睛/蛞蝓的光澤/滿是鱗片和皺紋/眼中泛著智慧光芒」，是憂思-特拉貢外貌的唯一線索。

真言立川流的魔神

平安時代的邪教真言立川流是另一個屢見於朝松作品的邪神教團。

《肝盜村鬼譚》的故事舞台——函館附近肝盜村的菩提寺、萬角寺，是脈承立川流的根本義真言宗的本山根據地，奉譽主都羅權明王（憂思-特拉貢）為本尊，而村子附近還有流言指惡神**憂思-特拉**潛伏於地底。朝松作品選集《祕神》則是以真言立川流僧侶受迫害的逃亡地——千葉縣夜刀浦市為故事舞台，說夜刀浦市地底藏著一尊以黑曜石製作的美男美女野獸共三面相的譽主都羅權明王神像。該作還說譽主都羅權明王是荼吉尼天、飯綱天的別名，是螟雷惡幣兇鳥（=拜亞基）的從屬神。另一個同樣以夜刀浦市為舞台的小說《弧之增殖》，則說國學大家流基葡鱗主張遠古從宇宙飛來的憂思-特拉貢就被封印在夜刀浦市地底。

憂思-特拉貢的登場作品

朝松健原作的漫畫《*Magical Blue*》描述憂思-特拉貢（視同八岐大蛇）受黑魔法結社〈O∵D∵T（東方黎明團）〉祭祀崇拜。這〈O∵D∵T〉是師事魔法師梅爾格茲海姆的靈能者騎西十三郎所創設，此角在《魔术召喚》、《屍食回廊》等作品亦有登場。梅爾格茲海姆受大惡魔阿驟斯啟示而記錄下來的《**阿驟斯的虛言**》一書，可能便記錄有關於此神的資訊。其他登場作品如下。

- 《崑央之女王》：遭舊帝（舊神）封印於地底世界「崑央」的祝融族（爬蟲人類）奉憂思-特拉貢為神。
- 《尾追》：猶太魔法師赫爾赫於將死之際把自己性命獻給憂思-特拉貢，造了一個叫作「恐怖之源」的處刑室。
- 《聖雅各醫院》：與庫多古和憂思-特拉貢締結契約的神祕主義學者麥可．L（即亨利．古特涅作品所述麥可．雷伊）對抗黑魔法師的故事。

從這裡可以看到，作者是透過眾多作品片段式描寫的累積，勾勒出同一神明的輪廓。現如今，儘管憂思-特拉貢依然是以朝松健的作品為主要舞台，不過七月鏡一原作的漫畫《牙之旅商人》也曾經提及其名，可見憂思-特拉貢已經漸漸被認知為克蘇魯神話的一員了。

專欄　諸神系譜（H・P・洛夫克萊夫特繪製）

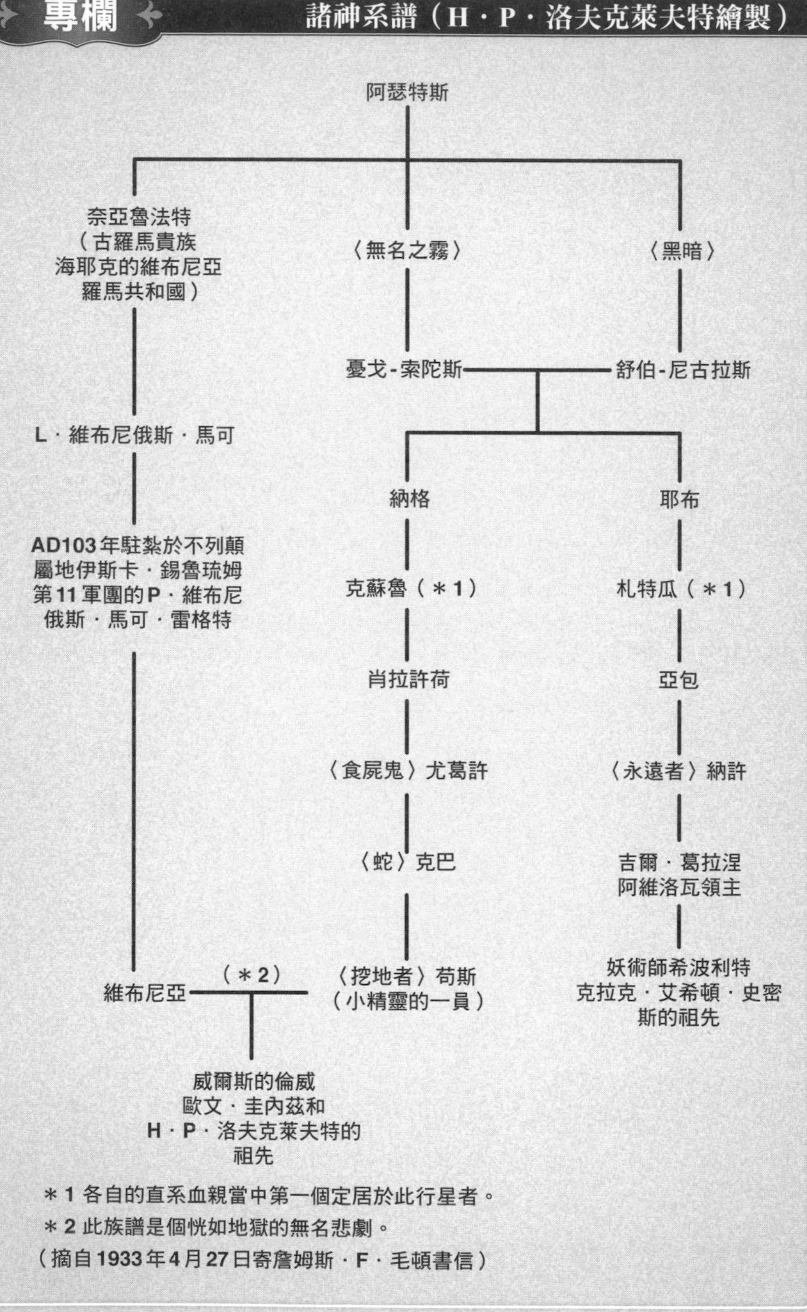

＊1 各自的直系血親當中第一個定居於此行星者。

＊2 此族譜是個恍如地獄的無名悲劇。

（摘自1933年4月27日寄詹姆斯・F・毛頓書信）

第3章

異形生物

尊奉克蘇魯的半魚人

〈深海巨人〉是初出自洛夫克萊夫特《**印斯茅斯疑雲**》的半人半魚、半人半蛙水棲種族。他們可說是先前出版的作品《**大袞**》所述怪物的迷你版，後續作品有時稱彼等叫作**印斯茅斯人**或**印斯茅斯**。另外據說歐文・S・科布《**魚頭**》、羅伯特・W・錢伯斯《**未知的探索** *In Search of the Unknown*》的半人半魚怪物也是以〈深海巨人〉為原型所創。

〈深海巨人〉奉**天父大袞**、**聖母海德拉**為先祖，崇拜祭祀**克蘇魯**為彼等的神。

他們的粗糙皮膚長滿鱗片，頸部左右有皺紋般的魚鰓，手腳有蹼。除白白的肚腹以外，全身都是略帶灰色的綠色。他們在水中泳速很快，在地面以小跳步移動，彼此之間用聽起來非常含糊的吼叫聲對話。

從前東印度群島某個島嶼上的卡那卡族，曾經將〈深海巨人〉奉為神明崇拜，以活祭品換取漁獲豐收。該部族於1838年消失以後，又有商船船長**歐畢德・馬許**於麻薩諸塞州**印斯茅斯**外海的**魔鬼礁**，接觸到了入口就在附近的海底都市**伊哈斯里**裡的〈深海巨人〉。雙方締結以活祭交換黃金的契約，並且以共濟會館為本部設立了**大袞祕密教團**。原來彼等企圖以印斯茅斯為灘頭堡據點展開陸地侵略行動。1846年〈深海巨人〉大舉登陸進入印斯茅斯、大肆屠殺將〈深海巨人〉信仰斥為邪惡崇拜的反對派，同時跟馬許家族等親近派的人類進行雜交。不想此行動卻因為觀光客的報告而敗露，美國政府自1927年底至隔年展開大規模搜查、多人因此遭到逮捕，而魔鬼礁亦遭魚雷擊中。

卡特也在《**陳列室的恐怖**》等作品中寫到〈深海巨人〉是跟著克蘇魯從索斯星系來到地球的侍從種族。卡特之所以如此寫，或許就是以洛夫克萊夫特執筆《印斯茅斯疑雲》時，將〈深海巨人〉設定為人類的祖先、是外星人的創作筆記為根據。

「印斯茅斯長相」

只要無外力致死，〈深海巨人〉可以永遠存活下去。他們跟人類生下的子孫亦然，而且他們的容貌將隨著年齡而產生變異，最終變成〈深海巨人〉加入深海中的同族。

根據《印斯茅斯疑雲》，彼等血脈會有下列外觀特徵，鄰近居民喚作**印斯茅斯長相***Innsmouth look*忌避之：

- 頭窄鼻平，異於常人。
- 雙眼如魚眼般突出，不眨眼。
- 皮膚粗糙，長滿膿疱。
- 頸部纖細、兩側佈滿皺紋。
- 年紀輕輕便掉髮禿頭。

深沉靜謐的蠢動者

德勒斯的《**克蘇魯迷踪**》系列作品可謂是探究〈深海巨人〉的豐富情報來源。他們不願離開海水，火焰和「遠古印記」是他們的弱點。馬奎薩斯群島視為護身符隨身攜帶的蒂基偶像、紐西蘭毛利族所用表面帶有雕刻紋飾的天井石，均是按照〈深海巨人〉模樣所造。此外像是《**越過門檻**》、《**獵鷹岬的漁夫**》等作品，也有並未明確指其擁有血緣關係的人類最終卻仍舊變成了〈深海巨人〉的案例。現如今固然已經無從確認德勒斯之意圖為何，或許他認為除血緣以外另有其他手段（如性交等）可以引發變異也未可知。

不僅僅是印斯茅斯，〈深海巨人〉在西班牙的**印波卡**（電影《**大袞**》）、日本的**蔭洲升**（電視劇《**印斯茅斯疑雲**》，位於東北或千葉）等世界各地沿海地區也都設有侵略據點。至於《克蘇魯迷踪》等描述〈深海巨人〉重回印斯茅斯的作品，也不在少數。

當然他們在海底各地也都設有據點，布萊恩．魯姆利《**瑟西島的誕生**》、《**挖地者**》就說〈深海巨人〉在冰島南部敘爾特塞島（注62）附近海底有**格爾亙**，在英國康瓦耳半島外海則有個名為**阿戶．伊赫羅阿**的海底都市。另外倫希．坎貝爾《**城堡裡的房間**》則說用來召喚**拜提斯**的雕像，便是〈深海巨人〉帶到地球來的。

不可思議的是，至今仍不曾有作品描述**黎姆利亞大陸**時代克蘇魯信徒的子孫，也就是地底世界**金-陽**的居民與〈深海巨人〉接觸的故事。

《遠古種族》

Elder Thing

- 南極大陸
- 克蘇魯
- 舒哥

異形宇宙生命體

〈遠古種族〉是首見於洛夫克萊夫特**《在瘋狂的山上》**的地球先住種族。〈遠古種族〉在不同作品中有「Great Old One」、「Old One」、「Ancient One」等各種表記方式；卡特作品稱其為**〈極地種族〉**，然則本項採用的是因**《克蘇魯的呼喚TRPG》**而普及的「Elder Thing」表記。其外表特徵如下：

- 身高8英呎（2.4公尺）。黑灰色桶形胴體長約6英呎（1.8公尺），中央直徑3.5英呎（1公尺）。
- 海星形狀的頭部長有纖毛，除玻璃質的彩虹色眼睛以外，鈴鐺形狀的嘴巴還有一整排彷佛白色利齒的突起物。
- 胴體隆起處生有五隻觸腕。觸腕最長可以伸到3英呎（0.9公尺）長，看起來就像是一隻海百合（注63）。
- 胴體底部有個五角形海星狀器官，管狀構造最多可伸長到2英呎（0.6公尺）。
- 折扇般可折疊的膜翼，伸展開來寬約7英呎（2.1公尺）。

〈遠古種族〉可存活於陸海空各種環境，是適應性極高的種族。其心性與人類相當接近，有的邪惡有的善良；政治體制則比較接近社會主義，於各地建設都市、使用五芒星形狀的貨幣。他們還創造出**舒哥**等各種生物，然後使用一種類似催眠術的方法運用、食用這些生物。

根據《在瘋狂的山上》所述〈遠古種族〉歷史整理成年表如下：

年代	說明
10幾億年前	〈遠古種族〉飛抵南極大陸，創造舒哥等生物。
3億5千萬年前	南太平洋有大陸隆起，〈遠古種族〉跟從宇宙飛來的克蘇魯及其眷族爆發戰爭。雙方和解後，將新大陸讓予克蘇魯。
3億年前	太平洋的大陸沉入海中、克蘇魯進入沉眠，〈遠古種族〉得以再度統治地球。
2億1千萬～1億4千萬年前	〈憂果思的菌類生物〉從外宇宙飛抵地球（侏羅紀）。戰爭過後〈遠古種族〉撤出北半球。此時期（1億5千萬年前）又有舒哥叛變，〈遠古種族〉物種開始衰退。
1930年	米斯卡塔尼克大學探檢隊發現〈遠古種族〉化石以及休眠中的個體。

根據洛夫克萊夫特《**超越時間之影**》的記載，距今6億年前至1億5千萬年前的這段期間，〈遠古種族〉曾經跟移居至澳洲某種圓錐形狀生物體內的**〈至尊者〉**發生零星的衝突，據信他們跟更早侵略地球、後來被〈至尊者〉趕到地底的**飛水螅**也曾經交過手。其後〈遠古種族〉逐漸衰敗，除少數倖存者沉眠於南極的都市，其餘都已經從地球表面消失。

各個作品中的〈遠古種族〉

以下介紹的是幾個講述〈遠古種族〉重要設定的作品：

- **洛夫克萊夫特《女巫之家之夢》**：仍然在活動中的〈遠古種族〉個體跟阿克罕某個崇拜**阿瑟特斯**的女巫教派有交流。
- **洛夫克萊夫特《獵黑行者》**：作品中是種海百合形狀的生物。人稱〈遠古種族 Old One〉的生物，有個他們從宇宙祕密帶來地球的**閃亮斜六面體**。
- **布萊恩·魯姆利《瘋狂的地底迴廊》**：為因應地殼變動等情事，〈遠古種族〉的都市設有某種能將整座都市轉移的裝置；原先位於南極的都市，現在則已經轉移來到了大西洋海底。其次，根據〈遠古種族〉所著《嘉尼遺稿》記載，他們在英國某處地底另外有個前線基地。
- **卡特《黑暗知識之書》**：作中名為〈極地種族〉。他們利用烏伯·沙絲拉的細胞創造了舒哥。
- **卡特版《死靈之書》**：來自以偲星的〈至尊者〉和〈極地種族〉雖然長得像**舊神之子**，兩者卻是互相厭惡，而且兩者都不服舊神。

舒哥

Shoggoth

→〈遠古種族〉
→南極大陸
→克蘇魯

萬能的不定形生物

舒哥是洛夫克萊夫特《**在瘋狂的山上**》所述一種容易讓人連想到史萊姆或變形蟲的不定形生物。他們棲息於南極**〈遠古種族〉**的古代都市等地，作品指其為身帶惡臭和彩色光輝、具有可塑性的漆黑肉塊。不過刊載該作品的SF科幻雜誌《新奇故事》的1936年2月號封面所繪，擁有無數紅色眼睛的螢光綠變形蟲形象也很有名。

舒哥是10數億年前地球的統治者〈遠古種族〉所造人工生命體，可因應各種用途任意令其生成耳目手足等器官或部位。他們可以是建造大都市的土木工程作業機械，也可以是從事日常家事的家僕，可以是對抗敵對種族的兵器，同時也可以作糧食食用。而舒哥的叫聲「Tekeli-li!」，似乎是以愛倫坡（注4）《**楠塔基特的亞瑟戈登·皮姆的自述**》當中札拉爾島原住民或海鳥發出的聲音為原型，同時也是〈遠古種族〉和**舊神**（德勒斯《**赫斯特的歸來**》）使用的語言。

〈遠古種族〉是以某種類似催眠術的手段操控舒哥，並在**克蘇魯**及眷族飛抵地球時讓舒哥去衝殺對抗。可是，舒哥在經過以億年為單位的漫長歲月以後也開始進化，大約在1億5千萬年前，舒哥生成頭腦獲得了自由意志，終於對〈遠古種族〉掀起叛變。〈遠古種族〉好不容易鎮壓叛變、將舒哥封印於南極地底，卻也就此踏上了滅亡的道路。《在瘋狂的山上》說**阿巴度·亞爾哈茲瑞德**在《死靈之書》當中否定舒哥的存在，而唐諾·泰森《**死靈之書 亞爾哈茲瑞德的放浪**》卻說舒哥是克蘇魯眷族唯一畏懼的生物，這或許可以解釋為亞爾哈茲瑞德並不願意承認此事實。另外丹尼爾·哈姆斯的《**克蘇魯百科全書**》為求配合其他作品，指舒哥的叛亂時期是距今2億5千萬年以前。

後續作品的設定

舒哥也有出現在洛夫克萊夫特的其他作品。詩篇連作**《憂果思的菌類生物》**第20首詩**《夜鬼》**描述舒哥棲身於**幻夢境托克山脈**的地底湖，此詩也是舒哥的初出作品。又因為有封書信提及「舒哥的產卵期」一語，故洛夫克萊夫特應該認為舒哥是卵生生物。**《印斯茅斯疑雲》**說**〈深海巨人〉**利用舒哥執行計畫，**《門口之物》**也說印斯茅斯出身的魔法師以法蓮·魏特讓舒哥潛伏於房屋地底，所以〈深海巨人〉很有可能也知道如何操縱舒哥的方法。

布洛奇**《廢棄小屋所發現的筆記本》**描寫到身體彷彿蹄足和粗繩綁成捆的舒哥，不過**《克蘇魯的呼喚TRPG》**卻說這個怪物是舒伯-尼古拉斯的眷族**「黑色羊羔」**。

魯姆利**《挖地者》**說海棲的**海系舒哥**棲息於〈深海巨人〉的海底都市**格爾亙**，想必就是因為意識到前述關聯所使然。另外他在**《荒野之下*Beneath the Moors*》**則是將舒哥與烏伯·沙絲拉視為同物。

卡特的作品設定中，〈遠古種族〉是利用烏伯·沙絲拉產生的細胞創造出舒哥；當時從培養槽流出的細胞在大海中進化，變成了地球的生物（**《黑暗智慧之書》**）。他又說第一個舒哥庫圖果奉**烏伯·沙絲拉**為師、在巢穴中事奉之（**《向深淵降下》**）。

伊莉沙白·貝爾**《舒哥開花》**說美國東部海岸偶爾可以發現一種如寶石般美麗的拍浪舒哥（學名：Oracupoda horibilis），甚至還另有大型的古生種（學名：Oracupoda antediluvius）存在。

TRPG**《龍與地下城》**的冒險手冊**《卡贊的鬥技場》**也有提到聽到短笛聲就會跳起舞來的舒哥。

舒哥之王

邁克·胥**《肥臉*Fat Face*》**裡的**舒哥之王**擁有改變體表膚色的變身能力，具備可模擬成人類的高等智能，是舒哥當中的高等物種。作品中描述舒哥之王盤踞在洛杉磯，他們穿著某種衣服底下藏有許多釦鎖、形狀複雜的橡膠裝，然後把自己塞進去好保持固定形態。就算不用這種道具，舒哥之王還是能夠變成人類的模樣，只是力量和集中力的耗費頗巨。

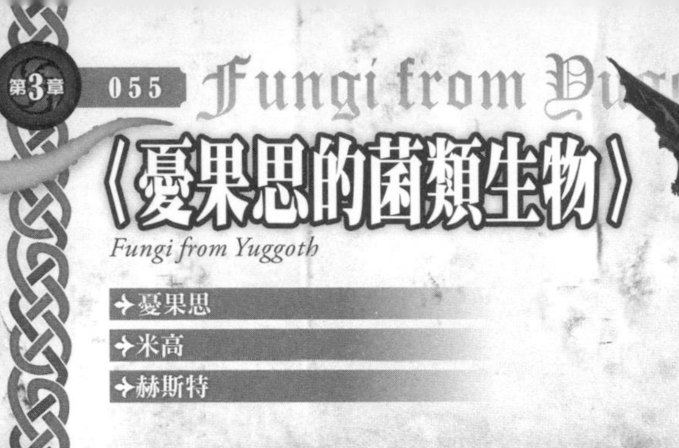

《憂果思的菌類生物》

Fungi from Yuggoth

- 憂果思
- 米高
- 赫斯特

異形宇宙生命體

宇宙生物〈憂果思的菌類生物〉亦稱**米高**，首見於洛夫克萊夫特**《暗夜呢喃》**。彼等潛伏於世界各地的山岳地帶如北美洲的佛蒙特州等地，而佛蒙特州的原住民潘納庫克族亦有傳說指這些來自大熊座（注64）的生物是來採掘唯獨地球才有的某種礦物。

禁書說他們來自**憂果思**（即冥王星）的某個都市，卻不是該行星的原生生物；他們來自於宇宙的外側，是支宇宙規模的龐大種族。他們不吃地球的東西，雖然有時候會加害闖入其勢力範圍者，但基本上對人類並不感興趣。

1920年代末期佛蒙特河川氾濫時，曾有米高的屍體被沖到流川下游、引起很大騷動，當時所目擊到的外觀特徵如下：

- 淺桃紅色的身體長約5英呎（1.5公尺），類似某種巨大的甲殼類。
- 有好幾對看起來既像背鰭又像膜的翅膀，和數對節肢。
- 沒有頭顱卻有個漩渦狀的橢圓物體，並附有許多短天線。

彼等的身體組織類似植物或菌類，而且因為電子振動率不同的緣故，無法拍攝成照片。他們有許多不同類型，可是只有少數幾種擁有特殊翅膀能夠乘著以太、飛翔來回於宇宙空間，其他的就只能使用機械，或者由其他菌類生物搬運來到地球。

洛夫克萊夫特**《在瘋狂的山上》**說〈憂果思的菌類生物〉是在侏羅紀飛抵地球；據說他們戰勝了當時支配地球的**〈遠古種族〉**，掌握了地球北半球的統治權。

驚人的科學實力

〈憂果思的菌類生物〉擁有非常優越的醫學智識和科學技術。他們基本上是透過心電感應溝通，不過只要埋設機械裝置，同樣也可以說地球人的語言。其次，他們能把人類的腦取出、接上感覺裝置，放在裝滿液體的金屬圓筒裡面讓腦存活下去，在這個狀態之下，人類就可以跟〈憂果思的菌類生物〉一同從事宇宙旅行。有一說他們由於出身自無光的黑暗世界所以畏光，可是這個弱點卻跟他們能夠在宇宙空間中飛翔的說法相矛盾。

〈憂果思的菌類生物〉有時候會跟利害關係與自身一致的地球人建立友好關係，進而提供對方技術支援。例如佛瑞茲·雷伯《**阿克罕鎮與繁星世界**》就說他們曾經喚醒1937年3月15日死亡的某個人物的腦，把那人帶出了宇宙。

各種周邊設定

洛夫克萊夫特的設定當中，有支無翼的〈憂果思的菌類生物〉曾經以喜瑪拉雅山脈為據點，當地以雪怪、**米高**等名稱呼之。卡特《**墳墓之主**》則說1913年庫普蘭·巛靈頓中亞考察隊在**緇之高原**遭遇的米高，是種體型龐大、貌似人猿的怪物。

米高此語跟其他諸多邪神的名字同樣，聽起來自然就帶著點來自異界的氛圍，故後續作品經常以此作為〈菌類〉的別名使用，其實這純粹只是洛夫克萊夫特在作品中記載不丹對雪怪的稱呼（當地發音作「米蓋」）而已。

無論如何，米高此名稱如今已經確立成為了〈菌類〉的種族名。

〈菌類〉在《**暗夜呢喃**》當中讚頌**阿瑟特斯**和**札特瓜**、**克蘇魯**、**舒伯-尼古拉斯**、**奈亞魯法特**，在洛夫克萊夫特《**穿越銀匙之門**》卻稱**憂戈-索陀斯**為「超越者」崇拜。卡特的《**克蘇魯神話的諸神**」基本上蹈襲前述設定，但後來的《**陳列室的恐怖**》和**卡特版**《**死靈之書**》卻又稱〈菌類〉為**「外來者」**，乃以**恩加克吞**為首，是**赫斯特**的侍從種族。再者，洛夫克萊夫特《**獵黑行者**》說來自**憂果思**的**閃亮斜六面體**是由**〈遠古種族Old Ones〉**帶到地球來的，卡特版《死靈之書》卻說此事是〈菌類〉所為。

其次，洛夫克萊夫特代筆的海瑟·希爾德作品《**超越萬古**》曾經記載到太古地球的統治者**憂果思星人**在**姆大陸亞狄斯戈山**的要塞中信奉**賈德諾索阿**，《克蘇魯神話的諸神》雖將此處的憂果思星人視同於〈菌類〉，然則實際關係不得而知。

《至尊者》
Great Race
飛水螅
Flying Poplyps

- 以偲星
- 那卡特
- 羅伊戈諾斯

永無止盡的永恆旅程

〈至尊者〉是初出自洛夫克萊夫特《**超越時間之影**》的一種獨具精神卻無肉體的生命體。稱作〈至尊者〉是因為他們是唯一能夠揭開時間祕密的種族，不過這也可能只是他們的自稱而已。

也不知道是否因為徒具精神而無法干涉三次元世界，他們從很久很久以前就為了尋找宜居環境和長壽強韌的肉體而穿越時間、跟這些生命體交換精神，一次又一次的進行全種族的集團遷徙。

來到地球以前，他們是住在銀河彼方的另一個世界，即《**亞特當陶片集**》記錄叫作以偲星的地方，是以彼等亦稱**〈以偲星的至尊者〉**。他們在地球選上的移居目標，是10億年以前便棲息於地球、肉體壽命約達4千～5千年的圓錐狀生物。雷尼《**克蘇魯神話小辭典**》說〈至尊者〉是在10億年前來到地球，恐怕是跟洛夫克萊夫特的這段記述混淆了。該生物之外觀特徵如下：

- 圓錐狀胴體高約10英呎（3公尺）。
- 共有四隻觸手，一隻是末端長了三隻眼睛的球形感覺器官、兩隻是可以用來對話的鉗狀臂腕、一隻則帶有漏斗形狀的附屬器官。
- 利用胴體底部黏著層的伸縮運動來移動身體。

至於〈至尊者〉奪取圓錐狀生物肉體是在何時，眾說紛紜難以特定。《超越時間之影》說是在後述的飛水螅來到地球的6億年前，到作品所述1億5千萬年前這段期間內的某一個時間點；卡特《**陳列室的恐怖**》則以《**那卡提克手札**》記載為根據，認為〈至尊者〉到來是在哺乳類誕生以前——也就是2億5千萬年前三疊紀後期之前。

〈至尊者〉共分四個部族，其政治體制比較接近社會主義政體，使用曲線文字。他們從前在澳洲西部大沙地沙漠建立了如今已經沉沒的機械化都市，並且跟南極的**〈遠古種族〉**時有衝突。他們非常熱衷於探索將來的移居目標，經常要派遣斥候前往各個時代、各個場所蒐集技術和情報。肉體遭到剝奪的精神將會暫時寄居於圓錐生物體內，直到他們替〈至尊者〉將未來的情報記錄下來以後，才會消除其記憶、將其送回原本的肉體。除此之外，地球也有支援〈至尊者〉的宗教團體存在，卡特《**炎之侍祭**》說該宗教團體就叫作**「那卡提克兄弟會」**。

《陳列室的恐怖》說他們的都市叫作那卡特，意為「記錄庫的都市」；彼等所著《**那卡提克手札**》書名便是來自這個都市名。

飛水螅？舊神？

根據《超越時間之影》記載，圓錐狀生物在遭到〈至尊者〉占據以前，曾經遭到6億年前侵略地球等太陽系四個行星的**水螅狀生物**獵殺，一度瀕臨滅絕危機。這種生物雖然不具視覺卻擁有極優異的觸覺，沒有翅膀羽翼卻能騰空飛行，甚至還有隱身和操縱風等能力。培爾頓《**蘇賽克斯手稿**》所述侍奉**羅伊戈**和**查爾**的氣體精靈**羅伊戈諾斯**，指的大概就是這**飛水螅**。〈至尊者〉飛抵地球以後做的第一件事，就是把這飛水螅給封印在都市地底。

距今5千萬年前，〈至尊者〉捨棄圓錐體生物的肉體，移居至2萬年後統治地球的甲殼類種族體內。有人說此舉是因為預期飛水螅將會再次發動攻擊而然，不過雷尼的《克蘇魯神話小辭典》卻提出了另一個不同的理由，原來〈至尊者〉也參與了**克蘇魯**等一眾邪神和舊神的戰爭並且敗下陣來，所以才逃亡到未來去。

根據此設定寫成的作品，便是洛夫克萊夫特&德勒斯合著的《**異次元的陰影**》。〈至尊者〉敗給舊神以後，便帶著圓錐體生物的肉體經由木星逃往**赫斯特**的流放地——金牛座的黑暗星球，然後在那裡找尋下一個精神寄居的目標。

食屍鬼

Ghoul

- 阿巴度·亞爾哈茲瑞德
- 莫爾迪基安
- 紐格薩

食屍鬼

沙漠的惡靈

徘徊墓地挖人屍體來吃的食屍鬼起源自《一千零一夜》等阿拉伯民間傳說，是種能變成鬣狗等動物模樣潛伏在沙漠，襲擊旅行者或幼兒、挖掘墳墓的生物。食屍鬼此名來自阿拉語中意為惡靈的「al ghul」一語，傳說是由伊斯蘭教當中地位相當於撒旦的邪惡精靈易卜劣厮所生。

《死靈之書》（唐諾·泰森《死靈之書 亞爾哈茲瑞德的放浪》）說**阿巴度·亞爾哈茲瑞德**年輕時在阿拉伯沙漠流浪的時候，便曾經跟食屍鬼一同行動，這應該是揉合了洛夫克萊夫特的《《死靈之書》的歷史》、《魔犬》等作品的說法。

克蘇魯神話中的獨立種族食屍鬼，是種體型跟人類差不多的生物。

根據其初出作品洛夫克萊夫特的《皮克曼的模特兒》記載，耳朵尖尖、眼睛佈滿血絲的食屍鬼蜷身蓄勢向前移動的樣子，看起來彷彿就像隻飢餓的野狗；其厚實堅韌的皮膚如橡膠般富有彈性，腳底則是蹄足形狀。食屍鬼是雜食性生物，即便腐臭之物也毫不在意吃個精光。他們特別喜歡吃動物的屍體，墓中腐敗程度恰到好處的人肉更是最最美味的大餐。

食屍鬼似乎並非特有的原生物種，而是人類受到魔法的力量影響而變成的。根據《皮克曼的模特兒》、布洛奇《咧笑的食屍鬼》、羅伯·B·強生《遙遠的地底》等作品，跟食屍鬼有密切來往抑或只是處於相同的環境底下，人類就會慢慢變成食屍鬼。

為確保每天糧食的著落，他們一方面注意跟人類社會保持適當的距離，同時也組成數量不多的小團體。以下介紹幾個有提到此類小團體的作品：

- **洛夫克萊夫特《皮克曼的模特兒》**：在波士頓的義大利裔移民區**北角區**，公寓和**庫珀山墓地**、教堂的地下納骨所、地下鐵等場所均有隧道相通，是食屍鬼的藏身之處。
- **洛夫克萊夫特《夢尋祕境卡達思》**：有群食屍鬼從清醒的世界移居搬遷到**幻夢境**的**普拿司谷地**上方的一座岩山。他們雖然和**夜鬼**締有同盟，卻不接近**紅腳的蛙普**（注65）物色屍體的墓地。**《克蘇魯的呼喚TRPG》**說史密斯**《雍毒的可憎之物》**所述怪物便是紅腳的蛙普，並引用該作品描述作為介紹文。
- **強生《遙遠的地底》**：第二次世界大戰將近，盤踞於**紐約**地下鐵的食屍鬼似乎無法滿足於只是撿拾車禍現場的屍體，便要採取在鐵軌上動手腳釀成大型事故的激烈行動。市府高層遂在紐約市警局底下設置了名為特別小隊的對策因應小組。
- 山本弘**《拉普拉斯之魔》**：波士頓南方約40英哩（64公里）處有個形狀酷似鯨魚躍出海面的鱈魚角，該半島根部有個叫作**紐康**的老漁村。紐康西邊山丘一間據說是鬼屋的**魏德托普邸**從前1925年可以通往幻夢境，有食屍鬼出沒。
- **立原透耶《端境》**：**千葉縣夜刀浦市**有食屍鬼社群存在，曾有人目擊到載著食屍鬼和大量被害者的地下鐵車廂。

洛夫克萊夫特在作品當中，將《皮克曼的模特兒》的登場人物**理查．厄普敦．皮克曼**設定為幻夢境眾多食屍鬼的領袖。

好幾個克蘇魯神話作品對食屍鬼的領袖或信仰的神各有不同設定：

- **莫爾迪基安．奈亞魯法特**：莫爾迪基安登場於史密斯的**《骸所之神》**。TRPG**《綠色三角洲*Delta Green*》**說莫爾迪基安和奈亞魯法特都是食屍鬼的神。
- **紐格薩**：根據卡特《向深淵降下》、史密斯&卡特《墓窟階梯》記載，所有食屍鬼都是**納格（納古布）**的子孫，崇拜紐格薩為神。
- **尼托克里斯**：史實人物，古埃及第六王朝的女王。洛夫克萊夫特**《與法老同囚》**曾將其寫作「**食屍鬼的女王**」，後續作品才按照此設定繼續創作。

夜鬼

Night Gaunt

✢幻夢境
✢諾登斯
✢奈亞魯法特

夜鬼

糾纏洛夫克萊夫特的惡夢

出沒在地球**幻夢境**邊境的夜鬼，是初出自洛夫克萊夫特**《夢尋祕境卡達思》**與詩篇連作**《憂果思的菌類生物》**第20首詩**《夜鬼》**的飛行生物。

夜鬼的許多外貌特徵都和惡魔頗為類似：

- 無眼無口無鼻，臉上平坦一片什麼都沒有。
- 頭上有角。
- 皮膚漆黑，摸起來觸感就像橡膠。
- 後背生有蝙蝠般的翅翼。
- 尾巴末梢有棘刺。

根據洛夫克萊夫特1916年11月16日寫給萊哈特．克萊納的書信，1896年1月，時年5歲的洛夫克萊夫特因祖母逝世悲坐家中，他身處凝重的低氣壓之中，從此飽受惡魔糾纏；當時出現在惡夢中的，便是日後洛夫克萊夫特命名為夜鬼的生物。夜鬼捉著他以極快速度飛行掠過虛空，還不停拿三叉戟戳弄根本無力抵抗的洛夫克萊夫特。

洛夫克萊夫特自己也曾經在信中寫到，他曾經讀過在家中發現的約翰．密爾頓**《失樂園》**，看到19世紀法國版畫家古斯塔夫．朵瑞（注66）所繪惡魔插圖，自己大概是從此獲得了夜鬼這個構想。

夜鬼雖然長得像惡魔卻並非邪神爪牙，反而是跟彼等邪神敵對的**諾登斯**之侍從種族。

諾登斯的僕從

夜鬼似乎是聽命於諾登斯，為避免人類靠近幻夢境的聖地恩葛拉涅山，任何人接近就會被成群的夜鬼擄走。他們會抱著那人飛到空中，用靈活的尾巴給受害者搔癢，若能憋著不笑出來就能獲得釋放，抵抗者就會被丟到恐怖怪物**巨噬蠕蟲**棲息的**普拿司谷地**；或許是因為考慮到諾登斯的立場，夜鬼才選擇假手他人、不弄髒自己的手。

雖然如此，夜鬼跟邪神陣營生物之間的戰鬥似乎非常激烈，**奈亞魯法特**麾下的**夏塔克鳥**便很是畏懼夜鬼。此外，幻夢境的**食屍鬼**跟夜鬼締有同盟，食屍鬼要遠距離移動時似乎會請夜鬼協助運輸。若是想要尋求夜鬼的協助，請食屍鬼代為仲介也不失為一條捷徑。

從屬於奈亞魯法特的夜鬼

布萊恩．魯姆利《**魔物的證明**》曾經提到，傳說從前有種叫作**葉格哈**的魔物跟羅馬軍隊的某個部隊作戰被殺，然後被埋在了哈德良長城（注67）附近。根據羅利烏斯．厄比克斯（注68）所著《**國境的要塞**》記載，葉格哈是種瘦高有翼的無臉怪物，大英博物館便藏有一尊身長10英呎（3公尺）花崗岩刻成的葉格哈雕像。卡特《**溫菲爾的遺產**》說奈亞魯法特是這葉格哈的屬下，而夜鬼則是奈亞魯法特的僕從。《魔物的證明》說到原本在某人手中的葉格哈遺體有一部分流出，因此也有人認為當時葉格哈其實早已經遭到殺害。

魯姆利《**奧克汀恐怖事件***Horror at Oakdeen*》所述**葉比．簇泰爾**同樣也是夜鬼的主人，但卡特《**向深淵降下**》也曾說到這個邪神是奈亞魯法特之子。想來作者應是著眼於夜鬼、葉格哈和奈亞魯法特三者均是「無面貌」的共通點，方才決定在這三者之間設定主從關係。只不過，魯姆利曾解釋曰夜鬼智能低下，故邪神和高階魔法師特別喜歡使喚驅使夜鬼，若說他是統率者恐怕有所矛盾。

再者，魯姆利《**敬啟者***Cryptically yours...*》說夜鬼是太古**提姆德拉大陸**的生物。《**夢的英雄***Hero of Dreams*》說夜鬼是該大陸的居民經由夢境給帶到幻夢境去的。

古革巨人
Gug

妖鬼
Ghast

幻夢境地底蠢蠢欲動的暗影

洛夫克萊夫特《夢尋祕境卡達思》是以地球人作夢見到的異世界 —— **幻夢境**為故事舞台的冒險小說，或許該說是異世界奇幻風格使然，作品中提到不少幻夢境的居民，此項目要介紹的便是其中居住在幻夢境地底黑暗世界的生物 —— 古革巨人和妖鬼。

古革巨人是個模樣詭異的毛茸茸巨人。身長可達20英呎（6公尺），左右兩隻手臂自肘部以下又再分成兩股，共有四隻恐怖的利爪巨掌。他的頭又更加詭異，紅中帶黃的眼睛分開在頭的左右兩側，滿排利齒的血盆大嘴竟是垂直走向、左右對開。

古革巨人本來住在幻夢境的地面。**「魔法森林」**等地的巨石便是彼等留下的遺跡。可是他們令人作嘔的**奈亞魯法特**信仰、邪神（蕃神）信仰觸怒了地球的諸神〈至尊者〉，從而被逐入了地底世界。

古革巨人在地底世界**茲恩洞穴**附近，以收藏**卡斯之印**、塔頂伸出地面的高塔為中心建造了一座石造都市並定居於此。攀登此塔便可抵達幻夢境的地面世界，那裡有扇通往「魔法森林」的石頭拉門，不過古革巨人因為受到詛咒所以根本無法碰這扇門。從前他們在地面世界的時候，吃的是闖入幻夢境的**「夢想家」**的肉，如今放逐到地底世界雖然只能獵食這裡的妖鬼，可是他們的傳說都在傳頌「夢想家」的肉是如何地鮮甜美味，但有機會一嚐他們肯定不會放過。

不知為何緣故，古革巨人相當畏懼**食屍鬼**。

一具古革巨人的屍體便足以養活整個食屍鬼社群整整一年，因此往往有食屍鬼侵入石造都市外圍的古革巨人墓地挖屍為食，可是古革巨人的守墓者卻總是不出手。

可怕的妖鬼

妖鬼跟古革巨人同樣是初出自《夢尋祕境卡達思》的生物。

英語有個形容詞「ghastly（恐怖到毛骨悚然）」，妖鬼（Ghast）之名想來便是源自此語。

妖鬼是種體型跟小馬差不多的人型生物，以長長的有蹄後腳、像袋鼠那般用蹦的移動。他們沒有鼻子和額頭，長相看起來卻跟人類有點相似，彼此之間是用聽起來像是咳嗽聲的喉音對話溝通。他們受光線照射有可能致死，所以基本上不會到地面上來，至於幻夢境地底世界的微弱光線倒是可以承受幾個鐘頭。

妖鬼性格凶暴，非但敢於襲擊古革巨人和食屍鬼，有時候甚至還會同類相殘互噬，只是他們在茲恩洞穴外面狩獵時必定是團體行動，往往可以成群打倒古革巨人。

《克蘇魯的呼喚TRPG》遊戲設計者桑迪．皮特森在介紹遊戲中諸神諸生物的導覽手冊**《克蘇魯神話怪物圖鑑》**裡面，將洛夫克萊夫特替齊利亞．畢夏普代筆的**《丘》**所述怪物**蓋艾幽嘶**設定為妖鬼的相關物種；蓋艾幽嘶是約莫馬匹大小、頭頂生角的人型生物，**金-陽**居民將其飼作馱獸豢養。另外，曾經接受洛夫克萊夫特援助的亨利．S．懷特海**《波松*Bothon*》**以及林．卡特**《克蘇魯的地窖》**等作品也曾經提及姆大陸一種叫做**蓋艾豪烏**的馱獸。

再者，RPG**《進階龍與地下城第一版》**（1977年）則說只是觸摸妖鬼就會引發麻痺，將妖鬼設定為食屍鬼的高階物種。該作品中的妖鬼跟食屍鬼、喪屍同屬不死族怪物部類，除了擁有跟食屍鬼相同的麻痺能力以外，還多了個能以令人作嘔的惡臭阻礙敵人行動的能力。

《龍與地下城》系列採用了許多來自克蘇魯神話的元素，例如以洞窟和地下空洞連結、住有好幾支有智慧種族的地底世界**幽暗地域**，就也有人說是來自古革巨人、妖鬼和食屍鬼橫行的幻夢境地底世界。

夏塔克鳥

Shantak-bird

- 奈亞魯法特
- 庫烏姆亞嘎
- 格羅斯-勾卡

夏塔克鳥

惡夢般的巨鳥

夏塔克鳥是棲自於地球**幻夢境**北方**冷原**附近山中的巨鳥。

其初出作品為《**夢尋祕境卡達思**》。

夏塔克鳥的體型更甚於大象，遍體鱗片而非羽毛，頭顱像馬，據說叫聲聽起來就像拿尖銳物刮玻璃的刺耳聲音。

從前有個名叫**藍道夫・卡特**的人造訪幻夢境，在那裡目擊到冷原的商人帶著夏塔克鳥、以非常嚇人的響亮音量命令夏塔克鳥。碩大而香的夏塔克鳥蛋，也是冷原人的重要貿易商品之一。

如前所述，夏塔克鳥雖然是可以作騎乘、家畜豢養等多種用途的生物，但這並不代表他們值得信任，因為夏塔克鳥跟冷原人其實都是奈亞魯法特的僕人。

至於騎夏塔克鳥其實也不怎麼舒適；根據有騎乘經驗者表示，夏塔克鳥遍身鱗片所以很滑，如果沒有死命捉緊很容易被拋將下來，其實非常難騎。

夏塔克鳥翅膀強韌，別說是幻夢境，就連飛出宇宙空間也並非難事。有時候夏塔克鳥甚至會執行奈亞魯法特的命令、直接將人類馱往**阿瑟特斯**的混沌寶座，須得特別小心。

夏塔克鳥的天敵，便是**諾登斯**等神麾下的幻夢境**夜鬼**。夏塔克鳥對這個黝黑有如惡夢般的生物畏懼至極，無論如何絕對不敢靠近夜鬼出沒的恩葛拉涅山。這兩個種族之間究竟有何淵源已無從得知，說不定是雙方面的主人諾登斯和奈亞魯法特敵對關係的延長也未可知。

神祕夏塔克鳥的真正身分為何，可以從**瑟列納海**北岸的縞瑪瑙都市**印加諾克**窺得一二。印加諾克附近的廢棄採礦場築有夏塔克鳥的鳥巢，而據說宮殿庭園中央的大圓蓋裡面養的就是所有夏塔克鳥的始祖。

夏塔克鳥的始祖

洛夫克萊夫特代筆的海瑟・希爾德《**有翼死神**》寫到，從前曾經使用烏干達巨石遺跡的除**克蘇魯**和**札特瓜**以外，還有個叫作〈**來自外世界的漁夫**〉的神祕生物。卡特則在《**向深淵降下**》作品中說到，這〈來自外世界的漁夫〉其實並非特定物種，而是**極北大陸**的**沃米族**對夏塔克鳥的稱呼。

沃米族又把夏塔克鳥當中最長壽、最大的個體稱作**庫烏姆亞嘎**。這庫烏姆亞嘎是獨腳獨眼、信奉**戈爾-格羅斯**、住在阻隔冷原難以攀爬的高聳連峰之中。這個所謂的庫烏姆亞嘎，想必就是洛夫克萊夫特《夢尋祕境卡達思》所提到的夏塔克鳥始祖。不同的是，《向深淵降下》所述庫烏姆亞嘎並不在幻夢境，而是住在極北大陸的地底。卡特還在該作品中，將庫烏姆亞嘎分類為**次級支配者**。

〈黑鳥〉格羅斯-勾卡

如前所述，卡特《向深淵降下》寫到夏塔克鳥的始祖兼長老庫烏姆亞嘎信奉的是戈爾-格羅斯此神。卡特《**來自外世界的漁夫** *The Fishers from Outside*》也有相同記載，可是負責管理卡特遺作的克蘇魯神話研究家羅伯・M・普萊斯卻把夏塔克鳥之神從戈爾-格羅斯換成了**格羅斯-勾卡**。

戈爾-格羅斯和格羅斯-勾卡出自羅伯・E・霍華的《**巴魯薩句斯諸神** *The Gods of Bal-Sagoth*》，其中後者是翅膀呈半透明、佈滿濕漉漉鱗片的鳥神。關於這個設定變更的相關情節，請參照本書戈爾-格羅斯 049 項目（P.120）。

冷原人
Men from Leng
月獸
Moonbeast

→奈亞魯法特
→黑色槳帆船
→冷原

惡夢的尖兵

洛夫克萊夫特以地球的夢世界**幻夢境**為舞台創作的作品《**夢尋祕境卡達思**》當中，有群皮膚黝黑來自北方**冷原**的商人，稱作冷原人。他們的長相異於常人，頭有兩角、臀後有尾、腳有蹄足，有些類似惡魔的特徵。

至於冷原究竟在哪裡，眾多克蘇魯神話各有中亞、南極等諸多說法，可謂是個非常神祕的地方。若是根據卡特的設定，則好幾個不同的世界中同時都有冷原存在，例如**卡特版《死靈之書》**就寫到冷原是「陰暗嚴寒之地，許多世界在此交集」。根據《夢尋祕境卡達思》記載，從前冷原人在**沙爾科曼**建了個石造都市，還曾經跟棲息於冷原山谷的紫色大蜘蛛**「冷原蜘蛛」**發生衝突戰爭，最後反而遭到怪物**月獸**征服，豐腴者變成了食物，沒什麼肉的就成了奴隸。從此冷原人表面上偽裝成頭戴頭巾、腳穿奇怪鞋子、兜售香噴噴**夏塔克鳥**蛋的人類商人，實則擔任月獸及其背後邪神的代理人，往來於幻夢境各地從事陰謀活動。

布萊恩．魯姆利《**幻夢時鐘**》說冷原人亦稱**角族**Horned One，是邪神**奈亞魯法特**征服幻夢境的尖兵。

此外，《**克蘇魯的呼喚TRPG**》的副本《**怪物之錘**》則推測冷原人應該是與幻夢境塔哥-塔哥族相對應的生物。

清醒世界的怪商人

《幻夢時鐘》說冷原人隸屬於跟邊陲行星**憂果思**接壤的黑暗次元當中的夢之國，所以他們跟**食屍鬼**不同，並不會出沒在地球的清醒世界，只不過清醒世界卻也有類似人物出現。史蒂芬·金《**必需品專賣店**》說美國緬因州某個叫作城堡岩的城鎮某日有個叫作李蘭·高特的男子出現，開了間備有每個人打從心底想要東西的「必需品專賣店」，將城鎮一步步帶向破滅。而高特那惡魔般的真面目，竟然跟冷原人幾乎一模一樣，甚至他手上的古柯鹼也說是冷原所產。

盤踞月球之中的怪物

《夢尋祕境卡達思》所述月獸是種躲藏在高懸幻夢境空中的月球背面的生物。他們伸縮自如的灰白色巨體狀似蛤蟆，頭上沒有眼睛，還有一整叢粉紅色的短觸角從鼻孔露出在外。他們行動並不受周圍光線是明是暗所影響，也不知道他們究竟是用什麼方法來探知周遭環境。月獸帶有極端惡臭，就連對大部分惡臭無動於衷的食屍鬼聞到都不禁要作嘔。

幻夢境的月球背面有油之海、有遍地菌類的原野，而月獸便是在這裡建設都市。他們四處掠奪擄作奴隸，不光讓奴隸工作，還拷打虐待奴隸為樂。

月獸在幻夢境的月球採掘紅寶石，然後用黑色槳帆船載到夢之國的各個都市去交易黃金和奴隸。月獸知道幻夢境的居民害怕他們長相恐怖，因此都是以奴隸冷原人為代理人替他們進行交易，至於月獸則是半步不出槳帆船、只是划槳，他們划槳的動作振振有力又整齊精準，那景象看起來反而讓人覺得很是詭異。

月獸信奉奈亞魯法特，同時也做奈亞魯法特的爪牙。布萊恩·魯姆利《**幻夢狂月** *Mad Moon of Dreams*》說信奉囚於月球的邪神**母諾夸**及其配偶**歐恩**的宗教團體中，月獸擁有可以決定教團大事的主導地位。

蛇人

Serpent People

✢瓦路西亞
✢嘶嘶哈
✢「大地妖蟲」

人類之前的靈長類

蛇人正如其名，是種外表像蛇、有手有腳的直立爬蟲人類。他們雖然擁有高度的智慧和文明，卻在人類蓬勃發展的同時漸趨衰敗、終於被驅逐到了地底世界去。

克蘇魯神話草創時期曾有三位作家在自身作品中採用爬蟲人類的角色：

- **洛夫克萊夫特《無名都市》**：遭魯卜哈利沙漠淹沒的**無名都市**，住著匍匐移動的爬蟲人類。
- **羅伯·E·霍華《影之王國》**：**《庫爾王》系列**的第一部作品。描述蛇人化作人類模樣潛入**瓦路西亞王國**冒充頂替政要，長期在暗地裡操控該王國。由於發音器官不同，蛇人無法唸出「Ka nama kaa lajerama」一詞。
- **史密斯《七詛咒》**：**札特瓜**等諸神潛伏的**極北大陸沃米達雷斯山**地底，與太古魔法師哈昂·多爾結為盟友的蛇人藏身此地致力於研究鍊金術。

這些爬蟲人類在執筆當初原本都是各自獨立的人物，經過後續眾多作品和作家慢慢填補其間的關聯性，終於才在克蘇魯神話當中逐漸獲得統合。

至於其核心當屬霍華的英雄奇幻作品，包括講述**亞特蘭提斯大陸**沉沒以前的瓦路西亞王國故事的《庫爾王》、跟極北大陸應該有某種關聯的極北時代辛梅里安人柯南的冒險故事**《蠻王柯南》**，以及以3世紀蘇格蘭為故事舞台的**《布蘭·麥克蒙》**等系列作品，而這些作品後來也都分別跟洛夫克萊夫特的世界觀接軌。

其次，霍華還曾經在《布蘭．麥克蒙》系列的《**大地妖蟲**》這部作品當中提到拉葉、大袞、克蘇魯（僅初期版本）的名字。接著洛夫克萊夫特又分別在《**獵黑行者**》提到**閃亮斜六面體**從前曾是瓦路西亞的蛇人所有，在《**超越時間之影**》中提到辛梅里安人的族長克羅姆亞（柯南的祖先）。還有斯普拉格．德坎普和林．卡特合著的《**毒蛇王冠**》，講述無名島發現的一座瓦路西亞時代遺跡中，藏在**札特瓜**雕像底下一頂「**毒蛇王冠**」的故事，而蛇人曾經憑著這頂王冠的咒力一度建立了一個強大的帝國。

蛇人的歷史

卡特透過幾部作品將蛇人相關設定整理如下：

《**哀邦書**》說蛇人崇拜**依格**、**韓**、**拜提斯**等蛇神（《**陳列室的恐怖**》、《**最令人憎惡之物**》），在**亞弗姆-札**尚未來到地球之前，他們在首領**嘶嘶哈**Sss'haa的帶領下從原初大陸統治整個世界（《**向深淵降下**》）。他們比恐龍更早出現在二疊紀，在**超大陸盤古大陸**中央的瓦路西亞建立了帝國。該帝國在2億2500萬年前滅亡，洛夫克萊夫特＆畢夏普《**丘**》說他們逃去了北美地底的**紅色世界囿思星**等地。卡特還將洛夫克萊夫特並未言明的囿思星先住民族指為蛇人。囿思星的蛇人擁有先進發達的科學文明，但是他們膜拜從更深處的**恩欸**發現的札特瓜神像、觸怒依格，才被依格變成了蛇。依格的大祭司嘶嘶哈率領倖存者逃到了極北大陸的沃米達雷斯山（《**依格的復仇**》）。約翰．R．富爾茲《**斯利昔克亥的毀滅**》說極北之地的蛇人叫作**希斯**，曾經一度在斯利昔克亥的沼澤建立王國，後為札特瓜所滅。

卡特《**陳列室的恐怖**》將嘶嘶哈分類為**次級支配者**。他的《**松葛與黎姆利亞的魔法師**》說後來蛇人離開進入冰河期的極北大陸，試圖要征服**黎姆利亞大陸**卻遭人類阻止（丹尼爾．哈姆斯《**克蘇魯百科全書**》將他們的龍王**嘶嘶夏亞**視同於嘶嘶哈）。這些事情應該是發生在霍華《影之王國》以前的時代。除此以外，霍華的《**黑暗種族**》、《**大地妖蟲**》還曾經提到最早定居於不列顛、後來卻遭驅逐沒落的爬蟲人類「**大地妖蟲**」，他們大概就是蛇人所化。

克蘇魯神話最古老的書籍

從前遙遠的太古時代，地球極北附近住著兩支種族：諾普-凱族和沃米族。此二種族的棲息地均被設定在冰河期到來前後的格陵蘭，後來卡特更直接將兩者連結起來。

從前諾普-凱族首次出現在洛夫克萊夫特《**北極星**》（1918年）時，其實寫作「諾普凱族Gnoph Keh」而並無中間的破折號。諾普凱族是支曾經襲擊**洛馬王國**後遭擊退的長毛食人種族。《**夢尋祕境卡達思**》（1927年）說後來洛馬王國再度遭諾普凱族襲擊而覆滅，當時僅餘一冊的《**那卡提克手札**》也就被帶去了**幻夢境**。

其文字表記是在《**蠟像館驚魂**》（1932年）變成諾普-凱族，該作品還為其增添了擁有銳利頭角，能用兩隻腳、四隻腳或六隻腳行走的外觀特徵。該作品同時也是極北之地的邪神**蘭特格斯**的初出作品。或許是注意到了這個共通點，雷尼《**克蘇魯神話小辭典**》才說諾普-凱族是蘭特格斯的化身，而德勒斯也在根據洛夫克萊夫特遺作完成的作品《**門檻處的潛伏者**》中有同樣的說法。

崇拜札特瓜的獸人族

沃米族是史密斯以從前歐洲北方**極北大陸**為故事舞台創作的一系列作品中的種族，初出自《**阿沙茅斯的遺言**》。

他們的藏身之處，就在距離極北大陸首都**科莫里翁**一天路程的**埃格洛夫山脈**。他們的皮膚暗褐，覆以濃密體毛。他們懂得人語可是非常不潔，擁有崇拜**札特瓜**等極原始而恐怖的儀式及習俗，故極北大陸居民視其如野獸無異。

從前曾經有個叫作庫尼加欽．佐姆的沃米族率領同族盜賊在埃格洛夫山脈四周大肆擄掠；這庫尼加欽．佐姆全身不但無毛還佈滿黑黃兩色斑紋，長相異於尋常沃米族。一說札特瓜是他母系的祖先，也有傳聞說他是札特瓜從宇宙帶來的不定形黑色怪物。

史密斯《**七詛咒**》說沃米族棲身於埃格洛夫山脈最高峰**沃米達雷斯山**的洞窟中，而這便是其族名之由來。該作品說沃米族是大陸最危險的野獸，他們用有如凶猛惡犬般的吠叫聲說話，獵殺卡托布雷帕斯（注69）和劍齒虎等野獸，可是對人類來說他們反而是受到獵殺的對象。他們也有同胞愛的情感，沃米族保護婦孺之際將會變成非常凶猛而危險的戰士。

諾普-凱族和沃米族的淵源

卡特以史密斯的極北大陸相關作品為基礎，對諾普-族和沃米族有更加深入的探究。以沃米族祈禱師葉莫古為主角描述沃米族歷史的作品《**摩洛克卷軸**》說，推廣札特瓜信仰的沃米族**太祖沃姆**，其父是札特瓜、其母則是個叫作**沙達克**的下級神。

根據諾普-凱族大祈禱師**摩洛克**著作、收藏於札特瓜神殿的卷軸記載，摩洛克是宇宙猥褻神蘭特格斯的化身，而極北大陸的**穆蘇蘭半島**從前原是信奉摩洛克的食人種族——諾普-凱族的領土。

札特瓜非常仇視大氣精靈和蘭特格斯，而屬其陣營的沃米族也在對抗諾普-凱族戰敗後被驅逐到極地的巢穴，從此棲息於此。葉莫古因未獲選為大祭司、為報復同族而將摩洛克卷軸盜出，並執行卷軸記載之褻瀆札特瓜信徒的儀式，結果竟然變成了沃米族。

卡特還另外創造了一個沃米族被趕到地底以前的記錄《**沃米石版**》。根據《**向深淵降下**》記載，沃米族在這石版中記載到亦稱「來自外世界的漁夫」的**夏塔克鳥**，以及第一個受創造的「偉大的舒哥」**庫圖果**。另外《**炎之侍祭**》還說講述**亞弗姆-札**到來經過的《**那卡堤克手札**》前半部記述，便是出自《沃米石版》。

米里・尼格利人
Miri Nigri
塔哥-塔哥族
Tcho-Tcho

→賈格納馮
→〈不可提及其名的偉大存在〉
→羅伊戈與查爾

塔哥-塔哥族

邪神侍奉者

若論完成作品，則米里・尼格利人初出自法蘭克・貝克納普・朗恩的**《群山中的恐怖》**，不過此作品其實是先有洛夫克萊夫特的**《遠古的民族》**的設定作為基礎，因此本稿就要從這裡開始說起。

《遠古的民族》是洛夫克萊夫特寫給多納德・旺得萊（阿克罕之家的共同經營者）信中描述他1927年10月31日深夜至翌晨的睡夢內容，然後在洛夫克萊夫特死後的1940年原原本本刊登於SF科幻愛好者雜誌（注7）《科學快報Scienti-Snap》第3號的未完成小說。羅馬共和制末期時代，當時仍是羅馬領地的西班牙地區有個叫作**龐貝羅**的小鄉鎮，該鎮北方的庇里牛斯山脈裡面有群叫作米里・尼格利的遠古民族，他們為了召喚拉丁語稱作〈**Magnum Innominandum（不可提及其名的偉大存在）**〉的異形諸神而執行褻瀆的儀式。

米里・尼格利人使用的是無法理解的奇怪語言，是支膚色蠟黃、眼神凶惡的部族，每年的萬聖節夜和夏節之夜（注70）就會敲響隆隆鼓聲、迴蕩山谷連嶺之間，並且把附近居民擄去獻活祭。

《群山中的恐怖》是洛夫克萊夫特將此題材讓予朗恩重新執筆創作寫成的小說，描述膚色稍黑的矮小種族米里・尼格利人是邪神**賈格納馮**利用原始兩棲類創造出來的非人侍從種族。

距今2千年前，賈格納馮為避免與羅馬軍隊發生衝突，遂命米里・尼格利人把自己搬運到中亞的**緇之高原**。

至於他們後來有何發展，《群山中的恐怖》就沒有記載了。

邪神落胤

除米里·尼格利人以外，由邪神創造的人形種族還另有德勒斯《**潛伏者的巢穴**》所述**塔哥-塔哥族**。

太古時代眾邪神敗給舊神、遭封印於宇宙各地時，曾經在緬甸撣邦深處、舊神都城**阿佬札兒**所在繒之高原的「恐怖之湖」等地，事先留下了眷族的種子好讓他們將來解放自己。從這個種子生出來的，就是當地人稱作塔哥-塔哥族的恐怖種族。塔哥-塔哥族當中長得高的，也不會超過4英呎（1.2公尺）。

他們的長老**以玻**是年紀超過7千歲的長壽塔哥-塔哥族，而他長得也只比其他人稍微高一點而已，背上長了個瘤讓他必須歪著身子。以玻擁有強悍的精神力量，能利用類似心電感應的能力跟羅伊戈對話。

兩個種族

《**克蘇魯的呼喚TRPG**》說塔哥-塔哥族是米里·尼格利人跟人類的子孫，此設定初出自劇本《**賈格納馮的詛咒** *The Course of Chaugnar Faugn*》；恐怕是因為米里·尼格利人把賈格納馮搬到了繒之高原，而卡特曾在《**墳墓之主**》裡面說這裡是塔哥-塔哥族的棲息地，方才有此設定。只不過米里·尼格利人遷徙到繒之高原是2千年前的事，相對地塔哥-塔哥族的長老以玻卻已經7千歲，讓這個設定顯得有點牽強。

卡特講述早在人類誕生以前便已經存在的神祕魔法師哈昂·多爾旅程故事的《**向深淵降下**》，乃採《**哀邦書**》部分章節的體裁，作品中說到哈昂·多爾曾經在**極北大陸**的地底遇到不知名的米里·尼格利人首領，以及塔哥-塔哥族的長老以玻。

由此可見，至少卡特認為此二者乃是不同的種族。

宇宙的計程車

拜亞基是登場於德勒斯連續系列作品《克蘇魯迷踪》的飛行生物。拜亞基棲身於星間宇宙，是風神**赫斯特**的僕人。用奇形怪狀的石笛吹出呼呼的聲音，然後高聲詠唱讚頌赫斯特的咒文：

「Iä! Iä! Hastur! Hastur cf'ayak 'vulgtmm, vugtlagln, vulgtmm! Ai! Ai! Hastur!」

如此則拜亞基就會伴隨著風切聲飛抵，把召喚者帶到他想要去的地方。赫斯特和拜亞基兩者均超越了時間和空間，因此無論召喚者身在何處，召喚咒文一眨眼就會傳到他們耳中。另外，作品中將騎乘拜亞基飛行的速度形容為「光速」，這種說法倒是應該好好地追根究底檢討一下。

我們不知道拜亞基為何願意受到人類如此利用，不過從《克蘇魯迷踪》的故事來看有幾種可能性：報答幫助對抗赫斯特敵人（如**克蘇魯**及其眷族）的人類，抑或是那石笛本身便是拜亞基的使用許可證。無論如何，這些都只不過是沒有根據的推測而已。

拜亞基的外表特徵

德勒斯不曾就拜亞基的長相有過明確的描述。

作品僅在各處有局部片段的描寫如下：

✢ 體型頗大，能夠同時馱著兩個人類高速飛行。

✢ 半人半獸，肌膚觸感跟人類相當類似。

✢ 蝙蝠般的膜狀翅翼上面長著軟毛。

如今拜亞基最為人所知的形象——蜂類和蝙蝠兩者融合體的模樣，乃是來自於《**克蘇魯的呼喚TRPG**》的插畫。再者，《克蘇魯的呼喚TRPG》規則手冊針對拜亞基的解說，則是採用洛夫克萊夫特《**魔宴**》當中飛行生物的描寫：拜亞基是個不像烏鴉、不像鼴鼠、不像鷲鳥、不像螞蟻、不像吸血蝙蝠也不像腐爛人類的一種生物，生有膜狀翅翼和有蹼的腳。

他們性格溫順，能馱著人類飛翔。

此外，《克蘇魯的呼喚TRPG》的遊戲設計者桑迪・皮特遜在介紹遊戲中諸神諸生物的導覽手冊《**克蘇魯神話怪物圖鑑**》裡面設定曰，拜亞基並不只是揮動翅翼而已，他們那狀似蜂類腹部的下半身有個叫作**渾**的器官，該器官讓他們可以在真空之下以光速的400倍速、幾乎是瞬間移動的速度在行星之間移動。

黃金蜂蜜酒

《克蘇魯迷踪》雖然多次描述到召喚拜亞基之前飲用**舊神**的**黃金蜂蜜酒**一節，但召喚拜亞基其實並不一定要喝這蜂蜜酒。

黃金蜂蜜酒是種彷彿真把黃金溶進酒中的辣舌液體。拉班・舒茲伯利博士說這酒並非人類所釀，而是在邪神潛伏的禁忌行星釀造。飲用黃金蜂蜜酒，可以獲得「拋開時空的束縛、使精神脫離身體」、「讓感官變得敏銳，停留在清醒與夢境的交界處」這兩個效果。只有在宇宙空間或時空中旅行的時候，才須要飲用黃金蜂蜜酒。若召喚者要做這種旅行，則拜亞基會先把騎乘者帶到魯卜哈利沙漠中現為赫斯特領地的**無名都市**，先把肉體安頓在這裡，只帶著精神飛行。這個繁複迂迴的程序首見於《克蘇魯迷踪》第四部，而這部連續系列作品是在很長時間內依序發表的，或許德勒斯是在執筆到一半的時候改變的主意。

雖有說法建議乘坐拜亞基應該攜帶五芒星形狀的「**遠古印記**」，但這其實是飛往邪神眷族活動區域才要做的預防措施，並不是說只要乘坐拜亞基飛行就非帶不可。又，「遠古印記」對拜亞基似乎並無效果。

汀達羅斯的魔犬

Hounds of Tindalos

→遼丹
→阿瑟特斯
→密斯拉

汀達羅斯的魔犬

潛伏於時間角落的獵犬

汀達羅斯的魔犬是初出自法蘭克．貝克納普．朗恩《**汀達羅斯的魔犬**》（1929年）的生物。根據該作品記載，汀達羅斯的魔犬是因為早在時間尚未誕生以前的某個行為，才成為清淨和不淨的二元概念當中體現不淨概念的生物。

人類與人類的世界起源自清淨，乃透過彎曲而顯現，相對地汀達羅斯的魔犬起源自不淨，乃是透過角度而顯現。因為這個緣故，汀達羅斯的魔犬顯現於人世時均是以角落為起點。

汀達羅斯的魔犬往往被形容描繪成瘦骨嶙峋的模樣，但我們其實連牠究竟有沒有肉體都不知道。根據目擊者表示，這魔犬似乎是有「舌頭」的。

若是人類以服用「遼丹」等方式回溯到過去，可能就會被這獵犬嗅到。一旦盯上獵物，汀達羅斯的魔犬就會透過任何有角度的地方窮追死咬，躲在渾圓沒有任何旮旯角落的地方或許可以逃得了一時，卻並非長久之策。

據說汀達羅斯的魔犬，其魔力是來自於**舒伯-尼古拉斯**的眷族森林之神**撒泰爾**（注33）、**竇爾族**等魔物；其受害者的遺體會有某種藍色的物質附著，而這物質當中完全沒有任何生命活動所需的酵素。

洛夫克萊夫特先是在《**暗夜呢喃**》（1930年）中提到「汀達羅斯魔犬的本質」、「那個《死靈之書》仁慈地用了『阿瑟特斯』這個名諱掩蓋有角度空間那端擁有可怕本質的混沌」，又在替海瑟．希爾德代筆的《**蠟像館驚魂**》（1932年）中寫下「蠢貨！諾斯．意迪克（Noth-Yidik）的孽子！庫蘇魯（K'thun）的惡臭！對著阿瑟特斯之混沌亂吠的狗雜種！」的台詞，指涉阿瑟特斯和汀達羅斯魔犬的關係。

後魔犬再度於朗恩《**通往永恆之門** *Gateway to Forever*》（1984年）登場，該作描述其外觀曰「朦朧而似狼，一口軋軋作響的利牙和燃燒的眼睛，不過外貌會隨著前進而產生變化」。

後續作家的設定

汀達羅斯的魔犬擁有極為獨特的性質，讓後世作家紛紛為之傾倒，不斷為牠增添新的設定和故事情節：

- **布萊恩・魯姆利《泰忒斯・克婁的歸來》**：將汀達羅斯的魔犬描繪得有如鼓動翅膀的蝙蝠。又說螺旋狀黑塔聳立的宮殿——汀達羅斯之邑，巡遊來回於時間界。
- **卡特版《死靈之書》**：以洛夫克萊夫特記述為基礎，指汀達羅斯的魔犬是魔王阿瑟特斯的屬下暨從者，並將**諾斯・意迪克**與**庫蘇魯**設定為其父母。
- **勞倫斯・J・康福《萬能溶解液》**：極北之地的魔法師「黑色的」維爾哈迪斯利用金屬球體將汀達羅斯的魔犬**魯魯哈里爾**封印在吉列斯之石裡面，作為魔寵（注16）供自己使喚。

巨狼芬里爾

《**克蘇魯的呼喚**TRPG》劇本集《**看不見的支配者**》刊載的劇本《**曠野的獵人** *The Wild Hunt*》曾以汀達羅斯的魔犬為主題，增加了許多相關設定。

首先，汀達羅斯的魔犬當中還有特別強大的王者存在，其中最強大的便屬**大君主密斯拉**。這密斯拉是北歐神話當中**巨狼芬里爾**的原型，力量足以跟和時空的曲面息息相關的**憂戈-索陀斯**相抗衡。詹姆斯・毛頓博士針對魔犬受害者亡骸所附藍色物質進行分析，並以該物質製成藥劑注入自身體內，結果變成汀達羅斯魔犬與人類的合成生物，然後暗地活動欲召喚大君主密斯拉使其降臨於人世。

貓

Cats

- 烏薩爾
- 布巴斯提斯
- 巴羅爾

外宇宙的警戒者

洛夫克萊夫特是出名的愛貓。他認為貓是貴族、冷靜、矜持的象徵，1926年還寫了篇評論《貓和狗》主張貓在各個方面都遠比狗好。***《烏薩爾的貓》***說貓是「斯芬克斯（注37）的血親，貓懂得斯芬克斯說的話，年壽比斯芬克斯更長，能記住斯芬克斯早已遺忘的事」的不可思議生物。

根據1936年12月19日寄佛瑞茲・雷伯書信等文稿，洛夫克萊夫特曾經想像普洛維頓斯的貓隸屬於某種組織，然後取KAT此名，這也是希臘語「貓毛柔順的貓團體」的開頭字母，創造了一個叫作**世界KAT協會普洛維頓斯分部**的組織名。洛夫克萊夫特還寫到說，地球第一隻貓是從前**姆大陸**和**極北大陸**都還年輕的時候，從宇宙的黑暗深淵飛出的生物。

在洛夫克萊夫特的所有作品當中，貓主要是活躍於**幻夢境**相關作品。根據《烏薩爾的貓》記載，從前在幻夢境的**烏薩爾**有對老夫婦會設陷阱捕捉附近的貓，用極殘酷的方式殺貓。某天有支來自南方的商隊，商隊中的少年梅涅斯疼愛的小黑貓被這對夫婦捉去殺死了。少年得知此事，向太陽獻上祈禱以後便離開了此地，誰知過沒多久那老夫婦就慘死了，從此烏薩爾便制定了禁止殺貓的法律。《烏薩爾的貓》的後話***《夢尋祕境卡達思》***說後來烏薩爾蓋了座貓的神殿（布萊恩・魯姆利***《幻夢時鐘》***還提到一個名叫**「一千睡貓亭」**的旅店），有年邁的**將軍貓**等一班聽得懂人類說話的貓住在這裡。貓友藍道夫・卡特遭月獸綁架到月球去的時候，此地的貓部隊便曾前往搭救。另外這些貓也曾經跟〈魔法森林〉的**祖格族**有過戰鬥。

貓討厭外宇宙的氣味，所以冷原附近的**印加諾克**連一隻貓也沒有。大概是出於相同的理由，牠們對土星的異形貓類很是厭惡。土星的貓則是跟月獸結成同盟，組成共同戰線對抗地球的貓。

《牆中鼠》描述到從前曾有邪神崇拜活動的威爾斯**伊克姆修道院**遺跡地下室一隻名叫**黑人**的貓警戒暴衝的景象。《查理士·德克斯特·華德事件》則說華德家的老貓**尼格**每逢登場人物舉行奇怪儀式就會豎直了毛，最後終於丟了性命。

食人神布巴斯提斯

現如今已經被納入克蘇魯神話的**布巴斯提斯**或**巴絲特**，是埃及的貓頭女神。其實布巴斯提斯原本是信奉巴絲特（巴斯泰特）的都市名，是因為古希臘歷史學家希羅多德（注71）在其著作《歷史》中以布巴斯提斯作為該女神的名字，從此便也有人用這個名字稱呼之。

洛夫克萊夫特讚揚貓的叡智時，經常都要提及布巴斯提斯的名字。

以埃及相關克蘇魯神話作品而聞名的布洛奇，卻是將貓神布巴斯提斯塑造成血腥的吃人邪神。《妖蟲的祕密》說布巴斯提斯的祭司們因為舉行殘酷血腥的活祭儀式而遭迫害，遂乘坐腓尼基製造的槳帆船逃亡，逃到了英國的**康瓦耳地區**，並且在康瓦耳荒地的某個洞窟裡建造刻有埃及神聖文字和符號的貓神神殿。另外英國和愛爾蘭民間故事和傳說中的貓妖，或許正是布巴斯提斯的眷族（《布巴斯提斯之子》）。相關記錄全數遭人從埃及歷史抹煞的「黑色法老王」奈夫倫-卡時代，布巴斯提斯曾經跟**奈亞魯法特**和鱷魚神**蘇貝克**一同受人崇拜，而康瓦耳的神殿或許就是奈夫倫-卡沒落之際逃出埃及的祭司們所建（《黑色法老王的神殿》）。布洛奇作品中的奈亞魯法特身邊總是跟著貓科野獸，雖然主要應歸因於洛夫克萊夫特的十四行詩連作《憂果思的菌類生物》，不過此設定或許也是在指涉奈亞魯法特跟布巴斯提斯的關聯性（《尖塔的陰影》）。另外布洛奇還將洛夫克萊夫特書信的署名「**拉維-凱拉夫**」設定為巴絲特的祭司之名（《自滅的魔法》）。

西方傳統經常將黑貓視為惡魔的化身，不少恐怖故事也經常採用黑貓作為女巫的魔寵。洛夫克萊夫特對貓的設定，反而可以說是少數派。舉例來說，德勒斯根據洛夫克萊夫特創作筆記寫成的《皮巴迪家的遺產》，就說代代定居在麻薩諸塞州西部威爾布拉漢的魔法師皮巴迪家族，就有隻叫作**巴羅爾**的黑貓。

只不過唐諾·泰森《死靈之書 亞爾哈茲瑞德的放浪》寫到，俗信貓會趁幼兒睡夢中吸取生命力以至喪命，那其實是舒伯-尼古拉斯及其女兒所化，貓其實是種能保護幼兒床褥驅退魔物的生物。

專欄　諸神系譜（克拉克・艾希頓・史密斯繪製）

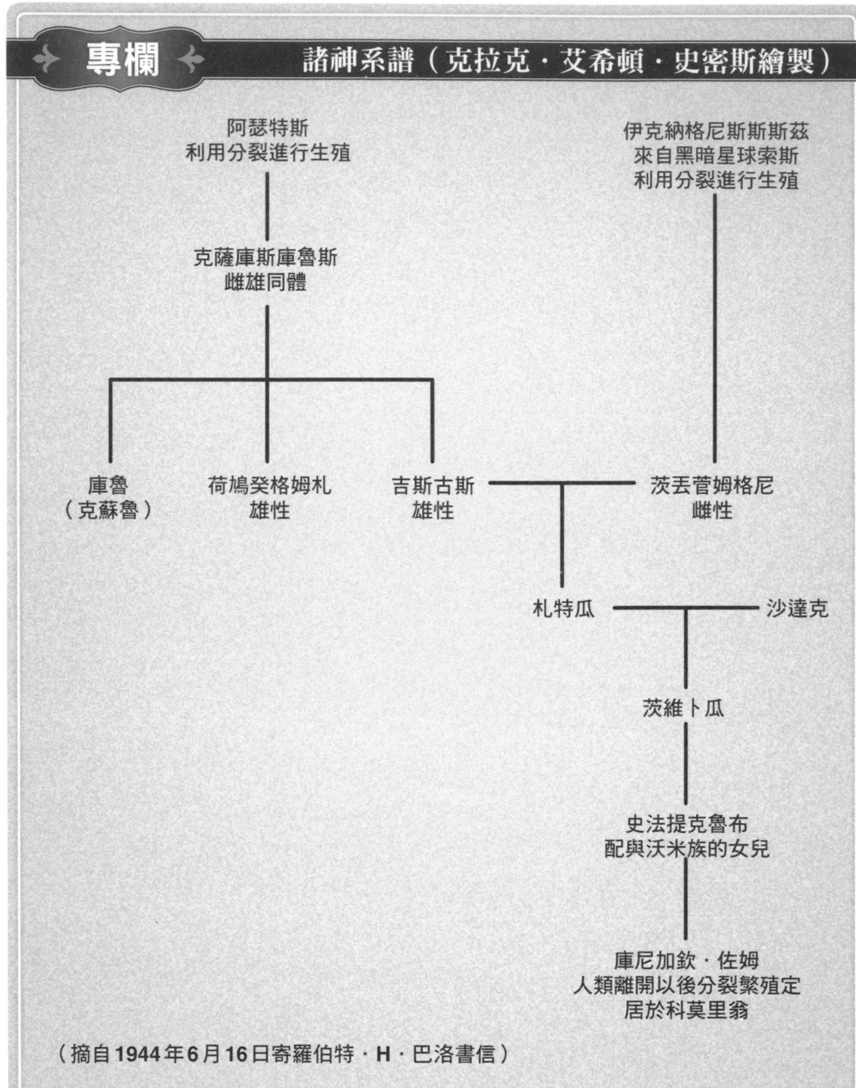

（摘自1944年6月16日寄羅伯特・H・巴洛書信）

第4章

舊神眾神

舊神
Elder God
星之戰士
Star Worriors

- 奧古斯特·德勒斯
- 古琉渥
- 獵戶座

邪神的敵對者

將邪神禁錮於宇宙各地的舊神Elder God初出自德勒斯的**《潛伏者的巢穴》**（1931年）。舊神是個散放出紫色和白色強光的巨大光柱，從**獵戶座**的參宿七（注46）和參宿四（注51）等處遷徙來到地球等行星。

根據中國學者符藍博士的說法，從前舊神的僕人**克蘇魯**和**赫斯特**等邪神掀起叛變，舊神將他們封印於宇宙各地以後才返回了故鄉。德勒斯**《赫斯特的歸來》**（1939年）有段精彩生動的描寫，說舊神從參宿四伸出有如雷光般的手臂、一把捉住復活的克蘇魯（其眷族？）和赫斯特，將他們拋入其禁錮地太平洋和宇宙之中。洛夫克萊夫特讀過此作品以後，又給參宿四起了個古名**古琉渥**。

《潛伏者的巢穴》將舊神記載為「Great Old One」「Old One」，以區別「邪神 evil beings」，但德勒斯原本可能只是蹈襲以下洛夫克萊夫特的設定，只是單純將**〈遠古種族〉**稱作舊神而已。

- **《克蘇魯的呼喚》（1926年）**：克蘇魯是Great Old One的大祭司。
- **《在瘋狂的山上》（1929年）**：提及早在克蘇魯以前便棲息於地球、對抗克蘇魯的先住種族〈遠古種族〉（表記作Great Old One、Old One等）。
- **《丘》（1929年）**：洛夫克萊夫特為齊利亞·畢夏普代筆之作。記載宇宙魔物以洪水淹沒大陸，將克蘇魯禁錮於海底。

不知為何《赫斯特的歸來》當中看似舊神聲音的「Tekeli-li!」，來到《在瘋狂的山上》卻說〈遠古種族〉和**舒哥**也是同樣的叫聲。此外，該作品將舊神記作「Old One」「Ancient One」「Elder God」。

德勒斯的作品大多都是借用登場人物的台詞等主觀資訊來敘述舊神相關設定，卻也有部分作品是像長篇作品**《門檻處的潛伏者》**那樣是將設定寫在**《死靈之書》**的引用文之中。其次，洛夫克萊夫特**《夢尋秘境卡達思》**說舊神與奈亞魯法特敵對，而**《霧中怪物》**所指跟**遠古者**Elder One有所關聯的諾登斯，**《克蘇魯神話的諸神》**則是將其歸類為舊神。至於德勒斯則是在**《山牆窗》**（1957年）說到諾登斯是唯一名字為人所知的舊神。

此外，初期的**《克蘇魯的呼喚TRPG》**並未採用舊神的設定而將諾登斯歸類為**〈外來神明〉**，舊神設定是直到後來的新版本方才有了擴張增長。

星之戰士

《門檻處的潛伏者》曾經提及舊神手下的**星之戰士**。星之戰士模樣有點像人類、渾身有火炎包覆，身體兩側有類似手臂的三對附屬構造，拿著發射死亡光線的筒狀武器。他們騎著無手無腳的筒狀座騎，　眨眼就能飛翔穿梭掠過宇宙空間。採用大量克蘇魯元素的**《超人力霸王迪卡》**（1996年）當中的地球守護神迪卡，或許便是意識到星之戰士形象而創造的角色。

舊神相關解釋

以下介紹的是後續作家對舊神設定的幾個解釋說法：

- **布萊恩・魯姆利**：克蘇魯眷族邪神群（CCD）是墮落的舊神。
- **蓋瑞・麥爾茲**：**幻夢境**的〈至尊者〉便等同於舊神。
- **理查・L・提艾尼**：舊神是大宇宙的統治者，也是宇宙充滿苦痛的原因。**憂戈-索陀斯**諸神是對抗舊神高壓統治的叛逆者。
- **風見潤**：**《克蘇魯太空歌劇》系列**。一對雙胞胎超能力者在跟憂戈-索陀斯的激烈戰鬥中被撞飛到五次元，從此成為舊神。
- **鋼屋JIN**：**《斬魔大聖*Demonbane*》**等作品。大十字九郎和阿爾・阿吉夫（《死靈之書》的精靈）經過無限戰役之後成了舊神。

比《門檻處的潛伏者》更早出版的法蘭克・貝克納普・朗恩**《吞噬空間的怪物》**（1927年）則說有閃亮的十字印記出現，趕跑了來自宇宙的魔物。

諾登斯
Nodens

+京斯波特
+幻夢境
+舊神

「偉大的深淵之王」

「偉大的深淵之王」諾登斯出現在洛夫克萊夫特《霧中怪屋》。麻薩諸塞州的港口小鎮**京斯波特**有個能夠通往偉大深淵的神奇房屋。諾登斯會化作極富威嚴的白髮老人乘著海豚拖曳的巨大貝殼戰車出現在這裡，帶領持三叉戟的**涅普頓**、吹響號角的**屈東**和陰晴不定的**涅蕾斯**等眾神，縱身往天空飛去。

此作品雖說諾登斯跟**遠古者**Elder One有關，不過遠古者此語其實也是德勒斯《潛伏者的巢穴》指稱**舊神**的其中一種表記方式。

洛夫克萊夫特的另一個作品《夢尋祕境卡達思》則說君臨偉大深淵的諾登斯是**幻夢境夜鬼**之主，他命令夜鬼把守恩葛拉涅山不讓窺探地球諸神祕密的人類靠近。作品還說他會阻礙**奈亞魯法特**及其手下，將其塑造成對人類相對友善的存在。

《克蘇魯神話小辭典》說諾登斯是唯一人類知道名字的舊神，而德勒斯《山牆窗》亦採取此設定，這或許是因為同時期執筆創作《蘇賽克斯手稿》等作品的弗雷德．L．培爾頓也將諾登斯歸類為舊神的緣故也未可知。而大部分的後續作品似乎是選擇以諾登斯為舊神之王，而非布萊恩．魯姆利作品當中的**克塔尼德**。卡特起初反對將諾登斯歸類為舊神，並且在《克蘇魯神話的諸神》當中將其分類為地球固有神明，卻又在其後作品中指其為舊神之領導者。蓋瑞．麥爾茲《妖蟲之館 *The House of the Worm*》則說諾登斯是幻夢境諸神之一，是邪神封印的監視者。此外，初期並無舊神相關設定的《克蘇魯的呼喚TRPG》將其分類為〈**外來神明**〉，後來才又將其納入擴張出來的舊神部類。

諾登斯的出身

諾登斯此神並非洛夫克萊夫特的創造。

他本是從前羅馬帝國統治時代英國信奉的療癒之神，從前在**格洛斯特郡**的利德尼設有神殿。現實世界中1805年展開神殿遺跡挖掘工作時，竟然從遺跡中發現了石版刻有「深淵之神」諾登斯率領屈東、涅蕾斯等一班海神的模樣，而《霧中怪屋》的描述想必便是以此石版為根據。再者，京斯波特的真實地點麻薩諸塞州**馬布爾黑德**有間民間博物館「李公館 Lee Mansion」，其中便收藏有幅涅普頓手持三叉戟的畫像；該博物館開幕時間恰恰跟洛夫克萊夫特造訪馬布爾黑德的時間重疊，所以他很有可能是因為這幅圖畫才將京斯波特設定為諾登斯的停留地。

除此以外，對洛夫克萊夫特《**敦威治村怪譚**》等作品造成重大影響的先行作家亞瑟·馬欽小說《**偉大的潘神**》描述以希臘神話牧羊之神潘為名的異質精神體跟人類展開恐怖的交感實驗，結果竟然生下異常孩子的故事，而作品中的「偉大的潘神」還有另一個名字就叫作諾登斯。

愛爾蘭神話的主神

以《**哈比人歷險記**》、《**魔戒**》作者聞名的文獻學家J·R·R·托爾金曾經發表論文，指出愛爾蘭神話達奴神族（注72）的主神**努阿達**和諾登斯是同一位神。後來這個「諾登斯－努阿達」的說法，也被採納進入了TRPG《**克蘇魯的呼喚 d20**》等克蘇魯神話文脈當中。

努阿達是從前對抗弗摩爾惡魔種族的神明。根據愛爾蘭神話記載，從前達奴神族受弗摩爾侵攻所苦，直到承繼雙方種族血脈的光明之神盧訶出現，率領達奴神族打敗了弗摩爾。這個故事或許也可以用克蘇魯神話的方式解釋，說地球原本的神努阿達（諾登斯）是接受眾多舊神的援助而贏得了對抗邪神之戰。

倫希·坎貝爾作品將諾登斯神殿的所在地格洛斯特郡描繪成眾多邪神潛伏的危險地帶，若說諾登斯是專為監視這些邪神而特別選擇此地作為據點，倒也是個頗有趣的想法。

地球原有諸神

克蘇魯神話世界除邪神以外，同時還有希臘神話等既有神話傳說所述諸神，以及幻夢境喚作**〈至尊者〉**的諸神共同存在。舉例來說，舊神的領導者**諾登斯**就是英國格洛斯特郡利德尼的療癒之神（也是愛爾蘭神話的主神），麾下有希臘神話的**涅普頓、屈東、涅蕾斯**等眾多海神跟隨（洛夫克萊夫特《霧中怪屋》）。**西門版**《**死靈之書**》將巴比倫神話的**馬爾杜克**指為**舊神**，將**蒂雅瑪特**歸類為**〈遠古種族〉**。雷尼的《**克蘇魯神話小辭典**》將這些神明統稱為〈大地諸神〉以區別於舊神，而卡特的《**克蘇魯神話的諸神**》亦承襲之，將包括幻夢境諸神的「非邪神」諸神都歸到這個分類。

脆弱的眾神

幻夢境諸神〈至尊者〉見於洛夫克萊夫特《**夢尋祕境卡達思**》；他們原本住在靈峰**哈提格科拉山**的城堡中，如今則是為遠離人類而定居在卡達思的夕照之都。大部分幻夢境居民崇拜信仰的是〈至尊者〉而非人稱蕃神的邪神，**烏薩爾**等都市甚至還有祭祀**納斯・霍爾塔斯**等諸神的神殿。其容貌跟人類並無二致，唯獨小眼睛大耳垂、窄鼻翼窄額頭是較明顯的特徵。〈至尊者〉有時會來到人類聚落跟人類女性交合，那些體內流著神明血液的子孫則是住在瑟列納海北岸的都市**印加諾克**，擁有繼承自地球諸神的美麗容貌。

〈至尊者〉乃是受到諾登斯保護。他們在幻夢境歐里亞布島**恩葛拉涅山**南側山腰刻有自己的巨大肖像，附近還有受命於諾登斯的**夜鬼**在這裡阻止好奇的人類接近。

無法理解的是，〈至尊者〉竟然也接受**奈亞魯法特**的監護。唐諾·泰森**《死靈之書 亞爾哈茲瑞德的放浪》**就說，實際上他們對奈亞魯法特是近乎隸從的關係。只不過《夢尋祕境卡達思》說他們曾經將崇拜邪神（蕃神）的**古革巨人**放逐到地底世界，顯見從前他們也擁有相當程度的權能。關於這點布萊恩·魯姆利透過**《泰忒斯·克婁薩迦》系列**等作品提出解釋，指出那是因為幻夢境遭受邪神侵略所致。

蓋瑞·麥爾茲**《妖蟲之館** *The House of the Worm***》**則說，有群脆弱的神明從宇宙來到地球後發現邪神在沉眠中，便趁機使用封印和魔法使邪神繼續沉睡、然後棲身於幻夢境，這些諸神亦稱舊神。

〈大地諸神〉名錄

以下介紹的是克蘇魯神話作品中分類為〈大地諸神〉的神祇：

- **希普納斯**：洛夫克萊夫特**《希普納斯》**當中，以光線照射夢境探索者、將其擄去（？）的恐怖神明。此神跟希臘神話的睡眠之神希普納斯有何關係不得而知，《克蘇魯神話的諸神》指其為〈大地諸神〉，德勒斯**《亞爾哈茲瑞德的油燈》**亦曾提及。**《克蘇魯的呼喚TRPG》**將其分類為舊神。
- **巴絲特（布巴斯提斯）**：埃及的貓之女神，洛夫克萊夫特和布洛奇作品都曾提及（請參照第**067**項「貓」P.158）。《克蘇魯的呼喚TRPG》指為舊神。
- **伊荷黛**：史密斯**《魔法師哀邦》**當中受極北大陸崇拜的麋鹿女神。《克蘇魯神話的諸神》將其分類為〈大地諸神〉，史密斯卻在寄給R·H·巴洛的書信中指出伊荷黛是奈亞魯法特的妻神。
- **佐卡拉、塔馬什、洛邦**：洛夫克萊夫特**《降臨在薩拿斯的災殃》**當中受薩拿斯信奉的諸神。他們在邪神**波克魯格**的詛咒面前毫無抵抗能力。
- **卡斯**：霍華**《別給我挖墓》**提及的死亡城鎮。《克蘇魯神話的諸神》將卡斯連結《夢尋祕境卡達思》隨處可見的**卡斯之印**，指為幻夢境之神。
- **朱比特**：希臘神話主神宙斯的羅馬名。D·R·史密斯**《亞爾哈茲瑞德的發狂》**當中，朱比特應**〈至尊者〉**呼應現身，如長鞭般揮舞雷光擊退了**克蘇魯**和**赫斯特**等諸邪神。

納斯・霍爾塔斯

Nath-Horthath

- 西里非斯
- 〈天空之獅〉
- 舊神

納斯・霍爾塔斯

西里非斯的主神

納斯・霍爾塔斯是洛夫克萊夫特**《西里非斯》**、**《夢尋祕境卡達思》**所述，地球**幻夢境**都市**西里非斯**信奉的神。儘管作品中並未詳細說明，不過納斯・霍爾塔斯應是**〈遠古者〉**、**〈至尊者〉**等地球既有諸神之一。再者，西里非斯的神殿供奉的並不只是納斯・霍爾塔斯而已，同樣也會向其他的〈至尊者〉獻禱。

西里非斯是個座落於幻夢境**塔納爾丘陵**對面**歐茲那加義**山谷中的美麗都市。這座設有千座高塔的都市外圍有大理石城牆環繞，並以青銅城門與外界隔絕。西里非斯的道路是用**瑟列納海**對岸**印加諾克**出產的美麗縞瑪瑙鋪設而成，來自幻夢境各地形形色色的行商和船員在這大道上熙來攘往。

從西里非斯的港口還可以搭乘金黃色的槳帆船，航向以朱鷺色大理石打造的雲之都**賽拉尼安**。

根據洛夫克萊夫特《夢尋祕境卡達思》記載，納斯・霍爾塔斯神殿是以綠松石打造而成，殿內共有80名頭戴蘭花冠、容貌經過萬年卻完全沒有變化的神官。

某位納斯・霍爾塔斯的神官曾經說過，歐茲那加義沒有時間流逝，唯有永恆的青春而已。

也許西里非斯的永恆不變乃是納斯・霍爾塔斯所致。思及此處，那麼納斯・霍爾塔斯在所有**卡達思**縞瑪瑙城堡裡面受奈亞魯法特庇護的眾神當中，應該要算是相對來說比較強大的一個。

《克蘇魯的呼喚TRPG》中的設定

《克蘇魯的呼喚TRPG》遊戲設計者桑迪·皮特遜在介紹遊戲中諸神諸生物的導覽手冊《克蘇魯神話怪物圖鑑》當中，將納斯·霍爾塔斯的外觀設定為金髮黑人的模樣，其銀色眼珠內並無瞳孔，身邊隨時跟著一頭獅子。

約翰·R·富爾茲與喬納森·巴恩斯的小說《極北之地的魔法師》寫到納斯·霍爾塔斯別號「**天空之獅**」，或許就是來自於上述《克蘇魯神話怪物圖鑑》的設定。

根據該作品記載，「天空之獅」納斯·霍爾塔斯從前在**極北大陸**亦受人崇拜，他坐鎮在月球的隱身處守護著信徒的睡夢，偶爾還要派遣有如黑影般的獅子去到下界驅趕惡夢。

追加資料《洛夫克萊夫特的幻夢境》對地球的幻夢境有更進一步的深入探討，可惜對納斯·霍爾塔斯卻沒什麼重要的追加說明事項。

尋找避難場所的納斯·霍爾塔斯

蓋瑞·麥爾茲於1970年代開始著手創作幻夢境與舊神相關作品，其中《大地諸神 *The Gods of Earth*》亦曾提及納斯·霍爾塔斯。

隨著蕃神（邪神）醒轉時刻即將到來，舊神眾神開始尋找繼藍道夫·卡特夢中都市以後的下一個避難地。他們聚集於**哈提格科拉山**山頂，此時卻有個在京斯波特的酒館喝得爛醉的漢子皮巴迪的夢飄了過來。卡曼塔捉住那個夢，納須特吸了口氣吹去上面的霜雪，就看見了一座綠色原野環繞的美麗大理石都市，納斯·霍爾塔斯則循著馬納·尤德·蘇榭的印記發現了揚河。納斯·霍爾塔斯、**納須特**、**卡曼塔**三神一眼就愛上了這個地方，便要前往清醒的世界跟皮巴迪交易，希望找到新的避難場所……

所謂**馬納·尤德·蘇榭**其實是唐珊尼爵士佩加納神話中的一位神明，他受〈宿命〉與〈偶然〉兩神的命令創造出其他諸神以後，從此進入沉眠。《大地諸神》當中非常唐突地寫到「馬納·尤德·蘇榭的印記」，此語究竟有何涵意卻是無從得知。

奴多塞-卡安布爾

N'tse-Kaambl

- 幻夢境
- 諾登斯
- 「遠古印記」

戰爭女神

奴多塞-卡安布爾是阿克罕之家出版的蓋瑞·麥爾茲作品集《妖蟲之館 *The House of the Worm*》（1975年）曾稍稍提及的**幻夢境**女神。

這位「憑己身華麗光芒打破世界」的女神，是現已遭到封印沉睡的邪神（蕃神）的敵對者，而所謂「打破世界」指的或許就是女神與邪神的激烈戰鬥，畢竟五芒星形狀的護符「**遠古印記**」就必須以本著對奴多塞-卡安布爾崇敬態度舉行聖別儀式（注73）。

這位女神的神官住在幻夢境某個叫作優思的地方，據說他們就會配戴這個護符保護自己免受邪神等不淨物事侵犯，除此之外，麥爾茲的作品就再未提及其他跟這位女神有關的事情了。

《克蘇魯的呼喚TRPG》的追加資料《洛夫克萊夫特的幻夢境》對這位女神倒是有稍微詳細點的記載。

「打破世界者」奴多塞-卡安布爾身穿古希臘內衣（希頓（注74））裝備長槍巨盾頭盔，做戰鬥女神雅典娜般女戰士打扮，而她手中的大盾則刻有「遠古印記」。

《洛夫克萊夫特的幻夢境》設定當中，奴多塞-卡安布爾只關心如何打倒眾邪神，對保護人類沒什麼興趣。

可是只要確定邪神果真現身，她有時倒也願意支援人類與其對抗；面臨巨大威脅的時候，奴多塞-卡安布爾也會召喚其他舊神前來助陣。

麥爾茲的舊神設定

蓋瑞・麥爾茲憑著自身獨特的世界觀，以地球的幻夢境和**舊神**為主題執筆創作克蘇魯神話小說，是頗受德勒斯矚目的作家。

國書刊行會《真・克蘇魯神話大系》收錄的日語譯麥爾茲短篇小說《妖蟲之館》是譯自阿克罕之家發行的雜誌《阿克罕搜奇》1970年夏季號刊載的初期版本。

德勒斯死後，麥爾茲為刊行作品集《妖蟲之館》而大幅改寫了封面作品《妖蟲之館》，茲將作品變更處整理如下：

雜誌版本

- 名字寫作奴塞昆布爾Nsekmbl。
- 邪神及眷族敗給參宿四（注51）的舊神，舊神將其放逐到黑暗的外世界並以封印鎮壓。
- 舊神和諾登斯將監視邪神封印的任務委託給幻夢境「妖蟲之館」一名叫作「**封印守護者**」的老人。
- 封印將會在舊神睡著鬆懈的時候破除，屆時邪神就會復活。

作品集版本

- 舊神是居住在地球幻夢境的一群脆弱神明。
- 舊神來到地球以後發現邪神正在睡眠中，遂利用封印和魔法使眾邪神繼續沉睡。
- 舊神將監視邪神封印的任務交付給諾登斯。
- 封印將會在諾登斯睡著鬆懈的時候破除，屆時邪神就會復活。

麥爾茲起初雖然接受德勒斯對舊神的設定，可是後來方針似乎有所改變，改為以洛夫克萊夫特作品為正典、重視其設定為方針。他仔細驗證洛夫克萊夫特《霧中怪屋》、《夢尋祕境卡達思》當中對〈**遠古者Elder Ones**〉的記述，認為這〈遠古者〉就是受**奈亞魯法特**保護的脆弱的地球諸神〈**至尊者**〉。〈遠古者〉也是德勒斯的《潛伏者的巢穴》指稱舊神的其中一種表記方式。麥爾茲便是根據上述想法，這才決定要將自己作品中的舊神設定做下修。

Ultharathotep 烏薩拉霍特普

Ultharathotep

✦烏薩爾
✦《蘇賽克斯稿本》
✦《克蘇魯教團手冊》

不為人知的憂戈-索陀斯

烏薩拉霍特普是弗雷德・L・培爾頓《**蘇賽克斯稿本**》所述的其中一位舊神。烏薩拉霍特普亦稱**烏薩爾**，不具備任何種類形態之實體，是純粹的意念、智慧精神體。烏薩拉霍特普是最高神祇暨世界之王**阿瑟特斯**屬下**索陀斯**之子，亦稱「索陀斯寵愛者」**憂戈-索陀斯**。神殿都市**恩嘎克吞**每千年會召集大神官舉行盛大儀式，烏薩拉霍特普將會作為眾神官傾注的魔力、生命力之化身受召喚出現，不斷重複這個神聖而神祕的周期。

可是後來邪惡的四大精靈勾結起來奪取原本要灌注予烏薩拉霍特普的魔力，利用該魔力召喚彼等的王**奈亞魯法特**的化身**克蘇魯**，並成功打倒**舊神**一度統治世界。

不過舊神的忠實信徒並未因此荒廢對烏薩拉霍特普的信仰，使得烏薩拉霍特普的力量得到復甦，將父親索陀斯與其他舊神召喚地球來，終於舊神成功壓制住邪惡四大精靈的力量，並將率先反叛的克蘇魯給封印在**拉葉城**之中。

未曾刊行出版的《蘇賽克斯稿本》

培爾頓是住在美國內布拉斯加州林肯市的洛夫克萊夫特狂熱愛好者。

所謂《蘇賽克斯稿本》其實是拉丁語版《**死靈之書**》部分內容的英語譯文。培爾頓將原稿以彩色手抄本風格製作成冊，寄到阿克罕之家希望能獲得商業出版；德勒斯似乎受其驚人的熱意打動而一度考慮刊行出版，故而在《**克蘇魯迷踪**》等自身作品中提及《蘇賽克斯稿本》。

最後阿克罕之家還是採納共同經營者唐納・旺得萊的意見，決定不予出版。如此決定的其中一個理由，就是培爾頓欲重新構築克蘇魯神話，試圖做出有別於既往的全新解釋。

儘管培爾頓的作品未獲刊行，其設定仍然很有可能以透過德勒斯影響到了第二世代作家的作品。

《蘇賽克斯稿本》實物現已下落不明，成為名符其實的傳說之書。後來克蘇魯神話研究家E．P．伯格倫發現培爾頓遺族保有的原稿，並於1980年中期重新刊行出版。至於《**克蘇魯的呼喚**TRPG》則將此書定位為拉丁語版《死靈之書》的誤譯。

培爾頓的神話設定

培爾頓除《蘇賽克斯稿本》還另外著有《**克蘇魯教團手冊***A Guide to the Cthulhu Cult*》，這部作品同樣也有著迥異於其他作家的獨特世界觀。

以下是培爾頓的獨創設定當中幾個比較重要的設定：

- 阿瑟特斯和舊神早在宇宙創生以前便已經存在，阿瑟特斯麾下有索陀斯和**諾登斯**兩神。
- 索陀斯、**烏伯-沙絲拉**、**雅柏哈斯**是三股創造的力量，分別創造了世界、生命和邪惡。
- 太陽系的生命和眾邪神誕生自**憂果思（冥王星）**。
- 企圖推翻舊神的邪惡四大精靈，其頭目分別是羅伊戈、伊達卡、舒伯-尼古拉斯和庫多古。
- 將洛夫克萊夫特《**超越時間之影**》提及的飛水螅命名為**羅伊戈諾斯**，指其為**羅伊戈**與**查爾**的侍從種族。
- 指偉大的**伊達卡**為水神之王，全身濕漉漉的海洋生物**伊達卡爾**為其屬下。
- 指**舒伯-尼古拉斯**為大地精靈之首，蟄伏不動的無色妖蟲**舒伯拉斯**為其子。
- 克蘇魯和奈亞魯法特創造了一名叫作**伊莉絲拉**的女性，令其在人間傳播邪神信仰。這伊莉絲拉後來被希伯來神話吸收，成了**莉莉絲**。

Kthanid, Yad-Thaddag

克塔尼德
Kthanid

亞德-薩達吉
Yad-Thaddag

→艾里西婭
→克蘇魯
→憂戈-索陀斯

艾里西婭諸神

克塔尼德是布萊恩・魯姆利《**泰忒斯・克婁薩迦**》**系列**當中引導靈能者泰忒斯・克婁及其友人亨利-羅蘭・馬里尼的一名**舊神**。

在魯姆利的作品世界中，**諾登斯**並非舊神的領導者，反而「舊神之中無可比肩、無可違逆」的克塔尼德才是真正的舊神之王。他就住在舊神眾神之地**神園艾里西婭**的冰河中央「**水晶珍珠宮殿**」。他透過水晶球眺望全宇宙的未來，同時不住催動「偉大的意念」以維持艾里西婭乃至全宇宙的安穩。

《泰忒斯・克婁薩迦》第2卷《**泰忒斯・克婁的歸來**》曾經對克塔尼德的外貌有以下描述：

現身在靈能者泰忒斯・克婁面前的克塔尼德有雙巨大的翅翼，臉上生有許多觸手，長得跟**克蘇魯**是一模一樣。其實此二者不但是近親，甚至可稱「兄弟」。只不過克塔尼德的金黃色眼睛滿是慈愛與憐憫之情，而且他不像克蘇魯，就算被人看見自己的模樣也不會抓狂。再者，其精神體發出的聲音既莊嚴又理性。

克蘇魯神話研究家羅伯・M・普萊斯曾經提出克蘇魯和克塔尼德有可能其實是同一生物不同面向的說法，不過後來有人拿這說法去問魯姆利，魯姆利似乎並沒有想到這裡。

根據魯姆利的設定，35億年前克蘇魯等一班邪神乃遭克塔尼德封印囚禁，可是《泰忒斯・克婁薩迦》最終卷《**艾里西婭***Elysia*》竟說克塔尼德已經忘記當初是如何將邪神封印的。另外**卡特版《死靈之書》**則說當初率領舊神打倒克蘇魯的究竟是克塔尼德還是諾登斯，已無從得知。

克塔尼德的後裔

《泰忒斯・克婁的歸來》說泰忒斯・克婁被引導來到了亞里西婭，其伴侶「神選者」蒂亞尼雅的母系家族體內流有克塔尼德的血液。該族亦稱「艾爾多至尊者血脈」，族中不時會有擁有克塔尼德DNA特徵的成員誕生，而蒂亞尼雅便是這些子孫的其中一人。

[母系] 克塔尼德 ——- - -—— 錫歐匹亞的淑女 ┐
　　　　　　　　　　　　　　　　　　　　├— 蒂亞尼雅
[父系] 　　　　　　　　　　 姆大陸的科學家 ┘

黃金之神

除克塔尼德以外，魯姆利的《艾里西婭》還有提到另一位相當有趣的舊神，即亞德-薩達吉。

亞德-薩達吉初次亮相是在故事開頭眾多舊神齊聚於克塔尼德宮殿之際，據說他是**憂戈-索陀斯**的表兄弟，其外貌就是個緩緩流動的金黃色球體積集物。

亞德-薩達吉跟憂戈-索陀斯同樣，其本體並非那些閃閃發光的球體，而是那球體後方有如惡夢般醜惡的模樣，不過作品中也清楚寫明他有別於腐朽敗壞的黑暗邪神憂戈-索陀斯，是位至善之神。正如同克塔尼德堪稱是「美好版克蘇魯」，亞德-薩達吉或許也可以說是與憂戈-索陀斯相對的「美好版憂戈-索陀斯」。

以上就是魯姆利提供有關亞德-薩達吉的全部資訊。若說綻放彩虹色光芒的憂戈-索陀斯是宇宙因果定律的化身，那麼綻放金黃光芒的亞德-薩達吉便也可以解釋為宇宙黃金定律之化身。

專欄　諸神系譜（以林·卡特諸作品為依據）

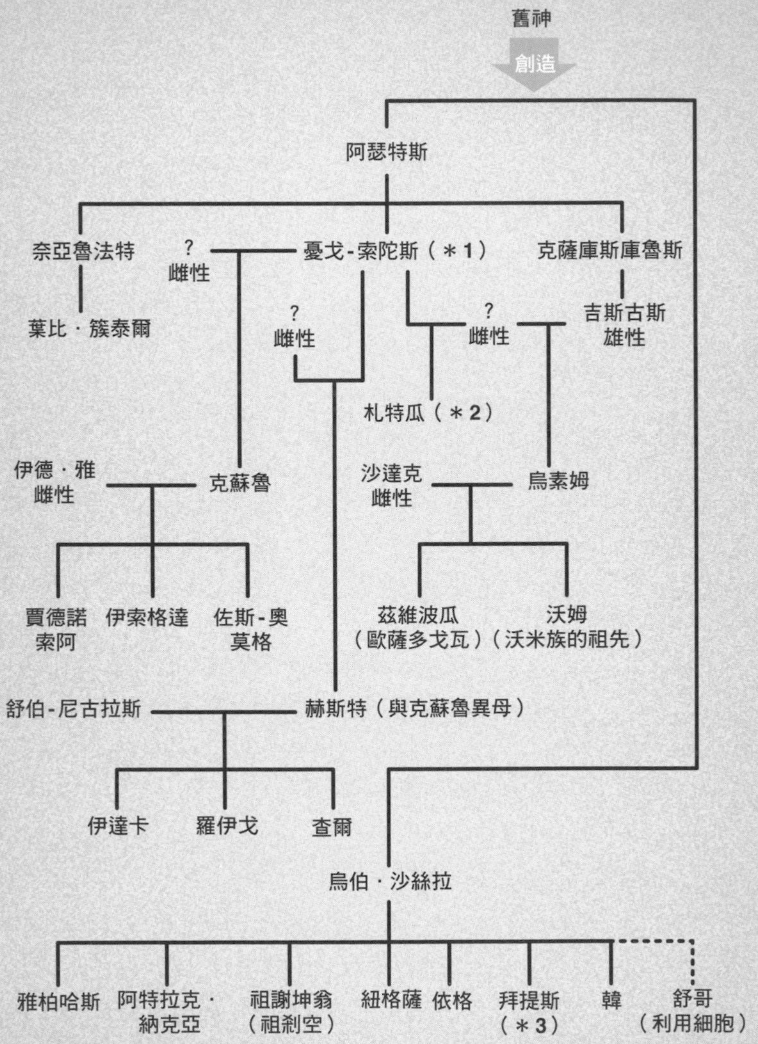

舊神
創造
阿瑟特斯
奈亞魯法特
葉比·簇泰爾
？
雌性
憂戈-索陀斯（＊1）
克薩庫斯庫魯斯
？
雌性
？
雌性
吉斯古斯
雄性
札特瓜（＊2）
伊德·雅
雌性
克蘇魯
沙達克
雌性
烏素姆
賈德諾
索阿
伊索格達
佐斯-奧
莫格
茲維波瓜
（歐薩多戈瓦）
沃姆
（沃米族的祖先）
舒伯-尼古拉斯
赫斯特（與克蘇魯異母）

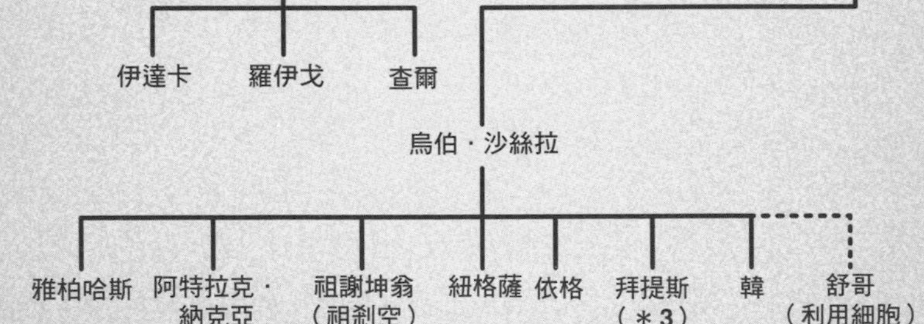

＊1　卡特版《死靈之書》有「無名之霧」生下憂戈-索陀斯的記載。

＊2　《陳列室的恐怖》採取史密斯的設定，指其為吉斯古斯之子。

＊3　卡特版《死靈之書》作依格之子。

第5章

禁忌之物

《死靈之書》

Necronomicon

→阿巴度・亞爾哈茲瑞德
→《魔聲之書》
→《妙法蟲聲經》

《死靈之書》

「阿拉伯狂人」阿巴度・亞爾哈茲瑞德

洛夫克萊夫特創造的《死靈之書》傳為**「阿拉伯狂人」阿巴度・亞爾哈茲瑞德**於西元730年前後所著，是堪稱克蘇魯神話核心的重要書籍。根據眾多神話作品節錄的引用文記載，此書不僅僅是記錄從前主宰太古地球的邪神、異形種族及其信徒相關諸事的史書，同時也是記錄眾神召喚方法和恐怖咒文的魔法書。自從希臘語版出版以來，便屢屢有人因為此書染指邪神信仰進而引發許多可怕的恐怖事件，是羅馬天主教會嚴格取締的對象。

《死靈之書》問世以前，首先阿巴度・亞爾哈茲瑞德這個名字便已經在洛夫克萊夫特**《無名都市》**（1922年）以二行連詩「那永恆長眠的並非亡者，在詭祕的萬古中，即便死亡本身亦會消逝」（注75）的作者之名率先登場。「阿巴度・亞爾哈茲瑞德」似乎是洛夫克萊夫特5歲的時候，家人或家族律師阿爾伯特・A・貝克替當時為**《天方夜譚》**深深著迷的洛夫克萊夫特編造的名字。

阿巴度・亞爾哈茲瑞德跟《死靈之書》首次牽上關係，是在《無名都市》翌年創作的**《魔犬》**（1922年）。這部作品說，亞爾哈茲瑞德的禁書《死靈之書》記載了中亞**冷原**某個食屍教派關於侵犯亡者的貪吃靈魂以及驅魔符等傳說。

後來包括**《魔宴》**（1923年）提到另有一部內有猶爾節（注76）儀式相關記載、由**歐勞司・渥米爾斯**翻譯的拉丁語版《死靈之書》存在，《死靈之書》開始在洛夫克萊夫特作品中頻繁地出現。不僅如此，1927年法蘭克・貝克納普・朗恩在**《吞噬空間的怪物》**開頭引用約翰・迪翻譯的英語版《死靈之書》，接著史密斯也在**《巫師的歸來》**提及阿拉伯語版《死靈之書》等，一班作家友人也開始在作品中提及《死靈之書》。至此，洛夫克萊夫特為整合上述相關設定，遂著手創作講述亞爾哈茲瑞德生平與《死靈之書》翻譯史的《《死靈之書》的歷史》，至1927年底才告完成，這也是後來眾人引為依據的基本設定。說《死靈之書》原題名為《**魔聲之書**》，便是在這個時期。

根據這篇文章，亞爾哈茲瑞德是西元700年前後的葉門沙那（注77）人，他走訪巴比倫廢墟和孟斐斯地下洞窟以後，又在魯卜哈利沙漠住了10年。他造訪**石柱之城伊倫**和**無名都市**，聲稱自己在這裡發現了人類尚未出現以前的古老種族之祕密，於是他就捨棄伊斯蘭教的神，改宗信奉**憂戈-索陀斯**和**克蘇魯**等太古之神。他晚年定居於大馬士革，730年前後執筆《魔聲之書》，至738年死亡抑或失蹤。根據12世紀的傳記作家伊本・海利坎的說法，亞爾哈茲瑞德是大白天在路上被一個肉眼看不見的怪物捉住以後吃掉了。另一個關於亞爾哈茲瑞德末路的說法是，德勒斯《克蘇魯迷踪》說亞爾哈茲瑞德在眾目睽睽下被吃掉其實是種集體幻覺，其實他是因為將邪神祕密寫成著作而被擄去無名都市，經過極為悽慘的嚴刑拷打以後遭到虐殺。

《死靈之書》的歷史和下落

筆者參考《《死靈之書》的歷史》，將此書的翻譯史整理成以下年表：

年代	說明
950年	君士坦丁堡的席德羅斯・菲力塔斯以《死靈之書》為題名譯成希臘語
1050年	牧首（注78）米恰爾（注79）禁止出版，焚書。
1228年	歐勞司・渥米爾斯譯成拉丁語。
1232年	教宗格列高列九世（注80）將希臘語版、拉丁語版列為禁書。
15世紀	粗體字版拉丁語《死靈之書》問世，應是在德國印刷出版。
16世紀	義大利有希臘語版付梓，沙倫的皮克曼家收藏有一本，後來不知是否在女巫審判（1692年）的時候，還是在理查・厄普敦・皮克曼失蹤的時候（洛夫克萊夫特《皮克曼的模特兒》）丟失。伊利莎白時期大英帝國的魔法師約翰・迪曾有英譯但並未印刷，僅有片段手抄本存在（洛夫克萊夫特《敦威治村怪譚》的華特立家收藏）。
17世紀	拉丁語版，應是在西班牙印刷。

根據洛夫克萊夫特1937年2月下旬寄給哈里・O・費歇爾的書信等文件說明，《死靈之書Necronomicon》這個希臘語題名其實是「NEKROS（屍體）、NOMOS（法典）、EIKON（表象）——即死者律法之表象或畫像」的意思，自己是在睡夢中想到這個詞的。

《魔聲之書Al Azif》題名中「Azif」此語是指阿拉伯人畏為魔鬼聲音的夜晚蟲叫聲，是撒母耳・亨利引用自威廉・貝克福特**《瓦泰克》**的注釋文。洛夫克萊夫特研究家S・T・喬西則說「阿巴度・亞爾哈茲瑞德Abdul Alhazred」是定冠詞重複的錯誤阿拉伯人名，「Abd-el-Hazred」才是正確的文法。

洛夫克萊夫特的設定當中，拉丁語版《死靈之書》有15世紀版收藏於**大英博物館**和某位美國大富豪藏書之中，17世紀版則收藏於**巴黎國立圖書館、哈佛大學魏德納圖書館、米斯卡塔尼克大學附屬圖書館、布宜諾斯艾利斯大學圖書館**，欲閱覽此書通常須要事先申請許可。不過洛夫克萊夫特說除上述藏書以外還有其他複本存在，使得後續作家也能夠自由地在自身作品中讓《死靈之書》登場。例如**《山牆窗》、《門檻處的潛伏者》**等德勒斯作品便經常採取事件解決後將個人藏書收回米斯卡塔尼克大學的手法，因此該大學圖書館收藏了好幾部的《死靈之書》。此外，《魔聲之書》說是在歐勞司・渥米爾斯的時代便已散佚，不過《巫師的歸來》和魯姆利**《妖蟲之王》**等作品還是偶有此書出現。

以下介紹幾本《死靈之書》比較特別的版本：

- **《伏尼契手稿》**：柯林・威爾森**《羅伊戈的復活》**和**《魔法書死靈之書》**提出極為獨特的設定，指舊書商維佛・伏尼契自1912年於羅馬蒙德拉戈涅神學院發現《伏尼契手稿》（實際存在的作品）至今1個世紀以來讓眾多研究者傷透了腦筋，而此書正是《死靈之書》。
- **《死靈之書注釋》**：1901年發行的喬辛・費里注釋版英語《死靈之書》。**《名數祕法》**等魯姆利作品屢屢提及此書。
- **《Necronomicon Ex-Mortis（死者之書）》**：電影**《鬼玩人*The Evil Dead 2*》**中的禁書。此書是「黑暗者」以血為墨書寫、以人肉裝訂製成，內容講述葬送與召喚惡魔，乃雷蒙・諾比教授從古蘇美的干丹遺跡中發現。第1集則稱**《死亡之書Naturom Demonto》**。
- **《黑之斷章》**：見於Abogado Powers公司的AVG遊戲**《黑之斷章》**。此書稱作**《第十四之書》**或《黑之斷章》，是拉丁語版的殘缺斷章，據説藏在緬因州某個叫作**里弗班克斯**的小鎮某處。
- **《妙法蟲聲經》**：殊能將之**《黑佛》**所述書籍。這是部收藏於福岡縣糸島郡二丈町阿久浜安蘭寺的經書，書中有地獄惡蟲「朱誅朱誅」相關記載。乃838年天台宗的僧侶円載，連同一尊黑智爾觀世音菩薩像帶回安蘭寺。

真實的《死靈之書》

打從洛夫克萊夫特仍然在世的時候，便有讀者將《死靈之書》信以為真。再加上許多好事之徒的惡作劇，如1934年〈布蘭福德評論報〉曾有名叫作沃爾罕的人物刊登《死靈之書》書評，紐約書商菲力普·C·達修涅斯在型錄上刊載拉丁語版《死靈之書》等，更加助長了《死靈之書》真偽難辨之疑惑，後來更有人果真將《死靈之書》出版。

- **《魔聲之書*Al Azif*》**：1973年奧斯維克出版社所刊行，設定為SF科幻作家萊恩·斯普拉格·德坎普自稱在伊拉克得到的一本多利亞語（注81）譯版古文書《魔聲之書》。
- **《魔法書死靈之書》**：柯林·威爾森、喬治·海伊與羅伯特·透納試圖重現《死靈之書》所著作品。作中除刊載約翰·迪翻譯的《死靈之書斷章》以外，還有專文指出《**魔聲之書**》其實本是9世紀阿拉伯哲學家所著《**靈魂的本質**》，後來輾轉落入卡廖斯特羅伯爵（注82）所創的埃及共濟會手中，而洛夫克萊夫特則是透過身為共濟會系統結社一員的父親得知《魔聲之書》的。後來透納又將當時「未公開的部分」以**《拉葉書異本》**之名發表。
- **西門版《死靈之書》**：自稱是根據術士西門（注83）編纂的希臘語版《死靈之書》翻譯成的作品，1977年由史卡蘭克拉夫特公司出版刊行。書中將巴比倫神話亦納入克蘇魯神話體系，如將**馬爾杜克**指為舊神、將**蒂雅瑪特**指為邪神。**《猶大禁書 死靈之書祕法》**（二見書房）便是以此書為本。
- **卡特版《死靈之書》**：卡特先是假托**約翰·迪**英譯形式體裁於同人誌《克蘇魯之穴》等刊物發表《死靈之書》片段，後來才結集成冊所形成的作品。全書分成兩個部分：由八個故事組成的歷史篇，以及題名為**「準備之書」**的魔法篇。是卡特系統化整理出來的克蘇魯神話設定之集大成之作。
- **弗雷德·L·培爾頓《蘇賽克斯手稿》**：托言為拉丁語版《死靈之書》部分翻譯的作品。（詳細內容請參照 073 項目，P.172）
- **唐諾·泰森《死靈之書 亞爾哈茲瑞德的放浪》**：補完神話作品中的《死靈之書》引用文、重現《死靈之書》的小說。提出舊日支配者七帝等獨特設定。
- **D·R·史密斯《亞爾哈茲瑞德的發狂》**：假托為《死靈之書》最終章的小說，講述羅馬英雄**馬克·安東尼**（注84）在阿爾卑斯山遭遇邪神。

悠久太古之書

《那卡提克手札》是初出自洛夫克萊夫特《**北極星**》的一本非常古老的書物。故事講述某個叫作**洛馬**的地方遭受**諾普-凱族**和因奴特族（應是愛斯基摩的因紐特人（注85））襲擊，敘事者是個從事《**那卡提克手札**》研究的工作者。綜合洛夫克萊夫特眾多作品當中的記述，《那卡提克手札》唯一僅有的完整版就在**幻夢境**，而清醒世界就只有殘缺的片段內容而已。

- 《**蕃神**》：《那卡提克手札》為**烏薩爾**的賢者巴爾塞所有，記載到眾神居住的**哈提格科拉山**、某個曾經攀登此山的人物桑斯，以及巴爾塞在山中失蹤以後山頂巨石上多了個50腕尺（23公尺）大的印記。
- 《**夢尋祕境卡達思**》：《那卡提克手札》載有地球眾神相關記述。位處極北的洛馬王國遭**諾普-凱族**滅亡時，最後一部《那卡提克手札》被帶到了幻夢境來。經過巴爾塞弟子大神官阿塔傳承，如今此書收藏於烏薩爾祭祀〈遠古種族〉的神殿。
- 《**在瘋狂的山上**》：清醒世界亦有《那卡提克手札》的斷片殘簡流傳，其起源可以追溯至更新世（約258萬年前～約1萬年前）或者更早以前。
- 《**蠟像館驚魂**》：《那卡提克手札》的第八斷片有關於**蘭特格斯**的記述。
- 《**穿越銀匙之門**》：《那卡提克手札》記載到超越時間、空間的轉移現象。
- **1936年2月13日寄理查·法蘭克林·西萊特書信**：《**亞特當陶片集**》內容酷似《那卡提克手札》。
- 《**超越時間之影**》：《那卡提克手札》內有**〈至尊者〉**相關記述。
- 《**獵黑行者**》：《那卡提克手札》收藏於普洛維頓斯「**星際智慧教派**」總部遺跡。

〈至尊者〉相關記錄

洛夫克萊夫特以外的第一世代作家同樣也有使用到《那卡提克手札》。

- 德勒斯《越過門檻》：《那卡提克手札》內有**伊達卡**神話相關記載。
- 德勒斯《存活者》：《那卡提克手札》收藏於普洛維頓斯的沙利耶公館。
- 亨利．卡特涅《入侵者》：《妖蟲的祕密》當中記載到服用時間回溯藥回到過去，必須一併使用「**那卡提克五芒星**」。

卡特先是在業餘時代執筆的文章《克蘇魯神話的魔法書》中創造了這個所謂起源自《那卡提克手札》、同時《妖蟲的祕密》亦曾記載的「那卡提克五芒星」，接著又在自身作品中陸續增添了諸多相關設定。

- 《陳列室的恐怖》：《無名邪教》有以下記述：①《那卡提克手札》乃〈至尊者〉所著，書名來自彼等的都市**那卡特**（意為「記錄的都市」）。②〈至尊者〉將以人類滅亡以後的甲蟲種族為遷徙的終點。③**奈亞魯法特**用鎖鍊鎖住的「七個太陽之地」，便是《那卡提克手札》當中暗示的「**黑暗世界阿比斯**」。
- 《向深淵降下》：流傳於**極北大陸**的《那卡提克手札》殘簡寫到**〈遠古種族〉**是因為**舒哥**而致滅亡。
- 《炎之侍祭》：〈至尊者〉離開去到未來以後，「那卡提克同胞團」繼續記錄、編纂成《那卡提克手札》。書中除以偲星、煞該星、竇爾族居住的亞狄斯星、憂果思（冥王星）的年代記以外，還有**亞弗姆-札**來到地球當時的記錄，以及蛇人、金-陽居民、人類誕生以前毛茸茸種族的歷史。
- 《死靈之書 亞爾哈茲瑞德的放浪》：無法解讀的文字看起來跟**無名都市**的文字頗有相似之處。

《陳列室的恐怖》還說此書未曾付印成冊，只是以手抄本形式在祕密教派信徒之間傳閱而已。前述「獵黑行者」「存活者」以及布萊恩．魯姆利《妖蟲之王》等作品中提及的《那卡提克手札》雖則都已製作成冊，然則書冊中或許仍是手抄本也未可知。

另外栗本薰《魔界水滸傳》提及的珍本書《伊隆抄本》亦說是以《那卡提克手札》為原本。《豹頭王傳說》系列亦曾提及魔法書《暗黑之書》的手抄本《伊隆抄本》，然兩者關係不明。

《哀邦書》

The Book of Eibon

- 極北大陸
- 魔法師哀邦
- 《象牙之書》

《哀邦書》

克蘇魯神話第二重要的書物

《哀邦書》是史密斯創造的禁書。除小說作品以外，《哀邦書》相關設定還透過洛夫克萊夫特與朋友的書信往來而愈趨豐富，終於確立了克蘇魯神話當中第二重要著作的地位。

其初出作品為《**烏伯．沙絲拉**》，該作以書中對邪神**烏伯．沙絲拉**有詳細記載而提及《哀邦書》。該作品還說《哀邦書》是**極北大陸**的**魔法師哀邦**以該大陸的語言所著，但後來卡特又變更設定指此書是哀邦的弟子**賽隆**在師父失蹤之後編纂。《哀邦書》在漫長歲月中曾經歷過多次翻譯，有希臘語版、法語版等多種版本。又《哀邦書》有不少內容皆與《死靈之書》相對應，書中記載有許多不知是**阿巴度．亞爾哈茲瑞德**不知情抑或是他故意刪減（又或者是翻譯者刪減）的禁忌知識。

史密斯以中世紀法國**阿維洛瓦地區**為舞臺的諸多作品亦曾提及《哀邦書》。史密斯的《**聖阿茲達萊克**》說極北大陸版《哀邦書》就落在阿維洛瓦某處，書中有關於**憂戈-索陀斯**、**索達瓜伊**（**札特瓜**的法語名）的相關記載。此書原本是用猴皮裝訂，後來有一名事奉惡魔的聖職者才拿原本用在基督教典禮書上的羊皮取代之。除此之外，洛夫克萊夫特在1933年12月13日寄史密斯書信中，追加設定曰《哀邦書》的極北之地版本《**象牙之書**Liber Ivonis》被人從沉入西方海底的大陸帶到了歐洲，而史密斯《**伊魯紐的巨人**》當中提到的**維約尼斯**的魔法師嘉士珀杜諾德就是1240年將希臘語版《哀邦書》翻譯成法語的人物等設定。

以下作品當中也有《哀邦書》的相關記載：

- 洛夫克萊夫特《**超越時間之影**》：《哀邦書》殘缺書頁收藏於**米斯卡塔尼克大學附屬圖書館**。
- 洛夫克萊夫特1932年1月28日寄史密斯書信：**菲力普斯·費帕**所譯中世拉丁語版收藏於米斯卡塔尼克大學附屬圖書館。
- **威廉·魯姆利**《**阿隆佐泰普的日記**》：洛夫克萊夫特代筆之作。在紐約州阿提卡的某個民家中發現了收錄有「最黑暗之章」的法語版《哀邦書》。
- **海瑟·希爾德**《**石像**》：洛夫克萊夫特代筆之作。講述主角參照《哀邦書》第679頁記載的使用孩童鮮血發現圓思星的法術「綠色的腐敗」。
- **羅伯·布洛奇**《**無貌之神**》：提到《哀邦書》對**奈亞魯法特**有模糊的記述。

魔法師哀邦

史密斯讓《哀邦書》的作者哀邦本人登場於其作品《**魔法師哀邦**》。哀邦在極北大陸北方的**穆蘇蘭半島**有間以黑色片麻岩建造的宅邸。當時的極北大陸乃以女神**伊荷黛**信仰為主流，哀邦崇拜的札特瓜卻是被斥為邪神，哀邦因此遭到大神官莫爾基率領的伊荷黛眾神官襲擊，所幸他透過魔法之門逃到了札特瓜以前的棲身之處**塞克拉諾修星（土星）**。根據史密斯《**阿維洛瓦之獸**》記載，哀邦有只魔法戒指後來落入某個魔法師家族手中，這鑲嵌著赤紅色黃金和偌大紫寶石的戒指，封印著散發金黃色光芒的火炎精靈。

真實可以閱讀的《哀邦書》

魯利姆·夏科洛斯登場的史密斯《**白蛆來襲**》，故事是採取魔法師哀邦記載的《哀邦書》部分內容之體裁。卡特則是仿效洛夫克萊夫特的《**《死靈之書》的歷史**》，將《哀邦書》的翻譯史、出版史匯整成了一篇題為「**《哀邦書》的歷史與年表**」的文章。

其後卡特又寫了許多牽涉《哀邦書》的小說，包括他根據史密斯的散文等作品寫作而以共同創作的名義發表的《**極地之光**》、《**墓窟階梯**》、《**最令人憎惡之物**》等作品。

除此以外，卡特的遺稿管理者羅伯·M·普萊斯也蒐集卡特、自身和其他作家的許多作品重現《**哀邦書**》，將其出版刊行成書。

《黃衣之王》

The King in Yellow

- 卡柯沙
- 赫斯特
- 〈黃色印記〉

《黃衣之王》

致人發狂的戲劇

《**黃衣之王**》是羅伯特．W．錢伯斯作品集《**黃衣之王**》當中收錄幾個短篇作品所提及的虛構戲劇。

這個虛構的《黃衣之王》初出自錢伯斯的《**修復名譽的人**》。這是部1895年前後於美國刊行的黃色裝訂戲曲，雖然並非匿名發表，不過作者名不知怎地卻是曖昧不明、讓人怎麼也無法想起。

該戲曲的劇情是在詛咒整個世界、內容極為恐怖而不道德，法語版劇本剛送到巴黎就遭到法國政府當局沒收，反而激起大眾注目。這戲曲分成第一幕與第二幕，由兩名叫作卡西爾達和卡蜜拉的登場人物，開口講述暗黑星球高掛天空的卡柯沙、兩個太陽沉入湖面的哈利湖，以及色彩奔放卻襤褸的「**黃衣之王**」統治的畢宿五（注52）、畢宿星團（注53）、赫斯特（地名）等地方。《黃衣之王》翻譯成各種語言、在許多國家出版發行，攻擊一切不道德的基督教會自然是不在話下，就連所有國家的大眾媒體和文藝評論家都對《黃衣之王》大肆抨擊。

《黃衣之王》之所以在各國被禁、禁止在舞台上演出，便是因為它那充滿戰慄恐怖的內容讓少數讀過劇本的人喪失精神平衡、發狂發瘋，造成了具體的災害。於是這個讓讀者發瘋發狂、光是存在於世間便能帶來恐怖與災厄的《黃衣之王》，遂成為了《**死靈之書**》等克蘇魯神話作品當中描述禁書的重要靈感來源之一；不僅如此，洛夫克萊夫特還曾經在《**《死靈之書》的歷史**》當中指出錢伯斯很可能是因為讀過《死靈之書》才獲得了《黃衣之王》這個發想。

赫斯特的化身

錢伯斯從安布魯斯·畢爾斯以下作品借用了以下字句，意味深長地在《黃衣之王》各處提及以下關鍵字：

✢ **《牧羊人海他》**：赫斯特
✢ **《卡柯沙的居民》**：畢宿五、畢宿星團、卡柯沙、哈利（人名）

洛夫克萊夫特仿效上述手法，在**《暗夜呢喃》**當中列舉插入**赫斯特、哈利湖、「黃色印記」、克蘇魯**和**阿瑟特斯**等神話用語，德勒斯讀過以後又利用這些關鍵字重新組成風神赫斯特的神話、編入克蘇魯神話，結果戲曲《黃衣之王》遂因此成為一本關於赫斯特信仰的書。

錢伯斯的作品將**「黃衣之王」**形塑成一名身穿黃色扇形破爛衣衫的人物，經常出現在因為讀了《黃衣之王》而發狂的讀者面前。

卡特**《溫菲爾的遺產》**說跟赫斯特關係斐淺的「不知時者」**伊提爾**便是「黃衣之王」的別名，只不過**《克蘇魯的呼喚TRPG》**的劇本集**《舊日支配者*The Great Old Ones*》**所指「黃衣之王」乃赫斯特化身的說法，才是現在的主流認知。

「黃色印記」

戲曲《黃衣之王》當中提及的**「黃色印記」**是初出自錢伯斯作品**《黃色印記》**的神祕印記。這個牌子鑲嵌著既非符號亦非文字的縞瑪瑙印記，女性撿拾此牌就會做惡夢，夢見有個面如死灰的馬車御者一直死盯著自己看。至於這「黃色印記」究竟是什麼東西作品中卻是隻字未提，料想該是「黃衣之王」的象徵之物吧。

此外，一般人認知中「黃色印記」的歪斜漩渦符號圖案，也是出自前述的劇本集《舊日支配者》而後逐漸普及的。

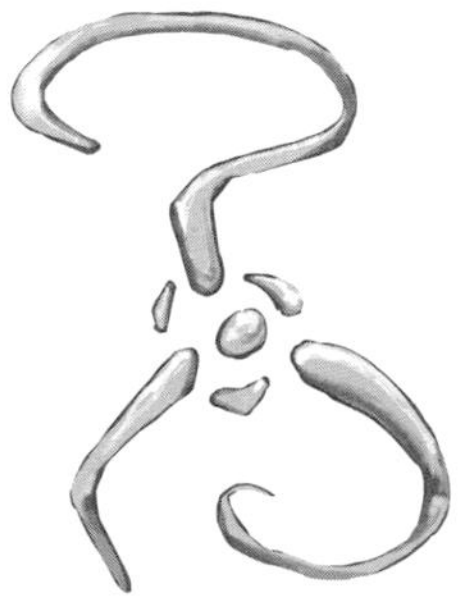

《妖蟲的祕密》

Mysteries of the Worm

- 路維克・普林
- 「薩拉森人的儀式」
- 〈星之精〉

《妖蟲的祕密》

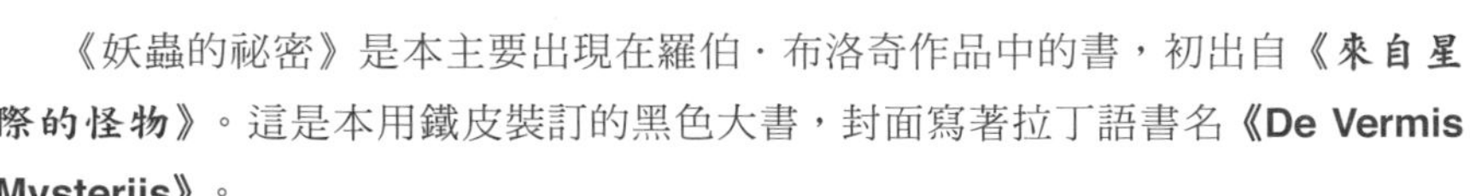

異端鍊金術師之書

《妖蟲的祕密》是本主要出現在羅伯・布洛奇作品中的書，初出自**《來自星際的怪物》**。這是本用鐵皮裝訂的黑色大書，封面寫著拉丁語書名**《De Vermis Mysteriis》**。

此書內有關於眾蛇之父依格、黑韓、拜提斯等蛇神的相關記載，英語的「Worm」此語亦可指稱龍蛇等爬蟲類。

此書作者**路維克・普林**是16世紀中葉一名隱居於比利時首都布魯塞爾附近某個埋葬所廢墟的老鍊金術師。他本人自稱是「第九次十字軍東征的唯一生還者」、「蒙塞拉特的重臣」，還說自己從被俘的敘利亞妖術師、魔法師身上習得了祕密儀式。利比亞的德爾維希（注86）教團對普林定居埃及時期的行徑曾經有所記載，只不過受到正式承認的十字軍東征只有八次，因此對其經歷存疑者亦不在少數。

普林1541年遭布魯塞爾異端審判所逮捕，並且在經過嚴刑拷打後遭到處刑。當時他在獄中執筆所寫下的，便是《妖蟲的祕密》的拉丁語原書。此書雖然在普林死後隔年便於科隆出版卻遭教會斥為禁書，很長一段時間以來唯有經過審閱的刪減版得以流通。根據布萊恩・魯姆利**《妖蟲之王》**記載，1820年又有查理斯・雷格特根據初版翻譯成的英語版出版刊行。

日語將「妖蟲」（妖蛆）讀作「ようしゅ」始自**《克蘇魯Ⅲ》**（青心社，1982年）收錄的德勒斯作品**《比靈頓森林》**當中譯者大瀧啟裕的旁注。這應是仿效國書刊行會的**《克蘇魯神話集》**收錄的**《白蛆來襲》**將「白蛆」讀作「びゃくしゅ」的雅言手法，不過實際上日語漢字「蛆」並無「しゅ」此一讀音。

「薩拉森人的儀式」

《妖蟲的祕密》所有記載當中，又屬講述**鱷魚神蘇貝克**、**大蛇塞特**、**肉食的布巴斯提斯**和**偉大的奧賽利斯**等古埃及傳說的**「薩拉森人的儀式」**一章特別重要（《蘇貝克的祕密》）。布洛奇好幾個作品都曾提到此章記載內容，包括信奉**奈亞魯法特**並將埃及帶入黑暗時代的**法老王奈夫倫-卡**相關記錄（《黑色法老王的神殿》）、**亞奴比斯**神像內部通往冥界的祕密入口（《冥府守護神》）、逃往英國的布巴斯提斯眾神官（《布巴斯提斯雛子》）等內容。另外布洛奇《無貌之神》也說到此書載有奈亞魯法特相關記述。

當然其他作家的作品當中同樣也有使用到《妖蟲的祕密》此書：

- **洛夫克萊夫特**《超越時間之影》：**米斯卜塔尼克大學附屬圖書館**藏有此書。
- **洛夫克萊夫特**《獵黑行者》：**「星際智慧教派」**本部遺址藏有此書。
- **亨利．卡特涅**《入侵者》：此書記載到時間回溯藥的製作方法，而且必須搭配**「那卡提克五芒星」**使用。
- **亨利．卡特涅**《追獵》：書中有**印歐德**相關記述。
- **倫希．坎貝爾**《城堡裡的房間》：書中有**布巴斯提斯**相關記述。
- **史蒂芬．金**《撒冷地》：此書是以德魯伊語（注87）以及凱爾特語（注88）成形以前的魯納文字（注89）寫成，放置在舉行惡魔崇拜的教會。

召喚魔寵

根據《來自星際的怪物》記載，此書還記載到普林如何召喚**「肉眼看不見的伴侶」**、**「來自異星球的從者」**作為僕從使喚的方法。《克蘇魯的呼喚TRPG》將這種生物喚作**〈星之精〉**。此生物平時是透明的，只能用耳朵聽見他竊笑的聲音，唯有在吸血以後身體染紅才能看見身影。〈星之精〉是個周身長滿無數吸盤和觸手、會隨著時脈規律跳動的果凍狀巨大肉塊，手上應該還長有利爪。

〈星之精〉

《無名邪教》

Unaussprechliche Kulte

- 馮容茲
- 《黑之書》
- 姆大陸

《無名邪教》

禁忌祕密儀式之書

《無名邪教》乃羅伯・E・霍華所創，是主要出現於其作品之中的一部禁書。此書初出自《**夜晚的孩子**》，作品提到《無名邪教》的作者**馮容茲**曾經讀過希臘語版的《**死靈之書**》。其後霍華又在各個作品中，陸續為這本書增添以下的內容和背景。

《無名邪教》初版乃1839年德國杜塞道夫先有少量出版刊行，正面以黑色皮革鋪面輔以鐵框裝訂、鐵鎖封印。作者是1795年出生的德國神祕學家馮容茲。此書是記錄他走遍世界各地祕密遺跡、向無數秘教和祕密結社學來的神祕儀式與傳說的研究書籍。此書以其晦暗內容與黑色皮革裝訂而亦稱《**黑之書**》。

此書付印數量本來就很少，再加上出版隔年馮容茲從蒙古旅行返國後就在密室內離奇死亡，讓許多購買者害怕得紛紛捨棄此書，所以現存冊數非常稀少。後來1845年倫敦有人擅自發行未經授權的英譯版，然書中諸多謬誤。1909年紐約**黃金頑皮鬼出版社**刪減原書的四分之一，推出了豪華的精裝本。雖說這本1909年出版的《無名邪教》相對來說比較容易入手，但至少美國amazon.com仍舊沒有此書登錄（《**黑石之祕**》、《**屋頂上的怪物**》）。除此之外，馮容茲生前似乎有未及發表的草稿，法籍摯友艾歷塞克斯・拉迪奧在他死後不久曾經讀過這份草稿，豈料拉迪奧卻將草稿燒燬，又以剃刀吻頸自殺身亡（《黑石之祕》）。

霍華作品曾經提及的《無名邪教》書中內容如下：

- 宏都拉斯叢林中有座太古神殿，殿中有個刻成蛤蟆形狀的紅色寶石（《屋頂上的怪物》）。
- 記載古代皮克特人（注90）的戰鬥王**布蘭．麥克蒙**信仰（《夜晚的孩子》）。
- 匈牙利**史崔戈伊卡伐村**郊外的八角形獨石「黑石」相關資訊（《黑石之祕》）。
- 極北時代乃馮容茲界定定義之時代區分（**《黑色永劫》**）。

洛夫克萊夫特的貢獻

霍華為這本書取的英語名是「Nameless Cults」。洛夫克萊夫特後來去跟德國移民區長大的德語使用者德勒斯商量，擬定「Unaussprechlichen Kulten」作為此書的德語原題名，連同馮容茲的全名**「腓特烈．威廉．馮容茲」**一併向霍華提案。

除此以外，洛夫克萊夫特還透過自身作品中的追加設定，表示《無名邪教》提及**姆大陸**的時間，其實比使這個太平洋失落大陸廣為人知的詹姆斯．卻屈伍德**《失落的姆大陸》**（1926年）還要早了約莫1個世紀。

洛夫克萊夫特和卡特追加的設定如下：

- **《超越萬古》（為海瑟．希爾德代筆之作）**：繼1839年初版發行以來，1845年又有翻譯的布萊德沃爾版本問世，不過兩者均遭禁書。馮容茲與**賈德諾索阿**教團進行接觸，於《無名邪教》當中記載描述到姆大陸與該地的**庫納亞王國**、**憂果思星人**以及賈德諾索阿。
- **《超越時間之影》**：收藏於**米斯卡塔尼克大學附屬圖書館**。跟N．W．皮斯里教授交換身分的**〈至尊者〉**在書中寫滿了曲線文字。
- **卡特《墳墓之主》**：桑朋太平洋海域考古遺物研究所收藏有哈羅德．哈德里．庫普蘭德教授持有的《無名邪教》。**《波納佩經典》**和《無名邪教》兩者對姆大陸的記述完全吻合。

此外，「Unaussprechlichen Kulten」其實並非「Namelss Cults」的正確德語譯名。洛夫克萊夫特雖然知道此事，卻為保持語感而仍舊採用此譯法。光就文法而論，「Unaussprechliche Kulte」才是正確譯名，德國出版的克蘇魯神話相關書籍便有修正。

R'lyeh Text
《拉葉書》

R'lyeh Text

- 克蘇魯
- 拉班．舒茲伯利博士
- 哈羅德．哈德里．庫普蘭德教授

《拉葉書》

克蘇魯信仰史

《拉葉書》是初出自德勒斯《**赫斯特的歸來**》的書籍。此書是**阿克罕**某個好事之徒亞莫士．吐圖的藏書，是本用人皮裝訂製成的書。

亞莫士是用10萬美金從某個自稱來自西藏的中國人手中購得，是故儘管作品並未明確指明，不過《**克蘇魯的呼喚**TRPG》等眾多後續作品均將其作中文書解釋。

《赫斯特的歸來》僅提到此書記載有「Ph'nglui mglw'nafh Cthulhu R'lyeh wgah'nagl fhtagn.（在拉葉的宅邸裡，死亡的克蘇魯在夢中等待著）」的祈禱文而已，此書的其他內容就留待其他後續作品來增補了。

根據德勒斯《**克蘇魯迷踪**》記載，1936年**米斯卡塔尼克大學**的哲學教授**拉班．舒茲伯利博士**發表了一篇題為**「拉葉書之後期原始人神話類型研究」**的論文。舒茲伯利博士根據《拉葉書》，指出以下8個地方是克蘇魯教團的活動據點：

- 南太平洋加羅林群島當中的**波納佩**附近海域。
- 麻薩諸塞州**印斯茅斯**外海附近海域。
- 以印加帝國**馬丘比丘**古代要塞為中心的秘魯地底湖泊。
- 以埃爾內格羅綠洲周邊為中心的北非暨地中海一帶。
- 以梅迪辛哈特為中心的北加拿大暨阿拉斯加。
- 以大西洋亞速群島為中心的海域。
- 以墨西哥灣某地為中心的美國南部一帶。
- 亞洲西南部某個已遭掩埋的古代都市（**石柱之城伊倫**？）附近的克威特沙漠地帶。

根據該篇論文記載，《拉葉書》是部講述海底都市**拉葉城**當中沉睡的**克蘇魯**及其教團信徒的書籍。此外，**《赫斯特的歸來》**所提及的《拉葉書》後來被捐贈給了米斯卡塔尼克大學附屬圖書館，而作品中描述的事件恰恰發生在洛夫克萊夫特**《印斯茅斯疑雲》**之後，舒茲伯利博士寫論文參考的應該就是這本《拉葉書》才是。再者，卡特**《面具之下》**說贈書時期為1928年6月，而《拉葉書》是以**拉葉語**寫成。該作品還說隔年3月有一名埋首解讀《拉葉書》的圖書館員發狂致死。

太平洋海域考古學會的創始者之一哈羅德．哈德里．庫普蘭德亦持有一部《拉葉書》，他還透過**「姆文明《拉葉書》與《波納佩經典》之比較 近年新發現之重新構成」**、**「參考拉葉書諸文件之索斯神話注釋」**等論文指出《拉葉書》內記載到克蘇魯出身地**索斯星系**、克蘇魯的三個子嗣等資訊（卡特**《超越時代》**、**《溫菲爾的遺產》**等）。

除此之外，《拉葉書》似乎亦有**憂戈-索陀斯**的召喚方法（德勒斯**《山上的夜鷹》**）、**《那卡提克手札》**（德勒斯**《越過門檻》**）等相關記述。

源自《克蘇魯的呼喚TRPG》的設定

以**《克蘇魯的呼喚TRPG》**（當時仍稱**《克蘇魯的呼喚》**）之副讀本定位出版刊行的山本弘**《克蘇魯手冊》**在《拉葉書》的歷史中，追加了一部由翡冷翠的鍊金術師**法蘭切斯科．佩拉提**（本文作法蘭西斯．佩拉提）翻譯的人皮裝訂義大利語版《拉葉書》。這位佩拉提其實是位史實人物，他是從前跟「奧爾良的處女」聖女貞德並肩對抗英國軍隊的元帥吉爾．德．雷男爵（注91）共同從事黑魔法的拍檔。《克蘇魯手冊》還記載到了這部義大利語版《拉葉書》後來輾轉落入**拿破崙**手中的後話。

另外桌遊雜誌**《TACTICS》**第68號的讀者投稿單元，則又載有以下後來漸成日本定說的設定：

✢《拉葉書》是在中國的夏代翻譯成中文。
✢《拉葉書》的中文題名為**《螺湮城本傳》**。

虛淵玄的《Fate/Zero》裡面有本**《螺湮城教本》**，想必便是根據上述設定改編而來。

《喜拉諾斷章》

The Celaeno Fragments

- 拉班・舒茲伯利博士
- 喜拉諾大圖書館
- 「遠古記錄」

《喜拉諾斷章》

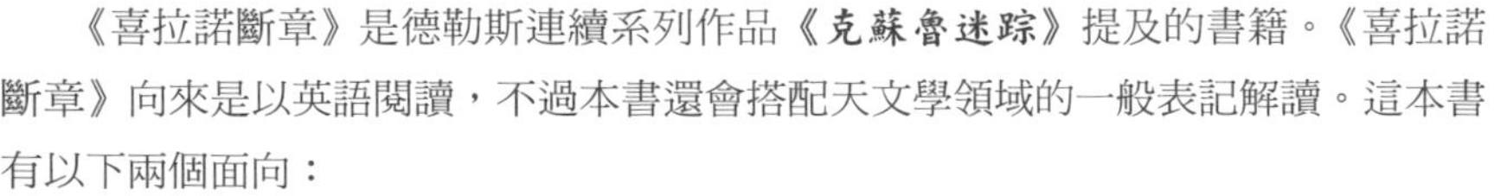

諸神祕密之書

《喜拉諾斷章》是德勒斯連續系列作品**《克蘇魯迷踪》**提及的書籍。《喜拉諾斷章》向來是以英語閱讀，不過本書還會搭配天文學領域的一般表記解讀。這本書有以下兩個面向：

1　**喜拉諾**是金牛座**畢宿星團**七顆恆星之一，而《喜拉諾斷章》便是收藏於喜拉諾的大圖書館中、一面從來沒人能夠活著親眼看過的頹壞巨大石版，記載著諸神的祕密。

2　**阿克罕米斯卡塔尼克大學**哲學教授**拉班・舒茲伯利博士**曾經一度回到地球、將他在喜拉諾大圖書館發現的1石版內容翻譯成英語，抄寫成對開的小冊子。

這本《喜拉諾斷章》小冊子在舒茲伯利博士初次失蹤前的1915年是寄放在米斯卡塔尼克大學附屬圖書館；當時要閱覽此書還算是比較容易，例如波士頓的核子物理學家阿薩夫・吉爾曼教授、利馬大學的維巴洛・安卓羅斯教授，以及民間研究家威爾伯・阿克萊（德勒斯**《山牆窗》**的登場人物）等第三者便曾經在米斯卡塔尼克大學的圖書館閱覽《喜拉諾斷章》、寫下摘要。舒茲伯利博士1935年忽然返回阿克罕，從米斯卡塔尼克大學的圖書館收回了《喜拉諾斷章》。根據《克蘇魯迷踪》故事記載，後來舒茲伯利博士又多次失蹤，而且每次失蹤前都把這本冊子寄放在米斯卡塔尼克大學，不同的是後來此書受到嚴格看管，已經無法像剛開始那般自由閱覽了。

《喜拉諾斷章》的內容

根據《克蘇魯迷蹤》故事描述，《喜拉諾斷章》冊子記載的應該是以下知識：

- **克蘇魯**和**赫斯特**、**奈亞魯法特**等邪神相關知識。
- 能夠驅退邪神及其眷族諸多力量的「**遠古印記**」。
- 能使飲用者擺脫時空束縛、穿梭時間空間，還能使感官變得更加敏銳、停留在夢境與清醒世界夾縫間的黃金蜂蜜酒之製作方法。
- 召喚赫斯特麾下有翼魔物**拜亞基**的召喚方法。

這些知識在1930年代至1940年代舒茲伯利博士及其同志克蘇魯的信徒破壞世界各地的克蘇魯據點時，起了很大的作用。

喜拉諾的大圖書館

德勒斯《克蘇魯迷蹤》說喜拉諾的大圖書館是座巨石構成的建築物，收藏有竊自舊神的祕密知識。赫斯特的僕從拜亞基可以自由出入，相對地克蘇魯信徒卻是無法企及，可見這裡應該是跟克蘇魯敵對的赫斯特勢力範圍。

卡特整理克蘇魯神話體系時，對上述設定做了很大的變動。

記載諸神知識的石版遭**烏伯・沙絲拉**從舊神看守管理的書庫「**遠古記錄**」盜出（**《陳列室的恐怖》**），而這「遠古記錄」正是喜拉諾的大圖書館。烏伯・沙絲拉此舉激怒了舊神，成為舊神與邪神之戰的導火線（**卡特版《死靈之書》**）。

其次，雖然德勒斯將大圖書館所在地設定於恆星喜拉諾，也不知道卡特是否覺得如此設定不妥，遂將大圖書館的所在地改為喜拉諾恆星附近的無明世界。再有**《克蘇魯的呼喚TRPG》**的追加資料**《憂果思的侵略》**收錄有以喜拉諾大圖書館為舞台的劇本，並將大圖書館的位置設定於喜拉諾恆星系的第4行星。

《食屍教》
Les Cultes Des Goules
《懺悔錄》
Confessions

- 迪爾雷德伯爵
- 食屍鬼
- 羅馬天主教會

《食屍教》

瀆神之書和聖人之書

《食屍教》應是羅伯・布洛奇所創。

此書初出自布洛奇的《**自滅的魔法**》，但當時僅提及作者名**迪爾雷德伯爵**和書名而已，對內容卻是隻字未提。「迪爾雷德D'Erlette」此家族名，其實是布洛奇的前輩作家兼親友德勒斯其族姓的法語讀音，不過迪爾魯德伯爵並非根據德勒斯其人所創，而是布洛奇設定為德勒斯祖先的虛構人物。德勒斯的祖先迪爾雷德家族事實上也的確是法國的伯爵家族，該族先是在法國大革命以後逃往德國拜倫、將家族名改為「德勒斯」，然後又渡海遠赴美國新大陸，直到1919年過逝的米歇爾・德勒斯（德勒斯祖父）那輩還仍然保有爵位。除此以外，若「D'Erlette（爾雷德的）」此家族名其實來自領地名的話，那麼該家族從前有可能本是維約尼斯近郊爾雷德的領主。

布洛奇《**咧笑的食屍鬼**》亦曾提及《食屍教》。故事主角是為了調查在墓地的地下納骨所召開饗宴派對的**食屍鬼**而去閱讀《食屍鬼》，可見此書記載的確實是與食屍鬼、吃人肉有關的肉容。

接著洛夫克萊夫特又在《**超越時間之影**》當中說到**米斯卡塔尼克大學附屬圖書館**收有《食屍教》的藏書。至於德勒斯使用《食屍教》此橋段進行創作那就更晚了，他是在《**克蘇魯迷踪**》才寫到了「法國奇人迪爾雷德伯爵的《食屍教》」。迪爾雷德伯爵和《食屍教》是誕生自洛夫克萊夫特、布洛奇和德勒斯書信來往之間的內部哏，這個哏究竟來自何人發想固然已經無從確知，一般都認為應是布洛奇的創意。

忠於《食屍教》內容創作的作品為數不多，是以關於作者迪爾雷德伯爵其人相關設定亦多有矛盾。

- **保羅．亨利．迪爾雷德**：德勒斯自身對迪爾雷德伯爵全名的設定並非是在克蘇魯神話作品，卻是在以名偵探索拉．龐斯為主角的推理小說中提到的。根據《**六隻銀蜘蛛的冒險** *The Adventure of the Six Silver Spiders*》記載，迪爾雷德伯爵的全名叫作「保羅．亨利．迪爾雷德」。
- **弗朗索瓦．歐諾．巴爾弗**：根據艾迪．C．巴廷《**暗黑，我的名** *Darkness, My Name Is*》記載，18世紀巴黎食人教團的一員弗朗索瓦．歐諾．巴爾弗才是迪爾雷德伯爵。他在1703年銷聲匿跡，1724年死於阿登（注92）。

又根據卡特《**陳列室的恐怖**》記載，將克蘇魯神話眾邪神分成四大精靈類別的，便是迪爾雷德伯爵。

羅馬天主教會與邪神之戰

德勒斯的幾部作品曾經提到一本叫作《懺悔錄》的書。

修道士**克利塔努斯**所寫的這本《懺悔錄》，記載了從前《**死靈之書**》等禁書所述克蘇魯諸邪神及落胤在邪神崇拜者的奔走下復活、為世間帶來諸多災厄時，天主教會的眾多聖人們趕赴各地，將這些邪惡力量封印於湖底或海底的驚人故事。聖人們在對抗邪神的時候，也曾經使用不知以何種手段獲得的「**遠古印記**」等舊神的力量。此外，此書亦記載有以「Negotium Perambulans in Tenebris」為開頭的拉丁語舊神召喚咒文（《**湖底的恐怖**》）。

克利塔努斯本是名奉職於海多斯托修道院的修道士。他的監護者希波的主教**奧古斯丁**（史實中的聖人）判斷克利塔努斯已經發瘋、將其逐出羅馬，另一方面卻又在寄給教宗的信裡寫下了語焉不詳的神祕報告說「來自彼方的東西出現在海岸，我已經處理了」（《**來自彼方的東西**》）。

《懺悔錄》亦曾以《**瘋狂修道士克利塔努斯的懺悔**》題名刊行出版，在好事之徒同儕間是本相當著名的珍稀書。據說同書還記載有如何從海中召喚怪物遣去攻擊敵人的方法（《**艾力克．霍姆之死**》）。

《亞特當陶片集》

The Eltdown Shards

- 「知識守護者」
- 〈至尊者〉
- 耶庫伯人

《亞特當陶片集》

23張黏土版

《亞特當陶片集》是理查．法蘭克林．西萊特創造的書籍。《奇詭故事》1935年3月號刊載的作品**《密封的盒子》**開頭便引用《亞特當陶片集》當中太古魔法師歐姆歐利斯與惡魔阿瓦洛斯之戰作為題詞，是乃此書之初出。

據說當時一直協助西萊特創作的洛夫克萊夫特曾經變動了題詞中的一個字（不過刊載於雜誌時並未採用變更）。

西萊特後來又創作小說**《知識守護者》**，為《亞特當陶片集》作背景設定。

《亞特當陶片集》是1882年於英國南部**亞特當**附近砂石場，從三疊紀初期地層中發現到的23張黏土版。每張黏土版外圍都有圈寬約1英吋（2.5公分）的圍邊，刻滿了左右對稱的文字。發現當初，《亞特當陶片集》的共同研究者達爾頓教授和伍德福德博士曾經斷言曰此黏土版無法翻譯。

不過1920年代在貝羅林學院教授化學的戈登．懷特尼教授卻成功將《亞特當陶片集》的第19黏土版幾乎完整地翻譯了出來。懷特尼教授推測《亞特當陶片集》所用語言乃阿姆哈拉語（注93）和阿拉伯語之原型，遂藉著推敲語源來進行解讀。這第19張黏土版上面所記載的，是用來召喚《亞特當陶片集》筆者稱作**「知識守護者」**的萬千知識之守護者暨管理者的召喚咒文。

完成翻譯的隔天清晨，便發現了懷特尼教授臉上仍然帶著絕望表情的屍體。至於他是否召喚了「知識守護者」，也已經無從得知。

洛夫克萊夫特版《亞特當陶片集》

很可惜地，《知識守護者》的原稿當初遭到《奇詭故事》總編輯法恩斯沃斯·萊特退稿拒絕刊登。直到1992年費德剛布萊默公司刊行的《洛夫克萊夫特神話故事 Tales of Lovecraft Mythos》將其重新出版為止，這部小說塵封了將近60年之久。

當時洛夫克萊夫特確實讀過《知識守護者》的原稿。也許因為是他協助創作並提出建議的作品，讓他對這部小說產生了某種特別的情感吧。

於是洛夫克萊夫特遂在《奇幻雜誌》（Fantasy Magazine）刊載的接龍小說（注94）**《彼方的挑戰》**當中自己負責的段落，把《亞特當陶片集》給安插了進去。

1912年，蘇賽克斯（注95）的一名牧師亞瑟·布魯克·文特斯-哈爾宣稱成功翻譯出部分的《亞特當陶片集》，並將其製作成冊發刊。

其譯文描述到1億5千萬年前統治地球的**〈至尊者〉**，以及〈至尊者〉阻止宇宙遠方貌似蠕蟲的**耶庫伯人**利用透明立方體傳送機侵略地球的來龍去脈。文特斯-哈爾牧師是以神祕學界所謂人類尚未誕生以前便已存在的象形文字作為線索，利用該文字與《亞特當陶片集》所繪圖形之相似性來進行解讀。

《彼方的挑戰》當中對《亞特當陶片集》的敘述並不一定跟《知識守護者》完全吻合，而大多數洛夫克萊夫特讀者都是憑藉《知識守護者》的記述來認知《亞特當陶片集》的相關設定。

此外，卡特在**《陳列室的恐怖》**當中則是將文特斯-哈爾牧師翻譯的冊子稱作**《蘇賽克斯手稿》**。

以偲星相關資訊之來源

洛夫克萊夫特曾經在1936年2月13日寄給西萊特的書信中提出《亞特當陶片集》和**《那卡提克手札》**內容令人詫異地類似的設定。根據這個想法，洛夫克萊夫特遂在**《超越時間之影》**寫說《亞特當陶片集》當中記載有〈至尊者〉出身地**超銀河世界以偲星**相關描述。甚至後來他在為威廉·魯姆利代筆的**《阿隆佐泰普的日記》**當中也提到了《亞特當陶片集》。

《葛拉奇啟示錄》

Revelations of Glaaki

- ✢塞溤河谷
- ✢布瑞契司特大學
- ✢終極出版社

《葛拉奇啟示錄》

邪神宗教團體之宗教儀式書

《葛拉奇啟示錄》乃倫希·坎貝爾創造的書籍。此書初出自**《湖底的住民》**，後來坎貝爾大部分的神話作品當中，《葛拉奇啟示錄》是提供坎貝爾獨創神祇相關資訊的重要情報來源。《葛拉奇啟示錄》曾經提及的諸神如下：

- ✢ 葛拉奇 044（P.110）
- ✢ 伊格隆納克 045（P.112）
- ✢ 格赫羅斯 046（P.114）
- ✢ 多洛斯 045（P.112）
- ✢ 烏素姆 034（P.090）
- ✢ 姆納加拉 050（P.122）

葛拉奇是棲身於英國格洛斯特郡**塞溤河谷**某個湖泊中的邪神，而這份記錄教團教義、知識和習慣的教團內部文件，是由信徒們前仆後繼合力著作。

葛拉奇教團設立於18世紀末。今已無法確知《葛拉奇啟示錄》始於何時，不過1865年曾經有一份原稿流出外界，當時《葛拉奇啟示錄》已經寫到了第11卷。

1865年流出的《葛拉奇啟示錄》是以舊式活頁筆記紙人力親筆抄寫的手抄本，當時至少有抄寫成一本。豈料部分原稿後來在製書階段遺失，故而當時發行的盜版書內容僅有9卷而已。

這部盜版書印刷數量有限，而且幾乎都是交給了葛拉奇教團的信徒。

《葛拉奇啟示錄》的下落

布瑞契司特大學曾經一度收藏有《葛拉奇啟示錄》的藏書。

根據坎貝爾《**異次元通信機**》記載，因為暴力事件而被趕出布瑞契司特大學的阿諾·赫德教授就有一本盜版的《葛拉奇啟示錄》。赫德教授按照第9卷第2057頁的設計圖組裝了一個可以跟異次元連絡的通信機（據說赫德教授手上的第9卷是本頁數超過2千頁超級厚重的書）。他便是利用這台通信機，試圖與通過夢境呼喚他的異次元居民——斯格爾霍人取得接觸。

收藏在赫德教授宿舍的《葛拉奇啟示錄》於1958年遭布瑞契司特大學回收，其中卻有幾頁重要的書頁被撕破不見了。後來這本《葛拉奇啟示錄》在羅伯·M·普萊斯的《**我站在門外敲門***Behold, I Stand at the Door and Knock*》（1994年）被盜出布瑞契司特大學，可是坎貝爾卻在最近發表的《**森林最陰暗之處***The Darkest Part of the Woods*》（2002年）說此書是被一名穆斯林學生給燒掉了。

創作傳承的《葛拉奇啟示錄》

《湖底的住民》說葛拉奇教團已於1870年前後停止活動。

奇怪的是，後來數次在舊書店或圖書館發現《葛拉奇啟示錄》的時候，其卷數似乎又有增加。舉例來說，1920年代就曾經在布瑞契司特附近某個城鎮的書店發現了一部記載無頭神祇伊格隆納克的第12卷。坎貝爾《**冷印**》說《葛拉奇啟示錄》的第12卷是某個男子在夢境的引導下去到慈愛之丘，在那裡執筆寫成的。其次，前述《我站在門外敲門》則說**終極出版社（Ultimate Press）**曾經出版《葛拉奇啟示錄》的15卷版本。這終極出版社是屢屢出現在坎貝爾作品中的一家虛構出版社。

除前述的第9卷和第12卷以外，坎貝爾的小說並沒有記載到各卷的具體內容。《**克蘇魯的呼喚**TRPG》的副讀本《**克蘇魯的呼喚**TRPG**：守秘人指南**》以條列方式記載了各卷的內容作為遊戲提示，有興趣的讀者可以參照。

只不過上述情報僅是「《克蘇魯的呼喚TRPG》的設定」，欲將其運用於創作還請留意。

《水中生物》
Cthaat Aquadingen

《嘉尼遺稿》
G'harne Fragments

- 克蘇魯
- 歐圖姆
- 沙斯拉達祕術

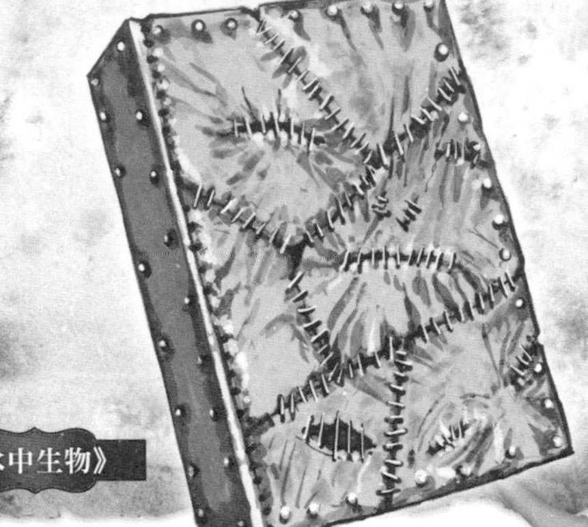
《水中生物》

布萊恩·魯姆利創造的禁書

本項目將針對布萊恩·魯姆利創造的兩本書進行解說。

《水中生物》的初出作品是魯姆利的**《深海的陷阱》**，在作品中是連同加斯頓·勒費的**《深海住民》**、甘特利的**《水棲動物》**以及德國嘉貝爾克伯爵所著**《深海祭祀書》**等一併列舉提到其書名。《深海祭祀書》是卡爾·雅高比恐怖小說**《水槽》**裡面的一本書。

魯姆利**《妖蟲之王》**說這些全都是以海洋的神祕和怪譚為主題的書籍。根據《水中生物》此題名看來，此書應該是記載了**克蘇魯**和**〈深海巨人〉**等水棲精靈魔物諸多資訊的寶庫。

魯姆利**《吊頸樹》**說《水中生物》是蒐集水棲精靈召喚咒文與祈禱文的集大成之作。《水中生物》拉丁語版是以人皮裝訂，每逢下雨前溫度濕度發生變化，表面就會滲出一層薄薄的汗水。這種人皮裝訂書在17世紀其實並不少見，當時大多是拿解剖屍體或死刑犯的皮來做醫學書籍或法學書籍的裝訂使用。無論是**米斯卡塔尼克大學**，甚至是包括其原型**普洛維頓斯**布朗大學在內的許多常春藤聯盟大學，附屬圖書館大概也都會有幾本這種書。人皮裝訂的《水中生物》在1970年代當時應該共有3本存世，其中一本收藏在大英博物館，只是申請閱覽此書往往都會遭到拒絕。除此以外，魯姆利**《瑟西島的誕生》**說《水中生物》的作者不詳，書中還記載到克蘇魯麾下一種叫作**歐圖姆**的生物。其他羅伯·M·普萊斯**《牽結惡魔的靈魂》**則說書中亦有波納佩群島的相關記載。

《水中生物》也是本實用魔法書，包括以下內容：

- 「奈哈格送葬歌」。
- 「遠古印記」的製作方法。
- 沙斯拉達祕術的解說。
- 關於札特瓜儀式的詳細解說。

《克蘇魯的呼喚TRPG》的副讀本**《克蘇魯的呼喚TRPG：守祕人指南》**當中將「奈哈格送葬歌」設定為消滅喪屍等具備實體之不死族的咒文，而第三項所謂的「沙斯拉達祕術」，其實就是**葉比·簇泰爾** 048 項目（P.119）當中解說到的「黑血召喚」、「葉比·簇泰爾的幻視」、「葉比·簇泰爾的召喚」（「沙斯拉達」似乎是魯姆利的造語）。

〈遠古種族〉的地理書

《嘉尼遺稿》是初出自魯姆利**《混凝土的圍繞*Cement Surroundings*》**（與**《挖地者》**第3章相同）的書籍，若按照作品中的時間順序，則**《瘋狂的地底迴廊》**在先。1934年探險家溫卓普從北非某部落得到一個用點字寫成奇怪象形文字的黏土版；除人類誕生以前便存在於地球的都市以外，此黏土版對從前在太陽外側附近運行的**賽歐夫星**和**蕢果思（冥王星）**等天體亦有記錄，堪稱是本宇宙的地理書。又因為其中記載到古代的地底都市**嘉尼**，故稱《嘉尼遺稿》。由於《那卡提克手札》有類似的象形文字，旬信《嘉尼遺稿》可以追溯直到三疊紀。溫卓普的研究成果發表於1934年（年代已經混亂）卻未受認同，以致鬱鬱而終（《瘋狂的地底迴廊》）。

後來又有艾默瑞·溫蒂史密斯爵士重新翻譯《嘉尼遺稿》，將研究成果整理成一本16開裝訂的冊子《嘉尼遺稿》，於1919年自費出版1000本。他還組織探險隊前往北非尋找地底都市嘉尼，卻落得隊員全滅的下場，而溫蒂史密斯爵士回來時也已經發了瘋（《瘋狂的地底迴廊》）。

英國沃比博物館的戈登·沃姆茲利館長等人拿《嘉尼遺稿》比對200萬年前的地圖，找出了嘉尼以及位於約克郡荒野的**勒伊比**、**冷**、**拉葉城**、**喀拉謝爾**等古代都市的位置。他們還實際前赴《嘉尼遺稿》記載為「前哨地」的地方，原來那裡是**〈遠古種族〉**的前線基地，從而查出《嘉尼遺稿》乃〈遠古種族〉所著。

《波納佩經典》
Ponape Scripture
《贊蘇石版》
Zanthu Tablet

→克蘇魯之子
→姆大陸
→繒之高原

《贊蘇石版》

《波納佩經典》

庫普蘭德教授破滅之禍根

此項目將就卡特作品提及的兩本書進行解說。

《波納佩經典》初出自卡特《**超越時代**》，原本是用**姆大陸**一種叫作**奈柯語**的語言書寫記載在用椰子樹葉做的皮紙上，相傳是從前在姆大陸權傾一時的**賈德諾索阿**神官**伊瑪什-莫**所著。

阿克罕貿易商阿博納・伊齊基爾・霍格船長於1734年前往南太平洋波納佩從事挖掘調查活動時發現了此書，並且在一名〈**深海巨人**〉與人類混血的僕人協助之下翻譯成英語。卡特的《**墳墓之主**》說霍格是打算將這個工作獻給伊瑪什-莫及其後人。

《波納佩經典》是信奉克蘇魯及其眷族的宗教書籍，同時也是比《**無名邪教**》更早提及姆大陸的著作。

霍格製作的英譯版終究沒能正式出版，只能私人出版，在疑似賈德諾索阿與克蘇魯祕密教團之成員、神祕學研究家之間祕密傳閱；當初在**印斯茅斯**等地活動的**大袞祕密教團**想必也有參考此書。《墳墓之主》說哈羅德・哈德里・庫普蘭德教授解讀《波納佩經典》，在中亞的**繒之高原**找到了姆大陸的神官**贊蘇**之墓。至於《波納佩經典》原書則是和翻譯抄本共同收藏於**沙倫**的基斯特圖書館。

贊蘇石版

《贊蘇石版》初出自卡特《墳墓之主》，傳為古代姆大陸的神官兼克蘇魯之子伊索格達的神官贊蘇所著，是本在黑色的翡翠版上刻滿密密麻麻小字的書。《墳墓之主》說此書共10張，卡特**《陳列室的恐怖》**卻說共有12張，不同作品就其數量有不同說法。

哈羅德·哈德里·庫普蘭德教授1913年於中亞的緇之高原發現了贊蘇之墓，翌年1914年便發行了《贊蘇石版：基於猜測的翻譯》，卻遭到學會和媒體雙方面打壓。原先的黑色翡翠文字版保存在加州的**桑朋太平洋海域古代遺物研究所**，**《克蘇魯的呼喚TRPG》**的劇本**《被切除的時間**_A Resection of Time_》則說庫普蘭德教授帶回來的石版在1933年失竊，現已下落不明。

《贊蘇石版》的已知內容如下：

- **第七石版**：贊蘇獲得強大護符「伊蘭安的黑色印記」的來龍去脈（卡特**《克蘇魯的地窖》**為其譯文）。
- **第九石版**：講述贊蘇召喚伊索格達導致姆大陸滅亡之始末（卡特**《深淵之物》**為其譯文）。

先驅留下的遺產

《墳墓之主》說哈羅德·哈德里·庫普蘭德教授是環太平洋地區考古學的權威，廣受學界尊敬。然則自從他初次在學術界發表關於**克蘇魯神話**的先驅研究——1906年的「玻里尼西亞神話——克蘇魯神話大系之相關考察」以後，庫普蘭德教授轉而傾倒於神祕學，終於因為1911年發表論文「從《波納佩經典》考察史前時代太平洋海域」而遭學會開除。後來庫普蘭德教授又根據《波納佩經典》和《無名邪教》之記述而於1913年組織中亞調查隊，卻落得個全軍覆沒僅自己一人生還。

至於庫普蘭德教授自己也在發表此次調查發現的《贊蘇石版》相關報告以後，就被送到舊金山的療養所收容並且發狂而死；他身後留下來的資料被稱作**「庫普蘭德的遺贈物」**，捐贈給了桑朋太平洋海域古代遺物研究所。

《赫桑的七祕聖典》等書

Seven Cryptical Books of Hsan, others

✦米斯卡塔尼克大學附屬圖書館
✦伊歐德
✦奈亞魯法特

其他書籍

本項目要介紹的是作品中相關資訊較少，又或者是跟其他作家、作品關聯性較為薄弱，卻也具有相當知名度的書籍。

✣ 《**赫桑的七祕聖典**》：初出自洛夫克萊夫特《**蕃神**》，是**幻夢境**的**烏薩爾城**的賢者**巴爾塞**之物。《**夢尋祕境卡達思**》說此書後來交給了大神官阿塔，收藏於烏薩爾的〈遠古種族〉神殿之中。

《赫桑的七祕聖典》的登場作品並不多，若是光論第一世代作家，也只有德勒斯曾經在創作洛夫克萊夫特未完成作品《**門檻處的潛伏者**》時提到**米斯卡塔尼克大學附屬圖書館**藏有此書而已。

就連致力於整理、擴張克蘇魯神話相關設定的卡特，也只有在**卡特版**《**死靈之書**》提到事奉**烏伯．沙絲拉**及其子胤的神官，將從前烏伯．沙絲拉從**喜拉諾**的**舊神**圖書館盜出的「**夫納之印**」記載在《赫桑的七祕聖典》當中，僅此而已。

布萊恩．魯姆利的《**妖蟲之王**》說英國薩里郡的魔法師朱利安．卡斯泰爾的藏書中有部《赫桑的七祕聖典》，不過並未就其內容著墨。

此書的相關設定，絕大多數都是來自《**克蘇魯的呼喚TRPG**》。

先有劇本集《**奈亞魯法特的假面**》指此書共分七冊，是來自古代中國的中文書，後又有規則手冊說此書是2世紀的赫桑所著。除此之外，《蕃神》刊載於雜誌當初，此書曾經被誤植為《**大地七祕教典**The Seven Cryptical Books of Earth》，後來這個題名遂轉而成為翻譯書的書名，被收進了《克蘇魯的呼喚TRPG》。至於在日本，此書則是在雜誌《**TACTICS**》1989年9月號刊載的讀者投稿當中被賦予了《**冱山七密經典**》這個中文題名。所謂冱山有「極冷冰凍」的含意，也就是冷原的意思。再有，《**克蘇魯世界之旅**》刊載的劇本《**師資搜奇傳**》則說鎌倉時代曾有部題名為《**慘之七祕聖典**》的中文版傳入日本。

✢《**伊歐德之書**》：初出自亨利・古特涅《**恐怖之鐘**》。此書與古特涅創造的神明**伊歐德**有何關聯，不得而知。此書是以人類誕生以前的古代語言記載，書中除西方大洋岸邊的褐皮膚民族用來召喚地底「黑暗沉默者」**祖剎空**（穆茨尼族稱作祖謝坤翁）的召喚咒文以外，還有記錄其他古代祕教的許多咒文。原書目前僅剩一部留存，而洛杉磯杭廷頓圖書館則是藏有一部由約翰・尼古斯英譯的刪減版。勞倫斯・J・康福模擬《伊歐德之書》部分內文之體裁創作《**烏斯諾的亡靈**》，寫說《伊歐德之書》當中最古老的章節記載有**阿瑟特斯**吐出的混沌種子變成彗星飛到地球等事。

✢《**暗黑大卷**》：馬丁・S・瓦奈斯根據洛夫克萊夫特遺稿寫成《**阿索弗卡斯的暗黑大卷**》提及之書。此書是人類誕生以前某位來自艾隆吉爾的妖術師阿索弗卡斯所著，是部以安色爾體（注96）拉丁語抄寫成的手抄本。書中記載了召喚博羅米爾、**閃亮斜六面體**的祕密、召喚克蘇魯等強大的咒文，作品中還暗示從前**阿巴度・亞爾哈茲瑞德**執筆《**死靈之書**》曾經參考此書。書中記載的諸多咒文當中，尤以前赴**奈亞魯法特**故鄉**夏爾諾斯星**的咒文最值得一提；施術者首先要用火焰在地面劃出5個同心圓，然後站在圓心唱誦咒文、讓靈魂飛向宇宙空間去。

✢《**黑色智慧之書**》：單就小說作品而論，則此書初出自卡特的《**陳列室的恐怖**》，不過洛夫克萊夫特已經先在書信中寫到曾經在米斯卡特尼克大學見過這本書，此書是洛夫克萊夫特《穿越銀匙之門》所述**亞狄斯星**魔法師**茲考巴**從**賓爾族**手中偷來，世上只有這一本。《黑色智慧之書》被稱作是「**永劫冷原的神祕遺產**」，流入地球以後就被藏在了亞洲一個叫作**楊荷**的都市。《**哀邦書**》稱此書為《**夜之書**》，而《**無名邪教**》的作者**馮容茲**也曾經讀過這本書。為《無名邪教》寫序的學者司特佛伊德・默達爾曾於1847年自費出版《**暗藏於亞洲的神祕——附《黑色智慧之書》注釋**》，可惜絕大多數都遭到政府當局焚燬。

✢《**伊斯特之歌**》：出自羅伯・A・W・隆恩德斯《**深淵**》。此書由**迪卡族**僧侶翻譯成人類黎明時期的三種語言，據說後來又翻譯成希臘語、拉丁語、阿拉伯語以及伊莉沙白時期的英語，然則原書已然下落不明。書中寫到有支叫作**埃杜布拉里**的種族，他們喜歡派遣同族去異世界或異次元探索尋找與自己相似的種族，然後把對方拉到自己的領域來。隆恩德斯還在跟H・多克韋勒、費德烈・普爾共同創作的《**葛拉格的披風**》當中提到拉丁語版的《伊斯特之歌》。

銀鑰匙

Silver Key

→藍道夫・卡特
→塔威爾-亞特烏姆
→茲考巴

開啟通往異界之門的鑰匙

銀鑰匙是初出自洛夫克萊夫特《銀鑰匙》(1926年)的一項擁有神奇力量的道具。這是支造型充滿異國元素、缺乏光澤的沉甸甸銀色鑰匙,長達5英吋(13公分)以上,表面還刻滿了神祕的阿拉伯式花紋(注97)和令人望而生畏的奇怪象形文字。

這把鑰匙,是**幻夢境**稱作偉大「**夢想家**」的藍道夫・卡特家族代代相傳之物。其起源可追溯直至**極北大陸**,據說它跟千柱之城**伊倫**有某種關聯性,是藍道夫的祖先傑弗瑞・卡特參加十字軍東征所獲的家傳之寶。魔法師艾德蒙・卡特逃過**沙倫獵女巫**一劫後,曾經利用此物獲得極大成果,遂將其收藏在一個橡木盒裡面嚴加保管,直到2個世紀以後才被藍道夫・卡特發現。

這個用來保管銀鑰匙的盒子裡面還另外有張羊皮紙,上面用不知名的語言記載著奇妙的象形文字。根據後述的《穿越銀匙之門》,這個象形文字便是從前**克蘇魯**眷族使用的**拉葉語**,羊皮紙記載的是能夠給銀鑰匙賦予無限力量的附加咒文,不過卡特是在很久以後方才得知了這件事情。

根據那張羊皮紙的記載,只消拿著鑰匙轉9次並唱誦正確的咒文,使用者就能帶著自己的肉身移動到任何時代。其次,若是跟其他咒文一併使用,使用者還能去到原本在空間維度上無法企及的領域。而且如果持有者有這個資格的話,甚至還能打開**尤瑪特-塔威爾**看守的「**終極之門**The Ultimate Gate」前進。

卡特1928年失蹤的同時，銀鑰匙也跟著不翼而飛下落不明。

原來卡特是利用這把鑰匙返老還童、重獲1882年當時的少年肉體，進入「**第一道門** *The First Gateway*」去了。

銀鑰匙之門的另一端

艾德加．霍夫曼．普萊斯受到《銀鑰匙》啟發，他向洛夫克萊夫特提議共同創作藍道夫．卡特失蹤以後的故事，還寄了份題為《幻影之王》的草稿過去。

洛夫克萊夫特覺得這份草稿仍有不足，做了相當程度的修改，最後完成了一部題為《穿越銀匙之門》（1933年）的作品。

該作品說到，《**死靈之書**》亦有使用銀鑰匙之儀式的相關內容。卡特先是使用銀鑰匙穿過「第一道門」，然後又在前往「終極之門」途中行經各地、得知了世界的真貌，其間過程帶有普萊斯醉心的濃濃**神智學**影響色彩。

筆者將卡特的旅程簡單整理如下：

1 從地球和時間出發，穿過「第一道門」前往超越時間的地球延長部分。

2 來到由尤瑪特-塔威爾和安坐於六角形台座的〈遠古種族〉把守的「終極之門」所在地——「**終極虛空** *Last Void*」。

3 穿越「終極之門」以後，卡特感覺到無窮存在跟自己之間「**一為全** *All-in-One*」「**全為一** *One-in-All*」的狀態，並獲〈遠古種族〉允許得以一窺「**終極之祕** *The Ultimate Mystery*」。

4 卡特接觸「終極之祕」，學習到所謂祕密便是「**終極深淵** *The Ultimate Abyss*」中的原型 *Archetype*，而全宇宙所有生物中均有原型的存在，每個人和他們的祖先子孫都是同一個原型的不同橫切面。

5 卡特領悟到，眾多原型當中最主要的「**終極原型** *The Supreme Archetype*」便是自身的原型，而自己是這個原型的其中一個面向。

6 在自身存在的各個面向當中，卡特選擇了距離1928年的地球最遠，也是他一生以來每每出現在他夢中的面向——**亞狄斯星**的魔法師茲考巴。

閃亮斜六面體

Shining Trapezohedron

- ➜「星際智慧教派」
- ➜奈亞魯法特
- ➜〈憂果思的菌類生物〉

閃亮斜六面體

通往所有時間與空間之窗

閃亮斜六面體是初出自洛夫克萊夫特《**獵黑行者**》的一個收藏奇妙寶石的小盒子，又或者是指其中的寶石。此物是**普洛維頓斯**的恐怖小說作家羅伯·哈里森·布雷克從19世紀在此地鼎盛一時的宗教團體「**星際智慧教派**」的總部遺址聯邦山丘廢棄教會找到的，發現當時盒蓋還是開著的，泛黃的外盒側面刻著不屬於這個世界的怪物浮雕。《獵黑行者》的續集 —— 羅伯·布洛奇《**尖塔的陰影**》則說這個盒子是不均勻不對稱的形狀。

盒中有個約莫4英吋（10公分）大的卵狀或不規則球體形狀的多面體，以金屬繩和盒壁伸出的七根支柱撐著，懸空而不接觸到盒底。這個看起來既像某種結晶體又像某種人造物的多面體是黑色的，帶有紅色紋路。盯著閃亮斜六面體看，異世界的景象就會漸漸在心中浮現。這個多面體是「通往所有時間與空間之窗」，其實是「星際智慧教派」將他們尊為「獵黑行者」的**奈亞魯法特**召喚至人世間的魔法道具。

據《尖塔的陰影》記載，閃亮斜六面體平時便是作開蓋狀態，無論是蓋上盒蓋或將盒子沉入海底，只要讓它被黑暗包圍，「獵黑行者」就會受到召喚。除此之外，《獵黑行者》、《尖塔的陰影》之後的續集 —— 布洛奇的長篇作品《**詭異萬古**》則說奈亞魯法特從前曾經藉著閃亮斜六面體的力量，在太古時代的凱米特（注98）（即埃及）化成人類的模樣。除召喚奈亞魯法特以外，閃亮斜六面體還另有開啟通往異次元的門戶、連絡異次元生物的功能。

布雷克還在教會發現了一本以教團祕密暗號寫成、以皮革裝訂的筆記本，筆記本裡面記載了閃亮斜六面體的歷史：

- **黑暗行星憂果思（冥王星）**製造。
- 是被某個叫作**〈遠古種族 Old One〉**的生物帶到地球來的。
- 由南極大陸的**〈遠古種族〉**（作品中是種**海百合**（注63）**形狀的生物**）祕密持有。
- **瓦路西亞**的**蛇人**從〈遠古種族〉的廢墟找到此物。
- 經過極漫長的歲月以後，於**黎姆利亞大陸**被人類發現。
- 輾轉於許多奇怪的地方和奇怪的海底都市，然後隨著**亞特蘭提斯大陸**沉入海中。
- 被漁夫的網撈起，獻給埃及法老王**奈夫倫-卡**。奈夫倫-卡建造祭祀奈亞魯法特等神的神殿，並實際使用了閃亮斜六面體。
- 奈夫倫-卡失勢以後，神殿遭新任法老王破壞。
- 1843年在埃及挖掘調查奈夫倫-卡之墓的伊諾克．鮑文教授發現此物，而教授設立的「星際智慧教派」也使用了閃亮斜六面體。

《陳列室的恐怖》、**《死靈之書》**等卡特作品則說閃亮斜六面體由是**〈憂果思的菌類生物〉**帶到地球，眾邪神在對抗**舊神**的戰役當中曾經拿它來召喚奈亞魯法特等異次元的同胞。根據馬丁．S．瓦奈斯的**《阿索弗卡斯的暗黑大卷》**記載，妖術師阿索弗卡斯所著**《暗黑大卷》**也有記載閃亮斜六面體的祕密。另外Nitro+公司的PC電腦遊戲**《斬魔大聖*Demonbane*》**裡面則是有個非劍非杖的變形閃亮斜六面體；這閃亮斜六面體是能夠施放**第零封神昇華咒法**、利用平行世界將**阿瑟特斯**連同其前庭混沌宇宙封印起來的魔法裝備，須得以微黑洞為媒介召喚之。

學術用語「Trapezohedron」

「Trapezohedron」此語並非洛夫克萊夫特所創。此語在以下兩個學術領域是擁有不同意涵的用語：

- **結晶學**：研究結晶特徵與性質的學問。這是個風箏形狀的24面體，譯作「鳶形二十四面體」，石榴石就有這種形狀的結晶。
- **數學**：在這個領域中，此語是統稱風箏形狀的反稜柱對偶多面體（並不限於24面體），可以譯作偏方面體、雙反角錐等。

巴爾塞的新月刀

Scimitar Of Barzai

✢《死靈之書》
✢賢者巴爾塞
✢魔法武器

巴爾塞的新月刀

繪製魔法圖形的道具

巴爾塞的新月刀是《**魔法書死靈之書**》作品集當中，英國伊莉沙白女王時期魔法師**約翰·迪**譯成英語的《**死靈之書斷章**》曾經解說其製作方法的魔法道具。同書日語版譯作「偃月刀」，不過中國的偃月刀其實是種末梢設置彎刀的長柄武器、比較接近日本的薙刀，形狀跟阿拉伯彎刀相去甚遠，故本書採用「新月刀」譯名。

這柄新月刀是刀柄使用黑檀木製成的青銅材質彎刀，刀身兩面刻有咒文。此咒文不但能賦予此刀號令諸靈的力量，還有助於使用者繪製魔法陣、各種圖形和符號。根據《死靈之書》記載，巴爾塞的新月刀是使用於以下儀式：

《死靈之書斷章》

✢ **憂戈-索陀斯**的召喚儀式當中，在環石陣中央的地面繪製魔法陣。

✢ 為執行**督韓之咒**前往紫羅蘭色氣體之神**辛咖珂**（洛夫克萊夫特《**夢尋祕境卡達思**》的登場角色）藏身的深淵，須以巴爾塞的新月刀繪製**多角形蜘蛛**的巢穴。

卡特版《死靈之書》

✢ 執行死者復甦術時，要拿新月刀來繪製大圓圈住死者休息的場所，以及第三到第十三**夫納之印**。

✢ 重覆唱誦召喚儀式文召喚墓中幽靈之際，必須在墓前地面繪製**卡地修陀之象徵符號**，以便完事後將幽靈遣返。

賢者巴爾塞

《死靈之書斷章》並未說明因果關係，不過旬信巴爾塞的新月刀跟同名的**賢者巴爾塞**應該有某種關聯性才是。

巴爾塞是洛夫克萊夫特《**蕃神**》的登場人物，是名住在地球**幻夢境**貿易都市**烏薩爾**的賢者。

他不僅僅透過保存於山頂〈**遠古種族**〉神殿中的《**那卡提克手札**》、《**赫桑的七祕聖典**》等書參透習得了禁忌知識，同時也是烏薩爾的政治顧問，烏薩爾有條不可殺貓的奇怪法律據說便是他制定的。（洛夫克萊夫特的《**烏薩爾的貓**》有講述這條法律誕生的來龍去脈）

巴爾塞研究〈大地諸神〉多年，有次得知〈大地諸神〉會在皎潔月夜乘著雲船聚集到彼等從前居住的**哈提格科拉山**，在那裡設宴舞蹈狂歡。巴爾塞得知此消息以後坐立難安，決定帶著弟子神官阿塔前往哈提格科拉山。

巴爾塞去到那兒聽見眾神的聲音正歡喜時，豈料忽然間發生月蝕、天空被黑暗包圍，而巴爾塞也在同一時間不知去向了。

《斬魔大聖Demonbane》

正如前述解說，這巴爾塞的新月刀其實是執行魔法儀式的一種輔助性魔法道具而非武器，可是克蘇魯神話世界觀中卻鮮少有武器類型道具出現，是故也有部分作品會將此刀作戰鬥使用。Nitro+公司的電腦AVG遊戲《**斬魔大聖***Demonbane*》當中，此刀是受《死靈之書》的精靈**阿爾．阿吉夫**召喚出現的異形之劍，由主角大十字九郎以及其所駕駛的巨大機器人**Demonbane**使用這柄武器。

《斬魔大聖Demonbane》當中的巴塞爾偃月刀是個由4片刀刃組成的扇形道具，展開以後可按照迴力鏢的要領投擲進行攻擊。

除此以外，古橋秀行創作的外傳小說《**機神胎動**》當中的阿茲拉德，還有《**軍神強襲**》當中的艾德加等魔法師，都能同時召喚複數柄的巴爾塞偃月刀，還能使用將巴爾塞偃月刀鍛造成各種形狀與能力的魔法「**魔刃鍛造**」。

亞爾哈茲瑞德的油燈

Lamp of Alhazred

✢阿巴度．亞爾哈茲瑞德
✢石柱之城伊倫
✢沃德．菲力普斯

亞爾哈茲瑞德的油燈

映照記憶的魔法油燈

亞爾哈茲瑞德的油燈是德勒斯根據洛夫克萊夫特未完成遺稿創作的《**亞爾哈茲瑞德的油燈**》所提及的魔法道具。一名住在羅德島州州城**普洛維頓斯**的恐怖作家**沃德．菲力普斯**在祖父惠普爾．菲力普失蹤並且從法律上宣告其死亡的七年後，繼承了這只油燈作為祖父的遺產。

油燈還附有一封惠普爾寫的信，信中寫到以下事項：

- 這油燈原本屬於一名叫作**阿巴度．亞爾哈茲瑞德**的奇怪阿拉伯人。
- 此油燈乃阿拉伯半島南方的傳奇民族**阿德族**所製。
- 此油燈是從阿德族末代暴君沙達德建造的**石柱之城伊倫**發現。

亞爾哈茲瑞德的油燈是個橢圓形的小小油壺，一邊是彎勾勾的把手，另一邊則是插著燈芯的點火口，恰恰就是阿拉伯民間傳說故事《**一千零一夜**》最為人熟知的油燈形狀。

這油燈表面飾以奇妙的紋路圖樣，刻著未知的文字。

某天夜裡，菲力普斯把這油燈的內側好好擦了乾淨、點燃油燈，竟然發現從前油燈所有人的記憶均化成了影像浮現在眼前，而亞爾哈茲瑞德記憶中的石柱之城的光景當然也包括在內。菲力普斯將油燈映出的城鎮和景象分別命名為**「霧中怪屋」**、**「阿克罕」**、**「米斯卡塔尼克河」**、**「印斯茅斯」**、**「拉葉城」**，並執筆創作相關小說。最後油燈映照呈現的卻是菲力普斯自身的記憶，而他也漸漸消失在那片影像之中。

克蘇魯的後設小說

這個故事除了記錄洛夫克萊夫特如何創作克蘇魯神話小說，同時也記錄了亞爾哈茲瑞德是如何寫下《死靈之書》（《魔聲之書》），是部帶有後設小說（注99）屬性的作品。德勒斯執筆當初除洛夫克萊夫特的自傳性文章以外，還引用了洛夫克萊夫特書信所述阿拉伯半島傳說部族等相關故事。

沃德・菲力普斯是洛夫克萊夫特的分身，也是他偶爾使用的一個筆名。再者，菲力普斯是洛夫克萊夫特母方的家族，而惠普爾則是當地名士，也是父親早逝的洛夫克萊夫特的監護者 —— 祖父的名字。

從此處著眼，亞爾哈茲瑞德的油燈雖則是存在於克蘇魯神話故事「外側」的魔法道具，但有趣的是，卻又透過沃德・菲力普斯這個登場人物而同時存在於克蘇魯神話故事的「內側」。

之所以這麼說，那是因為沃德・菲力普斯也正是洛夫克萊夫特曾在《**穿越銀匙之門**》當中令其登場的分身。《**克蘇魯百科全書**》的編纂者丹尼爾・哈姆斯便將此二者視為同一人。

德勒斯在他根據洛夫克萊夫特遺稿寫成的《**門檻處的潛伏者**》當中，也把刊行出版《**新英格蘭樂園的魔法奇異**》一書的阿克罕第二會眾派教會的前牧師，命名叫作沃德・菲力普斯。

失蹤的洛夫克萊夫特

以下介紹一則跟小說《亞爾哈茲瑞德的油燈》有關的異聞趣談。

電影《**空中大怪獸拉頓**》的原作者 —— 作家黑沼健曾經執筆寫作介紹海外奇人異事的作品，其中有本《**奇人怪人物語**》就寫到「恐怖作家H・P・洛夫克萊夫特忽然從威斯康辛州的自宅中憑空消失。傳言他生前曾經在惡魔的援助之下創作小說。莫非是他揭露太多祕密，從而被擄到靈界去了」，情節跟現實世界中洛夫克萊夫特境遇截然不同。

其實威斯康辛州是德勒斯住的地方。如今雖已無從確認，不過黑沼健上述創作或許便是以《亞爾哈茲瑞德的油燈》為根據。

這則異聞可謂恰恰符合了克蘇魯神話虛實並陳、難以區分的風格。

冷原的玻璃
Glass from Leng
雪克美特之星
The Star of Sechmet

✦冷原
✦雪克美特
✦《妖蟲的祕密》

冷原的玻璃

窺看異界之扉

本項目所要介紹的，是能夠窺看異界景象的神話道具。

冷原的玻璃是奧古斯特·德勒斯根據洛夫克萊夫特創作筆記，採取死後合作形式執筆的《山牆窗》提及之物。此物直徑約1.5公尺，是個嵌以木框的奇怪圓形毛玻璃，是米斯卡塔尼克大學出身的民間研究家威爾伯·阿克萊某次在亞洲旅行中得來的。他認此物來自傳說中的**冷原**，遂稱之為冷原的玻璃，其實此玻璃是何處所造仍未可知，甚至**畢宿星團**（注53）也是可能的選項之一。

這塊玻璃是要按照普通的玻璃窗戶那般，設置在建築物分隔內外的牆壁等處使用。使用者首先要拿紅色粉筆在玻璃前方地面繪製帶有各式各樣裝飾圖樣的**五芒星**、坐在其中，然後唱禱讚頌**克蘇魯**的咒文「h'nglui mglw'nafh Cthulhu R'lyeh wgah'nagl fhtagn.（在拉葉的宅邸裡，死亡的克蘇魯在夢中等待著）」。

此時毛玻璃就會變成清澈，映照出異界的景象。

使用者無法選擇讓冷原的玻璃呈現何種景象，映照出來的景象似乎是隨著地球的自轉而變化。使用者看得到玻璃對面的景象，相對地對方也能透過玻璃發現使用者的存在。這冷原的玻璃並不僅僅是個視窗而亦有「門」的作用，因此透過玻璃往來於兩地之間也是不無可能的事。

當使用者感覺受到威脅，可以抹掉粉筆所繪五芒星的一角，如此便能把「門」和映像給關上。

把玻璃砸破同樣也能把「門」關上。倘若此時有什麼東西正要通過，因為「門」兩側的空間產生斷裂，無論任何物事都會被截成兩段。阿克萊擁有的那片冷原的玻璃後來被他的表弟於1924年破壞，但世間也許仍有相同的玻璃存在也未可知。

受詛咒的寶石

布洛奇《**巫師的寶石**》所述雪克美特之星是個能夠映出異界景象的寶玉。雪克美特是埃及神話當中的獅頭女神，這寶石從前是鑲在該女神神像的王冠之上，故名。

路維克·普林的《**妖蟲的祕密**》亦曾記錄到這顆寶石。雪克美特之星是在遭受羅馬人侵略當時流出埃及，輾轉間有多人經手此物，其中甚至不乏名人如下：

- 以殺戮無數聞名的法國貴族吉爾·德·雷男爵（注91）。
- 出沒於歐洲各國宮廷，人稱「不死之身」的聖日耳曼伯爵（注100）。
- 帝俄末期受沙皇重用權傾一時的妖僧拉斯普丁（注101）。

包括上述諸人，誤用雪克美特之星犯下冒瀆神明罪行者，絕大多數都落得極悲慘的下場。

從前有個名叫大衛·奈爾斯的攝影師醉心於拍攝純粹的幻想照片，經過與神祕學家友人一番論爭，他決定要用據說可以透過某個角度看見異世界的占卜水晶來拍照。

這顆水晶正是傳說中的雪克美特之星。

加工製成攝影機鏡片的雪克美特之星表面霧濛濛的，即便裝設在照相機上面仍然是什麼都看不見，不過茫霧後來卻逐漸褪開、只見一片無垠的平原展現在眼前。接著又看見了幾何學圖形和立體，慢慢變成應該要出現在惡夢中的某種恐怖物事。原來那便是超次元世界的生物，人類固然能夠過寶石的各種角度和陰影看見異世界，豈料那邊卻有這種恐怖的生物等待渴望生命的人類出現、要將這些人拉到自己所在的世界來。

翌日，使用雪克美特之星進行拍攝的奈爾斯就從上鎖的攝影棚失蹤了。他的友人將現場遺落的底片顯影製成照片，才看見了奈爾斯被擄去異界喪命的淒慘死狀。

尼托克里斯之鏡

Mirror of Nitocris

馬里尼的掛鐘

De Marigny's Clock

- 「食屍鬼的女王」
- 馬里尼父子
- 時光機

馬里尼的掛鐘

尼托克里斯之鏡

魯姆利作品的神話道具

本項目要解說的是布萊恩．魯姆利作品提及的神話道具。

尼托克里斯之鏡是出自魯姆利《**尼托克里斯之鏡**》的恐怖鏡子。

此鏡妥加打磨的青銅鏡緣上面刻著許多細緻而美麗的毒蛇魔物，即便歷經漫長歲月，鏡面仍是光滑依舊、沒有一點瑕疵。《**死靈之書**》和賈斯汀．季奧佛瑞的詩集《**獨石的人們**》（注102）均曾提到，此鏡從前乃埃及第六王朝末期的女**法老尼托克里斯**所有。從前尼托克里斯是將這面鏡子作處刑道具使用，她將政敵關進裝設此鏡的牢房中，隔天早上囚犯就不見了。原來這面鏡子竟然是通往**舒哥**棲身處的一個開口，光是置身於鏡子周圍就會讓人發惡夢，每到深夜0點更會有舒哥從鏡中現身、攻擊當下看見的所有人。這面鏡子被納入尼托克里斯墓中陪葬，直到20世紀才被探險家巴尼斯特．布朗法利發現。後來經過競標拍賣，此鏡才落入了神祕學家亨利-羅蘭．馬里尼之手。

關於尼托克里斯其人，埃及確有傳說指其兄弟本是埃及法老卻遭廷臣暗殺，尼托克里斯在設陷殺死仇人復仇以後不久便也喪命了。我們可以說尼托克里斯很可能是位史實人物，可惜的是目前仍未發現考古學和史學證據可茲佐證。洛夫克萊夫特在他為魔術師哈利．胡迪尼（注103）代筆創作的《**與法老同囚**》當中，曾經稱尼托克里斯叫作「**食屍鬼的女王**」，因此後來才被魯姆利給寫進了克蘇魯神話裡。

《**克蘇魯的呼喚**TRPG》讓尼托克里斯在現代復活，還讓她在諸多劇本裡面擔任敵對NPC的角色。

穿越時空的大鐘

馬里尼的掛鐘初出自洛夫克萊夫特和艾德加·霍夫曼·普萊斯合作的《**穿越銀匙之門**》。此物外觀與尋常大鐘無異，時鐘盤面卻記載著無法解讀的象形文字，四支指針無一按照地球所知任何時間規律在作動。此鐘是某位瑜珈行者從禁忌之城**楊荷**攜出，送給了紐奧良的神祕學家艾廷尼-羅蘭·馬里尼。後來馬里尼還曾經在處理其摯友藍道夫·卡特遺產的場合中，目睹同席的印度教僧人查古拉普夏大師打開掛鐘的門、鑽進裡面憑空消失。

尼托克里斯之鏡的所有者亨利-羅蘭·馬里尼，便是魯姆利作品的固定班底——《穿越銀匙之門》當中的艾廷尼-羅蘭·馬里尼的兒子。魯姆利將這座掛鐘寫進自身作品，藉此進一步擴張相關設定。

這掛鐘初次登場於《**馬里尼的掛鐘**》時，原是屬於靈能偵探**泰忒斯·克婁**所有。據說前述瑜珈行者將這座掛鐘稱作希亞瑪迪。直到後來《**泰忒斯·克婁薩迦**》**系列作品**的《**挖地者**》當中，魯姆利才終於揭開了這座掛鐘的真正價值。其實此物並非「時鐘」，而是**舊神**使用的時空穿梭機。當時克婁遭到邪神襲擊、命懸一線，便是乘著這座鐘逃出生天。接下來《**泰忒斯·克婁的歸來**》以後的作品中，這掛鐘已是角色非常吃重的移動手段，而舊神的**神園艾里西婭**當中形形色色的種族均各擁不同掛鐘，作日常移動使用。我們從《泰忒斯·克婁薩迦》可以得知掛鐘之功能如下：

- 能夠在時間和平行次元間移動。
- 能在三次元空間中從事超光速移動，還能急進急停不受慣性約束。
- 搭乘者只須透過思考便能任意操縱操作。
- 能將搭乘著的靈能身分、記憶、經驗等備份記錄下來。
- 能射出舊神的白色光線攻擊邪神及其爪牙。
- 掛鐘本身便是能夠進行轉移的「門」。

Nitro+公司的《**斬魔大聖***Demonbane*》**系列作品**說**馬里尼的掛鐘**裝設在**米斯卡塔尼克大學**的鐘塔之中，作為切換時空的開關使用。此設定首見於古橋秀之的外傳小說《**貝里尼的掛鐘**》，其後的PC遊戲《**機神飛翔***Demonbane*》亦曾提及此物。

夢境結晶者 佐恩・梅札瑪雷克的水晶

Crystallizer of Dreams, Crystal of Zon Mezzamalech

- 希普納斯
- 烏伯・沙斯拉
- 《哀邦書》

可怕的結晶

本項目所要介紹的是水晶等結晶體形狀的神話道具。

水晶自古以來就被認為是跟魔法、諸神頗有關聯性的物事。克蘇魯神話同樣也有幾項此類道具，不過這些結晶體通常都是用來連結不同時間、不同場所、不同時空的道具。

夢境結晶者是初出自倫希・坎貝爾**《湖底的住民》**的道具。其直徑約30公分，是個黃色雞蛋形狀、材質不明的物體，其質地跟其外觀給人的印象恰恰相反、非常堅固。夢境結晶者定期會發出笛音，敲起來的聲音則像是內部空洞洞似的。

此物可將睡眠者的意識轉移到其他場所或其他次元（=使夢結晶化）。雖然不知道使用者能夠控制到何種程度，但至少我們知道轉移者可以清楚地感覺到夢中的體驗，同時也可以將夢中獲得的物品給帶回來。坎貝爾**《面紗粉碎者》**作中人物便曾利用此物來蒐集召喚邪神**多洛斯**所需物品。

《湖底的住民》說這夢境結晶者受到嗜血守護者嚴加把守看管，**《克蘇魯的呼喚TRPG》**追加資料**《克蘇魯的呼喚TRPG：守祕人指南》**則說這守護者是種有雙黃色貓眼、形似水母的生物，只不過這個模樣或許只是「面紗粉碎者」當中某位神祕學者利用夢境結晶者召喚多洛斯欲一窺其真面目之際，恰巧在場的旁人看起來長得像是這個模樣而已。《克蘇魯的呼喚TRPG：守祕人指南》還說此物原是睡眠大帝**舊神希普納斯**之物，是個可以借用其神力的道具。未經許可擅自使用夢境結晶者，很有可能會觸怒貪婪的希普納斯。

指引烏伯·沙絲拉所在地的水晶

克拉克·艾希頓·史密斯的《*烏伯·沙絲拉*》另外有個道具叫作佐恩·梅札瑪雷克的水晶。這是個約莫柑橘大小、兩端稍扁的不透明結晶體，會隨著一種不可思議的節奏規律明滅閃爍。勞倫斯·J·康福假借《**哀邦書**》一節體裁創作的《*阿勃米斯的斯芬克斯*》便曾提及此物，稱作**烏伯·沙絲拉之眼**。

此物最早見諸於記錄是在**極北大陸**時代。《哀邦書》說此物原屬魔法師佐恩·梅札瑪雷克所有，他曾經使用這顆水晶窺看到地球的過去，可是他並未留下相關記錄便即失蹤，這顆水晶也跟著不知去向。直到過了好一陣子以後才在格陵蘭挖到此物，輾轉讓倫敦某骨董商擺在店面兜售，又被神祕學者保羅·托雷賈迪斯買了下來。豈料他買下水晶才不久，竟然也失蹤了。

凝視佐恩·梅札瑪雷克的水晶者將會陷入半夢半醒狀態，體驗到自己的前世和更早的轉世身分，不斷在時間當中往從前回溯。

這顆水晶會讓曾經看過的人深深著迷，就算下定決心不再看它，也會被難以克制的衝動拉扯回到水晶前面。使用者會回溯至人類出現以前、變成從前橫行地球的各種生命體，最終則是將會回到生命誕生以前，跟原始地球泥濘中不住拍打擺動身體的**烏伯·沙絲拉**之子同化，變成沒有智慧、沒有自我意識也沒有後世記憶的不定形生物。

其他結晶體道具

還有其他作品也曾提到不同的結晶體形狀道具。

亨利·古特涅的《*海德拉*》說按照《靈魂投射》此書記載的程序進行星光體投射實驗，就會在燃燒材料的火缽裡得到某種結晶體。此結晶體能使空間產生扭曲，打開一個通往外世界的通道。除此之外，德勒斯所創頗具福爾摩斯風格的名偵探《索拉·龐斯》系列當中，有部他跟梅克·雷諾茲共同創作的《*諾斯特拉達姆斯的水晶球*》，說預言者諾斯特拉達姆斯（米歇·德·諾斯特拉達姆斯）有顆能夠預知未來的水晶球。這部作品亦曾提及洛夫克萊夫特《*夜半琴聲*》的故事舞台巴黎**奧爾斯街**，跟克蘇魯神話世界亦有所連結。

「遠古印記」

Elder Sign

- 舊神
- 母那
- 穆哈的星石

「遠古印記」

舊神的封印石

「遠古印記」是顆擁有神奇的力量、能夠驅退邪神和異形生物的特殊石頭，出自德勒斯和馬克·史戈勒共同創作的**《湖底的恐怖》**、**《莫斯肯漩渦沉浮記》**（1931年）。同樣能夠驅避邪惡的神話象徵符號，則另有法蘭克·貝克納普·朗恩的**《吞噬空間的怪物》**（1927年）的十字架為先。

根據《湖底的恐怖》、《莫斯肯漩渦沉浮記》記載，「遠古印記」是顆淡綠色的五芒星形狀石頭，五個角分別象徵地球的四方和邪神所屬之地。其表面繪有一個小小的五角形，還有個看起來既像圓形又像眼睛的圖形。後來其他作品對「遠古印記」的描述開始漸漸有了變化。德勒斯**《克蘇魯迷踪》**說「遠古印記」表面粗糙，是個刻有光柱般圖案的巴掌大灰綠色石頭，原產於古代的**母那**。母那是洛夫克萊夫特**《降臨在薩拿斯的災殃》**亦曾提及的古代土地，一說位於幻夢境（洛夫克萊夫特**《夢尋祕境卡達思》**），一說位於沙烏地阿拉伯附近（布萊恩·魯姆利**《姐妹市》**等）。最後則是德勒斯根據洛夫克萊夫特遺稿創作的**《門檻處的潛伏者》**，作品中「削去兩端的菱形中央有條火柱」的描寫，如今已經成為石頭所繪圖案之標準設定。

至於「遠古印記」有何效果，同樣也在經過幾部作品以後產生了變化。《湖底的恐怖》、《莫斯肯漩渦沉浮記》說舊神在五個地方大量埋設這種石頭、製成一個巨大的星形，把邪神封印於其中。古代羅馬天主教會聖職者管這個石頭叫作「鑰匙」（德勒斯**《來自彼方的東西》**），從前邪神及其眷族出來為害作惡時，便曾經用這個石頭將彼等重新封印。相對地《克蘇魯迷踪》以後的作品則是說「遠古印記」雖然可以驅退**〈深海巨人〉**、**舒哥**、**塔哥-塔哥族**、**竇爾族**、**沃米族**、**蛇人**等邪神麾下種族，對邪神卻是起不了作用。不過德勒斯**《山谷中的小屋》**倒是說「遠古印記」似乎能幫助受邪神影響者恢復神志。德勒斯和洛夫克萊夫特《**恐怖盤踞的橋墩**》又說，不僅僅是五芒星形狀的石頭，設置於橋樑等處的五芒星雕刻同樣也具有封印邪惡的力量。

德勒斯作品以外的「遠古印記」

首先在作品中使用「遠古印記」此語的乃是洛夫克萊夫特，他時常在小說或書信中寫到「遠古印記elder sign」這個字。《**末裔**》、《**夢尋祕境卡達思**》說這印記是種配合手印的咒語，詩歌《**異形的死者**》則是在講到解放黑暗魔物的時候提到了「遠古印記」。再者，他還在1930年11月7日寄給史密斯信中說到伊芙的黑暗傳說中有個類似樹枝的遠古印記。

其次，洛夫克萊夫特在讀過《湖底的恐怖》、《莫斯肯漩渦沉浮記》以後，他的作品中也開始有深受德勒斯設定影響的「遠古印記」出現。例如《**印斯茅斯疑雲**》就有個類似卍符號、能夠驅退〈深海巨人〉的〈**遠古種族**Old Ones〉的印記。「遠古印記」的星形畫得歪歪斜斜，想必就是受到卍符號影響而然。《**穿越銀匙之門**》引用到《**死靈之書**》當中「絲毫不以「遠古印記」為忤的邪惡」一文，而《門檻處的潛伏者》的原始洛夫克萊夫特遺稿當中也有利用刻著「遠古印記」的石板封印**歐薩多戈瓦**的情節。以下是後續作品對「遠古印記」之相關設定：

- **倫希．坎貝爾《城堡裡的房間》**：教會門口上方有個雕刻，上面刻著一個蛤蟆模樣的怪物蜷縮在手持偌大星形物體的天使面前。
- **坎貝爾《恐怖之橋》**：橋礅有個圓形在外、五芒星在內的雕刻，能藉舊神之力將怪物封印在水中。
- **布萊恩．魯姆利《瘋狂的地底迴廊》**：《**嘉尼遺稿**》將環石陣中央繪有五芒星形狀之處稱作「**大遠古印記**Great Elder Sign」。
- **魯姆利《挖地者》**：米斯卡塔尼克大學的工坊從1959年起以滑石為原料，開始量產五芒星之石。魯姆利作品說「遠古印記」對邪神亦有效果。
- **卡特《陳列室的恐怖》、《夢中偶遇》**：同時碰觸刻有**索斯三神**的翡翠雕像和「遠古印記」，則兩者都要崩壞破碎。
- **E．P．伯格倫《瘋狂的幻像*Visions of Madness*》**等：以未知金屬製造的五芒星形**穆哈的星石**擁有比母那的「遠古印記」更加強大的力量。

專欄　克蘇魯神話的情報媒體

此處介紹的是克蘇魯神話作品當中提及的報章雜誌等媒體。

〈阿克罕新聞報 Arkham Advertiser〉

阿克罕的大眾報紙。1917年刊載敦威治的少年威爾伯·華特立異於常人的成長速度（洛夫克萊夫特《敦威治村怪譚》），1930年直接以無線電跟米斯卡塔尼克大學的南極探險隊連線進行快報（《在瘋狂的山上》）。

〈阿克罕憲報 Arkham Gazette〉：

1880年刊行的阿克罕老牌報社（洛夫克萊夫特《星之彩》）。亦可簡稱〈憲報〉，也不知是否仿效沙倫的真實報社〈沙倫憲報〉取的名字，《克蘇魯的呼喚TRPG》等後續作品稱作〈阿克罕憲報〉。

〈亞茲貝里快報 Aylesbury Transcript〉

1920年代敦威治刊行的大眾報紙（洛夫克萊夫特《敦威治村怪譚》）。這似乎是份連總篇輯也要寫報導的地方報社，專門將當地發生的奇怪事件穿鑿附會、誇張化進行報導。所謂亞茲貝里是條延伸直至敦威治的街道名，也是德勒斯作品當中敦威治鄰鎮的鎮名。

〈敦威治每日快遞報 Dunwich Daily Dispatch〉

見於理查·A·盧波夫的《敦威治的破滅》。該報曾經詳細刊載洛夫克萊夫特《敦威治村怪譚》所述1928年發生的事件。

〈晚報 Evening Bulletin〉

正式名稱為〈普洛維頓斯晚報〉。真實存在的報社。洛夫克萊夫特《查理士·德克斯特·華特事件》説此報有刊載作品中所述1926年4月12日發生的掘墓事件。

〈坎賽觀察報 Camside Observer〉

坎貝爾《面紗粉碎者》曾經不經意地提及此報。應是格洛斯特郡塞馮河谷附近的地方資訊報紙。

〈夜刀浦 Watcher Yatoura Watcher〉

專為手機訂閱戶發行電子報的千葉縣夜刀浦市的地方情報網站。總編輯·管理者為矢口英司（朝松健《弧之增殖》的主角）。介紹當地都市傳説的專欄「怪夜燈」最受歡迎。

第6章

恐怖所在

北美

North America

克蘇魯神話的搖籃

不僅僅是克蘇魯神話，現代恐怖小說領域同樣也有所謂的「**美洲神話**」概念。現如今在北美地區占多數的白人，而且是一般大眾，都是從前那些主動跟歐洲歷史和傳統切割脫離的移民者的子孫，但也正因為如此，群眾間亦有種對歷史和傳統的憧憬逐漸萌芽。克蘇魯神話故事的世界中，北美地區同時有脈承歐洲的黑魔法、巫術以及至今仍無法掌握其全貌的原住民族神祇，是諸多信仰共處並存的大融爐，可以說是個充滿危險的地方。初期的北美移民沒能成功將原住民族的歷史文化和自身固有歷史文化調和折衝，但是從某種層面來說，克蘇魯神話的創作者們卻以邪神、各種恐怖生物等超常存在為媒介，可以說是做到了兩種文化的融合。

本項便要介紹新英格蘭以外的北美各處神話重要據點。

地底世界金-陽

根據洛夫克萊夫特替齊利亞．畢夏普代筆的《**依格的詛咒**》記載，北美中西部奧克拉荷馬州一帶原住民間相信有位叫作**依格**的半人半蛇神，畏之頗甚。同樣受畢夏普委託代筆的《**丘**》又說奧克拉荷馬州卡多郡**賓格鎮**附近有個看似古代墳丘的小山丘，裡面有個入口可以通往地底世界**金-陽**。根據金-陽居民之間的傳說，他們是從前遙遠太古時代由一位貌似章魚的宇宙調和之神**庫魯**——亦即**克蘇魯**從外宇宙給帶到地球來的。

從前**黎姆利亞大陸**和**亞特蘭提斯大陸**繁榮當時，金-陽的居民仍是住在地面；自從這些大陸遭到來自宇宙的魔物沉入大海、庫魯被禁錮於海底的**雷雷克斯**（**拉葉**

城）以後，唯有少部分倖存者得以合流聚集，然後就在這金-陽繼續守護著庫魯、依格和**舒伯-尼古拉斯**的信仰。

金-陽又分成兩個分別發出藍色和紅色光芒的地區。大部分人口都住在藍光世界中的大都市**札思**，而原先住在紅光世界**囿思**的其他種族則是遭其征服奴役。紅光世界地底還另有個叫作**無明的恩欸**的黑暗世界，該地住有不定形黑色生物、崇拜**札特瓜**。

洛夫克萊夫特《**暗夜呢喃**》說札特瓜是來自無明的恩欸，還說佛蒙特州也有個通往金-陽的入口，看來這個地底世界遠比我等原來想像得還要廣大。

此外，卡特《**依格的復仇** *The Vengeance of Yig*》則說《**丘**》這部小說當中所提到的囿思星先住民族，就是蛇人。

其他克蘇魯神話據點

北美還有許多地方也跟克蘇魯神話故事頗有淵源。

- **曼尼托巴省（加拿大）**：德勒斯《**乘風而行者**》、《**伊達卡**》的故事發生在從美國北部延伸至加拿大、以加拿大曼尼托巴省為中心的森林地帶，這裡是風之精靈**伊達卡**出沒、四處搜尋獵物的危險地帶。伊達卡是根據奧吉布瓦族的惡靈**溫敵哥**傳說所創，而此地想必應該跟奧吉布瓦族所屬阿爾岡昆語族原住民族從前的居住地重疊吻合。
- **威斯康辛州（美國）**：德勒斯《**黑暗住民**》故事發生的威斯康辛州北部中央附近的**雷克湖**有片**恩欸森林**，是**奈亞魯法特**在地球的眾多藏身處之一，湖泊附近還立有石碑刻著無貌之神的形象。附近人家都說此地有半人半獸恐怖生物出沒，自從17世紀傳教士皮爾嘉德神父來到此地、在祈禱書留下目擊巨大生物腳步的奇怪記載以後失蹤以來，離奇詭異的事件便層出不窮。1940年有名飛行員在威斯康辛州北部試飛時目睹雷克湖上有個像是在沐浴的巨大生物，當地報紙還拿此事來跟尼斯湖水怪比較、喧騰一時。這片森林後來被**庫多古**放火燒成了精光。

新英格蘭
New England

洛夫克萊夫特的故鄉

所謂新英格蘭地區位於美利堅合眾國東北，涵蓋有麻薩諸塞州、羅德島州、新罕布夏州、佛蒙特州、康乃狄克州和緬因州。當初清教徒派的102名**朝聖先輩**為建設新的「神之國」而駕著五月花號離開了故國，從麻薩諸塞州普利茅斯灣登陸北美大陸，時為1620年。

他們在那裡建立了名為「共有地」的街道，此即美國的第一個殖民地。後來眾人便都是從這普利茅斯殖民地轉赴各地，開枝散葉。

洛夫克萊夫特出身於羅德島州的首府普洛維頓斯，他每每去到新英格蘭各地旅行，往往就會拿曾經待過的土地另外創作虛構的地方都市，作為小說作品的故事舞台。

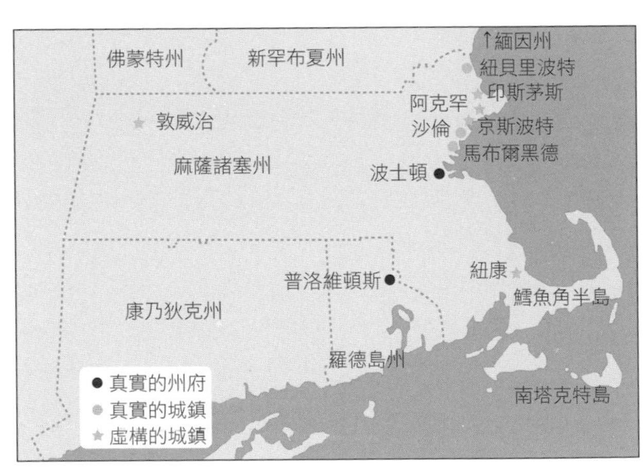

以下是洛夫克萊夫特所創位於新英格蘭的虛構城鎮：

✢ **阿克罕**：揉合麻薩諸塞州**沙倫**和故鄉**普洛維頓斯**而成的城鎮。初出自洛夫克萊夫特***《屋中畫》***，不過當初只有說到阿克罕位於英格蘭某處、附近有**米斯卡塔尼克溪谷**而已。後來**米斯卡塔尼克大學**也在《**屍體復生者 赫伯特·韋斯特**》當中誕生，《**星之彩**》則是將阿克罕塑造成鎮上流傳著女巫傳說、西側荒廢丘陵地還留有比原住民族更古老的石造祭壇的這般今日形象。鎮上家家戶戶都是復斜式屋頂搭配喬治亞風格欄干的古風造型。附屬圖書館收藏《**死靈之書**》等禁書的米斯卡塔尼克大學便座落於此，因此阿克罕往往會跟《**敦威治村怪譚**》等克蘇魯神話事件牽連干係。

✢ **印斯茅斯**：根據麻薩諸塞州紐貝里波特、格洛斯特所創。印斯茅斯雖然初出自《**印斯茅斯疑雲**》，不過更早的《**西里非斯**》也曾經提到英國康瓦耳有個叫作印斯茅斯的漁村。

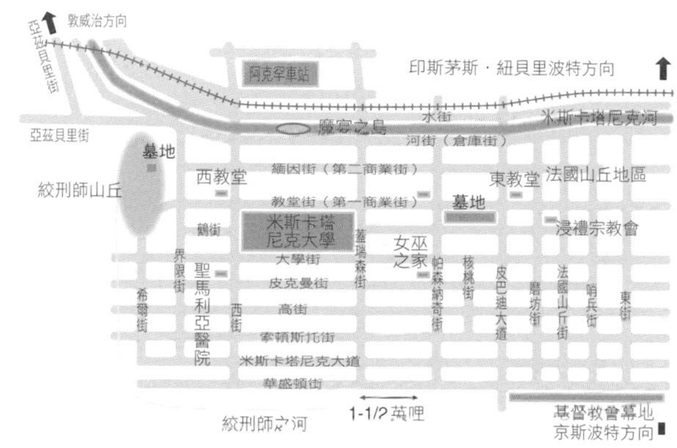

這是個座落於**馬奴塞特河**河口的寂靜漁村，從前曾因造船業和東洋貿易而鼎盛一時，然而進入19世紀以後便已徹底衰敗。鎮上的重要人物歐畢德·馬許船長跟〈**深海巨人**〉勾結，1840年組織了**大袞祕密教團**，還在印斯茅斯外海的**惡魔暗礁**向〈深海巨人〉獻活祭，以此代價換得諸多恩惠。印斯茅斯又跟〈深海巨人〉雜交，許多居民都長得一副活像魚類的**印斯茅斯長相**。後續作品亦多次提及此地是〈深海巨人〉的據點。

✢ **京斯波特**：根據麻薩諸塞州的馬布爾黑德等沿岸城鎮所創。此地名初出自《**魔宴**》，它在18世紀是不負其國王港口之名號、鼎盛繁榮的對西印度群島貿易重要據點。跟阿克罕和**敦威治**同樣，從前1692年女巫審判撼動沙倫當時，也有許多巫師、女巫和邪教信徒逃到此地來。這些歷史悠久的家族當中，有些家族仍然保留著在百年一度的猶爾節（耶誕節）舉行特別的慶祝祭祀、藉此將太古祕密知識傳諸後代的習俗。除此之外，城鎮北方岩山的小屋則是「**偉大的深淵之帝**」**諾登斯**偶爾會來訪之地。

✢ **敦威治**：根據麻薩諸塞州的阿瑟爾、威爾布拉漢與蒙森等城鎮所創。根據其初出作品**《敦威治村怪譚》**記載，敦威治可能位於麻薩諸塞州北部中央（阿瑟爾一帶），也有可能是西部（威爾布拉漢一帶），而洛夫克萊夫特1928年6月寄給詹姆斯·F·毛頓的書信中則寫說在「阿克罕的西方遠處」。敦威治座落於蜿蜒淌流於麻薩諸塞州境內的米斯卡塔尼克河上流，敦威治背後的**圓山**山頂有個環石陣，而**哨兵山**也有個從前先住民族祭祀異形諸神用的石桌形狀祭壇。1928年此地有許多離奇事件接二連三地發生，包括丹·哈洛普的連續殺人事件（德勒斯**《山上的夜鷹》**）、鎮民威爾伯·華特立偷進**米斯卡塔尼克大學附屬圖書館**並且殺死看門犬的事件，以及肉眼看不見的巨大怪物破壞事件（《敦威治村怪譚》）等，隔年1929年又有跟威爾伯素有往來的塞蒂默斯·畢夏普失蹤事件（德勒斯**《關閉的房間》**）。據說敦威治此名是洛夫克萊夫特取自亞瑟·馬欽**《恐怖》**當中某個位於英國威爾斯地區的虛構城鎮名。其次，德勒斯似乎認為敦威治就在阿克罕附近。

除前述地名以外，洛夫克萊夫特還另外設定有一個叫做**福克斯菲爾德**的城鎮，可惜的是並無相關作品曾經提及此地。

新英格蘭真實存在的城鎮

克蘇魯神話故事並不全然是以前面所介紹的虛構城鎮作為故事舞台。阿克罕和敦威治等地的陰鬱晦暗氛圍確實存在於新英格蘭地區，是洛夫克萊夫特等人實際前往各地親身體會繼承而來。

✢ **普洛維頓斯**：羅德島州首府，洛夫克萊夫特誕生的故鄉。包括**《畏避之屋》**的原型前景街宅邸在內，洛夫克萊夫特作品中提及的普洛維頓斯的人家和地址幾乎都是真實存在的。1692年約瑟夫·古溫為躲避女巫審判而逃離沙倫，後來他經商成功、成為普洛維頓斯的重要實業家，另一方面卻仍然繼續在從事祕密活動；他非法取得屍體並且在波特席特河谷的實驗場中使其復活，然後利用嚴刑拷打終於問出了祕密（洛夫克萊夫特**《查理士·德克斯特·華德事件》**）。普洛維頓斯西部的義大利移民區聯邦山丘從前有座自由意志派的聖若望教會，在1843年時曾經是信奉**奈亞魯法特**的神祕教團**「星際智慧教派」**的設立之地。1877年該教團解散以後離奇事件仍然並未因此停竭，1935年一名住在大學街的恐怖小說家**羅伯·哈里森·布雷克**就在探索調查該教會的一週後離奇死亡（洛夫克萊夫特《暗夜呢喃》）。普洛維頓斯同時也是**布朗大學**（米斯卡塔尼克大學之原型）的衛星城鎮。該大學的喬治・甘莫・安吉爾教授以研究太古邪神克蘇魯為終生職志，後來同樣也是離奇死亡（洛夫克萊夫特《克蘇魯的呼喚》）。

✣ **波士頓**：麻薩諸塞州首府。城裡處處可見尖塔古教堂、猶太會堂以及美國國會議事堂設計者18世紀建築家查爾斯・布爾芬奇所設計的義大利風格古樸街景巧妙地跟現代化的市容相融合，是美國首屈一指的美麗城市。另一方面，創作世界中的波士頓卻也有其陰暗面，例如食屍鬼橫行於教會地下納骨所和墓地間的地下道，以及沙倫女巫後裔潛伏等。波士頓北部的**北角區**是義大利移民區，1930年代市區重劃以前此地的巷弄小路是錯綜複雜有如迷宮。以惡魔畫風聞名的畫家理查・厄普敦・皮克曼就曾經在北角區某個地下道入口附近的公寓設置了祕密畫室，在那裡作畫描繪食屍鬼襲擊地下鐵博伊爾斯頓街車站的景況。另外西北方的庫珀山墓地從前似乎是食屍鬼的獵食場（洛夫克萊夫特《皮克曼的模特兒》）。波士頓郊外劍橋的哈佛大學校園還有座收藏有拉丁語版《死靈之書》（17世紀版）的魏德納圖書館（洛夫克萊夫特《《死靈之書》的歷史》）。

✣ **沙倫**：波士頓北方的港口城市。此城乃是1626年首次形成聚落，然後逐漸發展形成港灣都市的地方性都市，鎮上的**基斯特圖書館**收藏有《死靈之書》（亨利・古特涅《沙城惡夢》）和《**波納佩經典**》（卡特《陳列室的恐怖》）。跟沙倫相鄰的沙倫村（現在的丹弗斯），便是1692年超過200名居民以女巫嫌疑遭到逮捕，加上投獄而死者總死亡人數多達25名的**女巫審判**發生地。當時許多害怕被冠上女巫嫌疑的居民和家族紛紛遷居去了阿克罕、敦威治和普洛維頓斯，其中當然也包括了齊薩亞・梅森（洛夫克萊夫特《女巫之家之夢》，以下均為洛夫克萊夫特作品）、約瑟夫・古溫（《查理士・德克斯特・華德事件》）和艾德蒙・卡特（《銀鑰匙》）等確曾染指魔法之人。1926年失蹤的畫家理查・厄普曼・皮克曼的祖先也是從沙倫女巫審判逃難到波士頓的其中一人（《皮克曼的模特兒》），而皮克曼家族便藏有一部希臘語版《死靈之書》。

中南美

Central and South America

姆大陸的遺跡

學界經常認為中南美和南太平洋兩地的巨石文化之間有所關聯，詹姆斯・邱屈伍德就在《**失落的姆大陸**》等一系列關於**姆大陸**的著作當中，主張從前有個涵蓋中南美和南太平洋等地區、後於1萬2千年前沉入太平洋的姆大陸文明圈；他還寫說現在南美的亞馬遜河流域附近從前是個巨大的內海，該內海周圍有許多姆大陸的殖民地。

事實上，座落於墨西哥南部至猶加敦半島的**馬雅文明**是在西元4世紀至16世紀，中央平原的**阿茲特克帝國**則是14世紀至16世紀，而南美秘魯的**印加帝國**則是13世紀至16世紀，這些世人皆知的中南美巨石文化其實都算是比較近期的文明。唯獨秘魯首都利馬北方**卡拉爾遺跡**的金字塔，經過1994年以後的調查發現其歷史至少可追溯到跟古埃及相同的時代，算是給克蘇魯神話對中南美地區的神話設定留了點正面解釋的空間。

洛夫克萊夫特自己也曾經在1935年12月6日寄給威廉・魯姆利的信中，以美洲大陸初期文明遺跡均集中於太平洋沿岸的事實為根據，推測印加、馬雅和阿茲特克文化可能是源自於東南亞。

馮容茲的足跡

根據洛夫克萊夫特為齊利亞・畢夏普代筆的《**丘**》記載，同樣擁有羽蛇形象的馬雅神話**庫庫爾坎**（注104）和阿茲特克神話**奎札柯特**（注105），其原型便是從前在**黎姆利亞大陸**等地受人祭祀崇拜的蛇神**依格**。

中美洲雖然在西元前1000年、馬雅和阿茲特克尚未出現以前便已經有建造巨石頭像的**奧爾梅克文明**，不過霍華《屋頂上的怪物》卻說宏都拉斯叢林深處留有更加古老的古代種族遺跡。《**無名邪教**》說該遺跡叫作**蛤蟆神殿**，殿中有個刻成蛤蟆形狀的紅色寶石。

布洛奇《割喉海灣的恐怖》是部以加勒比海西印度群島為故事舞台的作品。從前南美委內瑞拉的山谷中有個部族據說會獻活祭品祭祀異形諸神而非印加帝國諸神，1711年西班牙人掠奪該部族得到一只黃金櫃、不慎沉入了人稱割喉海灣的聖利加島海灣，而後世尋寶人在櫃子裡找到了 ——

秘魯的克蘇魯崇拜者

德勒斯的連續系列作品《克蘇魯迷踪》說拉班・舒茲伯利博士憑著《**拉葉書**》按圖索驥，在秘魯的空中都市**馬丘比丘**附近**比爾卡諾塔山脈**地底的湖泊發現了**克蘇魯**信徒的據點。1930 ～ 1940年代舒茲伯利博士親自造訪此地，得知墮落的聖職者和〈**深海巨人**〉在港都和山岳地帶傳教散播信仰，宣揚將從大海中復活、統治陸地甚至宇宙的「**克魯**」神信仰，舒茲伯利博士遂決意要跟同伴一起為破壞神殿、根除信仰而奔走。那地底湖附近竟有彷彿小型克蘇魯的果凍狀無定形怪物出現。

同作品又提到克丘亞艾亞爾族（即秘魯原住民克丘亞族）崇拜的「**貪食者**」、帕查卡馬克、**維拉科嘉**等神跟克蘇魯之間的關聯性。《**克蘇魯神話小辭典**》、《**克蘇魯神話的諸神**》雖將這個「貪食者」解釋為**維奇洛波奇特利**，但該神其實是阿茲特克神話的戰神，跟克丘亞族一點關係也沒有。

印加帝國興起以前，約莫8世紀時秘魯北部沿岸地區曾經有個大國，南伊利諾大學的島田泉教授將其命名為**西坎文化**。從前西坎人信奉的是位名叫**奈姆拉普**的神明。該神是從「上方」組織船隊來到世間，教導人類文化和各種技術以後，又變成鳥回到天上去了。人們紛紛以面具呈現奈姆拉普的模樣，並奉獻少女活祭。無論是面具之神的屬性，抑或是以活祭品作為交換條件傳授人類智慧和魔法力量，奈姆拉普都跟埃及的**奈亞魯法特**有超乎尋常的巧妙吻合。

大不列顛島

Great Britain

- 印斯茅斯
- 塞馮河谷
- 格爾互

洛夫克萊夫特憧憬的國度

閱讀祖父藏書長大的洛夫克萊夫特，自幼少年時期便對18世紀的英國懷抱有強烈的憧憬。當他知道洛夫克萊夫特家族是源自16世紀冒險家法蘭西斯．德瑞克（注106）和《一千零一夜》譯者理察．弗朗西斯．伯頓等名人輩出的德文郡，洛夫克萊夫特便在1935年12月30日寄給娜塔莉．H．伍利夫人的書信中寫到「若能選擇自己的出身，我希望是在18世紀的英國——恰恰就在我誕生於普洛維頓斯200年前的1690年，出生在德文郡那就好了」。

洛夫克萊夫特的初期作品《西里非斯》(1920年）是以康瓦耳半島為故事舞台，作品提及有個叫作**特雷弗塔**的面海城鎮（？）和附近一個叫作**印斯茅斯**的漁村，講述1920年前後有位當地出身的業餘作家（想必是洛夫克萊夫特自身的投影）從特雷弗塔附近的印斯茅斯漁村的斷崖上墜崖而死。跟這位作家頗有親交，同時也是《夢尋祕境卡達思」(1926～1927年）主角的**阿克罕**的藍道夫．卡特說道，這位業餘作家在死後又改以克拉涅斯之名統治**幻夢境**的都市**西里非斯**，還在西里非斯重現故鄉康瓦耳的風景。

康瓦耳是突出於英國西南端的半島，完整保留了古老時代的傳統和歷史。根據《不列顛列王史》記載，英雄王亞瑟是康瓦耳公爵格洛斯的王妃伊格賴因跟不列顛國王烏瑟所生，人稱「康瓦耳的野豬」。布洛奇《布巴斯提斯雛子》提到康瓦耳荒地中有許多相傳蓋爾人（注107）挖掘的洞窟，其中某個洞窟裡面藏著從前在埃及遭到迫害而乘著槳帆船逃到此地的貓頭女神**布巴斯提斯（巴絲特）**的一座神殿。

邪神攢動的危險之地

發現**諾登斯**神殿的英國西南部**格洛斯特郡**，是英格蘭最古老的王國從前繁榮興盛之地，還有許多美麗的石造房屋。英國作家倫希・坎貝爾就在此地設定了好幾個克蘇魯神話的重要據點。

塞馮河匯流的**塞馮河谷**當中，有個名為**布瑞契司特**的城鎮。

這個城鎮是**布瑞契司特大學**的母城，它跟**阿克罕**同樣都有跟女巫傳說相關的黑暗歷史，不時還有奇怪的事件發生。布瑞契司特北面的湖泊裡，有種長滿無數尖刺、貌似蛞蝓的怪物**葛拉奇**潛伏（坎貝爾《**湖底的住民**》，以下均為坎貝爾作品）。除此之外，布瑞契司特一處叫作「女巫住家」的地方有個地底迷宮、內有名叫**伊荷特**的怪物盤據（《**暴風雨前夕** *Before Storm*》），而郊外還有座叫作「惡魔階梯」的岩山中則是藏有〈**憂果思的菌類生物**〉的據點（《**暗黑星球的陷阱**》）。布瑞契司特附近有個已然衰敗的城鎮叫作**羊木鎮**，該鎮居民崇拜**舒伯-尼古拉斯**（《**月亮透鏡**》），附近森林裡有座圓錐形的塔，據說17世紀有群信奉**阿瑟特斯**的昆蟲生物從**煞該星**飛來此處、藏身於塔中（《**妖蟲**》）。另外某個叫作**添普希爾**的城鎮據說有座**憂戈-索陀斯**的神殿，相關流言傳聞講得活繪聲繪影（《**高街上的教會**》）。

其他神話相關地點

英國還有其他跟克蘇魯神話頗有淵源的地點如下：

- **格爾亙**：初出於布萊恩・魯姆利《**瑟西島的誕生**》。這是個位於北部敘爾特塞島（注62）附近海底的〈**深海巨人**〉都市，魯姆利《**挖地者**》說此地還有〈深海巨人〉的同伙**海棲型舒哥**出沒。
- **勒伊比**：初出自魯姆利的《**姐妹市**》。此城鎮位於大不列顛島東北部從前一個叫作**辛梅里安**的地方地底，是依布（洛夫克萊夫特《**降臨在薩拿斯的災殃**》）的姐妹市。
- **前哨地**：魯姆利《**瘋狂的地底迴廊**》當中所指《**嘉尼遺稿**》曾經記錄其位置、位於英國某處地底的〈**遠古種族**〉前線基地。
- **伊尼修多里斯科**：此地不在英國，而是個位於愛爾蘭科克郡的島嶼，位於港口都市博爾特莫西方。從前該島島民信奉**邪眼巴羅爾**所率**弗摩爾**等邪神，並且向〈深海巨人〉獻活祭。

歐洲

Europe

→羅馬帝國
→阿維洛瓦
→史崔戈伊卡伐

西方的舊世界

冰河期結束以後，歐洲大部分地區受到深邃森林覆蓋。**史前巨石柱**和**桌形石**等巨石遺跡大多集中在歐洲西部，其中甚至不乏建造時期比埃及金字塔更早、可以追溯到西元前4600～4800年的遺跡。

西元前1世紀疆土已經拓及整個地中海地區的**羅馬**，在轉移到帝國政體以後，在1世紀末期終於發展成為囊括不列顛群島的世界地國，並且開始鋪設道路連接各地的都市，據說其間羅馬軍隊也曾經跟潛伏於歐洲各地的邪神及眷族發生衝突。根據D．R．史密斯模擬《**死靈之書**》最終章體裁創作的《**亞爾哈茲瑞德的發狂**》記載，羅馬英雄**馬克．安東尼**（注84）從前率部在阿爾卑斯山中行軍時，曾經遭遇到**憂戈-索陀斯**的肉親，亦即曾經擊敗**阿瑟特斯**的「**偉大者**」。此神只是高聲呼喚，便見**克蘇魯**和**赫斯特**等邪神飛來馳援，這廂則是有**朱比特**（希臘神話的**宙斯**）應羅馬英雄祈禱出現、將邪神悉數擊退。最終「偉大者」被安東尼討伐、遭到吞噬。

洛夫克萊夫特曾經將1927年10月31日夜裡做的夢寫成故事寄給多納德．旺得萊，後來這部未發表小說遂以《**遠古的民族**》題名刊登於SF科幻愛好者雜誌（注7）《科學快報Scienti-Snap》第3號。故事講述羅馬帝國時代庇里牛斯山麓有個叫作**龐貝羅**的城鎮，居民經常受到某支膚色淺黑叫作**米里．尼格利人**的種族所惱。這支潛伏於庇里牛斯山的種族信奉崇拜「**不可提及其名的偉大存在**」，每到基督教所謂的萬聖節前晚，就會在山頂燃起篝火敲打大鼓，舉行活人獻祭的恐怖儀式。這部「小說」便是後來法蘭克．貝克納普．朗恩《**群山中的恐怖**》的原型。

阿瓦隆的後裔

法國的**阿維洛瓦**是史密斯諸多作品的故事舞台，乃根據現實世界的**奧弗涅地區**所創，位於法國中南部地區。傳說此地居民來自今已沉入大海的西方島嶼**阿瓦隆**，此即阿維洛瓦地名的由來。

史密斯《**阿維洛瓦之獸**》說阿維洛瓦某家族有只從前魔法師**哀邦**封印太古魔神於其中的戒指代代相傳。儘管史密斯將阿瓦隆視同於**亞特蘭提斯**，洛夫克萊夫特卻將其設定為**極北之地**，並於1933年12月13日的書信中確立了設定指阿維洛瓦有部原書來自極北之地的法語版《**哀邦書**》。

此地在遭受羅馬帝國侵略以前原本信奉**「低矮的小山」**、**索達瓜伊（札特瓜）**等諸神，後來基督教會的信仰中心聖堂都市**維約尼斯**，其實原是索達瓜伊信仰之聖地。史密斯創造這片土地時，也曾經參考詹姆斯·布蘭奇·卡貝爾以**普瓦特姆**為舞台的《**朱根**》等作品。

另外洛夫克萊夫特《**夜半琴聲**》的舞台，同樣也是個位在法國國內卻並未記載於巴黎市地圖的街道奧爾斯街。

其他克蘇魯神話相關地點

霍華《**黑石之祕**》的故事，是發生在匈牙利（應是在靠近羅馬尼亞的國境附近）某個地圖未記載的村落**史崔戈伊卡伐**。「Strigoaică 」是羅馬尼亞語所謂女巫或惡魔之意，而「Város」則是馬札爾語（注108）城鎮的意思。《**無名邪教**》說此村郊外有個高約5公尺的八角形獨石，叫作**「黑石」**。其實這個村子原本叫作**蘇瑟坦**，曾有原住民族和斯拉夫人的子孫在此信奉潛伏於獨石鄰近洞窟中某種貌似蛤蟆的怪物，以女童獻祭。16世紀西利姆·巴哈杜率領土耳其軍隊路過此地、驅逐原先的居民和魔物，後來新定居於此的馬札爾人才以史崔戈伊卡伐稱呼此地。每年聖約翰節前一天6月23日晚間，這塊獨石周圍就會有如海市蜃樓似地浮現從前血腥儀式的景象。美國詩人賈斯汀·季奧佛瑞曾在造訪「黑石」以後，寫下了一首幻想詩**《獨石的人們》**（注102）。

另外電影《**大哀**》故事是發生在西班牙距離加利西亞自治區首府聖地牙哥50公里、大西洋沿岸一個叫作**印波卡**的漁村。「Bocca」是西班牙語嘴巴的意思。換句話說，這「印波卡」其實正是「印斯茅斯」的西班牙語說法。

非洲
Africa

奈亞魯法特的呼喚

非洲大陸是200萬年前現代人類發祥起源的原始大地。歐洲人一方面為**埃及**富麗堂皇的文明和遺跡瞠目結舌，另一方面卻將盡是荒地和叢林的中非稱作黑暗大陸，並將其化作奴隸買賣等無數悲劇上演的舞台。

克蘇魯神話世界中，尤以布洛奇最好創作埃及相關作品。古埃及信奉崇拜諸多神祇，包括亦受羅馬帝國崇拜的女神**伊西斯**、其夫神生產與冥界之神**奧賽利斯**、隼頭太陽神**拉**等，其中最古老的當屬亦稱〈**卡奈特的黑色使者**〉的魔神**奈亞魯法特**。所謂卡奈特便是埃及人對冥界的稱呼。布洛奇《**無貌之神**》說奈亞魯法特是個擁有禿鷹雙翼、鬣狗身體和銳利長爪，頭戴三重王冠而**無面貌的斯芬克斯**（注37）。埃及屢屢挖掘發現到沒有面貌的斯芬克斯雕像，或許便是奈亞魯法特信仰之遺跡。古代神話記載說奈亞魯法特是位復活之神；當世界迎向末日，奈亞魯法特就會變成一名沒有面貌的黑人穿越埃及沙漠散播死亡，讓所有死者甦醒復活。

布洛奇《**黑色法老王的神殿**》說從前神官**奈夫倫-卡**篡奪王位，帶領埃及進入了一段向奈亞魯法特、貓神**巴絲特**和鱷魚神**蘇貝克**獻活祭的黑暗時代。《**舊約聖經**》〈**出埃及記**〉當中迫害希伯來人的埃及法老，有可能便是這位奈夫倫-卡。奈夫倫-卡後因叛亂遭到放逐，所有相關歷史記錄完全遭到抹殺。後來奈夫倫-卡逃到開羅附近某個地底墓室，他用100名活人獻祭跟奈亞魯法特換得了預言能力，又在通往墓室的階梯通道留下預言未來的圖畫，然後才把自己葬於此地。支持奈夫倫-卡的神官子孫如今仍然守護著這個信仰，等待預言所述7千年後法老復活的那天到來。

洛夫克萊夫特《**獵黑行者**》說1843年普洛維頓斯的考古學家伊諾克·鮑文發現了奈夫倫-卡之墓，可是隨著後來教授創立信奉奈亞魯法特的神祕宗教團體**「星際智慧教派」**，相關記錄便跟著埋葬於黑暗之中。

怪物蠢動的地底都市

衣索比亞位於非洲東北，《舊約聖經》便曾記載到從前此地席巴女王和所羅門王的故事，是個歷史悠久的國家。

布萊恩·魯姆利《**混凝土的圍繞**》（《**挖地者**》第3章）說該國首都阿迪斯阿貝巴附近沙漠某處有個可以通往地底都市**嘉尼**的入口。英國探險家溫卓普於北非發現《**嘉尼遺稿**》，發現了嘉尼的存在。嘉尼的居民乃受**休迪梅爾**率領，是種貌似烏賊的異形種族，《**克蘇魯的呼喚**TRPG》則是將彼等稱為**庫多尼安**。

綠色魔域剛果盆地

非洲大陸中央全長4380公里的壯闊剛果河蜿蜒蛇行其中、熱帶雨林鬱鬱蔥蔥的**剛果盆地**，也有克蘇魯神話的據點存在。

大衛·德雷克《**與其咒罵黑暗**》說19世紀中期比屬剛果（後來的薩伊共和國，現在的剛果民主共和國）曾有部分的巴剛果人（注109）改信名為**阿荼**的新神，向宗主國比利時掀起叛變。這阿荼是個巨樹之神，旬信是奈亞魯法特的眾多化身之一。

多納德·旺得萊《**恩布瓦的樹人**》則說比屬剛果跟烏干達國境附近有個**月靈山脈**，這應該就是從前古希臘地理學家托勒密（注110）稱為「月之山脈」的魯文佐里山脈。從剛果出發攀越這個山脈、走進冰河侵蝕切割而成的山谷，就深入了連原住民都避之唯恐不及的地區；其中心地帶有個會不斷變幻成金字塔、方尖碑或球體等形狀，同時還會發出紅色金屬光芒的**「旋轉流」**，旁邊還有一排扭曲成極詭異模樣的樹木。原來這些樹木全都是**亞特蘭提斯**時代以來諸多擅闖魔域的探險家，被「旋轉流」的守護者**姆巴**變成了奇怪的**化木人**模樣。

中東

Middle East

克蘇魯教團的據點

《死靈之書》作者**阿巴度·亞爾哈茲瑞德**誕生的中東地區，也是人類歷史中克蘇魯神話的發源地之一。

洛夫克萊夫特**《《死靈之書》的歷史》**（1927年底以前）說亞爾哈茲瑞德是西元700年前後的葉門沙那人（注77），他流浪於巴比倫廢墟、孟斐斯地下洞窟和魯卜哈利沙漠，得知了**克蘇魯**和**憂戈-索陀斯**等邪神的存在。晚年定居於大馬士革，約730年執筆著作《**魔聲之書**》。

根據洛夫克萊夫特**《無名都市》**（1922年）記載，橫跨阿拉伯半島南部、沙烏地阿拉伯、葉門、阿曼的魯卜哈利沙漠是古代阿拉伯稱為「虛空（Roba El Khaliyey）」的廣大不毛地帶。漫漫沙漠之中，不知何處有個伊斯蘭教聖經**《可蘭經》**記載為「觸怒阿拉而遭滅亡」的**石柱之城伊倫（伊蘭）**，附近還有個亞爾哈茲瑞德曾以二行連詩「那永恆長眠的並非亡者，在詭祕的萬古中，即便死亡本身亦會消逝」（注75）暗示的**無名都市**埋藏在黃沙之中。這無名都市是早在古埃及之都孟斐斯鋪設地基、巴比倫燒製磚瓦許久以前的遙遠太古時代便已經存在的傳奇地底都市；都市裡住的並非人類而是四隻腳匍匐生活的爬蟲類種族，因此城裡的建築和道路也配合他們的身高，做得較為低矮。

後來洛夫克萊夫特先是在**《魔犬》**（1922年）指亞爾哈茲瑞德為《死靈之書》作者，又在**《克蘇魯的呼喚》**（1926年）當中指無名都市為克蘇魯教團之據點。根據前述作品，德勒斯在連續系列作品**《克蘇魯迷踪》**當中將無名都市設定如下：

- 無名都市原本位於海底，信奉克蘇魯的爬蟲類種族在此定居了1千萬年。後來無名都市因為地殼變動浮出海面，居民紛紛逃到都市地底。
- 《死靈之書》說無名都市有股白天無法察覺的冷氣流叫作靈風。阿拉伯人稱其為「死亡之風」忌避之，不過這股風有助於掌握無名都市的位置。
- 《《死靈之書》的歷史》說亞爾哈茲瑞德是大白天在路上慘遭撕裂吞噬，其實他被擄去了無名都市、經過嚴刑拷打慘死。
- 如今無名都市是克蘇魯的敵對者**赫斯特**統治的地盤，上空不時會有**拜亞基**飛過。

德勒斯似乎是將石柱之城伊倫跟無名都市混淆了。另外《克蘇魯迷踪》第3部《**克萊勃尼・鮑伊德的遺書**》說無名都市位於**科威特**附近，可是第4部《**奈蘭德・柯倫的記錄**》卻又變成了**阿曼**。

進入1990年以後，人類根據太空梭「挑戰者號」從太空拍攝的照片進行分析，結果竟然在阿曼西南方的什斯爾村附近發現了古羅馬地理學家托勒密（注110）地圖記載的古代都市**烏巴爾**的遺跡。

除此以外，像是霍華《**亞述巴尼拔之火**》當中提及的土耳其語意為「黑暗都市」的**卡拉謝爾**，以及阿拉伯語意為「魔物都市」的**貝雷埃鎮尼**（《死靈之書》記載的設定），也往往被視同於無名都市。只不過卡拉謝爾這個地名其實是來自法顯（注111）《**佛國記**》等書亦曾提及、位於中國新疆的真實城鎮焉耆（注112），而並非中東。

母那的位置

洛夫克萊夫特《**降臨在薩拿斯的災殃**》說從前在**母那**有個叫作**薩拿斯**的都市。這都市附近的**依布**原本住著一群崇拜蜥蜴之神**波克魯格**的兩棲類種族，後來薩拿斯派兵滅了依布，把波克魯格的神像帶了回來。後來薩拿斯雖然大大興盛起來，卻也遭受波克魯格的詛咒而有滅亡之虞。德勒斯在根據洛夫克萊夫特遺稿創作《**門檻處的潛伏者**》表示「**遠古印記**」乃是在母那製造，布萊恩・魯姆利《**姐妹市**》、《**挖地者**》等作品則說母那位於現在的沙烏地阿拉伯一帶。

另外《**克蘇魯的呼喚TRPG**》則說母那位於**幻夢境**。

亞洲

Asia

披著神祕面紗的土地

冷原是洛夫克萊夫特作品當中屢屢提及的神祕土地。

其初出作品《**魔犬**》（1922年）說冷原是邪惡食鬼教橫行的無明高原，位於中亞一個無法接近的地方，後來《**夢尋祕境卡達思**》（1926～27年）又說冷原是越過**幻夢境**北方灰色山脈後方的一片不毛之地等，諸多說法曖昧不明。洛夫克萊夫特似乎是刻意模糊冷原的位置，他還透過《**在瘋狂的山上**》（1931年）登場人物的主觀意識指出冷原跟**南極大陸**有關，兩地是透過某種特殊連續性時空連結在一起，其實是相同的地方。此外，有部分的研究者主張冷原可能是根據西藏和蒙古的敘事詩所述英雄王**格薩爾**（注113）統治的**嶺國**gLing（島嶼、大陸之意）所創。

洛夫克萊夫特作品每每將幻夢境的**卡達思**跟冷原牽連在一起，而蒙古語便稱北極叫作**噶達素**，看來此間的關聯性也未必純然是牽強附會。

中亞的克蘇魯神話相關地點

東西走向橫亙歐亞大陸的**喜馬拉雅山脈**附近自古便有**雪男**傳說流傳。尼泊爾少數民族夏爾巴人稱其為**Yeti**，中國稱作**野人**，俄羅斯稱作**Almas**，而不丹則是將其稱作**Migoi**。洛夫克萊夫特《**暗夜呢喃**》曾說喜馬拉雅雪男的真正身分其實是〈憂果思的菌類生物〉。

德勒斯《**潛伏者的巢穴**》說緬甸的**薌西地區**深處有個為世遺忘已久的**森恩高原**和「**恐怖之湖**」，湖心還另外有個中國古代傳說亦有記載的石造都市**阿佬札兒**。

當地人將阿佬札兒稱作**「星之島」**，是湖中島上一座爬滿地衣的古代都市廢墟。城中房舍均是使用綠石建造、都很低矮，城牆內幾乎看不到有較高的建築物。

這座島嶼本是來自獵戶座參宿七（注46）和參宿四（注51）的**舊神**在地球的據點。舊神離去以後，**羅伊戈**和**查爾**被囚禁在森恩高原地底，而阿佬札兒便成了彼等信徒**塔哥-塔哥族**的據點。

若說所謂的薌西就是緬甸的撣邦，則那裡恰恰就是緬甸、寮國、泰國跟湄公河接攘的山岳地帶，也就是世界聞名的毒品祕密栽種地區「金三角地區」。撣邦在從前大英帝國屬地時代便禁止外國人出入，是著名的東洋魔域。

法蘭克·貝克納普·朗恩《群山中的恐怖》推測中亞的**繒之高原**位於西藏某地，**賈格納馮**及其信徒便潛伏在此。卡特則在《墳墓之主》中提到繒之高原是姆大陸神官**贊蘇**藏身之處，同時也是發現其著作《**贊蘇石版**》的地方。

卡特先是提出設定指出「冷原有塔哥-塔哥族、**夏塔克鳥**和令人憎惡的**米高**把守」，然後又讓1913年前往繒之高原探險的庫普蘭德·艾靈頓中亞調查隊受到體型龐大貌似類人猿的〈憂果思的菌類生物〉襲擊，藉此將此地跟冷原、繒之高原都給連結了起來。

中國四千年的黑暗歷史

中國同樣也無法倖免於邪神的影響，洛夫克萊夫特《克蘇魯的呼喚》便說傳襲克蘇魯教團教義的不死僧侶便潛藏於中國內陸的山中。

朝松健《崑央的女王》是根據中國神話黃帝和祝融的傳說改編，講述貌似爬蟲類的種族（蛇人？）**祝融族**反抗**黃帝（舊神）**失敗，被封印於地底世界崑央的故事。1997年2月，黑龍江省的佳木斯市郊外發現了一座西元前1400年的古代遺跡，可能就是崑央。

《克蘇魯的呼喚TRPG》說克蘇魯跟中國淵源已久，一般都認為「鬼」字是死者頭顱的抽象化象形文字，但其實此字寫的竟是克蘇魯（鬼歹老海）的頭部。「Cthulhu」在現代中文裡面寫作「克蘇魯」、「庫圖魯」。

除此之外《**拉葉書**》成書於西元前2000年中國最古老的半傳說王朝夏代，也是來自於《克蘇魯的呼喚TRPG》的設定。

日本

Japan

- 蔭州枡
- 夜刀浦市
- 肝盜村

南房總的阿克罕

日本作家創作的克蘇魯神話作品愈來愈多，自然使得日本國內的克蘇魯神話相關地點也隨之增加。例如對洛夫克萊夫特相當熱衷的演員佐野史郎就曾經參與把故事舞台從印斯茅斯搬到日本漁村**蔭州**枡的戲劇《**印斯茅斯疑雲**》。此戲劇是在1992年TBS電視台的《*Gimme a Break*》（注114）節目中播放，當初是佐野氏造訪千葉縣南房總某食堂時，從魚類料理的腥臭味道連想到印斯茅斯，遂有製作這齣戲劇之發想。

當時負責編寫劇本的是同樣以克蘇魯神話愛好者聞名的腳本家小中千昭，後來他將該劇小說化寫成《**印斯茅斯疑雲**》，指出蔭州枡位於東北地方。作家朝松健卻說蔭州枡位於南房總某處，還編輯了以地方都市**「千葉縣海底郡夜刀浦市」**為共同舞台的作品集《**祕神**》。夜刀浦市是個人口約莫5萬人的地方性都市，附近另有赤牟町、王港町等城鎮。

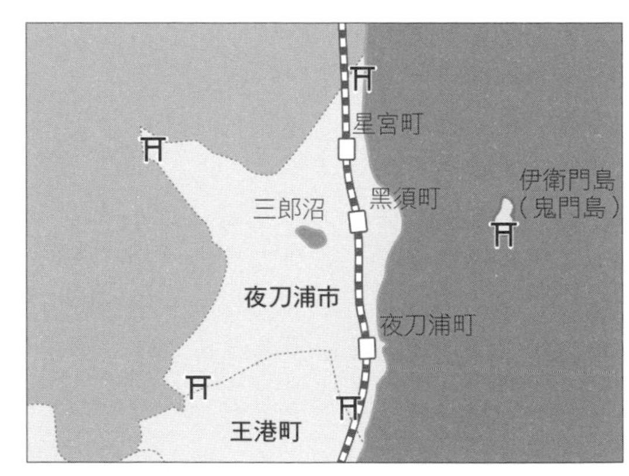

根據夜刀浦市四個方位上四座神社的緣起書記載，從前元明天皇時代當地民眾為海嘯所苦，「夜刀神」聽聞百姓祈禱在一夜之間在海岸築起石堤，故名「夜刀浦」。

中世文獻則將此地記載作夜刀浦庄，鎌倉時代是千葉氏的領地。根據千葉宗家家傳記載，夜刀浦庄在3代將軍源實朝時代曾經施有「禁人之咒」令外來人等無法進入，因此這一帶也是遭朝廷權貴壓迫驅逐者逃亡的某種隱居藏身之地。夜刀浦市也是克蘇魯神話眾多邪神和生物潛伏之地。14世紀被斥為邪教、受盡迫害的真言立川流僧侶便曾逃到這裡，他們結合**憂思-特拉貢**、**荼吉尼天**、**飯綱天**等信仰，開創信奉崇拜**醫主都羅權明王**的土俗信仰。根據國學家流基葡鱗表示，此神是太古從宇宙飛來，如今封印在夜刀浦市地底（朝松健《**弧的增殖**》）。關於夜刀浦市，本書筆者曾在朝松氏的監修之下寫作《**克蘇魯的呼喚**TRPG》設定資料《**夜刀浦綺譚**》並刊載於TRPG雜誌《*Roll & Role*》，而今後夜刀浦市出現在櫛町湊《**神司**》等其他作家作品中的機會也愈來愈多。

日本的克蘇魯神話相關地點

日本國內的克蘇魯神話相關地點大致如下：

- **北海道壽渡似郡植白町肝盜村**：函館東南方約35公里處，恰恰位於惠山岬和波間首岬中間的漁村。古名辛奈都伊，是愛奴語「變化的海濱」之意，經常受到鄰近地方居民懷疑的眼神看待。1889年夜鷹山山頂古井井底發現了一個橫穴式三角迴廊遺跡，當時米斯卡塔尼克大學的考古學部便在函館設立分部展開調查，卻因一場函館大火喪失了許多人力和資料。根據夜鷹山萬角寺緣起書記載，肝盜村的村民從前是以信奉真言立川流等邪教罪名而於1610年流放發配至此，本是琦玉縣高麗郡居民的子孫。據傳肝盜村民歸依的根本義真言宗，是信奉崇拜惡神憂思-特拉、魔物肝盜和海魔宇美巢途尼的邪教。（朝松健《**肝盜村鬼譚**》）
- **東京都蜷川區**：夾在品川區和大田區中間，是東京都最小的一區。蜷川區因為愛德華．席維斯特．摩斯博士（注115）和阿克罕出身的社會改革家霍華．荷特的關係，自古便跟麻薩諸塞州多有文化交流，而且跟阿克罕是姐妹市。菲利普．法蘭茲．馮．西博德（注116）所著《**日本妖怪誌**》說，說話集《**夜戶草子**》曾經記載從前惠美洲川（現在的美洲川）有種人稱「化螺」、「地蟲」的螺貝類怪物出沒，後來被「三郎大人」打敗消滅的傳說。摩斯博士前往美洲川進行調查並且發現了奇怪的生物屍體，現收藏於1925年設立的摩斯紀念館（區立中央圖書館附屬文化資料館）。（森瀨繚《**萌圖走遍克蘇魯世界**》）

南太平洋

South Pacific Ocean

克蘇魯的領土

南太平洋群島跟克蘇魯信仰的關係相當密切。

散布於這個區域內的獨特巨石遺跡和雕像，風格跟中南美文明有其共通之處。挪威探險家索爾．海爾達主張南太平洋的居民是從南美乘船渡海而來，於是在1947年花費101天時間，乘著木筏「康-提基號」從秘魯的喀勞島橫渡8千公里抵達東玻里尼西亞。不過在海爾達提出他的主張以前，威廉．史考特．艾略特和詹姆斯．卻屈伍德等人便已經主張從前太平洋有塊大陸因為天地變異而沉入海底，而分布於密克羅尼西亞、玻里尼西亞、復活島以及中美南美各地的類似巨石遺跡其實是源自於相同的文明。

洛夫克萊夫特深受前述著作影響，便以《**大袞**》(1919年)描繪太古陸地浮現於太平洋洋面，刻著象形文字和水棲生物符號的獨石受到半人半魚巨大怪物膜拜的模樣。他又在《**克蘇魯的呼喚**》(1926年)說到從前存在於太平洋面的陸地，是來自黑暗星球的**舊日支配者**大祭司**克蘇魯**的領地。那塊陸地後來不知為何沉入了海中，克蘇魯的居城**拉葉城**也直接成了他的葬身之處。洛夫克萊夫特為齊利亞．畢夏普代筆的《**丘**》(1929年)說到這個太平洋的陸地便是**黎姆利亞大陸**，可是他另一部為齊利亞．畢夏普代筆的作品《**超越萬古**》(1933年)雖然並未提到克蘇魯，卻說那個太平洋的古代大陸是**姆大陸**。

德勒斯描述人類察覺克蘇魯信徒的存在和威脅並起而對抗的連續系列作品《**克蘇魯迷踪**》當中，波納佩島、復活島、毛依三石塔遺跡所在的湯加塔布島、科克群島和馬奎薩斯群島等地發現的遺跡或神像，都跟克蘇魯或〈**深海巨人**〉有關。同作品中登場的拉班．舒茲伯利教授還著有一篇題名為**「《拉葉書》之後期原始人神話**

類型研究」的論文，而卡特《墳墓之主》等作品提及的**桑朋太平洋海域考古遺物研究所**，則是收藏有哈羅德．哈德里．庫普蘭德所著論文**「史前時代的太平洋海域——有關東南亞神話原型之預備調查」**、**「玻利尼西亞神話——克蘇魯神話大系之相關考察」**等文件。

✣ **拉葉城**：由無視於歐幾里得幾何學、近乎瘋狂的曲線和形狀所構成，表面已經被黑中帶綠的泥土覆蓋掩蔽住的島嶼抑或大陸的一部分。中央聳立的山頂有座巨大的石造建築物，克蘇魯及眷族便沉睡於其中。拉葉城偶爾會因為不明原因浮出海面，1925年2月就曾發現它出現在南緯47度9分 西經126度43分的位置（《克蘇魯的呼喚》），另一次則是出現在南緯49度51分 西經128度34分的位置（《超越萬古》）。根據**米斯卡塔尼克大學**的**威爾瑪斯基金會**調查，其面積約達50萬平方公里，還有多達500隻的克蘇魯眷族沉睡於其中。

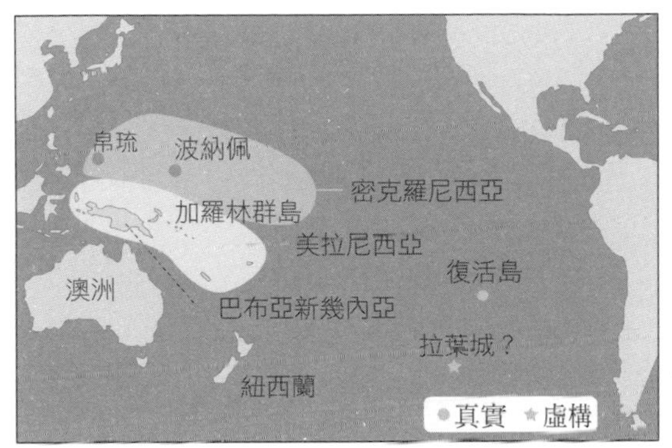

✣ **加羅林群島**：南馬都爾巨石遺跡所在的密克羅尼西亞**波納佩島**自古便跟克蘇魯和〈深海巨人〉素有淵源。從前密克羅尼西亞的原住民**卡那卡人**當中的某支部族便是〈深海巨人〉的信徒（洛夫克萊夫特《印斯茅斯疑雲》）。1947年9月曾經有個疑似拉葉城的島嶼浮現於波納佩海域，當時美國海軍便曾執行**「波納佩作戰」**在該島投擲核子彈（《克蘇魯迷蹤》）。

✣ **復活島**：南美智利的火山島。傳說亦稱**穆魯庫古**的復活島，恰恰跟亦名**庫魯圖魯蘇**的英國索爾茲伯里落在地球的相反兩端，而連結這兩端、貫穿地球中心的軸心有**「封印守護者」**潛伏，當星辰運行來到預言所指位置時，「封印守護者」就會召喚為地球帶來末日毀滅的泰坦巨人，亦即太古的巨神從宇宙的遠方前來（唐納德．旺得萊《復活島的網》）。另外，島上摩艾石像幾乎全都是面向島嶼內側，不知為何唯獨島嶼中央有排總共7座摩艾石像**亞虎亞基維**是面朝西方，一說這是用來監看拉葉城浮出海面的監視裝置（《憂戈-索陀斯的陰影》）。

南極、澳洲大陸

Antarctic, Australia

- 〈遠古種族〉
- 〈至尊者〉
- 飛水螅

地球霸權爭奪戰

克蘇魯神話故事的世界中，南半球的南極大陸和澳洲大陸是人類誕生以前地球的先住種族曾經有過激烈攻防的激戰地帶。

洛夫克萊夫特**《在瘋狂的山上》**記載說10數億年前曾經有種叫作**〈遠古種族〉**的桶狀身材外星人飛來到南極大陸，創造了**舒哥**等生物。他們將勢力範圍擴展到全地球的所有陸地和海中，不過先是有3億5千萬年前南太平洋大陸隆起、克蘇魯及其眷族從宇宙飛抵，接著又是**〈憂果思的菌類生物〉**在侏羅紀來到地球，後來更有舒哥叛亂，使得〈遠古種族〉逐漸喪失了統治力。他們先是丟失了北半球，最後終於退縮到南極大陸周邊地區。

1930年，接受**納撒尼爾·德比·皮克曼財團**資助的**米斯卡塔尼克大學**地球系探險隊登陸了南極大陸的入口，即受到埃里珀斯（冥府）山和特羅爾（恐怖）山簇擁的羅斯島。該探險隊之目的是要採掘前寒武紀的資源，而當時早一步出發、聯合日本**蓬萊大學**組成的共同調查隊據說已經失去了消息（遊演体**《蓬萊學園的冒險！》**）。當時探險隊發現了一座有如弧線般橫亙南極大陸中央、規模堪比喜馬拉雅山的巨大山脈，並且發現了〈遠古種族〉的古代都市。豈料部分隊員竟然喚醒了〈遠古種族〉，使得探險隊同時遭到〈遠古種族〉和與

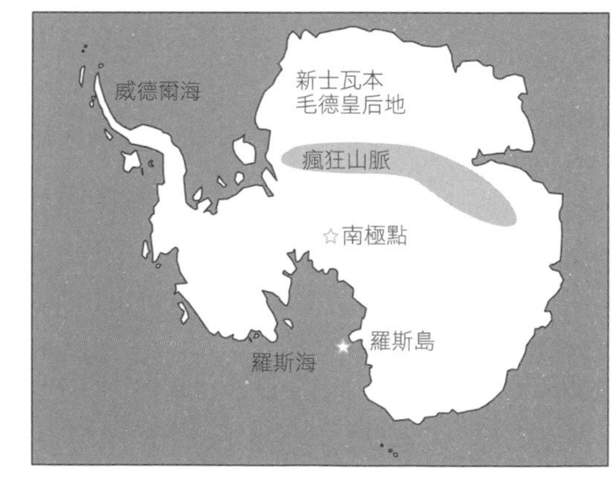

彼等敵對的舒哥襲擊，受到毀滅性的打擊，即便好不容易逃得性命者也承受了嚴重的精神打擊。

納粹德國亦曾於1938年底向南極派遣遠征隊。納粹德國表面上宣稱此行是四年計畫（注117）的一環，但據說其真正目的是欲獲得《**無名邪教**》記載的領土，傳聞當時還發現了受巨大山脈和溫水湖環繞的青翠綠洲（朝松健《**瘋狂大陸**》）。直到2013年現在衛星照片仍然無法在南極大陸發現巨大山脈或古代都市，據說便是利用〈遠古種族〉的技術轉移到他地去了（布萊恩·魯姆利《**瘋狂的地底迴廊**》）。

澳洲大陸

根據洛夫克萊夫特《**超越時間之影**》記載，10億年前的澳洲大陸曾經有種圓錐形身體、帶有螯鉗長臂，肉體壽命可達4千～5千年的圓錐狀生物棲息。他們受到6億年前來到地球等四個太陽系行星的**飛水螅**攻擊，遭遇瀕臨滅絕的危機。直到2億2500萬年前（卡特《**陳列室的恐怖**》）以前，飛水螅才被占領圓錐生物肉體的**〈至尊者〉**給趕到了地底洞窟中。

〈至尊者〉掌握澳洲大陸統治權後，便在現今已是**大沙地沙漠**的澳洲大陸西部建造了高層建築屹立的巨大都市。

這座都市亦稱**那卡特**（《陳列室的恐怖》）。

《超越時間之影》的故事說到1932年有位名叫羅伯特·B·F·馬肯齊的礦山技師曾經在澳洲西部大沙地沙漠中央南緯22度3分東經125度1分的地方，發現了30～40個刻有深邃曲線和文字的巨大石塊。澳大利亞原住民相信巨石遺跡跟地底沉睡的老巨人布戴傳說有關，但遺跡其實是〈至尊者〉科學都市突起露出在地面以上的部分。繼南極大陸以後，米斯卡塔尼克大學地質學系又再度派遣探險隊前往大沙地沙漠從事挖掘調查。這個調查隊的成員當中，還包括1908年起曾經跟〈至尊者〉精神互換長達5年時間的米斯卡塔尼克大學前政治經濟學教授納撒尼爾·溫蓋特·皮斯里，以及前次南極探險隊的隊長威廉·岱爾教授。自從〈至尊者〉將精神轉移至未來的甲蟲類生物肉體以後，這座都市便遭突破〈至尊者〉封印的飛水螅於5千萬年前毀滅、早已經化為廢墟，只不過遺跡地底收藏〈至尊者〉從各個時空蒐集得來的知識書籍的中央記錄保管所卻仍然存在。

太古世界
Ancient Times

陸沉大洋

洛夫克萊夫特等第一世代作家投稿、促成克蘇魯神話開花結果的《奇詭故事》、《驚奇故事》等廉價雜誌，同時也是催生**英雄奇幻**的媒體。

這些英雄奇幻故事往往都是以現如今已沉入大海的太古大陸**「失落的大陸」**作為故事舞台。就跟洪水傳說同樣，世界各地許多神話和傳說都曾經提及這些大陸。其中較著名的，當屬西元前400年左右的希臘哲學家柏拉圖於**《柯里西亞斯》、《提瑪友斯》**當中提及的大西洋**亞特蘭提斯**，以及希臘神話幾則故事曾提及、1世紀古羅馬學者老普林尼所著**《博物誌》**等作品指為肥沃樂園的**許珀耳玻瑞亞**（「北風之外的居民」之意）。

1870年海因里希．謝里曼發現特洛伊帶來了巨大的衝擊，使得失落的大陸在神智學等神祕主義運動勃興的19世紀被奉為精神層面發達的超古代烏托邦，飽受矚目。

猿猴類生物當中有種分布於印尼、斯里蘭卡和蘇門答臘的狐猴（Lemuriformes），在大洋遠隔的非洲和大馬士革亦有棲息，19世紀英國的生物學家菲力普．史拉特爾故而提倡印度洋**黎姆利亞大陸**一說，此說法早早就被神祕學吸收採納，後來才有威廉．史考特．艾略特的**《亞特蘭提斯與失落的黎姆利亞 *The Story of Atlantis and the lost Lemuria*》**和詹姆斯．邱屈伍德的**《失落的姆大陸》**（1926年出版）等書暢銷。

雖說主張從前地球只有一個巨型大陸的**大陸移動說**早在洛夫克萊夫特仍然在世的1912年便已經被提出，不過直到1960年代**板塊構造論**發展形成為止，這種理論其實一直都沒能被世人所接納。

而現代人類學說智人是出現在40萬年前至25萬年前這段期間，也跟克蘇魯神話作品的時間軸有所矛盾。

以下是克蘇魯神話故事中提及的古代大陸：

- **亞特蘭提斯大陸**：西元前1萬年以前沉入海中。霍華作品說亞特蘭提斯人逃難到了極北大陸等地（霍華《**極北時代**》）。史密斯則是著手創作以亞特蘭提斯大陸及其殘嶼波塞多尼斯為舞台的作品（史密斯《**許珀耳玻瑞亞幻想奇譚**》），洛夫克萊夫特還幫史密斯取了個綽號叫作「亞特蘭提斯大神官克拉喀希頓」，並且在《**暗夜呢喃**》當中連同霍華《**疤面**》所述亞特蘭提斯人**卡圖洛斯**一併提及其名。洛大克萊夫特替海瑟．希爾德代筆的《**超越萬古**》還說**賈德諾索阿**從前在亞特蘭提斯和姆大陸受到祭祀崇拜。
- **極北大陸**：這是個從前存在於格陵蘭一帶的大陸，鼎盛時期跟姆大陸、亞特蘭提斯都有貿易往來。**埃格洛夫山脈**的**沃米達雷斯山**中有獸人種族**沃米族**棲息，其地底洞窟則有**札特瓜**、**阿特拉克．納克亞**、**雅柏哈斯**和**蛇人**潛伏。從前沃米族因為庫尼加欽．佐姆來襲而棄守首都科莫里翁，從此勢力大為衰退，至大冰河期終於滅亡。史密斯《許珀耳玻瑞亞幻想奇譚》、羅伯．M．普萊斯《**哀邦書**》對極北大陸有較為詳細的描述。
- **黎姆利亞大陸**、**姆大陸**：蹈循史考特．艾略特的理論，克蘇魯神話世界將黎姆利亞大陸設定位於太平洋。洛夫克萊夫特代筆的齊利亞．畢夏普作品《**丘**》說黎姆利亞信仰**克蘇魯**、**依格**、**舒伯-尼古拉斯**，而《**超越萬古**》則說姆大陸信奉依格、舒伯-尼古拉斯和**賈德諾索阿**。洛夫克萊夫特似乎將這兩個大陸視為同物，而**拉葉城**也是其中一部分（《**克蘇魯的呼喚**》）。其次，《丘》說拉葉城沉入海中是因為遭受宇宙魔物侵略所致，而1930年11月7日寄給史密斯的信中卻說是地震引起。後來亨利．古特涅《**入侵者**》又將克蘇魯、**伊歐德**和**沃爾瓦多斯**加入了姆大陸信奉的諸神行列。以黎姆利亞為舞台創作《**黎姆利亞薩迦**》的卡特也在《**陳列室的恐怖**》以後的作品中，將克蘇魯及其後裔指為姆大陸的統治者。
- **提姆德拉大陸**：初出自魯姆利連續系列作品《**克蘇魯之屋** *The House of Cthulhu*》的超古代大陸。此大陸是**夜鬼**的原生棲息地，是**葉比．簇泰爾**的信仰地區。同作序文說此大陸存在於恐龍出現以前，作品中卻指為2千萬年前；關於其面積亦莫衷一是，或曰跟盤古大陸彷彿，或曰跟中國大陸相同規模。提姆德拉大陸此概念本身出自忒亞特的《**奧登盧恩的傳說**》，乃是魯姆利委託塞列德．古斯塔英譯而來，而塞列德．古斯塔Thelred Gustau這個名字其實是奧古斯特．德勒斯August Derleth的變位詞（注118）。

星際世界

Deep Space

宇宙恐怖之泉源

關於邪神生物等恐怖物事之來源出處，不在深邃森林和古老城堡深處、發黴發臭的地下納骨所等傳統舞台場域，卻求諸於人類頭頂上那片漆黑無垠的宇宙深淵，克蘇魯神話在這點展現了與眾不同的獨特性。

太陽系諸天體

✢ 月球：

- ❍ **幻夢境**的月球背面有片菌類森林和黑色大海，還有座月獸的都市。貓咪們蹦蹦跳跳來到月球。（洛夫克萊夫特**《夢尋祕境卡達思》**）
- ❍ **《葛拉奇啟示錄》**記載到蒼白的亡者行走於月球背面的黑色都市中。（倫希．坎貝爾**《湖底的住民》**）
- ❍ 反邪神組織威爾瑪斯基金會推測人類之所以會發瘋，是因為月球中的邪惡生命體在將近滿月之際放射地獄波動所致。（布萊恩．魯姆利**《挖地者》**）
- ❍ **母諾夸**被囚禁於月球核心的黑色湖沃**烏柏斯**之中。（卡特**《月光裡的東西 *Something in the Moonlight*》**）
- ❍ 從前**〈極地種族〉**（**〈遠古種族〉**）飛抵地球時，月球才剛從太平洋的子宮剝離不久。（卡特**《黑暗智慧之書》**）

✢ 水星：

- ❍ **〈至尊者〉**遷徙到遙遠的未來，水星上某個球根狀植物種族的肉體之中。（洛夫克萊夫特**《超越時間之影》**）

✢ 金星：

❍ 從前〈至尊者〉逃到金牛座的黑暗星球當時，金星有支樹人族的精神被轉移到了〈至尊者〉所在之處。（德勒斯《異次元的陰影》）

❍ 金星之帝為使地球文明開化，乘船遠渡宇宙而來。（洛夫克萊夫特&威廉・魯姆利《阿隆佐泰普的日記》）

✢ 火星：

❍ 從前〈至尊者〉逃到金牛座的黑暗星球當時，火星有種類似螞蟻的生物，精神被轉移到了〈至尊者〉所在之處。（《異次元的陰影》）

❍ 藍道夫・卡特在火星的赤紅色輪廓面上看見了不規則的巨石建築物廢墟。（洛夫克萊夫特《穿越銀匙之門》）

❍ 火星地底有個**烏素姆**及信徒沉睡於中的洞窟**雷沃莫斯**。（史密斯《烏素姆》）

❍ 火星的人面岩石被稱作**「火星的內埃及」**，用**銀鑰匙**就能打開裡面的時空之門。（後藤壽庵《艾莉西亞・Y》）

✢ 木星（極北之地稱作伊利迪奧菲星）：

❍ **極北之地**的占星術師將其命名為伊利迪奧菲星。（卡特《最令人憎惡之物》）

✢ 土星（極北大陸的穆蘇蘭半島稱作塞克拉諾修星）：

❍ **札特瓜**飛抵地球以前曾經停留在此。這裡有頭顱和胴體呈一體的布雷孚羅姆族、愛說話的艾菲克族、畏光住在地底的格降格族、頭部有道痕跡的伊迪姆族等種族居住。（史密斯《魔法師哀邦》）

❍ 據說克蘇魯先是從太陽系遠方的深淵逃到土星，然後又從土星來到永劫太古地球。（亨利・哈塞《書的守護者》）

❍〈至尊者〉的第一個逃亡地就是土星。（卡特《陳列室的恐怖》）

✢ 天王星（原住民稱作魯基赫斯）：

❍ 這裡有支貌似多腳金屬立方體的原住種族。**煞該星**的昆蟲種族曾經一度停留於此，經過紛爭以後離開。（坎貝爾《妖蟲》）

✢ 冥王星（禁書稱作憂果思）：

❍「閃亮斜六面體」製於此地。（洛夫克萊夫特《獵黑行者》）

❍ 藍道夫・卡特曾經目睹太陽系邊緣的**邱納斯星**和憂果思星。（《穿越銀匙之門》）

❍ **憂果思星人**將**賈德諾索阿**帶到**姆大陸**的**亞狄斯戈山**要塞。憂果思出產**拉格金屬**。（洛夫克萊夫特&海瑟・希爾德《超越萬古》）

❍ **葛拉奇**來自地球以外的星球，穿越宇宙空間飛抵憂果思、煞該星和托德星等星球。（《湖底的住民》）

- ❍ **冷原人**將封印有憂果思**「超越光明者」**的巨大紅寶石，放置在幻夢境的**戴拉茲李恩**。（魯姆利《**幻夢時鐘**》）
- ❍《**嘉尼遺稿**》有憂果思相關記載。（魯姆利《**瘋狂的地底迴廊**》）
- ❍ 憂果思藏有地球欠缺的**吐庫魯金屬**。**羊木鎮**有個「惡魔階梯」是通往憂果思之門。（坎貝爾《**暗黑星球的陷阱**》）
- ❍ **伊蘭安的黑色印記**是〈菌類生物〉從憂果思運來。（卡特《**克蘇魯的地窖**》）

✢ **海王星（禁書稱作雅克斯）**：

- ❍ 藍道夫．卡特曾經通過海王星，瞥見讓海王星表面呈現斑狀的地獄白色黴菌。（《穿越銀匙之門》）
- ❍《**那卡提克手札**》有遙遠的冰凍行星雅克斯相關記載。（卡特《**炎之侍祭**》）

✢ **賽歐夫（舊太陽星第五行星→現在的小行星帶）**：

- ❍ 從前太陽系有個叫作賽歐夫的行星，在太陽周圍有其繞行軌道。後來此行星遭到令人戰慄的**「原子核的混沌」**破壞，破碎形成小行星帶、仍在軌道上運行。（《瘋狂的地底迴廊》）

太陽系以外的天體

✢ **獵戶座**：

- ❍ 參宿四（後來洛夫克萊夫特命名為**「古琉渥」**）、參宿七附近有**舊神**棲息。（德勒斯《**潛伏者的巢穴**》）
- ❍ 舊神所在**神園艾里西婭**是從獵戶座附近跟這個宇宙的時空接壤。（魯姆利《**泰忒斯．克婁的歸來**》）

✢ **金牛座**：

- ❍ 提及**畢宿星團**。（洛夫克萊夫特《**暗夜呢喃**》）
- ❍ **赫斯特**禁錮於**畢宿五**的**哈利湖**。（德勒斯《**赫斯特的歸來**》）
- ❍ 哈利湖位於畢宿五附近的黑暗星球，赫斯特將附近的都市**卡柯沙**納入勢力範圍。（洛夫克萊夫特＆德勒斯《**門檻處的潛伏者**》）
- ❍ 畢宿星團的**喜拉諾**有座舊日支配者的大圖書館。（德勒斯《**克蘇魯迷踪**》）

✢ **北落師門（南魚座的恆星）**：

- ❍**「活火」庫多古**棲身於此。（德勒斯《**黑暗住民**》）

✢ **大角星（牧夫座的恆星）**：

- ❍ 從前環繞大角星運行的雙星**基薩米爾**住著不定形的黑色種族，崇拜祭祀**札特瓜**。（《穿越銀匙之門》）

- ❍ **羅伊戈**趁著大角星爬上地平線時，乘著宇宙風而來。（德勒斯《**山德溫事件**》）
- ❍ **查爾**受守門之神**尤瑪特-塔威爾**召喚從大角星前來。（《黑暗住民》）

✢ **大陵五（英仙座的雙星）**：

- ❍ 札特瓜之子**茲維波瓜（歐薩多戈瓦）**住在包圍著大陵五的黑暗星球**伊勞特隆**，當大陵五升上地平線時便可以召喚。（卡特《佛蒙特森林發現的奇怪手稿》）

✢ 煞該星：

- ❍ 煞該星是宇宙外側邊緣附近一個有雙重太陽（散發綠色光芒）的行星。該星球有許多灰色的球形建築，神殿則是金字塔形狀，後來遭到發出紅色光芒的天體毀滅。煞該星附近有個叫作**塞克洛托爾**的星球，從前煞該星的昆蟲種族曾將此地納為殖民地，可是他們覺得塞克洛托爾星人拿自己活祭獻給植物神的宗教習俗很令人厭惡，只待了大約200年就離開了。（《妖蟲》）
- ❍ 葛拉奇來到地球以前曾經先去過煞該星。（《湖底的住民》）
- ❍ 煞該星是位於有角度宇宙盡頭的世界，無論何等勇者都不會想要來到這個地表泛著綠色光芒的地方，是充滿惡夢和死亡的行星。以灰色金屬打造的大都市裡住有邪惡的昆蟲種族。（卡特《**煞該星**》）
- ❍ 煞該星跟一個微微發亮、眼看就要消滅的太陽**庫魯魯**繞行的孤絕世界相毗鄰。（卡特《**雙層之塔**》）
- ❍ **舒伯-尼古拉斯**的化身從黑暗和寒氣繚繞的煞該星傳送來到地球。（D・J・沃許Jr.《**咒術師的戒指**》）

✢ 亞狄斯星：

- ❍ 天空有五個太陽發光發熱，**亞狄斯星人（納格索斯）**居住的星球。魔法師茲考巴曾經在此試圖創造對抗**竇爾族**的咒文。（《穿越銀匙之門》）
- ❍ 克勞斯・凡德海爾的書信中有段「祈求亞狄斯諸帝王襄助」的文字。（《阿隆佐泰普的日記》）
- ❍ **天津四**（注119）附近的惡夢行星亞狄斯星，是舒伯-尼古拉斯的流放之地。（《陳列室的恐怖》）

✢ 托德星：

- ❍ 托德星是繞行綠色太陽**伊芙涅**和死亡行星**巴爾博**公轉的行星，由身體呈人型、耳朵萎縮的種族**亞庫叨**棲息統治。（《湖底的住民》）
- ❍ 使用**夢境結晶者**可以觀看托德星的景像。（坎貝爾《**面紗粉碎者**》）

幻夢境

Dreamland

- 卡達思
- 伊烈克-法德
- 「夢想家」

地球的夢之國度

洛夫克萊夫特幾部作品引為舞台的幻夢境是存在於人類夢境深層的奇幻異世界。第一部描繪此世界的作品是《**白船**》(1919年),其後陸續有《**烏薩爾的貓**》(1920年)、《**西里非斯**》(1920年)和《**蕃神**》(1921年)等作品,作品中明確指出座落在夢境中的則以「西里非斯」為最初。後來《**夢尋祕境卡達思**》(1926～27年)才終於明確指出前述土地都是存在於同一個世界中。

欲前往幻夢境,首先要找到位於淺層夢境某處的階梯、向下走70階,來到神官納須特跟卡曼塔坐鎮的**「火之神殿」**。從那裡再向下走700階,就會來到通往幻夢境的「深眠之門」。只不過食屍鬼能夠任意往來於清醒世界與幻夢境之間,所以應該還有其他移動手段才是。

幻夢境的居民也信仰人稱**「偉大者」〈大地諸神〉**的地球諸神。弱小的幻夢境居民住在冰凍荒野的**卡達思**宮殿中,受到**奈亞魯法特**和**諾登斯**的庇護。通曉如何前往幻夢境的清醒世界人類,叫作**「夢想家」**,而「夢想家」當中亦不乏西里非斯克拉涅斯國王這種在清醒世界裡已經是死人的人。「夢尋祕境卡達思」的主角**藍道夫・卡特**是在洛夫克萊夫特好幾部作品中都有登場的「夢想家」,自從他在《**銀鑰匙**》作品中失蹤以後,作中便暗示他後來變成了幻夢境**伊烈克-法德**的國王。只不過在該作續集《**穿越銀匙之門**》卻說藍道夫・卡特最後進入亞狄斯星魔法師茲考巴體內,結局截然不同。布萊恩・魯姆利的《**泰忒斯・克婁薩迦**》**系列**中《穿越銀匙之門》的故事以後,當上伊烈克-法德國王的卡特是位相當可靠的夥伴,致力於對抗侵略幻夢境的邪神勢力。

幻夢境的地理

幻夢境有通曉人語的貓、**古革巨人**、**妖鬼**和**紅腳的蛙普**等奇怪生物棲息，是不受自然科學法則束縛的夢境世界。《夢尋祕境卡達思》說到除了地球以外，其他像北落師門（注54）、畢宿五的伴星（注52）、土星等天體似乎也都有各自的幻夢境存在。另外魯姆利《**幻夢時鐘**》則說信奉邪神的**冷原人**，當初便是從跟**憂果思（冥王星）**相鄰的黑暗次元帶到地球的幻夢境來的。

現存的幻夢境地圖為求吻合小說作品中的描寫，都是後來才繪畫製成的想像圖，其中又以《**幻想劍士** *The Fantastic Swordsmen*》（1967年）刊載的傑克．高根所繪地圖，和《**克蘇魯的呼喚TRPG**》追加資料《**洛夫克萊夫特的幻夢境**》（盒裝版）所載地圖最為有名。為確實掌握位置關係，本書所載地圖是筆者重新繪製的簡略版。

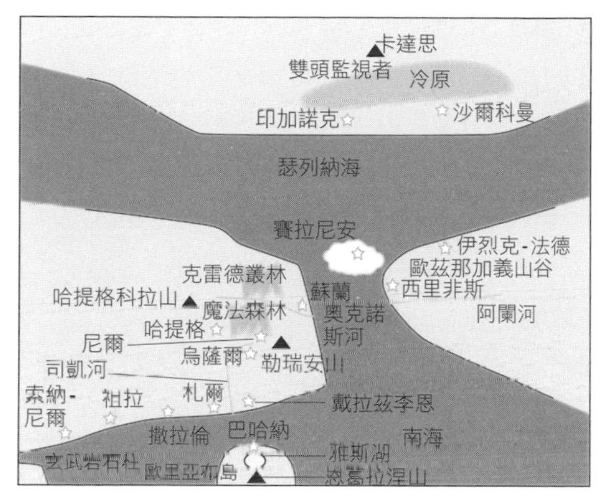

以下介紹的是洛夫克萊夫特作品所述幻夢境的重要場所：

- **索納-尼爾**：位於西方玄武岩石柱附近，是座既無時間空間、亦無痛苦死亡的都市。布萊恩．魯姆利《幻夢時鐘》說夢境便是由此處生成。
- **戴拉茲李恩**：位於**司凱河**口的**南海**沿岸貿易都市。
- **烏薩爾**：司凱河沿岸的城鎮。此地有禁止殺貓的法律。
- **西里非斯**：**塔納爾丘陵**另一頭**歐茲那加義山谷**中，千座高塔聳立的壯麗都市。此地有開往雲之都**賽拉尼安**的槳帆船行駛。
- **沙爾科曼**：**冷原**山麓的冷原人城鎮。受**月獸**支配統治。
- **印加諾克**：**瑟列納海**北岸的縞瑪瑙都市。有「偉大者」的子孫定居於此。翻譯書寫作「印克阿諾克」據說是洛夫克萊夫特謄寫草稿時的筆誤。
- **卡達思**：「偉大者」縞瑪瑙城堡座落、各種傳言諸說紛紜的北方山地。就連魯姆利作品所述舊神之王克塔尼德也不知道卡達思的正確位置。
- **地底世界**：幻夢境地底的世界，灰色的**托克山脈**附近還有**普拿司谷地**、**食屍鬼**出沒的岩山和古革巨人棲身的**茲恩洞穴**等地形。

參考文獻

部分書籍和出版社採用以下略稱表記。

- **クト**：クトゥルー（青心社）
- **全集**：ラブクラフト全集（東京創元社）
- **新ク**：新編　真ク・リトル・リトル神話大系（国書刊行会）
- **HJ**：ホビージャパン

事典・圖鑑・解説書

✢フランシス・T・レイニー/クトゥルー神話用語集/クトゥルーIV（青心社）、クト13

✢S・T・ヨシ/H・P・ラブクラフト大事典（エンターブレイン）

✢ダニエル・ハームズ/エンサイクロペディア・クトゥルフ（新紀元社、第二版）

✢ダニエル・ハームズ/The Cthulhu Mythos Encyclopedia(Elder Sign Press, 第三版)

✢山本弘/クトゥルフ・ハンドブック(HJ)

✢サンディ・ピーターセン/クトゥルフ神話図説(HJ)

✢森瀬繚/萌え絵で巡る！ クトゥルー世界の歩き方（三才ブックス）

洛夫克萊夫特作品&代筆&合著

Howard Phillips Lovecraft

✢インスマスを覆う影/全集1（「インスマスの影」）、クト8

✢壁のなかの鼠/全集1

✢闇に囁くもの/全集1、クト9

✢クトゥルーの呼び声/全集2（「クトゥルフの呼び声」）、クト1

✢エーリッヒ・ツァンの音楽/全集2

✢チャールズ・デクスター・ウォード事件/全集2（「チャールズ・デクスター・ウォードの奇怪な事件」）

✢ダゴン/全集3

✢家のなかの絵/全集3

✢無名都市/全集3

✢潜み棲む恐怖/全集3

✢戸口にあらわれたもの/全集3

✢闇をさまようもの/全集3

✢時間からの影/全集3

✢宇宙からの色/全集4

✢故アーサー・ジャーミン卿とその家系に関する事実/全集4

✢眠りの壁の彼方/全集4

✢ピックマンのモデル/全集4

✢狂気の山脈にて/全集4

✢ナイアルラトホテプ/全集5（「ナイアルラトホテプ」）

✢魔犬/全集5

✢魔宴/全集5

✢死体蘇生者ハーバート・ウェスト/全集5

✢「ネクロノミコン」の歴史/全集5

✢レッドフックの恐怖/全集5

✢魔女の家の夢/全集5

✢ダンウィッチの怪/全集5（「ダンウィッチの怪」）

✢白い帆船/全集6

✢ウルタールの猫/全集6

✢蕃神/全集6

✢セレファイス/全集6

✢銀の鍵/全集6

✢未知なるカダスを夢に求めて/全集6

✢北極星/全集7

✢忌み嫌われる家/全集7

✢霊廟/全集7

✢末裔/全集7

✢サルナスの滅亡/全集7

✢ファラオと共に幽閉されて/全集7

✢霧の高みの不思議の家/全集7

✢古えの民/定本ラブクラフト全集4（国書刊行会）

✢異形の死者/定本ラブクラフト全集7-II（国書刊行会）

✢ユゴスの黴/文学における超自然の恐怖（学習研究社）、定本ラブクラフト全集7-II（国書刊行会、「ユゴス星より」）

✢文学における超自然の恐怖/文学における超自然の恐怖（学習研究社）

✢各書簡/夢魔の書（学習研究社）

✢各書簡/定本ラブクラフト全集9、10（国書刊行会）

✢各書簡/Selected Letter I~V (Arkham House)

Howard Phillips Lovecraft & Edgar Hoffman Price
✣銀の鍵の門を越えて/全集5/クト3

Howard Phillips Lovecraft, Catherine Lucille Moore, Abraham Grace Merritt, Robert Ervin Howard, Frank Belknap Long
✣彼方よりの挑戦/新ク2、文学における超自然の研究（学習研究社）

Aldoph de Castro（Lovecraft代筆）
✣最後の検査/全集　別巻上

Zealia Bishop（Lovecraft代筆）
✣イグの呪い/全集　別巻上、クト7/ク・リトル・リトル神話集（国書刊行会）
✣墳丘の怪/クト12、新ク1

Hazel Heald（Lovecraft代筆）
✣博物館の恐怖/全集　別巻下、クト1
✣永劫より/全集　別巻下、クト7・ク・リトル・リトル神話集（国書刊行会）
✣羽のある死神/全集　別巻下
✣石像の恐怖/全集　別巻下

William Lumley（Lovecraft代筆）
✣アロンゾウ・タイパーの日記/全集　別巻下、クト1

Martin S. Warness & Howard Phillips Lovecraft
✣アルソフォカスの書/新ク7

海外作家

Clark Ashton Smith
✣妖術師の帰還/クト3、アヴェロワーニュ妖魅浪漫譚（東京創元社）
✣ウボ＝サスラ/クト4、ヒュペルボレオス極北神怪譚（東京創元社）
✣七つの呪い/クト4、ヒュペルボレオス極北神怪譚（東京創元社）
✣魔道士エイボン/クト5、ヒュペルボレオス極北神怪譚（東京創元社）、新ク2（「真道師の挽歌」）、エイボンの書（新紀元社）
✣アタマウスの遺言/クト5、イルーニュの巨人（東京創元社）、ヒュペルボレオス極北神怪譚（東京創元社）
✣サタムプラ・ゼイロスの物語/クト12、ヒュペルボレオス極北神怪譚（東京創元社）
✣白蛆の襲来/ヒュペルボレオス極北神怪譚（東京創元社）、ク・リトル・リトル神話集（国書刊行会）、エイボンの書（新紀元社）
✣ヴルトゥーム/呪われし地（国書刊行会）
✣アウースル・ウトアックンの不運/ヒュペルボレオス極北神怪譚（東京創元社）
✣クセートゥラ/ゾティーク幻妖怪異譚（東京創元社）
✣塵埃を踏み歩くもの/アヴェロワーニュ妖魅浪漫譚（東京創元社）
✣アゼダラクの聖性/イルーニュの巨人（東京創元社）、アヴェロワーニュ妖魅浪漫譚（東京創元社）
✣イルーニュの巨人/イルーニュの巨人（東京創元社）、アヴェロワーニュ妖魅浪漫譚（東京創元社）
✣アヴェロワーニュの獣/イルーニュの巨人（東京創元社）、アヴェロワーニュ妖魅浪漫譚（東京創元社）
✣死体安置所の神/ゾティーク幻妖怪異譚（東京創元社）
✣ヨンドの魔物たち/魔術師の帝国（創土社）
✣Infernal Star/Strange Shadows (Greenwood Press)

Robert E. Howard
✣影の王国/ウィアードテイルズ2　1927-1929（国書刊行会）
✣大地の妖蛆/黒の碑（東京創元社）
✣黒の碑/クト4（「黒い石」）、黒の碑（東京創元社）
✣墓はいらない/クト5、黒の碑（東京創元社）
✣アッシュールバニパルの焔/クト7、黒の碑（東京創元社）
✣屋根の上に/クト8、黒の碑（東京創元社）、ク・リトル・リトル神話集（国書刊行会）
✣闇の種族/黒の碑（東京創元社）
✣夜の末裔/ウィアード3（青心社）
✣スカル・フェイス/スカル・フェイス（国書刊行会）
✣ハイボリア時代/黒い海岸の女王（東京創元社）
✣The Curse of the Golden Skull/KULL

(Ballantine Books)
✢The Gods of Bal-Sagoth/The Black Stranger (Bison Books)

Frank Belknap Long Jr.
✢ティンダロスの猟犬/クト5
✢喰らうものども/クト9、新ク1
✢恐怖の山/クト11、新ク1
✢Gateway to Forever/The Tindalos Cycle (Hippocampus Press)

Edgar Hoffman Price
✢幻影の王/定本ラブクラフト全集6（国書刊行会）

Bruce Bryan
✢ホーホーカムの怪/ウィアードテイルズ4（国書刊行会）

Richard Franklin Searight
✢知識を守るもの/クト11
✢暗恨/新ク2

Donald Wandrei
✢足のない男/新ク2
✢イースター島のウェブ（東京創元社、刊行予定）
✢The Fire Vampires/Don't Dream (Fedogan & Bremer)

Manly Wade Wellman
✢謎の羊皮紙/ウィアード3（青心社）

August Derleth
✢ハスターの帰還/クト1
✢ルルイエの印/クト1
✢永劫の探求/クト2
✢サンドウィン館の怪/クト3
✢丘の夜鷹/クト3
✢風に乗りて歩むもの/クト4、新ク2
✢闇に棲みつくもの/クト4
✢戸口の彼方へ/クト5、新ク3
✢谷間の家/クト5
✢謎の薄浮き彫り/クト9
✢イタカ/クト12
✢彼方からあらわれたもの/クト13
✢エリック・ホウムの死/クト13
✢The Adventure of the Six Silver Spiders/The Memoirs of Solar Pons (Pinnacle Books)

August Derleth & Howard Phillips Lovecraft
✢破風の窓/クト1
✢異次元の影/クト4
✢ピーバディ家の遺産/クト5
✢恐怖の巣食う橋/クト6、新ク4
✢生きながらえるもの/クト6、新ク4
✢暗黒の儀式/クト6
✢閉ざされた部屋/クト7、新ク4
✢ファルコン岬の漁師/クト10
✢アルハザードのランプ/クト10

August Derleth & Mark Schorer
✢潜伏するもの/クト8、新ク2
✢湖底の恐怖/クト12
✢モスケンの大渦巻き/クト12

August Derleth & Mack Reynolds
✢ノストラダムスの水晶球/ミステリマガジン2003年8月号（早川書房）

Henry Kuttner
✢セイラムの恐怖/クト7、新ク3
✢侵入者/クト8、新ク3
✢ヒュドラ/クト9、新ク3
✢クラーリッツの祕密/クト10
✢狩り立てるもの/クト11
✢恐怖の鐘（キース・ハモンド名義）/クト13
✢ダゴンの末裔/S-Fマガジン1971年10月臨時増刊号（早川書房）
✢The Eater of Souls/The Book of Iod (Chaosium)

Henry Kuttner & Robert Bloch
✢暗黒の口づけ/クト11、新ク3

Robert Bloch
✢無人の家で発見された手記/クト1
✢暗黒のファラオの神殿/クト3
✢無貌の神/クト5、新ク2
✢星から訪れたもの/クト7、新ク2
✢尖塔の影/クト7
✢妖術師の宝石/クト10
✢首切り入り江の恐怖/クト12
✢哄笑する食屍鬼/クト13、新ク2
✢ブバスティスの子ら/クト13
✢自滅の魔術/暗黒界の悪霊（朝日ソノラマ）
✢冥府の守護神/ポオ収集家（新樹社）

✢アーカム計画（東京創元社）

Fritz Leiber
✢アーカムそして星の世界へ/クト4
✢ブラウン・ジェンキンとともに時空を巡る/ラブクラフト全集1（創土社）
✢The Terror From the Depths/ The Book of Cthulhu II (Nightshade Book)

Lord Dunsany
✢ペガーナの神々/時と神々の物語（河出書房新社）/ペガーナの神々（早川書房）
✢時と神々/時と神々の物語（河出書房新社）

Edgar Allan Poe
✢ナンタケット島出身のアーサー・ゴードン・ピムの物語/ポー小説全集2（東京創元社）

William Beckford
✢ヴァテック（国書刊行会）

Ambrose Bierce
✢羊飼いのハイータ/完訳ビアス怪異譚（創土社）
✢カルコサの住人/クト3

Robert William Chambers
✢評判を回復するもの/黄衣の王（東京創元社）
✢仮面/黄衣の王（東京創元社）
✢黄の印/黄衣の王（東京創元社）、クト3
✢In Search of the Unknown (Tredition)

Algernon Blackwood
✢ウェンディゴ/ブラックウッド傑作選（東京創元社）

Arthur Machen
✢パンの大神/怪奇小説傑作集1（東京創元社）
✢白魔/白魔（光文社）
✢恐怖/アーサー・マッケン作品集成Ⅲ　恐怖（沖積舎）

Irvin Shrewsbury Cobb
✢魚頭/クトゥルーの倶楽部（幻想文学会出版局）

Abraham Merritt
✢ムーン・プール（早川書房）
✢蜃気楼の戦士（東京創元社）

Harper Williams
✢The Thing in the Woods/Tales Out Of Dunwich/Hippocampus Press

Helena Petrovna Blavatsky
✢シークレット・ドクトリン（竜王文庫）

James Churchward
✢失われたムー大陸（大陸書房）

William Scott-Elliot
✢アトランティスと失われたレムリア (Tredition)

Bram Stoker
✢吸血鬼ドラキュラ（東京創元社）

James Branch Cabell
✢ジャーゲン（六興出版社）

Joseph Payne Brennan
✢沼の怪/千の脚を持つ男（東京創元社）
✢第七の呪文/新ク4
✢The Keeper of the Dust/Stories of darkness and dread (Arkham House)

Carl Jacobi
✢水槽/幻想と怪奇1（早川書房）

Fred L. Pelton
✢サセックス稿本/魔道書ネクロノミコン外伝（学習研究社）
✢クトゥルー教団への手引書(Tynes Cowan Corp)

Gary Myers
✢妖蛆の館（初期版）/新ク5
✢The House of the Worm (Arkham House)
✢The Gods of Earth/Nameless Places (Arkham House)

Brian Lumley
✢狂気の地底回廊/黒の召喚者（国書刊行会）
✢深海の罠/新ク5
✢大いなる帰還/新ク5
✢盗まれた眼/新ク5

✢妖蛆の王/タイタス・クロウの事件簿（東京創元社）
✢ニトクリスの鏡/タイタス・クロウの事件簿（東京創元社）
✢魔物の証明/タイタス・クロウの事件簿（東京創元社）
✢縛り首の木/タイタス・クロウの事件簿（東京創元社）
✢ド・マリニーの掛け時計/タイタス・クロウの事件簿（東京創元社）
✢名数秘法/タイタス・クロウの事件簿（東京創元社）
✢地を穿つ魔（東京創元社）
✢タイタス・クロウの帰還（東京創元社）幻夢の時計（東京創元社）
✢風神の邪教（東京創元社）
✢ボレアの妖月（東京創元社）
✢旧神郷エリシア（東京創元社）
✢Cement Surroundings/Tales of the Cthulhu Mythos (Arkham House)
✢The Horror at Oakdeene/The Horror at Oakdeene and Others (Arkham House)
✢The Kiss of Bugg-Shash/〈Cthulhu: Tales of the Cthulhu Mythos〉5号
✢Born of the Winds/ FRUITING BODIES (Penguin Books)
✢Cryptically Yours/The House of Cthulhu (Tor Books)
✢Hero of Dreams/Hero of Dreams (Tor Books)
✢Mad Moon of Dreams/ Mad Moon of Dreams (Tor Books)
✢The House of Cthulhu/The House of Cthulhu (Tor Books)
✢Sorcery in Shad/Sorcery in Shad (Tor Books)
✢Beneath the Moors/Beneath the Moors and Darker Places (Tor Books)

Ramsey Campbell

✢城の部屋/クト9
✢異次元通信機/新ク4
✢暗黒星の陥穽/新ク4
✢妖虫/新ク4
✢ヴェールを破るもの/クトゥルフ神話への招待（扶桑社）
✢恐怖の橋/クトゥルフ神話への招待（扶桑社）
✢湖畔の住人/クトゥルフ神話への招待2（扶桑社）
✢ムーン・レンズ/クトゥルフ神話への招待2（扶桑社）
✢コールド・プリント/〈ナイトランド〉創刊号（トライデント・プレス）
✢ハイ・ストリートの教会/漆黒の霊魂（論創社）、インスマス年代記　上（学習研究社）
✢The Tugging/Cold Print (Tor Books)
✢Before the Storm/Cold Print (Tor Book)
✢The Darkest Part of the Woods/The Darkest Part of the Woods (Tor Books)

Lin Carter

✢クトゥルー神話の神神/クト1
✢クトゥルー神話の魔道書/クト2
✢ネクロノミコン/魔道書ネクロノミコン外伝（学習研究社）
✢シャッガイ/新ク5、エイボンの書（新紀元社）
✢炎の侍祭/エイボンの書（新紀元社）
✢赤の供物/クトゥルーの子供たち（エンターブレイン）
✢奈落の底のもの/クトゥルーの子供たち（エンターブレイン）
✢墳墓に棲みつくもの/新ク5
✢時代より/クトゥルーの子供たち（エンターブレイン）
✢陳列室の恐怖/クトゥルーの子供たち（エンターブレイン）
✢ウィンフィールドの遺産/クトゥルーの子供たち（エンターブレイン）
✢夢でたまたま/クトゥルーの子供たち（エンターブレイン）
✢「エイボンの書」の歴史と年表について/エイボンの書（新紀元社）
✢星から来て饗宴に列するもの/エイボンの書（新紀元社）
✢モーロックの巻物/エイボンの書（新紀元社）
✢深淵への降下/エイボンの書（新紀元社）
✢暗黒の知識のパピルス/エイボンの書（新紀元社）
✢ヴァーモントの森で見いだされた謎の文書/ラブクラフトの世界（青文社）
✢レムリアン・サーガシリーズ（早川書房）
✢ゾンガーと魔道士の王（早川書房）
✢クトゥルー神話全書（東京創元社）
✢Something in the Moonlight/The Xothic Legend Cycle (Chaosium)
✢The Fisher from Outside/The Xothic Legend

Cycle (Chaosium)
✢The Shadow from Stars/〈Crypt of Cthulhu〉1988年復活節号
✢Vengeance of Yig/Weird Tales Vol.4 (Zebra Books)
✢The Spawn of Cthulhu (Ballantine Book)

Richard L. Tierney
✢Pillars of Melkarth/The Gardens of Lucullus (Sidecar Preservation Society)
✢The Drums of Chaos (Chaosium)

Lin Carter & Clark Ashton Smith
✢最も忌まわしきもの/エイボンの書（新紀元社）
✢窖に通じる階段/エイボンの書（新紀元社）
✢極地からの光/エイボンの書（新紀元社）

Lyon Sprague de Camp & Lin Carter
✢コナンと毒蛇の王冠（東京創元社）

Lyon Sprague de Camp
✢アル・アジフ Al Azif （アウルズウィック・プレス）

Robert M. Price
✢アトランティスの夢魔/エイボンの書（新紀元社）
✢弟子へのエイボンの第二の書簡、もしくはエイボンの黙示録/エイボンの書（新紀元社）
✢悪魔と結びし者の魂/クトゥルーの子供たち（エンターブレイン）
✢Behold, I Stand at the Door and Knock/Cthulhu's Heir (Chaosium)
✢Gol-Goroth, A Forgotten Old One/〈Crypt of Cthulhu〉1992年聖燭節号

Robert M. Price & Lin Carter
✢The Strange Doom of Enos Harker/The Xothic Legend Cycle (Chaosium)

Robert M. Price等人
✢エイボンの書（新紀元社）

Robert M. Price編輯
✢Tales of the Lovecraft Mythos (Fedogan & Bremer)
✢The Xothic Legend Cycle (Chaosium)

Colin Wilson
✢精神寄生体（学習研究社）
✢ロイガーの復活（早川書房）
✢賢者の石（東京創元社）
✢宇宙ヴァンパイアー（新潮社）
✢アウトサイダー（中央公論社）
✢夢見る力（河出書房新社）

Colin Wilson, George Hey等人
✢魔道書ネクロノミコン（学習研究社）
✢ネクロノミコン断章/魔道書ネクロノミコン（学習研究社）

Simon
✢Necronomicon (Avon)
✢Necronomicon Spellbook (Avon)
✢
✢Eddie C. Bertin
✢Darkness, My Names Is/The Disciples of Cthulhu (Chaosium)

Isaac Asimov
✢終局的犯罪/黒後家蜘蛛の会2（東京創元社）

David Drake
✢蠢く密林/新ク7

Stephen King
✢呪われた村〈ジェルサレムズ・ロット〉/深夜勤務（扶桑社）
✢ザ・スタンド（文藝春秋）
✢ニードフル・シングス（文藝春秋）

Hugh B. Cave
✢臨終の看護/クト5

Robert A. W. Lowndes
✢深淵の恐怖/クト11

Robert A. W. Lowndes, Henry Dockweiller, Fredelick Pohl
✢グラーグのマント/クト10

Robert B. Johnson
✢遥かな地底で/クト13、ク・リトル・リトル神話集（国書刊行会）

David Sutton
✢Daemoniacal/The New Lovecraft Circle (Del Rey)

D. R. Smith
✢アルハザードの発狂/クト12

Donald J. Walsh Jr.
✢呪術師の指環/新ク5

Michael Shea
✢ファットフェイス　Fat Face

Edward P. Berglund
✢The Feaster from the Stars/Shards of Darkness (Mythos Books)
✢Sword of the Seven Suns/Shards of Darkness (Mythos Books)
✢Vision of Madness/Shards of Darkness(Mythos Books)

John R. Fultz
✢スリシック・ハイの災難/エイボンの書（新紀元社）

James Ambuehl
✢The Bane of Byagoona（オンライン公開）

Laurence J. Conford
✢万能溶解液/エイボンの書（新紀元社）
✢アボルミスのスフィンクス/エイボンの書（新紀元社）
✢ウスノールの亡霊/エイボンの書（新紀元社）

Ann K. Schwader
✢灰色の織り手の物語（断章）/エイボンの書（新紀元社）

Peter Tremayne
✢ダオイネ・ドムハイン/インスマス年代記下（学習研究社）、アイルランド幻想

Tina L. Jens
✢娘の冥き胎内にて　In His Daughter's Darkling Womb/Singers of the Strange Songs (Chaosium)

John R. Fultz & Jonathan Barnes
✢Wizrds of Hyperborea（オンライイ公開）/〈Mythos Online〉1997年8月号、9月号、10月号、11月・12月合併号

Joseph S. Pulver
✢The Guard Command/〈Crypt of Cthulhu〉1998年ラマッス祭号

✢Nightmare's Disciple (Chaosium)

Donald R. Burleson
✢Ghost Lake/Made in Goatwood (Chaosium)

W. H. Pugmire & Robert M. Price
✢The Tree-House/The Dunwich Cycle (Chaosium)

Kevin Ross
✢The Music of the Spheres/Made in Goatswood (Chaosium)

Donald Tyson
✢ネクロノミコン　アルハザードの放浪（学習研究社）

Elizabeth Bear
✢ショゴス開花/S-Fマガジン2010年5月号

Anthology
✢Outsider and others (Arkham House)
✢Tales of the Cthulhu Mythos (Arkham House)

日本人作家

黒沼健
✢奇人怪人物語（新潮社）

高木彬光
✢邪教の神/クトゥルー怪異録（学習研究社）

風見潤
✢クトゥルー・オペラシリーズ、邪神惑星一九九九年、地底の黒い神、双子神の逆襲、暗黒球の魔神（朝日ソノラマ）

菊池秀行
✢邪神迷宮（実業之日本社）

栗本薫
✢グイン・サーガシリーズ、七人の魔道士、夢魔の四つの扉（早川書房）
✢魔界水滸伝（角川書店）

朝松健
✢逆宇宙ハンターズシリーズ・魔霊の剣（朝日ソノラマ）
✢ヨス＝トラゴンの仮面/邪神帝国（創土社）
✢肝盗村奇譚（角川書店）

✢秘神（アスペクト）
✢弧の増殖（エンターブレイン）
✢魔犬召喚（角川春樹事務所）
✢屍食回廊（角川春樹事務所）
✢崑央の女王（創土社）
✢追ってくる/ふるえて眠れない　ホラーミステリー傑作選（光文社）
✢聖ジェームズ病院/秘神界 歴史編（東京創元社）
✢マジカルブルー（リイド者、コミック原作）

立原透茨
✢はざかい/秘神（アスキー）

新庄節美
✢地下道の悪魔（学習研究社）

殊能将之
✢黒い仏（講談社）

小中千昭
✢蔭幻升を覆う影/クトゥルー怪異録（学習研究社）

マーク・矢崎
✢ユダヤの禁書　ネクロノミコン秘呪法（二見書房）

山本弘
✢ラプラスの魔（角川書店）

古橋秀行
✢斬魔大聖デモンベイン 機神胎動（角川書店）
✢斬魔大聖デモンベイン 軍神強襲（角川書店）
✢ド・マリニーの時計/斬魔大聖デモンベイン
✢ド・マリニーの時計（角川書店）

虚淵玄
✢Fate/Zero（星海社）

逢空万太
✢這いよれ！ニャルこさん（ソフトバンククリエイティブ）

森瀬繚&静川瀧宗
✢うちのメイドは不定形（PHP研究所）

くしまちみなと
✢かんづかさ（一二三書房）

コミック漫畫
✢水木しげる
✢地底の足音/水木しげる　魍魎 貸本短編名作選（ホーム社、2009年）

後藤寿庵
✢アリシア・Y（一水社、DLsite.comにて電子版入手可能）

矢野健太郎
✢邪神伝説シリーズ（学習研究社）

渋沢工房
✢エンジェルフォイゾン（メディアワークス）

七月鏡一・原作 梟・作
✢牙の旅商人（スクウェア・エニックス）

美漫作品
✢〈アベンジャーズAvengers〉#352 ～ 354 (Marvel)
✢〈スワンプシング　Swamp Thing〉#8（DC Comics）
✢〈マーベル・プレミア　Marvel Premier〉#3~#14（Marvel）
✢〈ストレンジ・テールズStrange Tales〉Vol.2 #1 -#14 (Marvel)
✢〈蛮人コナンConan the Barbarian〉#258~#260　（Marvel）
✢〈インベーダーズ・ナウ!Invaders now!〉#1~#5（Marvel）
✢〈ウルヴァリン：ファーストクラスWolverlin:First Crass〉#12（Marvel）

影視作品
✢ダゴン（ライオンズげーど・エンタテイメント）
✢ウルトラマンティガ（円谷プロダクション）
✢ウルトラマンガイア（円谷プロダクション）
✢インスマウスの影（TBS）

卡片桌遊(Analog Game)
✢クトゥルフの呼び声（HJ）
✢ヨグ=ソトースの影（HJ）
✢殺人リスト/アーカムのすべて（HJ）

✢ニャルラトテップの仮面（HJ）
✢TACTICS1989年7月号（HJ）
✢岡本博信師資捜奇伝/TACTICS別冊　クトゥルフ・ワールドツアー（HJ）
✢コール・オブ・クトゥルフd20（新紀元社）
✢クトゥルフ神話TRPG（エンターブレイン）
✢キーパーコンパニオン改訂新版（エンターブレイン）
✢ダニッチの怪（エンターブレイン）
✢ラブクラフトの幻夢境（エンターブレイン）
✢マレウス・モンストロルム（エンターブレイン）
✢チャウグナー・フォーンの呪いThe Curse of Chaugnar Faugn/Curse of the Cthonians (Chaosium)
✢グレート・オールド・ワンThe Great Old Ones (Chaosium)
✢切除された時Aresection of Time (Chaosium)
✢星辰の正しき刻!The Stars Are Right! (Chaosium)
✢アザトースの落とし子Spawn of Azathoth (Chaosium)
✢曠野の狩人The Wild Hunt/見えざる支配者Unseen Masters (Chaosium)
✢デルタ・グリーンDelta Green (Pagan Publishing)
✢アドヴァンスト・ダンジョン&ドラゴンズ第一版Advanced Dungeons&Dragons 1st Edition (TSR)
✢〈ストラテジック・レヴュー Strategic Review〉第1号（TSR）
✢トンネルズ&トロールズ（社会思想社）
✢カザンの闘技場（社会思想社）
✢ネットゲーム88（遊演体）
✢ネットゲーム90蓬萊学園的冒険！（遊演体）

電子遊戲（Digital Game）

✢アトラク=ナクア（アリスソフト）
✢ラプラスの魔（ハミングバード・ソフト）
✢黒の断章（アボガドパワーズ）
✢ク・リトル・リトル（BlackCyc）
✢MARVEL VS CAPCOMシリーズ（CAPCOM）
✢斬魔大聖デモンベイン（ニトロプラス）
✢機神飛翔デモンベイン（ニトロプラス）
✢カオスコード（FKDigital）

譯者參考文獻

✢《宗教辭典》（上下）任繼愈主編／博遠出版社／1989年
✢《戰慄傳說》H．P．洛夫克萊夫特／趙三賢譯／奇幻基地／2004年
✢《克蘇魯神話》史蒂芬．金等／李璞良譯／奇幻基地／2004年
✢《惡魔事典》山北篤、佐藤俊之監修／高胤喨、劉子嘉、林哲逸合譯／奇幻基地／2003
✢《魔導具事典》山北篤監修／黃牧仁、林哲逸、魏煜奇合譯／奇幻基地／2005年
✢《圖解鍊金術》草野巧著／王書銘譯／奇幻基地／2007年
✢《西洋神名事典》山北篤監修／鄭銘得譯／奇幻基地／2004年
✢《埃及神名事典》池上正太著／王書銘譯／奇幻基地／2008年
✢《魔法．幻想百科》山北篤監修／王書銘、高胤喨譯／奇幻基地／2006年
✢《圖解克蘇魯神話》森瀨繚編著／王書銘譯／奇幻基地／2010年
✢The Encyclopedia Cthulhiana　Daniel Harms/Chaosium Publication, 1998

注釋（此為台灣出版社譯者與編輯自行增加的部分，原書並沒有）

注1 亞瑟·馬欽（Arthur Machen）：1863～1947。英國作家，最有名的作品包含超自然小說、恐怖小說和奇幻小說。他在1890年發表的小說《大潘神》（The Great God Pan）被美國作家史蒂芬·金譽為「史上最出色的英文恐怖小說」。

注2 阿爾傑農·布萊克伍德（Algernon Blackwood）：1869～1951。英國小說家，多產的靈異小說作家之一。痴迷於催眠術與超自然現象，離開大學後研究印度哲學和神祕主義。他後來將這些經驗用於寫作，創作了大量靈異小說，匯集為十部短篇小說集出版，其中《柳樹林》被美國作家洛夫克萊夫特譽為「有史以來最好的關於超自然現象的故事」，是現代驚悚小說的早期典範之作。

注3 不全麻痺（Paresis）：即輕度癱瘓。然則另有說法指其父罹患的是麻痺性痴呆（General paresis of the insane），病症可能是因為梅毒所引起。

注4 愛倫坡（Edgar Allan Poe）：1809~1849。美國詩人、評論家和短篇小說家。因其對偵探小說和恐怖小說的發展而著名。愛倫坡的詩歌既優美又神祕，詞藻華麗且極富韻律感。此外他還是美國恐怖小說和偵探小說的創始人，作品描寫超自然的恐怖、神祕和死亡、死屍和屍體的腐敗、殘忍和罪行、宿命等。

注5 儒勒·凡爾納（Jules Gabriel Verne）：1828～1905。法國小說家、劇作家、詩人，是現代科幻小說的重要開創者之一。主要作品包括《海底兩萬里》（Vingt mille ieues ous les mers, 1870）、《地心歷險記》（Voyage au centre de la Terre, 1864）。

注6 欽定版聖經（King James Bible）：又稱詹姆斯王譯本或詹姆斯王聖經，由英王詹姆斯一世的命令下翻譯的英文版本聖經，於1611年出版，自誕生至今一直都是英語世界極受推崇的聖經譯本，也被稱為英王詹姆斯譯本或英皇欽定本。英王欽定本聖經是英國國教會官方批准的第三部聖經，第一部是1535年出版的《大聖經》，第二部是1568年出版的《主教聖經》。

注7 愛好者雜誌（Fanzine）：指圍繞著某一特定的文化現象，由業餘、民間愛好者團體創作的雜誌等出版物，目的是尋找同好、分享快樂。此詞由Russ Chauvenet在1940年10月發明，一開始在科幻迷的圈子內流行，後又擴展到其他團體。同人誌便是其中一種。

注8 奧拉夫·斯塔普雷頓（William Olaf Stapledon）：1886～1950。英國哲學家、科幻作家，他的作品有《最後和最先的人》、《奇怪的約翰》、《造星者》和《天狼星》等，其作品預告了超人類主義的到來。

注9 《黎姆利亞薩迦》：林·卡特該系列稱作「Thongor of Valkarth」，此處直譯自日本譯名，並非譯自該系列之英文原名。

注10 羅迪尼亞大陸（Rodinia）：來自俄語的「誕生」或「祖國」。古代地球曾經存在的超大陸。根據板塊重構理論，羅迪尼亞大陸存在於新元古代（11.5億到7億年前）。羅迪尼亞大陸是由存在於20到18億年前的哥倫比亞大陸分裂後的陸塊合併形成的。羅迪尼亞大陸和另一個超大陸盤古大陸已經是地球歷史上廣為人所接受的曾經存在的兩個超大陸。

注11 雅利安人（Aryan）：Aryan一詞源自梵文，意為「高貴」。史前時期居住在今伊朗和印度北部的一個民族。他們的語言亦名雅利安語，南亞印歐諸語言就是源自於雅利安語。19世紀中，由於戈賓諾伯爵（Comte de Gobineau）及其門徒張伯倫（Houston Stewart Chamberlain）的積極鼓吹，出現過一種「雅利安人種」的說法。所謂的「雅利安人種」成員是講印歐諸語言的人，有利於人類一切進步的人，並宣稱優越於閃米特人、黃種人以及黑種人。雅利安主義的信徒們將北歐和日耳曼諸民族視為是最純粹的「雅利安人種」成員。這種說法在1930年代~50年代已被人類學家們所拋棄，卻被希特勒和納粹份子所利用，並以之作為德國政府政策的依據，對猶太人、吉普賽人以及其他一切非雅利安人採取滅絕措施。

注12 凱因．姆拉沙梅：原文為ケイン・ムラサメ，此處採1999年東立出版社漫畫《邪神傳說》譯名。

注13 凱奧斯西卡：原文為ケオス・シーカー，此處採1999年東立出版社漫畫《邪神傳說》譯名。

注14 喀巴拉（Kabbalah）：猶太教神祕主義哲學。關於其起源，一說是西奈山神授摩西，一說是天使拉桀（Rashiel）傳授給亞當後再傳至所羅門王。喀巴拉可大致分為瞑想喀巴拉與實踐喀巴拉兩種；瞑想喀巴拉相當於基督教的神學，特別重視舊約聖經，另一方面實踐喀巴拉則是西洋魔法的根基思想，更重視生命之樹（Sefiroth）的象徵性，並以實踐於魔法層面達到神人合一為最主要目的。

注15 「～之獻祭！」：此段咒語原文為“O friend and companion of night, thou who rejoices in the baying of dogs and split blood, who wanderest in the midst of shades among the tombs, who longest for blood and bringest terror to mortals, Gorgo, Mormo, thousand-faced moon, look favorably on our sacrifices!”。

注16 魔寵（Familiar）：充當魔法師或女巫爪牙的低等靈體，多化作貓、蟾蜍等小動物模樣。

注17 朗格朗格（Rongorongo）：朗格朗格是在復活節島發現的一套符號，可能是文字或類文字。可能用於書寫古拉帕努伊語。19世紀60年代被發現，不久後即有不少寫有朗格朗格的木片被基督教傳教士損毀。現有樣品分散在世界各地博物館和私人收藏，共約24塊。至今尚不能完全破解。

注18 水木茂：1922～2015，日本漫畫家。曾擔任世界妖怪協會會長、日本民俗學會會長、民族藝術學會評議委員。知名漫畫作品《鬼太郎》的作者，綽號「妖怪博士」。

注19 次級舊日支配者（Lesser Old One）：次級舊日支配者是個相對曖昧的概念，簡單來說就是舊日支配者當中稍次的存在，而TRPG當中則將其定位為唯一的高級侍從種族。

注20 帕查卡馬克（Pachacamac）：秘魯海岸地區人們所信奉的創世之神。他名字的原意是「大地的創造者」。

注21 維拉科嘉（Viracocha）：維拉科嘉是印加神話中的至高之神、創世之神。他生於安地斯山高原的的的喀喀湖，後來創造了宇宙間的一切萬物。他先創造了大地、太陽、星辰、天空、月亮，然後用自己的意念創造出人類，並且帶領人類定居在庫斯科（原意是「世界的肚臍」）。

注22 《混沌代碼Chaos Code》：台灣廠商福克數位（FK Digital）製作的大型機台2D格鬥遊戲，多次入選日本鬪劇、鬪神祭及美國EVO場外賽等項目。克蘇魯之女克西拉（Cthylla）為11角色之一。

注23 大紅斑（Great Red Spot, GRS）：是個在木星赤道以南22°存在許久的巨大反氣旋風暴，自1830年起已經持續觀測達187年，而1665年至1713年的早期觀察也有可能是相同的風暴，若然則它已經持續存在350年之久。此類風暴在類木行星的大氣擾動中並不少見。

注24 非利士人（Philistine）：起源於愛琴海的民族。西元前12世紀在以色列人到達不久前定居於巴勒斯坦南部海岸地帶。

注25 烏加里特（Ugarit）：古代迦南人的城市，位於敘利亞北部的地中海沿岸，北距拉塔基亞10公里，坐落在一個人工建造的小山丘拉斯夏馬拉（Ras Shamra）。1929年，法國一個考古發掘隊首先發現該城遺址。烏加里特最繁榮的黃金時代約在西元前1450~前1200年。前1200年以後，烏加里特的黃金時代結束，其衰微跟從北方和海上來的民族入侵有關，也可能跟地震和災荒有關。

注26 《吸血天使》：日本漫畫家澀澤工房的作品，原題名為《エンジェルフォイズン》（Angel Foyson），台灣有長鴻出版社於2006年出版。

注27 小行星帶（Asteroid Belt）：小行星帶是太陽系內介於火星和木星軌道間的小行星密集區域。在已經被編號的120437顆小行星中，有98.5%是在這裡被發現的。小行星是由岩和或金屬組成，圍繞著太陽運動的小天體。因為這是小行星相較來說最為密集的區域，估計為數多達50萬顆，所以此區域稱為小主行星帶。

注28 諾斯替教（Gnosticism）：此字源自希臘語中代表智慧的「Gnosis」一詞，是個與基督教同時期在地中海沿岸誕生的宗教思想運動。不少人誤以為諾斯替教乃基督教的異端，但它原本就是個獨立的宗教運動，直到後期才有吸收部分基督教教義的基督教式諾斯教（或稱基督教諾斯替派）出現。

注29 術士西門（Simon Magnus）：羅馬時代的人物。出生於撒馬利亞，於撒馬利亞與羅馬進行活動。生卒年不詳。據《使徒行傳》記載，他自稱身負偉大能力，能使雕像動作、召喚惡魔、變石頭為麵包、騰空穿岩，還能變身成各種動物。後來他被奉為諾斯替教之祖，同時也被指為基督教所有異端宗派的源頭。

注30 戲仿（Parody）：戲仿，又稱諧仿或諧擬，是在自己的作品對其他作品進行借用，以達到調侃、嘲諷、遊戲甚至致敬的目的。屬二次創作的一種。「諧擬」仍然是一種模擬，但卻因為語言的嬉戲而詼諧。「諧擬」不是「再現」，諧擬的再書寫必須以被模仿的客體逼真度為基礎，與模擬的客體虛中有實，但仍解構了被模仿的客體的原型。

注31 「Al Kalb Al Asad」、「Cor Leonis」：兩者均為「獅子的心臟」之意。

注32 阿斯塔特（Astarte）：《舊約聖經》稱作亞斯她錄。她是腓尼基神話中的豐收女神，來自巴比倫神話的伊施塔（Ishtar）。

注33 撒泰爾（Satyros）：山中精靈，性好女色。是頭上長著羊角，下半身是羊腿的矮小年輕男子。戴奧奈索斯的隨從。

注34 愛爾蘭矮精靈拉布列康（Leprechuan）：愛爾蘭著名的傳說生物，其共通特徵就是紅色鬍子和整齊的綠衣綠帽。這種矮精靈非常喜歡收集黃金，並把黃金埋藏在彩虹的盡頭，每天都要數自己得來的黃金。在慶祝聖派屈克節的地區，有製作陷阱捕捉矮精靈的習俗，通常認為酢漿草和穿綠色衣物可以吸引矮精靈。如果被抓到，矮精靈就會用自己的魔法替人實現三個願望來換取自由。

注35 《克蘇魯太空歌劇》：作者風見潤曾經在文庫版第2卷後記當中寫到，此系列作題名乃取意自「以克蘇魯神話大系為根據之太空歌劇」。所謂「太空歌劇」（Space Opera）是科幻的一個分支，意思是強調故事的戲劇性，不像硬科幻強調科學的考證，也不同軟科幻強調啟發性，一般泛指將傳奇冒險故事的舞台設定在外太空的史詩科幻作品，著名的《星際大戰》（Star Wars）及《星艦迷航記》（Star Trek）系列，都可算是「太空歌劇」的代表作。

注36 Khem：埃及古名，在古埃及語裡是「黑土」的意思。一說鍊金術（Alchemy）亦源自此語，原是「埃及的技術」的意思。

注37 斯芬克斯（Sphinx）：常見於埃及和希臘藝術作品的神話式獅身人面怪獸。

注38 阿斯摩丟斯（Asmodeus）：好色的惡魔，原是古波斯二元論架構中惡神阿里曼的屬下。

注39 剛果自由邦（Congo Free State）：比利時國王利奧波德二世（Leopold II）的私人領地，他也是該地唯一的股東和董事長。剛果自由邦出產橡膠、銅，境內的盧阿拉巴河流域也蘊藏多種金屬礦產。剛果自由邦包含現今剛果民主共和國全境，因掠奪自然資源等引發的諸多爭議，該地於1908年由比利時國王的私人領地交由比利時政府統治，更名比屬剛果。

注40 祖尼族和霍皮族：祖尼族（Zuni）和霍皮族（Hopi）都是受美國聯邦政府承認的美洲原住民部落。祖尼族大部分生活在美國新墨西哥州西部小科羅拉多河支流——祖尼河的祖尼普韋布洛村，他們稱自己的家園為「希維納奇」（Shiwinnaqin）。根據2010年人口普查，截至2010年美國共有18327名霍皮族人。

注41 《七人之魔道師》：柳澤一明曾將此作畫成漫畫（原題名『グイン・サーガ——七人の魔道士』），台灣東立出版社2003年以《豹頭王傳説》題名出版。

注42 大角星（Arcturus）：牧夫座中最明亮的恆星。以肉眼觀看大角星，它是橘黃色的，視星等-0.04，是全夜空第三亮的恆星，僅次於-1.46等的天狼星和-0.86等的老人星。

注43 瑪納優都斯塞（Mana-Yood-Sushai）：佩加納神話當中，利用「宿命」與「偶然」的生命創造出眾神以後進入淺眠休息的大神。有人說這個世界是瑪納優都斯塞的一個夢境，然真實如何並無定論。瑪納優都斯塞醒來的時候就是世界的「終末」，那個瞬間無論眾神或世界萬物都要停止存在，只剩瑪納一人。

注44 胡德拉宰（Hoodrazai）：佩加納神話的叡智之神。因為得知了瑪納優都斯塞的祕密而選擇保持沉默。波多拉罕沙漠的「曠野之眼」便是依照其形象雕刻。

注45 大陵五（Algol）：大陵五是英仙座內一顆明亮的恆星，也是對著名的食雙星。它不僅是

人類發現的第一對食雙星，更是第一顆被發現的非超新星變星。大陵五的視星等很規律地在2天20小時又49分的週期內在2.1 ～ 3.4等之間變化。其英文名「Algol」意思為「惡魔之星」，中國稱之為大陵五是因為它是代表王陵的第五顆星。占星學認為它是天空中最不幸的恆星。

注46 參宿七（Rigel）：亦稱獵戶座 β（Beta Orionis）。不論是實際上或表觀上，它都是全天最亮的恆星之一。它是獵戶座中的一顆藍白色超巨星。

注47 產佐須良比賣：日語讀作「うぶさすらひめ」，以讀音直譯可以譯作「烏伯．沙絲拉公主」。

注48 巴克特里亞（Bactria）：中亞古地名，古希臘人在此建立了希臘-巴克特里亞王國，中國史籍稱之為大夏，此地一說為吐火羅。

注49 伊特拉斯坎人（Etruscan）：伊特魯里亞地區（今義大利半島及科西嘉島）於西元前12世紀至前1世紀發展出來的文明，其活動範圍為亞平寧半島中北部。迄今為止，考古學界和歷史學界都沒有明確證明伊特拉斯坎人起源於何處。他們沒有留下任何文學、宗教和哲學。根據2013年的一份粒線體DNA研究，伊特拉斯坎可能是地中海地區的原住民。

注50 普勒格頓（Phlegethon）：隔絕人間與冥界黑帝茲的其中一條冥河。

注51 參宿四（Betelgeuse）：《克蘇魯神話》譯作「比特鳩斯」，此處採大英線上百科譯名。是獵戶座當中最亮的恆星。

注52 畢宿五（Aldebaran）：即金牛座 α（Alpha Tauri）。金牛座的紅色巨星，天空中15顆最亮的恆星之一，目視星等為0.86等，直徑約為太陽的50倍。

注53 畢宿星團（Hyades）：是個疏散星團，位於金牛座。星團中明亮的恆星與紅巨星畢宿五共同一個「V」字型。雖然從地球上看起來畢宿五似乎是畢宿星團的成員，但實際上並非如此。畢宿星團距離地球151光年，是距離最近的一個星團。

注54 北落師門（Fomalhaut）：南魚座的主星，距離地球約25.1光年。在地球上的視星等為1.16，是除太陽外在地球能看到的第17位亮星。北落師門是三合星，主星北落師門A的光譜分類為A3V，直徑約為太陽直徑的1.7倍，質量約為2.3倍，亮度15倍。它只有約2到3億年的年齡，是非常年輕的恆星。

注55 泰爾地方：泰爾（Tyre）位於地中海東部沿岸，為古代海洋貿易中心，今屬黎巴嫩。基督教的合和本《聖經》譯作「推羅」。「泰爾」本意為岩石。該城是古腓尼基人的要邑，現在則位列黎巴嫩的第四大城，也是該國主要的港口之一。由於擁有許多遺跡，也是熱門的觀光景點；其中的羅馬競技場已在1979年為聯合國教科文組織列為世界遺產。

注56 北極一（Pherkad）：亦稱太子（γ Ursae Minoris、縮寫為Gamma UMi、γ UMi），是位在北半球小熊星座的拱極星。Pherkad原自阿拉伯文，全名為ahfa al farkadayn，意思是「昏暗中的兩隻牛犢」。

注57 水巨蜥：又稱圓鼻巨蜥，學名Varanus salvator。為巨蜥科巨蜥屬的爬行動物，俗名五爪金龍。大多數成年水巨蜥體長最多1.5米，體型幾近科莫多龍。

注58 諾曼人（Normans）：中世紀時來自法國北部的一個族群，他們的貴族階級大部分繁衍自斯堪的那維亞，他們在中世紀是北歐、地中海和近東的重要政治和軍事角色，如殖民和命名諾曼第、對英格蘭的諾曼入侵、在西西里和南義大利建立國家以及十字軍東征。事實上，到了入侵英格蘭時，多數的諾曼人是繁衍自東布列塔尼和西法蘭德斯的原住民，不過他們的領主仍保留對他們自己的維京人血統的記憶。他們自九世紀後半開始佔據了法國北部今稱為諾曼第的地方。在911年，法國國王單純的查理授予了入侵者小小的下塞納河地區，此處後隨時間擴張為諾曼第公國，換取入侵者的領袖羅洛（Rollo of Normandy）向查理宣誓效忠。

注59 涅墨西斯星（Nemesis）：亦稱黑暗伴星，是顆科學家為解釋地球的週期性大滅絕而假設可能存在的一顆非常暗淡的棕矮星或紅矮星，其近日點為一光年，遠日點則為三光年，是太陽的伴星。現時尚未有證據證明其存在。

注60 特提斯洋（Tethys Ocean）：又名古地中海，是個中生代時期的海洋，位於勞亞大陸與岡瓦納大陸之間。

注61 魯道夫．赫斯（Rudolf Walter Richard Heß）：1894～1987。納粹黨的副元首，生於埃及亞歷山大港，二戰後判處終身監禁，最後於柏林施潘道軍事監獄內的小別墅上吊自殺，不過當時赫斯脖子上有繩索多次纏繞的痕跡，勒痕程平行狀，因此有不少人認為赫斯的死並不單純。赫斯後來成了新納粹的崇拜對象，而他的兒子沃爾夫．赫斯成了著名的右翼份子，並稱其父死於謀殺。

注62 敘爾特塞（Surtsey）：冰島外海的一座火山島，也是冰島的最南端。它是因海面下130公尺火山爆發而形成，於1963年11月14日突出海面。島名來源於北歐神話中的火神巨人蘇爾特（Surtr）。

注63 海百合（Crinoid）：一種始見於奧陶紀的棘皮動物，生活在海裡，具多條腕足，身體呈花狀，表面有石灰質的殼。

注64 大熊座（Ursa Major）：北半球大部分地區都可以觀察到的星座。擁有整個天空最顯著的星象，即北斗七星。許多文明都認為這個星座的星象是隻熊，但古代中國認為它是個斗，古埃及則稱為公牛的左腳。

注65 蛙普（Wamp）：一種生活在幻夢境的死城、並且出入幻夢境的墓園生物。

注66 古斯塔夫．朵瑞（Gustave Doré）：法國畫家暨插畫藝術家，擅長於奇幻藝術。他的插畫經常出現《神曲》、《聖經》、《老水手之歌》（Rime of the Ancient Mariner）、《唐吉訶德》中的意象。

注67 哈德良長城（Hadrian's Wall）：是條由石頭和泥土構成的橫斷大不列顛的防禦工事，由羅馬帝國君主哈德良所興建。122年，哈德良為抵禦北部皮克特人反攻，保護已控制的不列顛島的人民安全，開始在今英格蘭北面的邊界條築一系列防禦工事，後人稱為「哈德良長城」。哈德良長城的建立，標誌著羅馬帝國擴張的最北界。

注68 羅利烏斯．厄比克斯（Quintus Lollius Urbicus）：138～142年羅馬帝國任命的不列顛總督。

注69　卡托布雷帕斯（Catoblepas）：亦譯作毒瞳牛、惡憎牛身妖瞳、牛身巨獸。

注70　夏節之夜：五月節的前一晚，五月節則是五月一日，是中古時代和現代歐洲的傳統春季節日。

注71　希羅多德（Herodotus）：撰寫古代第一部偉大的敘述性歷史著作——記載波希戰爭的《歷史》----的希臘作家。希羅多德是個足跡遍及各地的旅行者，其較長距離的遊歷涵蓋波斯帝國的大部分地區；他曾經到過埃及，向南至少曾遠達埃利潘蒂尼（今亞斯文），他亦訪問過利比亞、敘利亞、巴比倫等地；向北行程曾跨越多瑙河，向東直抵西徐亞（Scythia），沿黑海北岸遠至頓河，並深入內陸相當的距離。

注72　達奴神族（Tuatha de Danu）：某些地方稱呼達奴為「雅奴」或「頓恩」，是愛爾蘭凱爾特神話中最核心的一位女神。傳説所有的凱爾特神明都是她的子孫，所以凱爾特神明又稱為「達奴之子」（達奴神族）。

注73　聖別儀式：為某些神聖用途舉行儀式來潔淨人或物，以與普通世俗的用途區別。

注74　希頓（Chiton）：這個名稱來自希伯來語的Kethoneth，在古希臘語中意為「麻布的貼身衣」，是古希臘男女皆穿的一種衣服。從著裝方式和著裝狀態可分為多利亞式和愛奧尼亞式兩種。

注75　「～消逝」：原文為「That is not dead which can eternal lie, and with strange aeons even death may die」。

注76　猶爾節（Yule）：乃指古代歐洲（日耳曼民族）於冬至時前舉行的祭祀。後與基督教融合，英語遂有Yuletide（耶誕季節）的説法，而耶誕節也稱作Yule（現已成古語無人使用），北歐諸國現在依舊稱耶誕為猶爾，耶誕的説法反而並不通用。

注77　沙那（Sana'a）：前葉門共和國首都，沙那省首府，2010年人口約170萬人。沙那位於海拔2,300公尺的高原，距離亞丁320公里。最早的文獻記載是在1世紀。1962～1990年間為葉門阿拉伯共和國首都。

注78　牧首（Patriarch）：基督教重要教區的主教的稱號。325年的尼西亞會議以後，教會機構按羅馬帝國行政區畫設置，每個行政省設都主教，更大的行政單位教區則設督主教（後改稱牧首）。此處乃採大英線上百科譯名，然而《宗教辭典》卻主要使用「宗主教」譯名，並指「牧首」為東正教的譯稱。

注79　米恰爾：全名為米恰爾．色路拉里烏斯（Michael Cerularius）。希臘正教會教士，1043年拜占庭皇帝君士坦丁九世任命為牧首。

注80　格列高列九世（Gregory IX）：1170年~1241年。義大利籍教宗（教皇，1227~1241年在位）。他是教會勢力達到頂峰的13世紀的最有力教宗之一。精通教會法和神學，以創立異端裁判所及維護教宗特權而著名。

注81　多利亞語（Durian language）：多利亞語是希臘的一種方言，是多利亞人（Dorians）的

語言。多利亞人是古希臘四個主要部族之一，屬印歐族的一支。最早提到多利亞人這個名詞的是《奧德賽》，據說他們源自於赫楞（Helen）之子多洛斯（Dorus），居住在克里特島上。

注82 卡廖斯特羅伯爵（Duke Cagliostro）：1743～1795。卡廖斯特羅伯爵是18世紀法國大革命前夕活躍於歐洲各地的鍊金術師。他生於西西里島的貧窮人家，本名叫做朱賽貝·巴爾薩莫（Giuseppe Balsamo），所以伯爵的稱號自然是假的。

注83 術士西門（Simon Magus）：羅馬時代人物。出生於撒馬利亞，於撒馬利亞和羅馬進行活動。據《使徒行傳》記載，他們稱身負偉大能力，能使雕像活動、召喚惡魔、變石頭為麵包、騰空穿石，還能變身成各種動物。

注84 馬克·安東尼（Mark Antony）：西元前83年～西元前30年。古羅馬政治家和軍事家。他是凱撒最重要的軍隊指揮官和管理人員之一。凱撒被刺後，他與屋大維和雷必達一起組成了後三頭同盟。前33年後三頭同盟分裂，前30年馬克·安東尼與埃及豔后克利奧帕特拉七世相繼自殺身亡。

注85 因紐特人（Inuit）：美洲原住民之一，分佈於北極圈周圍，包括格陵蘭和加拿大的努納福特地區、西北地區、育空地區、魁北克等地，說因紐特語。因紐特人屬於愛斯基摩人的一支，不過他們並不自稱愛斯基摩人，因為這是北美其他印第安人部落對他們的稱呼，意思是「吃生肉的人」，帶有貶義。因此他們自稱因紐特人，於因紐特語中的意思為「人」，故外界也逐漸改口作此稱呼，以尊重其文化精神。

注86 德爾維希（Dervish）：在波斯語中是乞討者、托缽僧的意思。最早出現在10世紀。他們是蘇非派的一種。他們仿照佛教出家隱居、雲遊四方。他們的生活方式跟苦行僧出奇的相似。他們對突厥人有相當大的影響。他們也組織自己的教團。對突厥人傳教的實際上就是這些人。

注87 德魯伊語：德魯伊是古代凱爾特民族（Celtics）的神官，乃西洋蓄有白色鬍鬚身穿長袍的魔法師形象的原型。在凱爾特語裡，「daru」指的是「橡樹」，「vid」則是「知識」的意思。若採意譯法，德魯伊就是「橡樹賢者」的意思。

注88 凱爾特語（Celtic language）：印歐語系下的一族語言。古時曾在西歐廣泛使用，但今日使用此族語言的人口只存在於不列顛群島上的一些地區和法國的布列塔尼半島上。凱爾特語主要分成四個族群：高盧語、凱爾特伊比利亞語、蓋爾亞支和布立吞亞支，前兩個族群的語言已經滅絕。

注89 魯納文字（Rune）：魯納亦譯作如尼、盧恩，是基督宗教傳入以前古代日耳曼民族多神教社會中的咒術系統。

注90 皮克特人（Pict）：居住於現在蘇格蘭東部和東北部的古代非凱爾特民族。其族名可能是指他們在身體上塗顏色或可能刺花的習慣。

注91 吉爾·德·雷男爵（Gilles de Rais）：英法百年戰爭時期的法國元帥，著名的黑巫術師，百年戰爭期間他是聖女貞德的戰友，曾被譽為民族英雄。貞德被俘後他隱居潛心埋首於研究鍊金術，希望借血來發現點金術的祕密，他還崇拜撒旦，祈求魔鬼賜予學識、

權勢和財富，把大約300名以上的兒童折磨致死，1440年9月被捕，交付審訊。宗教法庭斥為異端，世俗法庭判謀殺罪，在南特絞刑處死。吉爾·德·雷男爵便是《格林童話》中《藍鬍子》主角藍鬍子（法國民間故事中曾殺死6個妻子）的可能原型人物之一。

注92 阿登（Ardennes）：亦譯作亞爾丁，是位於比利時和盧森堡交界的一片森林覆蓋的丘陵地帶，並一直延伸至法國境內。

注93 阿姆哈拉語（Amharic）：在衣索比亞使用的閃語的一種，與阿拉伯語、希伯來語同屬閃語族，是閃語族中使用人數第二多的語言，僅次於阿拉伯語，是衣索比亞的官方語言。阿姆哈拉語的主要使用者是來自衣索比亞中部的阿姆哈拉人，並以官方地位廣泛用於大衣索比亞地區。在衣索比亞之外，約有270萬人使用阿姆哈拉語。

注94 接龍小說（Collaborative fiction）：接龍小說是由兩人以上的作家輪流書寫故事的一部分對寫作類型。

注95 蘇賽克斯（Sussex）：當地華人以廣東話譯作「修適士」，英格蘭東南部的歷史郡，其面積大致與古代蘇賽克斯王國面積相等。1974年在地方政府重組後劃分為西蘇賽克斯郡和東蘇賽克斯郡。

注96 安色爾體（Uncial）：安色爾字體是種全大寫字母的字體，在3～8世紀中被拉丁和希臘的抄寫員使用。安色爾字體用來書寫希臘語、拉丁語和哥特語。

注97 阿拉伯式花紋（Arabesque）：這是種繁複而華麗的裝飾，具體表現手段為幾何圖形在一個平面內的反覆運用。其幾何圖案取材自動植物的形象，手法可形成對稱連續和無限延伸的平面裝飾特色。此種藝術是伊斯蘭藝術的重要元素，常見於清真寺的牆壁上。

注98 凱米特（Khemet）：埃及古名，意為「黑土」。尼羅河流域有肥沃的黑色土壤，有別於周圍撒哈拉沙漠的貧脊紅土，故名。英語的鍊金術「alchemy」一說是由阿拉伯語的定冠詞「al-」加上「黑土keme」組成，如此則鍊金術的原意便是「埃及的技術」。

注99 後設小說（Metafiction）：又稱元小說、超小說，是種小說類型，透過自我意識的覺醒，刻意凸顯書中虛構的錯覺。典型的寫作技巧包括將原先的劇情設定為一件文學作品，隨後揭露故事的「真相」。後設小說透過諷刺和自我反省等手法，引導讀者思考小說與現實之間的關聯，進而有意識、有組織地探討小說本身的虛構性。

注100 聖日耳曼伯爵（The Count of St. Germain）：1710～1784。聖日耳曼伯爵是個神祕人物，有人形容他是廷臣、冒險家、發明家、業餘科學家、畫家、鋼琴家、小提琴手以及業餘作曲家，還有人說他曾經展示過鍊金術。根據幾個消息來源，他名字並不代表家族領地或頭銜，而是自己取的，是拉丁文Sanctus Germanus的法文版本，意為Holy Brother。

注101 拉斯普丁（Grigori Rasputin）：1869～1916。又譯拉斯普欽或拉斯普廷，俄羅斯薩拉托夫省人，帝俄時代尼古拉二世時的神祕主義者，被認為是東正教中的佯狂者之流。因醜聞百出而引起公憤，為尤蘇波夫親王、狄密翠大公、普利希克維奇議員等人合謀刺死。俄羅斯歷史學家對拉斯普丁的評價以負面結論為多。蘇聯史學家認為他是「罪惡的沙皇政權」的代表，歐美的歷史學家也大多認同此評價。

注102 《獨石的人們》：此處採用2004年奇幻基地出版之《克蘇魯神話》譯名，同年奇幻基地另一部克蘇魯作品集《戰慄傳說》則譯作《巨石族》。

注103 哈利．胡迪尼（Harry Houdini）：1874～1926。本名艾瑞其．懷茲（Ehrich Weiss），出生時名字的匈牙利土語拼法為埃里克．懷什（Erik Weisz）。被稱為史上最偉大的魔術師、脫逃術師及特技表演者。

注104 庫庫爾坎（Kukulcan）：一隻長著翅膀的蛇。他既是風神，也是教導人類曆法知識的文明之神，受到大多數馬雅人所信奉。

注105 奎札柯特（Quetzalcoatl）：阿茲特克的文明與秩序之神，是與泰茲凱特力波卡對立的「羽蛇」。同時也是太陽神、風神。

注106 法蘭西斯．德瑞克（Francis Drake）：1540～1596。英國著名的私掠船長、探險家和航海家，據知他是第二位在麥哲倫之後完成環球航海的探險家。

注107 蓋爾人（Gaels）：一群使用蓋爾亞支凱爾特語族為母語的人。他們起源於愛爾蘭，隨後擴張至蘇格蘭和曼島。他們的語言起源於海島凱爾特語支，隨後又分化成愛爾蘭語、蘇格蘭蓋爾語、曼島語三個分支。

注108 馬札爾語（Magyar Nyelv）：即匈牙利語，是種烏拉爾語系芬蘭-烏戈爾語族烏戈爾語支的語言。使用者主要分布在匈牙利，是該國的官方語言，也是歐盟24個官方語言之一。此外馬札爾語還分布在羅馬尼亞、斯洛伐克、烏克蘭、塞爾維亞、克羅埃西亞、奧地利、斯洛維尼亞等國家。由於沒有其他語言能夠跟匈牙利語溝通，匈牙利語也視作世界上數一數二最孤立的語言。

注109 巴剛果人（Bakongo）：即剛果人（Kongo）。在語言和文化上互相聯繫的操班圖語的民族集團，居住地區沿大西洋岸。

注110 托勒密（Claudius Ptolemaeus）：古代天文學家、地理學家和數學家，認為地球是宇宙的中心（托勒密體系）。

注111 法顯：337～422。俗姓龔，平陽武陽人（今山西省長治市襄垣縣），東晉、劉宋的高僧、旅行家、翻譯家。著有《法顯傳》又名《佛國記》，是今日研究古代中亞、南亞歷史、地理、風俗和佛教等重要資料。

注112 焉耆（Karasahr）：維吾爾文作Qarasheher，又稱烏夷、烏耆、阿耆尼，新疆塔里木盆地東北部的古國，在今新疆維吾爾自治區焉耆回族自治縣附近。

注113 格薩爾（Gesar）：出自流行於西藏和中亞地區的著名史詩《格薩爾王傳》（Epic of King Gesar），目前在西藏、蒙古和土族中間尚有140位演唱藝人在說唱這部古詩。《格薩爾王傳》已經存在有一千多年，長達60萬詩行，相當於印度史詩《摩訶婆羅多》3部長、《羅摩衍那》15部，是世界最長的史詩。講述傳說中的嶺國國王格薩爾的故事，對藏傳佛教影響很大。

注114 《Gimme a Break》：日本TBS電視台從1989年10月10日～1992年9月29日，起每週二

晚間9點到10點54分播放約2小時的大型綜藝節目。

注115 愛德華·席維斯特·摩斯博士（Dr. Edward Sylvester Morse）：1838～1925，美國的動物學者。為採集標本而前往日本，受聘東京大學擔任客座教授二年，在大學為日本確立社會、國際定位有頗大貢獻。他還挖掘大森貝塚，為日本的人類學、考古學奠定了基礎。他也是第一個有體系地將達爾文進化論介紹到日本的人。

注116 菲利普·法蘭茲·馮·西博德（Philipp Franz von Siebold）：1796～1866。德國內科醫生、植物學家、旅行家、日本學家和日本器物收藏家。他也是日本第一個女醫生楠本稻的父親。

注117 四年計畫（Vierjahresplan）：四年計畫是納粹德國的一項經濟計畫，由阿道夫·希特勒所提出，共有兩次，「第一次四年計畫」於1933年執行，使德國人達到人民生活富足，「第二次四年計畫」則令德國達到盡可能資源上自給自足，以防未來戰爭爆發後再度遭受像第一次世界大戰被協約國封鎖而導致物資缺乏的問題。第二次四年計畫取得了某種程度的成效，建設了頗具規模的人造石油、纖維、合成橡膠製造廠，並整合了巨型工業聯合體「赫爾曼·戈林國家工廠」來提昇效率。

注118 變位詞（Anagram）：這是種文字遊戲，是將組成一個詞或短句的字母重新排列順序，如此重新構成另外一些新的詞或短句。

注119 天津四（Deneb）：即天鵝座α星，在星官天津中排名第四，是天鵝座最明亮的恆星，亮度在全天空排名第十九位。

索引

M

N

T

作者介紹

森瀬 繚(もりせ りょう)

寫作家/翻譯家。廣泛投身於各種寫作相關活動，包括書籍、雜誌之企劃、編輯、執筆、各種遊戲和小說之作品設定諮詢以及考證，甚至小說創作。對世界各地的神話傳說頗有造詣，單論克蘇魯神話領域則以《圖解克蘇魯神話》(2005年，新紀元社)為嚆矢，其後陸續有《克蘇魯神話Dark Navigation》(2007年，ぶんか社)、漫畫版《克蘇魯的呼喚》解說(2009年，PHP研究所)、《H・P・洛夫克萊夫特大事典》日語版監修(2012年，エンターブレイン)、林・卡特/R・M・普萊斯《克蘇魯之子》的翻譯等諸多著作和譯作。2008年跟隨H・P・洛夫克萊夫特及其作品的足跡遊歷新英格蘭地區，並致贈自身著作予布朗大學的約翰海伊圖書館(John Hay Library)。日本出版販賣株式會社主辦的第一屆克蘇魯神話檢定試驗的免試合格者(自稱)。

近年從事遊戲或動畫劇本的寫作，如《Nitroplus Blasterz》(Nitroplus，EXAMU)、《槍彈辯駁3》(NBC Universal Entertainment Japan)。2017年展開以《克蘇魯的呼喚》(星海社)為首的H・P・洛夫克萊夫特的作品集新譯工作。

執筆本書之際承蒙以下諸位資料調查等多方協助，且容筆者在此表示誠摯的感謝。

立花圭一
海法紀光
竹岡
雨宮伊都
尾之上浩司
朝松健
増田まもる

聖典系列 044

克蘇魯神話事典

── 暗黑神話大系、邪祟諸神、異形生物、舊神眾神、禁忌之物、恐怖所在之110項必備知識 ──

作　　　者／森瀨繚
譯　　　者／王書銘
企劃選書人／張世國
責 任 編 輯／張世國

發　行　人／何飛鵬
副 總 編 輯／王雪莉
業 務 經 理／李振東
業 務 主 任／范光杰
資 深 企 劃／周丹蘋
資深版權專員／許儀盈
版權行政暨數位業務專員／陳玉鈴
法 律 顧 問／元禾法律事務所　王子文律師
出版／奇幻基地出版
　台北市 104 民生東路二段 141 號 8 樓
　電話：(02)2500-7008　傳眞：(02)2502-7676
　網址：www.ffoundation.com.tw
　e-mail：ffoundation@cite.com.tw
發行／英屬蓋曼群島商家庭傳媒股份有限公司城邦分公司
　台北市 104 民生東路二段 141 號11 樓
　書虫客服服務專線：(02)25007718・(02)25007719
　24 小時傳眞服務：(02)25170999・(02)25001991
　服務時間：週一至週五09:30-12:00・13:30-17:00
　郵撥帳號：19863813　戶名：書虫股份有限公司
　讀者服務信箱 E-mail：service@readingclub.com.tw
　歡迎光臨城邦讀書花園 網址：www.cite.com.tw
香港發行所／城邦（香港）出版集團有限公司
　香港灣仔駱克道 193 號 1 東超商業中心 1 樓
　電話：(852) 2508-6231 傳眞：(852) 2578-9337
馬新發行所／城邦（馬新）出版集團
　【Cite(M)Sdn. Bhd.(458372U)】
　11, Jalan 30D/146, Desa Tasik,
　Sungai Besi, 57000 Kuala Lumpur, Malaysia.
　電話：603-9056-3833　傳眞：603-9056-2833

封面設計／黃聖文
排　　版／極翔企業有限公司
印　　刷／高典印刷有限公司
■2018 年（民 107）6月7日初版一刷
■2023 年（民 112）11月8日初版5刷

售價／699元

國家圖書館出版品預行編目資料

克蘇魯神話事典（精裝）：暗黑神話大系、邪祟諸神、異形生物、舊神眾神、禁忌之物、恐怖所在之 110 項必備知識 / 森瀨繚著，王書銘譯一初版一台北市：奇幻基地出版；家庭傳媒城邦分公司發行；2018.06（民107.06）
面：公分. –（聖典系列：44）
譯自：ケルト神話
ISBN 978-986-96318-2-2（精裝）
1.神怪小說 2.神話 3.文學評論)
872.57　107006395

ISBN　978-986-96318-2-2

Printed in Taiwan.

廣　告　回　函
北區郵政管理登記證
台北廣字第000791號
郵資已付，免貼郵票

104台北市民生東路二段141號11樓

英屬蓋曼群島商家庭傳媒股份有限公司城邦分公司 收

請沿虛線對摺，謝謝

每個人都有一本奇幻文學的啓蒙書

奇幻基地官網：http://www.ffoundation.com.tw

奇幻基地粉絲團：http://www.facebook.com/ffoundation

書號：1HR044C　　書名：克蘇魯神話事典

請於此處用膠水黏貼

讀者回函卡

謝謝您購買我們出版的書籍！請費心填寫此回函卡，我們將不定期寄上城邦集團最新的出版訊息。

姓名：＿＿＿＿＿＿＿＿＿＿＿＿＿＿＿＿ 性別：□男 □女

生日：西元＿＿＿＿＿＿年＿＿＿＿＿＿月＿＿＿＿＿＿日

地址：＿＿＿＿＿＿＿＿＿＿＿＿＿＿＿＿＿＿＿＿＿＿

聯絡電話：＿＿＿＿＿＿＿＿＿＿傳真：＿＿＿＿＿＿＿＿＿＿

E-mail ：＿＿＿＿＿＿＿＿＿＿＿＿＿＿＿＿＿＿＿＿＿＿

學歷：□1.小學 □2.國中 □3.高中 □4.大專 □5.研究所以上

職業：□1.學生 □2.軍公教 □3.服務 □4.金融 □5.製造 □6.資訊
□7.傳播 □8.自由業 □9.農漁牧 □10.家管 □11.退休
□12.其他＿＿＿＿＿＿＿＿＿＿＿＿＿＿＿＿＿＿

您從何種方式得知本書消息？

□1.書店 □2.網路 □3.報紙 □4.雜誌 □5.廣播 □6.電視
□7.親友推薦 □8.其他＿＿＿＿＿＿＿＿＿＿＿＿＿＿

您通常以何種方式購書？

□1.書店 □2.網路 □3.傳真訂購 □4.郵局劃撥 □5.其他

您購買本書的原因是（單選）

□1.封面吸引人 □2.內容豐富 □3.價格合理

您喜歡以下哪一種類型的書籍？（可複選）

□1.科幻 □2.魔法奇幻 □3.恐怖 □4.偵探推理
□5.實用類型工具書籍

您是否為奇幻基地網站會員？

□1.是□2.否（若您非奇幻基地會員，歡迎您上網免費加入，可享有奇幻基地網站線上購書75 折，以及不定時優惠活動：http://www.ffoundation.com.tw/）

對我們的建議：＿＿＿＿＿＿＿＿＿＿＿＿＿＿＿＿＿＿＿＿
＿＿＿＿＿＿＿＿＿＿＿＿＿＿＿＿＿＿＿＿
＿＿＿＿＿＿＿＿＿＿＿＿＿＿＿＿＿＿＿＿

請於此處用膠水黏貼